U0901977

Miss
deer
[鹿小姐书系]

一字眉／著

江苏凤凰文艺出版社
JIANGSU PHOENIX LITERATURE AND
ART PUBLISHING, LTD

图书在版编目（CIP）数据

不及格初恋 / 一字眉著. --南京：江苏凤凰文艺出版社，2020.6

ISBN 978-7-5594-4416-5

Ⅰ.①不… Ⅱ.①一… Ⅲ.①长篇小说—中国—当代 Ⅳ.①I247.5

中国版本图书馆CIP数据核字（2020）第002618号

不及格初恋

一字眉 著

责任编辑 丁小卉
特约编辑 乔 木 石 慧
装帧设计 袁 芳 李映龙
责任印制 刘 巍
出版发行 江苏凤凰文艺出版社
出版社地址 南京市中央路165号，邮编：210009
出版社网址 http://www.jswenyi.com
印 刷 湖南天闻新华印务有限公司
开 本 880mm×1230mm 1/32
字 数 300千字
印 张 9
版 次 2020年6月第1版 2020年6月第1次印刷
书 号 ISBN 978-7-5594-4416-5
定 价 38.80元

目录

第一章

陌生的“江叔叔”

程恩恩睡过最长的一觉，是一个月零四天又十三个小时。

这个数字是护士小姐姐告诉她的，监测机器上显示得明明白白。

护士小姐姐还告诉她，她出了车祸，除了身上的几处轻伤在漫长的昏迷期间已经快要痊愈，还有严重的脑震荡。

脑震荡挺难受的，头晕、心悸、晕晕胀胀的痛。点头和摇头成了程恩恩最害怕的动作，这两个动作能让她恶心难受好一阵。

昏迷太久的缘故，程恩恩连自己是怎么出的车祸都不记得了。

她对车祸前的记忆停留在她高三开学的那天。爸妈因为两张从口袋中翻出的电影票大打出手，她推着行李箱穿过鸡飞狗跳的客厅，独自回学校报到。

对车祸的经过及前后，程恩恩都毫无印象。她像是脑袋断片了，关于事故过程的记忆一片空白，以至于醒来发觉行李箱不见了之后，也根本记不起被丢在了什么地方。箱子里有她的衣物和证件，还有包含数学、英语、政治、历史和地理等科目在内的共计一百张试卷，外加一本语文练习册的暑假作业。一同丢失的，还有她的手机。

准确来说，除了她自个儿还完完整整、一穷二白地在这里，其他所有的东西都丢了。

缴费大厅人很多，喧嚷热闹，程恩恩穿着病号服混在其中，手里攥着护士小姐姐好心借给她的手机。

她的账户里还有新学年的学费和生活费，不知道够不够付这一个多月的医药费。小穷鬼心里有点忐忑。

程恩恩醒来的这一周，父母一直没有露过面。而她自己对此好像并不感到意外，也没有试图给家里打过电话。

从她有记忆以来，她从父母那里得到的关心屈指可数。那两个人一个忙于工作出差，一个沉溺于麻将，为数不多的共处时间，不是相顾无言、互相视对方为隐形，就是针锋相对、一言不合便起争执。

程恩恩夹在其中，从幼时的委屈难过，到后来的习以为常，再到如今的麻木。程绍钧和方曼容吵架吵到摔碗，她也能面不改色地继续吃完那一碗饭，再把空碗递过去。

她想从爸妈那里得到的，除了钱，再无其他。她能得到的，也只有钱了。从小娱乐活动有限，发呆就成了她的特长。

她一边发着呆，一边本能地跟着队伍前进，脑内预演着对班主任说“我出车祸了，作业都丢了”这句话后可能出现的画面。

老秦是个严厉较真到声名在外，让其他学校的学生都闻风丧胆的班主任。他从不听解释，所有的错误完全不讨论原因与出发点，直接处罚。至于学生们花样百出不交作业的借口，在他面前都不成立。

“作业忘带了？现在回去拿。”

“丢了？什么时候找到什么时候来上课。”

“生病住院了？让你家长带上住院证明亲自来跟我说明。”

“被狗吃了？那你回去，让狗来上课吧。”

前头说着不知名地区方言的叔叔与工作人员沟通十几分钟无果，黝黑的手拿着被丢回的证件和单据，摸了摸顺着鬓边往下流的汗水，低头嘟囔着什么离开了。

程恩恩走上前，将身份证从窗口递过去。

工作人员伸出手来拿，眼睛盯着电脑屏幕一眼都不带看的。工作人员食指熟练地在键盘上翻飞敲打，鼠标操作了几下，视线突然瞥过来：“你的费用已经结清了。”

程恩恩有点茫然，这段时间除了一个新结识的美女姐姐，没有其他人来看望过她。

她把脸凑到对话窗口，礼貌地问：“请问，是谁帮我付……”

“不知道！”工作人员一把将证件拍了回来。

程恩恩缩了缩脖子。对比之下，护士小姐姐的态度简直是天使了。她还是回去问小安吧。

这样想着，程恩恩默默收起证件。

电梯间总是人满为患，永远都挤满了等电梯的人。

程恩恩知道另外一个地方，是小安告诉她的，那部电梯因为比较隐蔽，也有些远，乘坐的人要少许多。她一路皱眉苦思，不知道究竟是谁帮她垫付了医药费。

会是爸妈吗？她昏迷的时候，也许他们来看过自己？这个想法一冒出头，就被程恩恩自己拍了回去，怎么可能。

她七八岁的时候发高烧，烧到凌晨愣是没人发现，她撑不住爬起来去敲爸妈卧室的门。程绍钧加班快到半夜才回，被吵醒发脾气吼了几声，继续蒙头睡。她在客厅等到方曼容牌局结束回家，哭着说自己难受，方曼容却只是摸了摸她的额头，说："烧什么烧，不热，回去睡一觉就行了。"

程恩恩等了一会儿，电梯到了，她抬脚踏进去的时候发现里面有人，下意识地抬头看了一眼。这一看，脚步却僵住了。

里头站着三个男人，呈三角形的结构，一前两后，三个都是黑衣服，一个顶一个的身高腿长。

后头的其中一个穿着黑西装白衬衣，戴眼镜，气质稍显斯文。另外一个体格彪悍，双手交叉放在身前，黑色短袖下肌肉喷薄，巧克力肤色更显强壮。

至于最前面的这个，个子跟壮男一般高，但是没那般魁梧，宽肩窄腰，有型有度，站在那里就是个活生生的衣架子。他一身都是黑，这个颜色被他穿出了极致的酷感，只是气场太强势，眉眼又过于冷冽，看起来倒是比壮男更不好惹。

程恩恩的小胆子颤了颤，她默默把伸出去的右脚缩回来，转身低头，快步逃离现场。

背后有人"哎"了一声，听那略显粗犷的声线，应该是那个壮汉。

程恩恩的脚步瞬间迈得更快了。程恩恩还是回到了之前的电梯间，自己没费什么力就被后面的人推了进去，只是下电梯时，细胳膊细腿的她从人堆中挤出来，很是费劲。

她熟悉的那个小护士叫小安，正忙着给一个患者换点滴。程恩恩便在护士站等她，穿着在她身上显得格外宽大的病号服，像个幽灵似的晃来晃去。

小安忙完了小跑回来："好了，我那边弄完了，你找我什么事呀？"

程恩恩还没来得及说话，小安上下扫了她两遍，微微蹙眉："我怎么感觉你比前几天还瘦了。来，称一下。"

说着把程恩恩拉过去，推上体重秤——41.3kg。

“轻了！”小安喊了一声，“让你好好吃饭，体重一点都没增加，还轻了六两！你是不是没吃饭？你想干什么啊？”

“吃了的，吃了的。”程恩恩忙说，她把手机还给小安，“我用完了，谢谢。”

小安接过手机。程恩恩又问：“小安姐姐，你知不知道是谁帮我付的医药费啊？”

“江先生付的啊。”小安低头查看手机上的消息，想也没想地回答。

“江先生？”程恩恩疑惑。

小安一顿，惊觉了什么，懊恼地吐了吐舌头。

程恩恩不认识什么“江先生”，但这一刻，她脑海中的一个片段突然被翻了出来。她刚醒来的时候意识还不清醒，朦朦胧胧地听到身边有杂乱的脚步声，似乎有人在喊着：“醒了醒了！”

“张医生来了吗？”

“快去通知江先生……”

程恩恩心里有了一个猜测。

“江先生就是那个撞了我的人吗？”她问。

“啊？”小安愣了一下才反应过来这两句话的因果关系：撞了她，所以帮她付医药费。简直太合理了，合理到小安一时也不知道该怎么解释了。

“呃，那个……”呼叫指示灯忽然亮了，小安跟看到救星似的，“我还有个患者要看，你先回去吧，待会儿我忙完了去找你！”说完飞快地跑了。

程恩恩一边慢吞吞地沿着走廊回病房，一边琢磨着。

虽然那个江先生从来没露过面向她道歉，但他没有肇事逃逸，还主动负责了医药费，这样说来也算厚道了。

这个时间走廊人不多，显得很清静。程恩恩快走到病房时，发现前方站了三个男人，好巧不巧就是刚才在电梯口碰见的三个不好惹的大哥。

那三个人显然也注意到她了，齐刷刷地看过来。

程恩恩紧张得脚步都有些不稳了。偏偏这是回病房的必经之路，她只好硬着头皮不去看他们，免得大哥们觉得她冒犯。她强装镇定地往前走，经过那里时，有意识地远离，几乎是贴着墙根蹭了过去。

气氛一时变得有些诡异。

程恩恩甚至能感觉到身后大哥们一直盯着她的视线。她控制着步伐，不能太快，不然显得丢人。她向前走了一段，扭头向左边的病房一瞧，才发觉不对。

走过了。

于是她停下脚步，掉转方向，原路返回，一路数着门牌号。非常不幸的是，她发现那三个大哥就站在她的病房前面，并且，疑似头目的冷酷大哥正挡在门口。

程恩恩这次不得不正眼打量他。只见他两手插在口袋里，西装外套已经脱下，搭在手臂上，衬衣扣子解开了两颗。

此刻他也正垂眸，盯着程恩恩，那一双狭长的眼睛近看更觉得凌厉了。

程恩恩谨小慎微的脚步停在他跟前一米开外，她吞了吞口水，小心翼翼地开口道："叔叔，可以让一下吗？"

叔叔？江与城的眉毛跳了一下。

另一边，方麦冬和范彪的脸色也是相当精彩了，两个人对视一眼，又各自移开目光。毕竟都是跟着江与城见过世面的人，强大的心理素质让他们稳住了表情。

江与城的手仍然揣着，轻轻一动，侧身让出半扇门的空间。

程恩恩看看那四十厘米左右的一半门，她瘦，那个宽度侧身过去倒是没问题。她又看看头目大哥一身冷酷的气场……突然觉得她还可以再下楼走个十圈。

这时，一阵铃声打破了空气的凝滞。

头目大哥从口袋中拿出手机，机身果不其然也是黑色的。毕竟除了大金链子，这种纯黑色才衬得起大哥的派头。

江与城离开那扇门，抬脚走远了几步，接起电话："喂。"嗓音之低沉、之磁性，让人耳朵发酥。

没了那尊门神，程恩恩松了一口气。她飞快地从门口溜进去，关门之前，听到那声音没什么波动地说："打一顿就老实了。打死了算我的。"

程恩恩浑身一颤，飞快地把门关上。

透过病房门的观察窗仍能看到外头的人影，程恩恩在室内并不完全觉得安全，她坐在床边盯着门外的动静。

几分钟后，打电话的声音停了，皮鞋踩在地板上的轻响缓缓逼近。门把手忽然被拧动，接着门开了，头目大哥握着手机走了进来。

程恩恩慢慢靠近床头，呼叫器就在她触手可及的地方。

方麦冬与范彪也跟着进来，一文一武两大护法依然各据一边。江与城径自在房间里唯一的一把椅子上坐下，长腿一跷，折叠椅都坐出了龙椅的威风。

程恩恩看着眼前像极了先礼后兵找碴现场的场景，脑海中迅速飚出两个巨大的标题——

震惊！花季少女医院被杀，原因竟然是这个……

残忍！河边发现无名女尸，器官被掏空……

一想到自己会以这样惊悚的方式出现在社会新闻里，程恩恩就情不自禁地后撤了一步。

这间病房只有她一个人在用，隔壁床的病友在她醒来的第一天就出院了。看样子这几个人就是冲着她来的，可她除了身上的器官，好像真的没有什么值钱的了。

程恩恩的防备都顶在脑门儿上了，她抬手往上指了指，提醒似的说："有监控哦。"

范彪顺着抬眼，有点无语："那是烟雾警报器。"

想威胁反被识破的程恩恩只得无奈地说："哦……"

江与城跟没听见似的，只一抬手，身后的方麦冬便及时递上一个文件夹。打开是一沓足有五十页的文稿，密密麻麻全是字，第一页上方则是这份文稿的标题——《蜜恋之夏》。

江与城随手翻了两下，脸上半点情绪都窥不出。

片刻后，他眼皮轻抬，看向程恩恩，问："十七岁？"

程恩恩愣了一秒钟，说："是。"

江与城的视线又落回手中的文稿："七中高二？"

"嗯。"

"父亲程绍钧，母亲方曼容……"

没等他说完，程恩恩蹙着眉，打断道："你为什么调查我啊？"虽然是质问，但她声音软，又轻，没几分杀伤力。

江与城没回答，接着问完了剩下的半截问题："没哥哥？"

这种被查户口的感觉让程恩恩有点不高兴，但她还是回答道："没有。"

这下换江与城皱了皱眉，但也只是转瞬间的事。他合上手中的文件，若有所思地盯着她。

"恩恩，你在睡觉吗？我叫了奶茶……"小安的声音在推开门的瞬间

戛然而止。她一手举着一杯奶茶，视线从屋里的几个人身上飘过，最后停留在椅子上那个头也不回、气场强大的背影上。

"江先生。"她的语气瞬间收敛了，也正经了，"您来了啊。"

程恩恩的眼睛微微瞪大，头目大哥就是那个肇事者江先生？

小安顿时有点心虚，她是不小心说漏嘴的，不晓得会不会被怪罪。她小碎步跑进来，把奶茶放到程恩恩的桌子上，小声说了句：“少冰的，你快点喝，化了不好喝。”然后向另外三个人点头致意，又迈着小碎步飞快跑了出去。

“你就是那个撞了我的江先生啊。”短暂的寂静之后，程恩恩用恍然大悟的口吻说。

怪不得这么清楚她的情况。

一句话让三个男人齐齐一顿，朝她望过来。

“谢谢你帮我付医药费。”程恩恩目光恳挚。

虽然承担医药费是肇事者应该做的，但是身为“黑社会”还这么有良心真的让人感动，连带着程恩恩对“黑社会”大哥的抵触也少了一些。

江与城对扣到头上的帽子没有反驳，也没有搭理。他不知何时摸出了一支烟，夹在指间漫不经心地把玩着，眉头微拧，不知在思索什么。

倒是后头尽忠职守扮演右护法的范彪先震惊地道：“啥？你说谁撞了你？姐……”

他的“姐”字只发了半截音调就及时吞了回去，但程恩恩还是听到了，她犹疑地看了他一眼又一眼，试探道：“你在叫我吗？”

她有一双很有灵气的眼睛，明净如水，认真看着人时显得尤其无辜，此刻那双眼睛里满满的、毫无违和的少女感。当然，仔细看的话，还能发现一丝“你仿佛是个智障”的意味。

江与城回头，斜过来一记不悦的眼刀。

范彪一张巧克力色的脸憋出菜色，忽然拈起娘炮的调子：“姐姐我真是听不下去了！”

“……”程恩恩好像忽然就觉得那一身魁梧的肌肉也不可怕了呢。

似乎是嫌烦，江与城抬了下手，说：“你们先出去。”

正好范彪顶着程恩恩纯真的目光也没脸再待下去了，扭头拉开门就走了出去。方麦冬随后出来，带上门。

“范姐，以后说话注意点。”

“滚滚滚！”范彪对着方麦冬就无所顾忌了，骂了一句，发泄刚才的憋闷。

“你说，程姐这毛病是真的还是装的？”

“不像是装的。”方麦冬脸色平静。

“我看也不像，她刚才在电梯看到我们的时候，眼皮都抖了一下，这种微表情装不出来。”范彪说起来就有点不爽，“我们长得有这么可怕吗？她看到我们扭头就跑，啧。”

方麦冬瞥他一眼：“你不照镜子的吗？”

范彪啐了一声：“我就不爱跟你们这种有文化的聊，说句话山路十八弯还欠！”

闻言，方麦冬笑了笑。

两个人站在走廊里，半晌后，范彪回头瞧了眼，又感慨一句：“撞个头年轻十岁，这效果堪比整容啊！”

江与城没有否认“撞了她”这件事，拿出一部崭新的白色手机递给她时，甚至顺势将罪名揽了下来。

程恩恩的手机确实因为车祸遗失了，自己没有钱买新的，被爸妈知道大概又要骂她败家了。她看了看那部漂亮的手机，也看到了男人捏着手机的骨节修长的手。

她没接，问：“这是？”

“赔你的。”江与城仍旧没什么表情。

这是最新款的苹果手机，售价五位数，她不能要。她摇头，把自己摇得恶心了一下，缓过劲儿来才说：“可是我的手机是华为的。”

江与城收回手，起身，拿起搭在椅背上的外套大步走向门口，似乎是要离开。程恩恩忙出声叫住他：“等等！”

江与城脚步顿住，转身。

“那个……”程恩恩的手指搓了搓病号服袖子，有点不好意思地说，“江先生，可不可以麻烦你帮我写一个证明？”

江与城轻轻挑眉，示意她继续。

“我的暑假作业丢了，我们班主任很严厉，没有证据就不相信的。”

其实车祸这样的意外事故，由家长出面说明，老秦并不会为难。但是程绍钧和方曼容是连家长会都互相推诿的父母，程恩恩并不期望他们会为自己说明。

她的表情格外认真：“拜托你帮我证明一下。”

江与城一副高深莫测的样子，看了她许久。久到那个画面像是定格了，他才打开门，向门外的方麦冬要来纸笔，身姿笔挺地立在傍晚的阳光里，垂眸写字。写好后，他又把纸张拿下来，惯性地轻轻一抖。

程恩恩忙走过去接住。“黑社会”头目大哥的字体竟然有书法的痕迹，笔势峻逸，游云惊龙。

落款：江……看不懂。

程恩恩抬头时，正看见江与城将那部白色手机交给方麦冬，吩咐一句："换一部华为。"

程恩恩心里对"黑社会"大哥的好感不由得又加了一分，她捏着那份手写证明，十二分诚挚地说："谢谢江叔叔。"

江与城无语："……"这次不只是"叔叔"了，还是"江叔叔"，多亲切呢。

三人搭电梯下楼，走出医院时，江与城的手机再次响了起来。

方麦冬拉开加长宾利的后座车门，江与城上车，随手将外套丢在座椅上，跷起腿，拿了支烟咬在唇间。随后上来的范彪已经很有眼力见儿地打了火，拢到他面前将烟点上。

江与城半眯着眼抽了口烟，才不紧不慢地拿起手机。电话接通了，他却没放到耳边，而是拿得远远的。

只听电话里一阵鬼哭狼嚎，一道不驯中还带着稚嫩的男童声在嘶喊："江与城你这个杀千刀的！你儿子要被打死了！"

手机隔天就送到了程恩恩手里。

是范彪带来的。江与城工作忙，方麦冬也跟着忙，虽然都是左膀右臂，但范彪相对来说就很闲了。

新手机和程恩恩以前那部是一样的型号，一千来块的机型——她对手机没那么高的需求，够用了。很惊喜的是已经配好了保护壳，正是她喜欢的粉色，甚至连贴膜都准备了。这些大哥好细心，程恩恩更感动了，捧着手机双眼明亮地望着范彪说："谢谢姐姐。"

"……"范彪简直想一拳锤爆自己的头。

奇耻大辱！但是能怎么样呢！自己装的娘炮，哭着也得应了这一声。只见他嘴角抽搐了一下，不知道从什么地方挤出了一声声调诡异的"不客气"。

以前的通讯录都丢了，程恩恩捣鼓新手机的时候想凭着记忆输入几个联系人，却发现自己连一个电话号码都想不起来了，包括她爸妈的。

小安安慰她说这是车祸的后遗症，慢慢会恢复的。但她有点担心，电话号码忘记了不要紧，要是连知识也忘记了怎么办呢？于是，紧张兮兮的她去找张医生开出院证明。

张医生是个年少成名的领域内专家，但"英年早秃"，发量与医术成反比。他正在填写什么东西，闻言眼皮一抬，惊讶道："你要出院？"

程恩恩站在他的办公桌前，目光总是忍不住往他的"光明顶"飘。她动作轻微地点了下头，说："嗯。"

张医生盖上笔冒，手指在桌子上点了点："嗯……你现在还不能出院啊。"

"为什么呢？"程恩恩问。

"为什么呢……"张医生跟着她的语气重复了一遍，笑眯眯地指指她的脑袋，"因为你这个小脑瓜还没好呀。"

程恩恩确实偶尔还会头晕，尤其是摇头或者点头的动作大一些，就会晕得更厉害，但她觉得自己可以克服："没关系，已经不影响我学习了。"

张医生笑了两声。

程恩恩站在那儿瞅着他，好脾气地说："已经开学一个多月了，我落下很多进度了，得快点回去上课。"

张医生笑得更开心了，笑完，看她一脸认真，便说："这样，你再住几天观察观察，能出院的时候我一定放你回去上课。"

程恩恩从小成绩就很好，虽然考到第一名也得不到爸妈的夸奖，但考不到一定会被骂。绘画、钢琴、舞蹈、象棋……同龄孩子上的兴趣班，她一个都没上过，她没有特长，没有才艺，甚至连爱好都没有。学习是她唯一擅长的事情，成绩好是她唯一的光环。不上课的日子让她没有安全感。

她刚走出办公室的门，张医生就抚摸着头顶叹了口气。

他平时总是乐呵呵的，这种忧愁的状态通常只有在遇到疑难杂症，他束手无策的时候才会出现。张医生放下钢笔，掏出手机拨了一通电话。

"老江啊，你那边准备得怎么样了？小程刚才来找我，想出院呢。"

彼端，江与城刚刚回到办公室，把外套递给身后的秘书段薇，径直走到办公桌后，在真皮座椅上坐了下来，闻言皱了一下眉，说："暂时不行。"

"那成，我已经先拖着她了。"张医生笑了，"不过你可得抓紧了，人家学生急着回去学习呢！"

江与城视线往桌子左侧的日历上扫了眼，眉头微微一拧："还没有好转的迹象？"

"不仅没有，认知还越来越清晰了。刚开始她说起话来还会自相矛盾，前言不搭后语，现在的逻辑很缜密，她已经能自圆其说了。"

挂断电话，江与城抬了下手，示意正要退出办公室的段薇留下。

"之前交给你的事办妥了吗？"

"场地已经谈拢，但涉及的人很多，还有几名主要人物没有敲定，资料我已经准备好了，马上拿进来请您定夺。”

“你看着定。加快进度。”江与城从右手边成堆的文件中拿了一份，低头快速审阅，似乎没有再继续这个话题的意思。

段薇点头应下，又开口道：“《蜜恋之夏》完整的文档已经从网站上下载好了，您要过目吗？”

“不必。”江与城头也不抬。

程恩恩老老实实地继续在医院住着。医院的伙食丰盛又好吃，简直都让人舍不得离开了。但在程恩恩心中，回学校上课才是最要紧的。

她感觉自己已经恢复得很好了，头晕的次数越来越少，只要不太大幅度地晃动脑袋，就不会犯恶心。于是她每隔两天就去问张医生一次，但每次都被他以“还没痊愈”为由挡了回来。

程恩恩渐渐地察觉出他在搪塞自己了，更过分的是，他甚至开始躲着她了。无论她什么时候去办公室，他人都不在，不是开会就是做手术。有时候她卡着上班的时间去，实习小医生又支支吾吾地说他昨天值夜班，今天不来。

程恩恩有点生气，开始一天三次地往医生办公室跑。小医生又说张医生进手术室了，程恩恩干脆在办公室门口守着。小医生劝她回去等，说等张医生回来一定转达，她这次说什么都不相信了，结果守到天黑，愣是没堵到人。

她不知道的是，她人刚刚离开病房，在往办公室来的路上，张医生就已经得到消息溜之大吉了。

几次扑了空，程恩恩也觉出不对了，肯定是有人给张医生通风报信了。

于是，这天早上七点，她出了病房，没有往医生办公室的方向去，而是像平时散步一样，下楼去了小花园。然后，她蹲在隐蔽角落的一张长椅后，借椅子遮挡藏身，并用病号服蒙住了半张脸。

这几天张医生为了躲她，上班不走前门了，程恩恩决定在这条小路守株待兔。

她蹲了不到十分钟，就见张医生提着一个电脑包出现了。他把手机举在耳边，边快步走着边讲电话：“今天小程来了吗？没？咦，怎么突然想通了？没来最好，你赶紧把昨天那两个病人的病历给我找出来，我马上就到了……”

程恩恩气鼓鼓地瞪着他的背影。

张医生果然是故意在躲她，这个大骗子！

她看着张医生进了楼道，急忙起身，鬼鬼祟祟地跟了上去。

张医生搭医生专用的电梯上楼，程恩恩在隔壁的电梯间等着。

这个点正是早高峰，上班的上班，吃饭的吃饭，人很多。她等了七八分钟，才终于等到一趟，忙跟着人流挤了进去。电梯运行缓慢，每两层就要停一停，等她下电梯时，已经过去十分钟了。

不知道张医生会不会拿了病历又跑掉，程恩恩一路小跑着过去。

这次她从另一个方向来，实习小医生没有提前得到消息，看到她时便愣住了，张了张口还没说话，她就喘着气先冲小医生"嘘"了一声。

小医生毕竟骗过她几回，心虚，心想着反正现在再通知张医生也来不及了，于是默默收了声。

办公室的门没关严，里头有说话声。程恩恩虽然是生气来堵人的，但是很有礼貌，没有去打扰，就站在办公室门外等着，免得给张医生逃跑的机会。她没想偷听，但是突然一道声音响起，带着熟悉的粗犷范儿，是那个"肌肉姐姐"。

程恩恩的耳朵情不自禁地竖了起来。

"那边还没搞定，人还得麻烦你再看几天，别让她出去。"范彪说。

"没事儿，这么多人关照着呢，她跑不了。"张医生说，"她身体倒是没什么毛病，营养餐吃着，体重也升上来了，听小安说昨天上秤已经43kg了，还不错。"

43kg，这在个头187cm、体重超110kg的范彪眼里，跟小鸡仔没什么区别。他说："还是太轻了，再养胖点。"

程恩恩的耳朵贴着门缝，把这几句对话听得清清楚楚。她怎么突然有一种自己要像猪一样被论斤卖掉的感觉？虽然不清楚"肌肉姐姐"口中的"那边还没搞定"是哪边，但她闻到了阴谋的味道。

她咬了咬嘴唇，有点紧张。联想到"肌肉姐姐"的身份……程恩恩几乎可以确定，他们阻止她出院，还要把她喂胖，一定是想她去做什么非法勾当！太坏了！亏她还觉得那几个大哥面孔黑但心肠热，没想到只是居心叵测地想要把她养肥再杀。

呜呜呜……程恩恩胆战心惊地拿出手机，打开拨号界面，按了"110"，拇指冲着绿色的拨号键刚要按下去，背后却悄无声息地伸出一只手，以一种不容反抗的力道将手机从她手中抽走了。

程恩恩一抖，回头，看到一片黑色挺括的布料。她仰着头，视线顺着一排每一颗纹理都不同的暗色纽扣一路望上去，凸起的喉结、棱角利落的下颌线……再往上，程恩恩就没敢仔细看了，因为她认出了那张脸，是那个头目大哥。

程恩恩的胆子都快被吓破了，她缩了缩脖子，瞪着那张冷淡的脸。

三秒钟后，她拔腿就跑。

江与城手一抬，揪住她上衣的后领，也没看她，低头删掉屏幕上那三个数字，退出拨号界面，然后把手机递还给她。

程恩恩哪敢接，跟被揪住后颈皮的兔子似的，瑟瑟发抖。

江与城将手机顺着她左胸口的大口袋插进去，轻薄的机身尾端隔着病号服薄薄的布料缓缓地刮过。

程恩恩不知道他是不是故意的，但这个并不过分的动作在刻意放慢之后，莫名地就染上了一丝暧昧的味道。她瞬间起了一层鸡皮疙瘩。

江与城似乎对她瑟缩的反应浑然不觉，没什么表情地松开手。

撞破犯罪团伙的阴谋，还企图拨打110报警，被当场逮住的程恩恩觉得自己离死不远了。这下连养肥都不用了，她肯定会被直接宰杀。好后悔！她不应该这么冲动，应该保留证据再匿名举报的！

江与城一松手，她就下意识地又想逃。

刚才转头就跑没注意，这会儿她才看清江与城身后还站着一个人，是那天的那个眼镜男。对上视线后，眼镜男还冲她微微一笑。那笑容彬彬有礼，只是落在此刻的程恩恩眼里，怎么看都觉得阴森森的，尤其是镜片反着光，更显得阴险了。

程恩恩急忙后退，警惕地瞪着大眼睛，结果退得太猛，“砰”的一下撞上门板，门被撞开了一半。张医生与范彪的对话被打断，两个人同时扭头看了过来。

张医生先是一愣，随即又一笑，招呼道：“老江。”

不愧是老江湖，此刻当着程恩恩的面，他像这几天的“你追我躲”根本没有发生过一样，一丝心虚或是惭愧都看不出来，笑呵呵的，十分坦荡从容。

“你俩怎么一块儿过来了？”

程恩恩缓缓扭头，投去幽怨、谴责的目光。没想到张医生堂堂一个医学专家，竟然也参与了犯罪团伙的活动，实在是道德败坏，人心不古。

江与城的视线从程恩恩身上越过，他向张医生点了点头：“我先送她回去。”

他说话的语调一直是冷静、不起波澜的，这时候的程恩恩草木皆兵，听着这句话就像是“我先把她关起来”，于是情不自禁打了个哆嗦。

江与城看了她一眼，脱下外套往她肩上披。

程恩恩却像被一只无形的手掐住脖子似的，整个人用力往门上贴，半开的门被她压着转完了剩下的半圈，“砰”的一下再次撞到墙上。

江与城的手停顿了一秒钟，然后不动声色地收回，外套搭上左手小臂，侧身：“走吧。”

程恩恩总觉得跟他回去，等着她的不是大砍刀就是一把上了膛的枪。但对方四个人，前后夹击，她肯定是跑不掉了。她不情不愿地在头目大哥的逼视下迈动沉重的小腿，像被押解的犯人一样，踏上前往刑场的路。

程恩恩想到了爸妈，这个世上她唯一的，但并不关心她的亲人。不管怎样，临走之前她还是想给家里打个电话通知一声的，但悲伤的是，她忘记了爸妈的电话号码。她又想到自己高中还没毕业呢，这时候死了就是一只只有初中学历的鬼。

江与城走在她身后，她步子拖得慢，他个高腿长，也不得不放慢脚步。

她全程垂着脑袋，耷拉着瘦削的肩，像只丧气的鹌鹑。

走了一阵，程恩恩正在思索自己此时逃跑成功的概率，忽然听到头目大哥的声音从背后飘过来：“你想出去？”

已经快到病房门口，不到两米的距离。程恩恩脚步停了下来，回头，有点不解地看向江与城。

头目大哥现在问这个问题是什么意思？是要大发慈悲放了她这只小虾米吗？还是要根据她的回答来决定抛尸地点？

程恩恩谨慎地思考半天，才小心翼翼试探着回答：“想活着出去。”江与城也不知听没听出她话里那点把他当作杀人魔头的意思，只是说：“下周一。”

还有些细节没安排到位，但她先去上课也没问题。

下周一……

直到江与城和眼镜男走出去很远，程恩恩还紧锁着眉站在门口，没进去，心里一股萧瑟的小风刮啊刮。

下周一，就是她的死期吗？

程恩恩认真思索了很久，得出了她还不想死的结论，她还想在知识的海洋里再遨游几年。对生命和知识的渴望让她的小胆子壮了起来。

她要逃出去！

下定决心之后，程恩恩立刻回病房收拾东西。可怜见的，除了头目大哥赔偿的华为手机，她再没有任何其他财产了。美女姐姐送给她的水果还剩一些，她找了个透明的塑料袋，连同手机一起装了进去。

她甚至没有衣服，想着去找小安借一件，随即又打消了念头。张医生和“黑社会”是一伙儿的，不知道小安有没有和他们同流合污。

她就这么点财产，收拾都用不了十分钟。

然后，程恩恩提着塑料袋，悄悄打开病房的门，把头探出去，往左边瞅瞅，没人，往右边瞅瞅，没人。她呼了一口气，抬头……正好对上“肌肉姐姐”促狭的目光。

范彪看她鬼鬼祟祟的模样，觉得有点好笑。他叼着支烟，双手抱怀，好整以暇地问：“你这是打算去哪儿呢？”

程恩恩小心肝儿一哆嗦，说：“厕……厕所。”一边说着，一边把塑料袋往背后藏。

掩耳盗铃。范彪对自己能用对一个成语很有成就感，他往前跨了一步，伸手一探，程恩恩手里的塑料袋就被夺走了。

范彪打开袋子，首先映入眼帘的就是一个大白馒头，下头俩苹果、俩香蕉、俩柠檬，还有一部手机和一瓶药。

范彪都想叹气了，这都什么玩意儿。

跑路被当场截获，程恩恩被“肌肉姐姐”赶回病房，忐忑地看着外头三个人在说话。

江与城跟张医生聊了一阵，被范彪的电话叫了过来，这会儿正听他添油加醋地汇报程恩恩带着大馒头和水果逃跑的事迹。

“怎么这么不让人省心呢！”范彪刚才已经乐完了，这会儿在江与城面前就表现得十分正经，剥着香蕉“啧”了一声，“她这个样子跑出去，谁能放心？”

江与城没接茬，脸上也看不出什么。他往病房里瞥了一眼，程恩恩立刻垂下眼睛，吊着两只小细腿儿坐在床边，抠着自己的手指，又乖又怂的样子。

他迈步进门，程恩恩立刻从床上溜下来，缩到病床和柜子的夹角立着。男人腿长，气势也足，每走一步，程恩恩的心就紧张一分，看到他越过折叠椅还在往前走时，她连吸气都快吸不动了。

江与城一直走到她跟前，隔着五十厘米的距离，才停下。垂眸只能看到她的头顶，发旋儿在正中央的位置。

“我说了周一让你去上课，你不想在医院待着，那跟我回家？”

程恩恩差点两眼一翻晕过去，她怎么能去贼窝！于是赶紧表态：“我喜欢在医院待着！”

江与城像早料到她的答案似的，“嗯”了一声。接着，他微微俯身贴近她耳畔，那股若隐若现的奶味儿和柠檬味儿没能让他的声音产生丝毫波动：“你想活着出去，就给我乖一点。再让我发现你乱跑，我就打断你的腿。”

他说话的调子没有起伏，但配合那张脸，听起来就格外有杀人不眨眼的冷酷感。

程恩恩的眼泪都要汹涌而出了，但她憋着不敢哭，抿着嘴，眼眶里含着一点水汽，小声地说：“我不跑了。”

江与城直起身，说：“周一我来接你。”

头目大哥的威胁很管用，程恩恩再也没有想着逃跑了，安安分分地在医院待着，等着周一头目大哥来释放她。

周日下午，她正在午睡。病房的窗户开在东南边，下午一点多钟的阳光令人目眩，她的床在窗口下，阳光刺眼，她睡得不大安稳。

直到“哗——”的一声，这突兀的声音，在只有空调机器运作声音的安静室内尤为清晰。

薄荷绿的百叶窗帘被关了一半，稀稀落落的光线见缝插针地从半开的缝隙中挤进来，一道一道的金光落下，与蓝色的竖条纹横斜交叉。

眼前的金黄转为橘红，最后归于黑暗，眼皮下眼球转动的频率明显降低，渐渐地平静了下来。程恩恩醒来眼睛见了光，被刺得想要流泪，拿手遮了一下。

“你醒了？”一道悦耳舒适的女声响起。

程恩恩循着声音抬头，睁着眼睛，坐在那儿发了会儿呆，迟钝的大脑才将接收到的图像信息处理完成——对方女性，二十五岁左右，黑长发，低马尾梳得一丝不苟，身上是偏正式的OL风雪纺衬衣和长裤，简单而显气质，衬托着匀称的身材，手里还提着一只小巧的皮箱。

正是程恩恩刚醒来时认识的那个美女姐姐，那时候她身边连个探望的人都没有，美女姐姐陪了她很久。

“薇薇姐。”程恩恩叫了一声。大约是因为刚睡醒，嗓音比平时听起来更软糯，清透又乖巧。

只是立在病床前的段薇仍然不适应这个称谓，垂眸掩藏了那一点怪异。她调整好情绪，微笑着问：“你最近怎么样，头还痛吗？”

“好多了。”程恩恩说。

段薇将皮箱放在地上，打开锁扣：“你上次说行李不见了，我给你带了一些旧衣物，你先将就着应付一下，回去了再买新的。”

其实不是她的旧衣物，是江总吩咐她去买的。他的原话是“不用太贵的”，但她也不敢真的买便宜货，尽量挑着价格中等、质感好的品牌买了几件基础款的T恤、卫衣和牛仔裤，剪了吊牌，全部过水清洗干净了。

程恩恩惊喜又感动：“谢谢你，薇薇姐。”她完全没注意到这些衣服都是加小号，以段薇的身高和骨架根本穿不上。

从来没人这么关心过她，还是一个只有一面之缘的陌生人。程恩恩的眼睛忍不住有点泛酸，低头吸了吸鼻子。

周一，江与城一早就抵达了医院。

程恩恩老早就准备好了，东西收进段薇送给她的小皮箱里，身着白色连帽衫和浅蓝色的水洗牛仔裤。连帽衫胸前印着一排红色小字母，跟帽子上的红色抽绳相呼应。牛仔裤是紧身款，但连她的腿都包不紧。

江与城进门时，她正坐在床上喝豆浆。在这之前，她自己扎了个丸子头，但没扎好，一撮头发朝着天。她一瞧见江与城，就跟开了防护盾似的，小眼神十分警惕。

江与城说了声“走吧”，她立刻像个小鹌鹑一样，提起自己的皮箱跟上。

还是那辆加长宾利，后座空间比一般的车大，内饰哪哪儿都透着人民币燃烧的味道。昂贵的真皮座椅，程恩恩却如坐针毡，屁股都不敢用力。旁边那人的存在感太强，余光里能看到他黑色的西装裤，她全程秉着小心。

直到车在一处大门口停稳，“A市七中”四个字映入眼帘，程恩恩提了一路的心才终于放下。大哥们信守承诺，没有宰杀她，让她分外感动，她认真地说了声“谢谢”，然后下车，恭敬有加地关上门。

范彪将程恩恩的小皮箱拿下来，看着她接过，仰头在门口茫然地站了片刻，才慢吞吞地走进去。背影还真像个学生。

门卫室已经有穿着制服的人在值守，范彪抬手示意，对方也回了个手势。他这才拉开车门，坐上来时往后瞧了一眼：“城哥，你真让嫂子去跟别人谈恋爱啊？”

江与城靠在座椅上，阖着眼：“闭嘴，开你的车。”

程恩恩觉得自己的脑子真是被撞得不轻，她竟然连自己的学校都认不出了。

大门的白色栅栏，进门后树荫遮蔽的车道，两侧气派恢宏的建筑，就连从楼上传来的朗朗的读书声都有一种久违的陌生感。

她有点茫然，教学楼在哪里呢？正努力回忆着，听到一声：“哎，你哪个班的？”

程恩恩循声回头，是一个门卫叔叔，长相敦厚，穿着墨绿色制服，正朝她走过来。

“高三一班的。”程恩恩乖巧地回答。

“新转来的？”门卫叔叔问。

“不是，开学之前出车祸受伤了，今天返校。”

“哎哟，出车祸啦。”门卫叔叔拿出电话，“等着，我给你们班主任打个电话，让他过来接你。”

正好程恩恩想不起来路呢，忙说：“谢谢叔叔。”

“谢什么。”门卫叔叔大手一挥，对着刚刚接通的电话喊，“喂，老秦啊，你们班那个住院的小同学回学校了，你赶紧叫个人来接吧，就在校门口呢。”

门卫叔叔拉着程恩恩唠了五分钟的嗑，校道那头便有一道身影跑了出来。长马尾，穿着蓝白撞色的小翻领校服，人还未到跟前，便挥了挥手笑着喊：“恩恩！”

完了！程恩恩脑袋里首先冒出来的是这两个字。她不仅连学校的样子忘了，连同学的样子都忘了。这个女生显然认得她，应该是她的同班同学，但程恩恩竟然无法根据这张脸对应上名字。

程恩恩正苦恼地思索，对方已经跑到跟前来，看她一脸愣怔，便说：“你怎么啦？我是叶欣呀。”

哦，叶欣呀。程恩恩立刻想起来了。再对照女孩又黑又直的头发和笑起来的酒窝，果然是她在学校最好的朋友叶欣。

“走吧，我先带你去宿舍放东西。”叶欣帮她拉着箱子，又挽住她的手臂，“你身体怎么样了呀？我听说你住院了，一直想去看你，但是没有联系上。”

“我的手机丢了，头也受伤了，忘记了很多东西，想联系你的时候想不起来电话号码了。”程恩恩越说声音越小，很不好意思的样子。

“没事，待会儿我们再加一下。”叶欣是个性格很好的女孩子，脾气好，也很会照顾人，一路上都在跟程恩恩说话。

程恩恩从叶欣的话中慢慢了解了哪栋是教学楼，哪栋是实验楼，还有办公楼、图书馆、食堂，甚至是操场和篮球场的位置。她跟着叶欣一路走到宿舍，关于学校的地图，她脑海中仍没有一个清晰的概念，只记了几个主要场所的位置，隐约觉得和记忆中不大一样。

叶欣和宿管阿姨打了招呼，领着程恩恩上楼时说：“我们俩一个宿舍，还有陶佳文和戴瑶。陶佳文你还记得吧，高二和我们一个班。戴瑶以前是九班的。”

七中可以住校也可以走读，但大多数学生都选择住校，每周回家一次。

程恩恩跟叶欣关系好，跟陶佳文却一直不大对付。

“你的床我已经给你铺好了。”叶欣指了指窗户下左手边的位置。床铺干净又整洁，是学校统一发放的浅色格子被单与床单。她的桌子上摆了一些书和护肤品之类的杂物。

“那些是陶佳文的。”叶欣帮她一起将东西收起来，放回了陶佳文堆得乱七八糟的桌子上。

放好行李，程恩恩在叶欣的陪同下回教室。

U型的教学楼，从左边楼梯上去，三楼，经过二班的教室，最左边就是高三一班了。

二班正在上课的女老师站在讲台上，程恩恩经过的时候往里面看了一眼，许多人也正在往外看她们。

一班的门开着，叶欣先走到门口，喊了一声：“报告。”原本就安静的班级，四十多双眼睛霎时聚集过来。

讲台上站着一个身高一米七五左右、中等身材的中年男人，头型有点像小头爸爸，眼睛小，眼泡肿，看起来不苟言笑、不好说话的样子。很多人程恩恩都认不出来了，但这个明显就是班主任老秦。

老秦朝程恩恩招招手：“来。”

程恩恩走过去，站到讲台上。

“程恩恩同学车祸受了伤，身体刚刚恢复，大家平时要发挥互帮互助的同学精神，多多照顾她。废话就不多说了，大家欢迎程恩恩同学归队。”老秦说完率先拍了两下手，下头的人便一起鼓掌。

程恩恩鞠了一躬，小声说：“谢谢。”

教室里只有两个空座位了。一个在最后一排的角落里，同桌是一个圆乎乎的大胖子，一个人就能占满两个位置。还有一个在第三排靠窗户的最右边，挨着过道，旁边趴着一个学生在睡觉，看不到脸，只能看到头发剃得很短、干净利落的后脑勺。看起来个子挺高，身型瘦而不弱，皮肤很白，耳朵的形状有些好看，耳廓上还有一颗小小的痣。

老秦的手往那儿一指：“你就先坐那儿吧。”

程恩恩走过去，心想这位同学真是胆大包天，竟然敢当着老秦的面睡觉。他挨着过道，空位子在里头，程恩恩想过去就必须叫他起来。

对方在睡觉，她不太好意思打扰，但这时候全班同学都看着，她也不能耽误太久，犹豫了一下，轻轻叫了一声："同学，请让一下。"

没反应。

程恩恩提高声音："同学……"

还是没反应。

老秦也没说话的意思，程恩恩只好伸出手，拉拉那人身上的校服袖子。刚一碰到，他就腾地一下坐直了身体，额头边上被衣服压出了浅浅的印子，微眯的眼睛带着些被吵醒的不耐烦。

那个眼神让程恩恩本能地一颤。怎么最近遇见的个个都是不好惹的?

整个班里都静悄悄的，仿佛都在屏息注视着什么大事件的发生。

被吵醒的男同学瞥了程恩恩一眼，慢吞吞地站起来。他的个子比程恩恩目测的还要高一点，清冽的气息从她身旁晃过，他让出位置。

程恩恩说了一声"谢谢"，走进去坐下。

这节课已经快结束了，下课之后老秦就匆匆离开教室。程恩恩跟着去办公室，解释因为车祸把暑假作业搞丢了的事，刚开口，老秦就摆了摆手："你的情况我都了解了，作业丢了就丢了，把身体养好才是正经事，以后有什么问题就来找我。行了，你先回去吧，待会儿我叫人把新书和校服给你抱过去。"

程恩恩高二就在老秦的班里，她还记得他把一群不学无术、除了打架毫无追求的小痞子驯得服服帖帖的光辉历史。今天的老秦太好说话，以至于她有点没反应过来。出了办公室走了几步，她才晕乎乎地想起来自己的"丢作业证明"都没来得及拿出来呢。

校服和课本很快就送过来了。上午的最后两节是英语课，英语老师姓苏，年轻漂亮，打扮也时髦，听说老公家里是做生意的，倍儿有钱。苏老师人也温柔，程恩恩新学年第一堂英语课，苏老师并没急着开始教学内容，而是先用英语做了自我介绍，和学生们互动了片刻，又让新来的程恩恩做自我介绍。

这种自我介绍，程恩恩从小就练习过许多遍了，名字、年龄、喜欢的科目、喜欢的运动、人生格言……她已经有一套模板了，只是爱好什么的都是瞎编的。

她的发音很标准，苏老师很赞赏地看着她笑了，然后请她坐下。

程恩恩松了口气，看来她的知识还在。

这天江小粲放学走出校门，瞧见不远处的那辆黑色红旗轿车，脸就拉长了。他爬上车，被接回清川道江家，下车时还丧着一张脸。他肩膀上挂着书包，进了门鞋也不换，就往沙发上一躺，瘫成一张生无可恋的饼。

许明兰正和老大媳妇儿宋茵华喝茶，见他这副样子也没生气，放下手里的骨瓷茶杯，起身走到他身边。许明兰平时吃穿住行都有人伺候着，这会儿一边弯了腰亲手帮小孙子脱鞋，还一边笑着说："别不开心了，刚才你爸爸来电话了，今晚过来吃饭。"

作为江家三个孙辈里最小的一个，江小粲皮是皮了点，但一张小嘴会来事，家里没一个不宠着他的。但是他被送到这儿快半个月了，许明兰知道，他急着想回自己家呢。只是程恩恩的情况老四也没仔细说，似乎是记忆产生偏差，搞错自己的身份了。

江家子嗣说多不多，说少，也不少。

江与城这一辈四个全是男丁，可惜命途多舛。老大江予堂在搞学问，如今是知名的历史系教授。老二从军，早些年夫妻俩双双牺牲在前线，留下一棵独苗。老三则年纪轻轻沾染上坏东西，整个人的脾性都被浸成了黑的，死不悔改，被江老爷子一气之下赶出家门，从此再没有半点消息。

老四江与城就是在这种情况下出生的，有着三哥的例子在前，二老对他的看管教育格外用心，也格外严格。他不负所望，年轻有为，在商场上披荆斩棘，一路走到了今天的地位。唯独在婚姻这事儿上让二老不大满意，他不知怎么就和一个小姑娘搞在一起了，二老也不是不通情理的主儿，催着两人结了婚。谁能想到当初死去活来非要在一起的两个人，结了婚反倒成了仇人。小两口大大小小的架吵了这么些年，吵到孩子都八岁了。前段时间闹离婚，临了手续还没办完呢，一场意外又来了。

江小粲一听这话一个鲤鱼打挺坐起来："真的？"

"这还有假的不成，奶奶什么时候骗过你？"许明兰解开他左脚的鞋带，"半个小时之前打的电话，估摸着再有个二十分钟就到了。"

江小粲又一个鲤鱼打挺从沙发上跳了下去，趿拉着鞋带散开的运动鞋，拔腿就往楼梯蹿。

许明兰被他吓了一跳："哎，这孩子……"

话还没说完，就听江小粲高声喊着："大伯母，你的化妆品借我用用！"小猴子似的身影顺着旋转楼梯消失在二楼。

十多分钟后他就从楼上下来了，脸上青一块紫一块，跟被谁暴打了一顿似的。

许明兰一愣，忙问："怎么弄的？摔着了？"

“没听见响声啊！”宋茵华也纳闷。

江小粲径自去厨房拿了颗佣人洗干净准备切的番茄，大口大口啃起来，啃得嘴巴鼓囊囊，半张小脸上都是汁。

“没事儿，奶奶，待会儿看我表演吧。”

这时候院子里响起汽车声，江小粲立刻跳下凳子，随便扯起一块布擦了一把手。他就站在餐厅旁边的空地上，扭了扭脖子，双手一扣向上拉伸，然后下腰，接着压腿，最后原地高抬腿。

许明兰跟宋茵华两双眼睛奇怪地盯着他：“干吗呢这是？”

“热身。”江小粲嘴里的东西没咽干净，含混地回答。

就在此时，门口出现一道身影，宋茵华瞧见来人，一声“老四回来了”还没来得及出口，就听背后忽然爆发出一声凄厉的“爸爸——”。

客厅里两个人都被吓了一跳，还没反应过来，江小粲已经像一颗小炮弹一样冲到门口，一头扎到江与城的西装裤上，抱着他的大腿嗷嗷大哭：“爸爸，我好惨啊！我快被二哥打死了！”

那悲痛欲绝的哭声，配合着脸上的青青紫紫，以及嘴巴里红艳艳的番茄汁，效果那叫一个惨不忍闻。

江与城倒是丁点儿反应都没给，托着整只盘在他右腿上的猴儿走到客厅，淡淡地向已经惊呆了的两个人打招呼：“妈，大嫂。”

江小粲两只手抱着他的腿，两腿还夹着，挂在他身上不下去。

江与城径自坐下，不咸不淡地说了句：“去把你脸上的东西洗干净。”

眼看表演被戳穿了，再哭下去也没意义了，江小粲这才收住声音，不情不愿地从江与城身上下来，乖乖去洗脸了。

许明兰可算明白他刚才那句“看我表演”是什么意思了，看他进了洗手间，她立马替不在场的二孙子伸张正义：“他闹呢。那天你不来接他，他发脾气要从二楼窗户往下跳，被小峙拿拖鞋抽了两下屁股，没伤着。”

“待会儿我带他回去。”江与城这趟来本就是来接他的。

许明兰点点头，说：“回去吧，孩子还是想跟着爸爸妈妈的。”虽然她挺喜欢小孙子在这儿陪着她，但她很明理。

话说到这儿，话题自然而然转到孩子妈身上。宋茵华问了句：“恩恩呢，怎么样了？”

佣人上了茶，江与城拿起抿了一口，才不紧不慢地答了句：“送到学校上课去了。”

对面两人皆是一愣，对视一眼，许明兰问：“怎么给送学校去了？”

江与城放下茶杯，眉眼间有淡淡的无奈：“她喜欢，随她吧。”

江小粲终于如愿以偿可以回家了，晚饭吃得都比平时香，饭桌上还献殷勤，狗腿子地把仅有的两只鸡腿之一夹给江与城。

鸡腿太大，他没夹稳，手刚伸到一半，鸡腿就往下掉。江与城一抬筷子给接稳了，丢回他碗里，语气不像是爸爸对儿子，倒像是教官对待不听话的小兵蛋子：“坐好！”

踩着椅子才能够到他碗的江小粲，老老实实从椅子上下去，不高兴地嘀咕：“狗咬吕洞宾。”

“你这孩子！”许明兰嗔他一眼，“那是你爸，他要是狗你是什么？”

“我是狗儿子啊。”江小粲机灵着呢，顺水推舟地就又骂了他老爹一遍。

这种幼稚的“你是狗你是猪”，只在小孩子眼里才有杀伤力。江与城懒得跟个小兔崽子计较，没听到似的，简单吃了几口便搁下筷子：“我晚上还有事，先走了。等爸回来了我再过来。”

许明兰点头，放下筷子：“有事就去忙吧，早点回去，别让小粲一个人在家。”说着，又叫佣人将提前备好的东西拿进来，“前天你卫叔叔过来带的黑松露和鱼子酱，小粲爱吃，你带回去吧。这东西我们都吃不惯，一行跟小峙我另外留了些。”

她安排得面面俱到，江与城没拒绝，接了，转身拿上外套就要出门。

江小粲正抱着鸡腿啃呢，见他也没个等等自己的意思，“哇”的一声又喊起来：“江与城你又不要我啦？！”江小粲忙把鸡腿一丢，麻溜地顺着椅子滑下去，扯了餐巾飞快擦干净嘴，一边跟上一边哽咽着唱，“没妈的孩子像根草……”

江与城头也不回地说：“闭嘴。”

江小粲一秒收声。

父子俩走了，客厅安静下来，一下子显得冷清了。

宋茵华笑着叹了一声：“这孩子也不知道像了谁，老四跟恩恩话都不多，有时候都怀疑是不是抱错了。”

“像他爸。”许是想起从前旧事，许明兰也笑起来，“老四这么大的时候也皮着呢。”

英语课上得很顺利，除了自我介绍坐下来时，被同桌盯着，他意味不明地扯了一下嘴角，那个玩味的笑容让程恩恩心里有点打鼓。所幸后面的课他全程都在睡觉，也不知道晚上去干了什么大事业。

第四节课结束前两分钟，同桌十分及时地醒了过来，坐起来，懒懒散散地往后一靠，视线落在黑板的方向，一动不动，乍看起来像听课听得很认真的样子。但程恩恩瞄了一眼，他桌上摊着的还是上上节课的语文书。

剩半分钟的时候，苏老师停下来，说："好了，今天的课就到这儿吧。"然后向程恩恩的方向转过来，"程恩恩，你来做课代表吧。"

程恩恩起身起到一半，身边的人忽然抬手啪啪鼓了两下掌。因为即将下课而骚动起来的教室瞬间安静了，包括苏老师在内，许多道目光投来。

一时间气氛相当尴尬。

程恩恩没忍住往同桌脸上瞄，这才发现他眼皮半耷拉着，还带着没睡醒的困倦。

就在这时，她身后的方向忽然响起一阵十分热烈的掌声，只听好几个男生的声音混在一起，铿锵有力地喊："好！"

"……"程恩恩一时也分不清这几个人是在给自己撑场面，还是给同桌捧场。

下课后，人呼呼啦啦地涌出教室，同桌也在后面那几个捧场王的簇拥下走了。

程恩恩把笔记的最后一个字写完，合上英语书，叶欣走到她身边，说："恩恩，我们走吧，今天食堂有糖醋小排。"

程恩恩最爱酸甜口儿的，一听"糖醋"两个字，胃口都打开了。

下楼时，叶欣又说："你要不要跟班主任说一声，换个位置？听说樊祁脾气不太好。"

樊祁？原来她的同桌就是樊祁啊。

程恩恩对这个在七中如雷贯耳的名字当然有印象，听说他战斗力很强，高一的时候就单挑高三的校霸大哥，一战封神，从此奠定了七中老大的地位。他家里也是有权有势，学校对他睁只眼闭只眼，轻易没人管他。

程恩恩重新去办理了饭卡，七中的食堂无功无过，跟以好吃闻名的三中食堂没得比。但今天的糖醋小排做得很好吃，程恩恩去打饭的时候已经快被抢完了，前头的人都在嚷嚷着："怎么才这么一点？""有没有搞错，就两块？"

轮到程恩恩的时候，阿姨一脸正气地舀了满满一大勺，刚才抠抠搜搜半天攒下的全在这一勺里了。

程恩恩很开心，数了数，一二三四五六七……她心虚地瞅了瞅四周，用手捂着免得被人看到。

午饭吃得很饱，午休的时候程恩恩没睡，在提前看数学课本。下午头两节就是数学课，她想预习一下。只是这一看，把她看得发愁。数学是她的强项啊，她怎么突然觉得好难？

她安慰自己，一定是因为脑袋的伤还没完全恢复，影响了她的学习能力。

午休结束，数学课开始后，程恩恩在英语课上积累的信心被打击得溃不成军。

已知偶函数f(x)在[0，2]内单调递减，若a=f(−1)，b=f(lg0.5)，c=……

数学老师姓李，刚过而立之年，头发已经冒白，正边在黑板上写字，边慷慨激昂地讲解："这道题非常简单……"

偶函数、f(x)、单调递减……这些词听起来都似曾相识，为什么连起来就陌生得像阔别了几个世纪似的？

李老师的语速好快，他在说什么？lg0.5等于几？a为什么小于b？

程恩恩难过得不行，她发现自己根本跟不上老师的思路，晕头转向。完了，她是不是脑子坏掉了？她现在要那个肇事的江先生给她赔钱还来得及吗？

更难过的还在后头，晚自习时老秦过来宣布了一件大事："同学们，已经开学一个半月了，想必大家已经适应了高三的学习节奏，第一次月考安排在这周的周四和周五……"

他话音尚未落地，教室里已经闹开了。

"不是吧，这么快？"

"月考是什么玩意儿啊？还要月考啊？我还以为……"

"完了，我一听到考试两个字就生理性胃疼。"

"安静！"老秦不悦地敲了敲桌子，"月考是惯例，是对大家学习成果最好的检验方式，也是给老师的一种直接反馈，了解一下大家的水平。"

七中向来有月考的传统，一月一次，雷打不动，新学期的第一次月考通常安排在国庆节之后。程恩恩对待考试一向认真，还从没有像这次这么恐慌过。

晚自习结束，程恩恩又在教室看了会儿数学书，依然没能找回学霸得心应手的感觉。她闷闷不乐地去买了新的洗漱用品，回到宿舍推开门，就听到一个声音说：“谁动我的东西了？”

她抬头，看到一个齐刘海瓜子脸的女生，正生气地瞪着她。程恩恩和那个女生对视着，一秒，两秒……

“陶佳文，你的东西占了恩恩的桌子，我帮你放回去的。”叶欣主动缓和。

原来是陶佳文。程恩恩对上号了。

陶佳文不依不饶：“谁准你们动了？还乱放，你们把我桌子都弄乱了！”

她的桌子本来就是乱的啊。

程恩恩将新毛巾拿出来时，陶佳文双手叉着腰，还在发脾气：“烦死了，我最讨厌别人动我东西！”

于是，程恩恩走过去，把下午放上去的几本书和瓶瓶罐罐搬下来，放到地上，转身走开。

“程恩恩你什么意思啊？”陶佳文在背后气势汹汹地喊，眼看着是要吵架的意思。

程恩恩回头，眨了眨眼睛：“啊？你不是不让放在你的桌子上吗？”程恩恩的语气和表情太诚恳、无辜，陶佳文“扑哧”一下笑了，虽然她立刻就捂嘴忍住了，但现场剑拔弩张的气氛破了口子，就消散于无形了。

陶佳文迅速把烦躁的表情恢复好，又嘟囔了一声“烦死了”，坐回床上。

程恩恩有点茫然，这个人好奇怪。

数学这个磨人的小妖精让她心事重重，她也没太多心思关注这个善变的室友，锁着小眉头思考着上课时李老师讲的那道题去卫生间洗漱了，哗哗的水流声遮掩了外头的说话声。

陶佳文双手合十，一脸抱歉地对另外两个人说：“对不起对不起，我第一次没经验，以后一定忍住不笑场了。”

几天下来，上完了所有科目之后，程恩恩发现她的知识真的被撞丢了。

语文课文和政史地的知识点丢得七七八八，但毕竟是靠记忆力，一复习便很容易回忆起来，而她的记忆力一向优秀，忘了再重新背诵就是，不怕。唯独数学令人忧愁，她不仅忘了，还学不会了。已经三天了，她连第一节课李老师讲的那道题都没琢磨过来，差点气哭。

考试之前老秦单独把程恩恩叫过去，问了问她这几天的学习情况，又安慰她毕竟落了一个月的课程，不要着急，慢慢来，就算月考成绩不理想，也不要在意，当成一次普通的测验，看看自己的短板在哪里，以后有针对性地学习。

道理程恩恩都懂，她比别人少上了一个月的课，这次考试很有可能保不住自己的第一名了。她心里有准备，能接受。

然而考完成绩一下来，程恩恩就哭了。

第二章

我家缺个家教

回到津平街自家那套公寓，江小粲就老实了。

江小粲再机灵，说到底还是个八岁的孩子。家里爸妈闹离婚，妈妈还出了事故，一昏迷就是一个月，好不容易醒了，好家伙，连自己是谁都不记得了。他还没来得及去见一眼妈妈，又被扔到爷爷、奶奶那儿，一待就是大半个月。他倒是不怕自己被抛弃，他自信着呢，他是爷爷、奶奶的心头宝，江与城才不敢不要他。

他怕他妈妈没人要。

在家里安分了几天，江小粲估摸着江与城放松警惕了，就又开始闹了。

这天江与城有应酬，司机这几天眼睛不舒服，都是范彪在开车。去饭店的路上，高峰期，路堵得车只能哆嗦着走，范彪把着方向盘，慢慢跟着车流往前蹭。这会儿方麦冬坐在副驾跟后座的江与城在聊公事，范彪不敢出声骂，火全憋在肚子里。

于是，中控台手机一响，他看都不看号码，接通按了免提，开口就是火气满满的一嗓子："有屁快放！"

那头传来司机小王的声音："彪哥，完蛋了！"

小王不跟着江与城，唯一的工作就是接送江小粲上下学，任务清闲，薪水还高，一向兢兢业业，尽忠职守。人也是范彪手把手带出来的，不高也不壮，普普通通的身材，人群里看着十分不打眼，但要是碰上什么事儿，一个撂三个不是问题。小王这么一喊，范彪有种不好的预感，但他还没琢磨明白便先吼了回去："完你个蛋，你才完蛋！好好说话！"

小王平时性格挺稳重的，这会儿声音却像劈了叉似的：“小少爷不见了！我四点半就在门口守着了，现在人都走完了也没看到他出来，我问老师，老师说他一下课就跑了！”

范彪一愣，脑子里也是一句：完蛋了！

下意识地把车猛地一刹，他往后看，之前低头看文件的江与城此时已经抬了眼，目光冷得煞人。

程恩恩的语文和英语都发挥稳定。语文只有两句古诗文默写没记起来，但被阅读理解和作文的接近满分弥补回来了。英语的语法也忘了一些，但语感还在，一百三十五分也不差。文综倒是有许多知识点来不及重新背诵，但多数看到就有印象，简答题也能言之有物，成绩在意料之中。至于数学……

考试结束程恩恩就整个人陷入了低气压，十二道选择题十一道靠蒙，填空题是一片空白，大题就不用说了，能写上一个“解”字都勇气可嘉。

李老师已经极尽所能地给她往高了打分，架不住实在没东西可打。选择题对了仨，十五分。六道大题勉强只有第一题答出了第一小问，答案还算错了，李老师慷慨地给了一半分数，五分。六个“解”字每个都给了一分，这加起来总共也才二十六分。

二十六分！班里倒数第一的那个男同学答题卡盲涂的都涂了二十五分。

成绩是周一张贴出来的。

别的同学一到周五就如同重获自由的鸟，迫不及待地回家去。程恩恩通常一个月才回一次，家里的生活费也是一个月一给，五百块，吃穿住行都在里边，日子过得还是挺紧张的。

她周末没回家，在宿舍洗洗衣服，然后叼着小卖部买的面包到教室上自习。

数学考试给她带来的毁灭性打击让她自尊心严重受挫，她这两天算是跟数学杠上了，从早到晚啃课本。可惜数学是个硬骨头，她那一排小牙还真的啃不动。

成绩单出来，程恩恩是第一个看到的，看完就坐回了自己座位上，低头对着数学课本。

班里陆续有人进出，樊祁跟后头几排的追随者们一块儿打球回来，一帮男生嘻嘻哈哈、热热闹闹。经过第三排的时候一帮人声音安静了些，视线不可避免地在程恩恩身上停留了一阵。

樊祁往座位上一坐，外套塞进抽屉，靠在后面桌子上玩手机。那几个男生发现成绩单后，热火朝天地喊了起来。

“我数学居然考了六十分！不错不错，及格了。”

“及格个屁，九十分才是及格线，傻子。”

“那我也比你高，你才三十分，猪都能比你考得高……”

程恩恩默不作声，继续对着数学书。

“成绩出来了吗？”有几个女生也开始讨论。

“出来了，刚贴的，我帮你看了，你第十三名。”

“真的？！我这么厉害？”

“对啊，你前面就是程恩恩。”

“她才第十二名吗？她语文和英语考那么高呢！”

“嘘，小声点，她数学拉后腿了。”

“多少？”

“二十六分。”

“不是吧？我都八十分呢……”

程恩恩合上书站起来，瘦瘦弱弱地立在那儿，一点存在感都没有。她的校服已经是最小号，长度倒是刚刚好，就是肥了些，显得肩膀很薄，线条很好看。

“麻烦让一下。”她声音还是很软，而且比平时更小。

樊祁听见了，往她脸上瞄了一眼，起身。

程恩恩从他旁边经过，垂着头，脑袋才刚到他胸口。

她走出了教室，樊祁收回视线，往自以为很小声其实全班都听得见的声音中心看过去，然后不耐烦地拧了下眉：“闭嘴行吗？”声音不大不小，但自有气势，成功让吵吵嚷嚷的教室陷入了寂静。

安静只持续了半分钟。有人扬着调子说：“哟，祁哥护媳妇儿呢。”

樊祁不耐烦地说：“滚。”

程恩恩一出教室眼泪就下来了，她低头抹了抹眼睛，走到操场，找了处台阶坐下来，然后抱着膝盖，抽抽搭搭地掉金豆子。

她哭的时候眼泪流得凶，声音却很小，远处只能瞧见小小一团在那儿埋着头，凑近才能看到她肩膀的轻微抖动，听到嗓子里发出的那种很小的呜咽声。

程恩恩哭了很久，双眼都被眼泪糊住，鼻子一抽一抽的。哭了一阵，她突然感觉到不对劲，抬起眼睛用力眨了眨，视野渐渐清楚起来。眼前不到半米的地方，不知何时出现了一双比她的脚还小的运动鞋，黑白相间的

AJ，相当洋气。

她抬头，原来是个小朋友，看起来也就七八岁的年纪，穿着黑色卫衣和牛仔裤，头上戴着棒球帽，小脸轮廓干净明晰，小小年纪就透着帅气。那双细长的眼睛看起来有点眼熟。小朋友正用手撑着膝盖，目光直勾勾地望着她。

程恩恩觉得丢脸，默默挪动双脚转了个方向，背对着他用袖子抹了几下眼睛。

"真不认得我了啊？"江小粲嘀咕了一句，然后直起身，将斜挂在背上的包甩过来，拿出一包湿纸巾，抽出一张，"转过来。"语气十分有小霸道总裁的风范。

程恩恩回头看了一眼，她的眼睛红，鼻尖也红，小模样那叫一个可怜。

江小粲干脆利落地将湿纸巾呼到她脸上，老成地叹了口气："我以为你在这儿玩得多开心呢。"

"嗯？"程恩恩没听清。

江小粲下手的动作称得上轻柔，他微微低头，表情专注地帮她擦脸："谁惹你了？"

在陌生的小孩子面前，她哭得一把鼻涕一把泪就够丢人了，还让人家给她擦脸！程恩恩不好意思极了，接过湿巾自己擦，闷闷地回答："没有人惹我。"

"那你怎么哭成这样？"江小粲看着她。

程恩恩的委屈劲儿一下子就上来了，眼泪又是一通流，她难过不已地说："我的脑子好像坏掉了……"

江小粲无语："……"可不就是坏掉了吗。

江小粲从包里拿出干净的纸巾，展开后在台阶上铺好，这才将自己金贵的小屁股放上去，挨着程恩恩坐。然后他在八宝袋似的包里又翻了翻，这回变出来的是一颗巧克力。他剥开外面的金色箔纸，把巧克力递到她面前："喏。"

程恩恩小声说谢谢，接过来慢吞吞地吃。醇厚的可可味在唇齿间散开，渐渐转化成甜的滋味儿，程恩恩不哭了，抽了抽鼻子。

江小粲在一旁摇头叹息："一点防备心都没有。"

闻言，程恩恩一愣。

说完，他已经又麻溜地剥了一颗，递了过来。程恩恩这回知道防备了，摇摇头说不吃了。

江小粲把巧克力塞进自己嘴巴里，然后用湿纸巾擦干净爪子，拿出他的最新款手机。屏保是他自己的酷照，头上戴的也是一顶黑色棒球帽，对着镜头微微昂起小下巴，睥睨苍生。

“你有手机吗？”他问。

程恩恩点头：“有。”

“加个微信。”江小粲熟练地说。一看就是个撩妹的老手。

程恩恩乖得跟中了迷魂药似的，老老实实拿出手机让他扫码。两个人互加了好友，程恩恩的账号是重新建的，好友列表只有叶欣和班里为数不多的几个同学，还有在医院认识的护士小安和美女姐姐段薇。

江小粲的头像还是那张睥睨苍生的酷照，昵称“江小爷”。

“你也姓江啊。”程恩恩把备注改成：给我巧克力的小弟弟。

江小粲看着“小弟弟”那三个字一脸复杂，把手机拿过去修改了一下：给我巧克力的江小爷。

“你还认识别的姓江的？”江小粲随口问。

程恩恩点头，表情严肃：“我认识一个姓江的‘黑社会’大哥。”就是那个江先生害她撞坏了脑子，现在学不会数学的。程恩恩十七年人生的最大危机就是拜他所赐。

恰在此时，江小粲手里的手机响了起来，来电显示：江霸王！正是他那个一身“黑社会”气息的霸王老爹。

“巧了，我也认识一个。”江小粲熟练地挂断电话，然后把手机调静音，拍拍屁股站起来，把书包往程恩恩跟前一丢，“我还有点事情要处理，你在这儿等着，自己吃巧克力吧。”他用哄小孩儿的口吻说着，还在程恩恩头顶轻拍一下，“乖。”

程恩恩很听话地蹲在那儿帮他看着书包，没一会儿，她的手机也振动起来。是一个陌生号码。

程恩恩认识的人不多，很少有人给她打电话。她受伤之后，丢了通讯录，也没一个人联系过她。她一边猜想着会不会是谁有事情找她，一边接通了电话。

“喂。”嗓音还带着一点残余的哭腔，“哪位呀？”

那边顿了一下，随后响起低沉冷冽的男音：“江与城。”

程恩恩抿了抿嘴，为自己记不起对方而感到内疚，语气里赔着小心：“江与城……是哪位呀？”

宾利正行驶在七中外宽阔的马路上，江与城眉头轻轻一皱：“哭了？”

“没有哭。”彼端的程恩恩要面子呢，不承认，清了清嗓子。

“等着。”江与城丢下两个字，直接掐断电话。

嘟嘟的忙音取代了那过于磁性的声线，程恩恩将手机从耳边拿下来时想起那个同样声音好听的江先生，音色似乎有点像。对方总共就说了七个字，她现在已无从对比，想了想，她把这个号码标记上：可能是江先生。

程恩恩惆怅地皱起眉头，要是她的脑袋一直不好，不知道能不能找他索赔。

另一端，黑色宾利一个急刹，停在了七中白色大门外，副驾的人迅速下车拉开后座车门。黑色皮鞋落地，江与城步伐生风，带着一身凛冽气息迈进七中。

江与城一行人前脚进门，校方后脚就得到消息，赶忙出来迎接。等他们迎到人时，人已经走到教学楼下。

负责人姓刘，如今也算是个副校长了，是个矮矮胖胖的中年男人，一头黑发倒还浓密，三七分梳得一丝不苟。

“哎，江总，有失远迎。”

江与城的脚步缓了一缓，刘校长也是惯会看眼色行事的，知道这尊佛爷大驾光临是来干什么的，就不废话，往右手边一指，语速飞快地说：“人就在楼上，刚上去一会儿，我让人看着呢，不会有事，您放心。”

江与城没搭腔，朝身后的范彪一抬下巴。范彪会意，问了刘校长在几楼，迈着步子就朝楼梯口过去了。

见江与城站在那儿，没有上去的意思，刘校长忙从口袋里掏烟。他出来时急匆匆的，没找到珍藏的黄鹤楼，便从软中华里抽了一包。

江与城手揣着兜没动，方麦冬已经上前来，说着“刘校长客气”，挡了回去。

刘校长笑呵呵地收起来，又半试探半讨好地提道：“我过来的时候听人说，看到小程同学往操场去了，瞧着心情似乎不大好。”

说这话时刘校长审慎地观察着江与城的脸色，不过什么都没能看出来。

“估摸着是因为今儿个月考成绩刚出来，我特地看了看小程同学的成绩，这次发挥得不太好，正想去找她关心关心情况呢。”

“身体怎么样？”江与城这时候才开金口，说了第一句话，声音淡得听不出任何特别。

刘校长却很高兴，叽里呱啦就是一通：“好着呢好着呢，这个情况我们也关注着，一切都好。食堂专门开了一个窗口，做的都是她喜欢的口味，天天换花样儿，今儿个糖醋小排，明儿个糖醋鱼的，不过其他同学也喜欢，都在抢，而且听说小程同学总是去得晚，也不常去那个窗口，这倒是奇怪。”

有什么奇怪，就程恩恩那点可怜的生活费，哪能顿顿吃得起肉。偶尔吃一顿就算加餐了。

江与城的视线朝操场的方向转了转，说：“价格调下去。”

“啊？”刘校长露出为难之色，“这个……咱们的价格已经是成本价了，再低就……”

话都没说完呢，江与城压根没理会，抬脚往那个方向走去。

身后，刘校长对着他的背影张了张口。

方麦冬微微一笑接过话茬：“这些不是问题，有什么需要你尽管跟段秘书联系。”

“好，”刘校长应了声，“您说的是，那就照江总的意思办。”

校园是最具朝气的地方，大课间尤为欢乐，篮球场上热血少年们正挥汗如雨，办公楼前也有人勤勤恳恳地打扫卫生。

江小粲有备而来，极佳的方向感随了他爸，在建筑面积十万平方米的偌大校园，毫不费力地找到了高三一班的教室。

一班的人比刚才多了些，各科课代表将试卷发了下来，教室里吵吵闹闹地讨论着答案和解题过程。

江小粲从前门进去，起初只有几人注意到他，目光聚集过来。

“哪来的小孩啊？”

“怎么进来的？”

趴在第一排桌子上跟人说笑的男生直起身，用一副对待小朋友的口吻说：“小弟弟，你找谁呀？跟我说说，我帮你找。”

江小粲瞥了那个男生一眼，没搭理。他抬头，将棒球帽的帽檐儿往上拨了拨，视线在满屋子的人身上挨个打量过去。

教室里慢慢地安静了，都注意到了这个酷酷的小朋友。

江小粲在这个安静下来的空当里开口，嗓音稚嫩，但很有范儿：“樊祁是哪个？”

“祁哥，找你的。”樊祁后面的男生拍了拍他。

樊祁抬头，正好对上正前方江小粲因为那道响亮的声音而投来的视线。

一个浑身写着“拽”字的小朋友。

江小粲走过来，站在高度接近他胸口的课桌前，近距离地端详樊祁的脸。

樊祁和他对视着。还挺帅！

片刻后江小粲自言自语："啧，原来她好这口儿的。"

樊祁挑眉。

江小粲曲起食指，朝樊祁勾了一下。樊祁配合地微微低头靠近，江小粲掌心撑住桌子，趴在他耳边悄声说了一句话。

教室里安静得针落可闻，一双双充满了好奇的眼睛注视着这一对神奇的组合。

江小粲说完，抬手又扶了扶自己的帽子，给了樊祁一个别有深意的眼神。

任务完成，江小粲正想功成身退，潇洒离场，视线无意间从里头那张桌子上扫过，一顿，他伸手把那张工工整整写着"程恩恩"名字的试卷拿过来。数学卷子右边是红笔写的"26"，笔迹沉重凝滞，可见批改人下笔时的迟疑。

数学除了满分从来没见过其他分数的江小粲同学震惊了。

他还没震惊完，身体骤然腾空，他"哎呀"一声，抓着卷子一回头，看到一张巧克力色的脸。前一刻又拽又嚣张的江小爷眨眼变成任人宰割的小鸡仔。范彪在众目睽睽之下把他往胳肢窝一夹，雄健的身体从教室的绿色铁门穿过，大步消失在走廊。

江小粲被拦腰夹着，双手双脚向下耷拉，从三楼下去一颠一颠，颠得他生无可恋。

"老范，彪叔，彪蜀黍，商量一下，你放我下来，我自己走。"

"不行，"范彪断然拒绝，"我还不知道你？你这个小机灵鬼，我一撒手你就跑了。"

"这么多人看着呢，你这样我多没面子啊。"

"小屁孩儿一个，还要面子。"

江小粲还在挣扎："实不相瞒，本小爷偶像包袱可重了。"

"看出来了。"范彪说，"我这不是帮你提着吗。"

程恩恩本来只是想好心帮小朋友看包，没想吃巧克力的。但是守了一会儿，她觉得自己前后左右四面八方都是巧克力的味道，让她难以抵抗。

耳边传来皮鞋踩在草地上的轻微声响时，她正盯着那半个书包的巧克力纠结，好想再吃一个。听到声音，她抱着书包扭头，看到黑衣黑裤的男人向她走来。

程恩恩也不知道自己是先认出了那张脸，还是那一身黑道气质。她一边惊讶地瞪着江与城，一边反射性地往后退了退：“你怎么会在这里？”

她一哭眼睛就肿，这会儿眼眶还泛红，小可怜儿似的，就是嘴上那一块黑乎乎的东西看着蠢了点。

程恩恩发觉他盯着自己的嘴看，忙不好意思地舔了舔。

江与城收回视线，问：“刚才哭什么？”

程恩恩都没怀疑他怎么知道自己哭了，先立刻否认：“我才没哭。”否认完，才后知后觉地反应过来，“刚才给我打电话的真的是你啊。”程恩恩说着拿出手机，把刚刚备注的那一行字改成：撞了我的江大哥。

她喜欢往通讯录里添加联系人，因为这样感觉自己有很多朋友。虽然她其实是不愿意和这个人做朋友的，他还威胁过要打断她的腿来着。

修改的时候程恩恩用手捂着，改完瞄了江与城一眼。她的脑袋现在坏掉了，不知道以后会不会好，万一好不了，她可不能放过他。要看着这个人，不能让他跑掉了。

江与城目睹了程恩恩遮遮掩掩修改备注还偷瞄他的全过程。她还以为自己做得神不知鬼不觉，把手机放回口袋。

“江……江叔叔，”程恩恩一脸诚恳地问，“你的孩子也在这里上学吗？”

这推理没毛病，会出现在七中校园里的人，除了学生和老师，不就只剩下家长了吗？

江与城盯了她半晌，问：“我看起来有那么老？”

程恩恩不太会聊天，她还要在这里等那个小朋友，暂时不能离开，只好硬找话题，没想到一开口就让人不高兴了。看来黑道大哥也介意年龄问题。

程恩恩用尽毕生马屁功力恭维道：“没有没有，江叔叔你好年轻，看不出来孩子都上高中了。”

江与城无语：“……”

不知道为什么，程恩恩说完之后，突然觉得背后刮起了阴风，脖子凉飕飕的。

“是吗？”江与城面无表情，“好巧，你也看不出来。”

范彪就是在这个时候夹着胳肢窝里的江小粲出现的，现场僵滞的气氛被破于无形。

江小粲讨价还价一路，都没能实现自己“骗取信任找机会溜走，去找爷爷奶奶保命”的完美A计划。

B计划当然也有，采取“先声夺人”战略抱住江与城的大腿哭。他不信光天化日之下江与城会当街暴打儿子，回家被揍总比大庭广众之下被揍体面，而且能拖一阵，江与城的气消一分，下手也能轻点。

不过他千算万算，算漏了他这个无良老爹来找他妈了。当着程恩恩的面儿，江小爷不好意思撒泼打滚。虽然以前他对着程恩恩也没少撒娇耍赖，但现在毕竟重新认识了一次，他得注意自己的形象。

江小粲被放下地，眼看着江与城的脸色竟然比想象中还要难看，感觉下一秒就要拔刀了，他忙伸手扯住江与城的袖子，仰起脸，眨动眼睛，发出自己最乖、最萌的声音：“爸比，你来接我了吗？”这一拉，他才意识到自己手里还攥着一张数学卷子。

江与城一眼就瞧见了程恩恩的大名，将卷子从他手中抽出来，低头一扫。

程恩恩也情不自禁地好奇地跟着往卷子看，二十六分，竟然和她考得一样。

五秒——

十秒——

程恩恩大惊失色，手忙脚乱地伸手去夺。那一瞬间的兵荒马乱，“刺啦”一声——纸被撕裂了。

程恩恩慌慌张张地把扯过来的大半张卷子往背后藏，江与城还保持着左手抬起的姿势立在原地，分毫未动，指间却只留下一小片残破的纸张。

嗯……不知是幸运还是不幸，那个鲜红的“26”还完完整整地印在上面。

江与城抬眼，就看到程恩恩一张小脸憋得发红，眼泪又摇摇欲坠了。

“好像拿反了。”他说着慢条斯理地把手中的纸片倒过来，“嗯，九十二分，不错。”

九十二分？程恩恩傻愣愣地看着被他倒过来拿的纸片。

行将破碎的自尊心被这个出乎意料的“误会”粘连起来，程恩恩张了张口，却没有勇气纠正，说出“你弄错了”这四个字。

她又忐忑地分别瞅了瞅在场的另外三人。

范彪的肤色总是让人很难看出神态，尤其是此刻他正用力绷着。方麦冬表情管理一向做得好，温柔敦厚的微笑也让人挑不出错。

江小粲其实想给他爹竖大拇指，这老狐狸睁眼说瞎话的水平让人甘拜下风。瞧这份波澜不惊、泰然自若，绝了。不过察觉到程恩恩的目光看过来，他配合地摆出深以为然的表情，点头。

程恩恩的自尊心被成功保护住了。她抿了抿嘴，声音很小，但充满了坚定："我这次没考好，下次一定会考好的。"

江与城面不改色地"嗯"了一声，将那片可怜巴巴的纸递给她："加油。"

"谢谢。"她低着头接过。

不过程恩恩刚刚发现一件事，没想到今天新认识的小朋友就是江先生的儿子。她瞧瞧江小粲，又抬头瞧瞧江与城，这两个人的眉眼真的很像，只是江小粲看起来可爱一点。

"原来江叔叔是你爸爸啊。"程恩恩对江小粲说，发自内心地感慨，"我们好有缘分呀。"

江小粲无语："……"这是什么缘分？这又是什么辈分？

一片沉默里，江小粲配合地捧场："太有缘了。"不仅他是我爸，你还是我妈呢。嘿，你说巧不巧。

时间不早了，程恩恩这会儿情绪也稳定下来了，吸了吸鼻子说："我先回教室了。"

江小粲把包里那盒巧克力掏出来，程恩恩忙摆手，被他霸道地塞到手里："以后不开心的时候吃一颗。"

程恩恩感动了，诚恳地说："谢谢你。"

江小粲挥手，很有大人范儿地说："有事就找我。再见，小恩恩。"

程恩恩也对他挥手："再见。"然后又转向江与城，郑重地说，"江叔叔，再见。"

江与城淡淡地"嗯"了一声，两秒钟后看了眼她还在一直挥的手，开口补了两个字："再见。"

程恩恩和他们在操场外分道而行。走出几米，她也不知道为什么，回了下头。江小粲跟在江与城腿边，一大一小身形差别很大，很多地方却是重合的。

回到教室，程恩恩用透明胶带将破掉的那块"26"粘了回去。她对着那个鲜明的数字暗下决心，一定要重新把数学学好，洗掉这一次的耻辱。

樊祁人不在，试卷就大剌剌地摊开在桌子上。程恩恩无意间一瞥，刚刚重塑起来的信心差点再次崩塌。这个上数学课还摊着语文课本睡觉的同桌居然考了一百四十五分，选择题和填空题正确率百分之百。

真厉害！

程恩恩往四周看了看，悄悄将他的卷子翻了个面。后面几道大题这人也全答上了，最后一题错了一小问，其他几道都是满分。解题过程写得很简洁，该有的都有，可以省略的一个字都不多写。

程恩恩仔细看了第一道大题，发现自己看懂了，一喜。

李老师讲题的速度有些快，她有时候反应慢，一句话跟不上，就连带着一整道题都听不懂了。标准答案的过程又很跳跃，她常常需要琢磨许久才能明白。樊祁的过程倒是一目了然，字也写得挺好看，不像有些男生的字迹潦草得亲爸都认不出来。

程恩恩把他的试卷拉到中间，拿起笔开始抄写，想趁他回来之前记下来，回头自己慢慢看。

数学题的答案比起文综要好抄很多，不过六道大题抄下来也不少了，程恩恩写字又慢，写完最后一笔的时候，已经十多分钟过去了。她呼了口气，拿起笔帽准备盖上。

“抄完了？”

前方忽然响起一道声音，是樊祁。

程恩恩做贼心虚，被吓得一激灵，手一抖笔帽就盖歪了，黑色的笔尖戳在她的大拇指上。

樊祁不知何时回来的，坐在前桌的椅子上，正双手环胸看着她。看样子他已经坐在那儿有段时间了。

程恩恩分辨不出那句话的语气，她不知道传闻脾气不好的樊校霸发现她在抄他的答案有没有生气。她不好意思看他，低着头蚊子似的“嗯”了一声，揉了揉被扎疼的手指，按着卷子一点一点地推回他的桌子。

作为一个常年蝉联第一名的学霸，虽然这次考砸了，但抄别人答案这件事还是让她觉得有一点点丢脸。尤其是自己的分数还没别人的零头多。

苏老师对一班这次的英语成绩很生气，英语课上评讲完月考试题，距离下课只剩二十分钟时，她又发了一张小测验卷下来，三十道选择题。

“现在开始做，下课收。刚刚才讲过的语法，我看看谁还给我做错。这次你们班的平均分垫底，我看看拖后腿的是哪些人，以后都是重点保护对象！”

教室里顿时一片怨声载道。

英语对程恩恩来说最简单了，忘记的那些语法知识，刚刚课上也跟着苏老师很迅速地回忆起来了。十分钟她就做完了，又返回去认认真真检查了一遍。

下课铃打响，程恩恩站起来帮苏老师收卷子，发现同桌的樊祁还在睡觉。她佩服得五体投地，这人怎么这么能睡？

樊祁被下课的铃声叫醒，瞥了眼派发到他桌上还没被宠幸过的测验题，打了个巨大的哈欠。

程恩恩提醒他：“要交了。”

樊祁不慌不忙地在左上角签上大名，说：“借我抄一下。”

“你要自己写的呀。”较真的程恩恩同学说。抄别人的答案有什么意义呢，题只有做了，知识才是自己的。

樊祁看过来，嘴角一扬：“你刚才不是也抄我的了吗？”程恩恩愣了。是，刚刚她也抄了他的数学答案，可是……樊祁一挑眉：“礼尚往来不懂吗，课代表？”

抄人家手短的程恩恩没有反驳的立场，只好把自己的测验题递给他，她动作慢吞吞的，抿着嘴，蹙着眉，脸上写满了不赞同。

樊祁对着她的答案，手起笔落，十秒钟就填完了。

刚刚建成的新校区环境很好，江与城一行人还未走到校门口，刘校长已经带了人追出来热情相送了，上下嘴皮子一碰就是一串漂亮的场面话。

江与城今天似乎心情不错，应付起来游刃有余。刘校长大受鼓舞，对着江小粲又是一顿猛夸，什么“小小年纪，气度不凡”“聪慧过人，未来可期”“面相好，一看就是大富大贵的命格”之类的话信手拈来。只是他心下嘀咕，这孩子也太能折腾了，回家怕是免不了一顿毒打。

江小粲自个儿倒是一派从容淡定，十分有风度地向刘校长挥挥手，爬上车。宾利平稳启动，他接过方麦冬从前面递来的水，喝了几口。

“程恩恩数学很差吗？”江小粲简直不敢相信，考出二十六分的女人是如何生下他聪明绝顶的江小爷的。

江与城跷着腿，坐在真皮座椅里，面部和身上映了片被车窗折进来的金色光线，黑色长裤包裹着线条极流畅的腰身与长腿。他并不是有意冷漠，大多时候他是平淡而没有表情的，却总让人觉着中间隔了一段距离，不易接近。

“烂透了。”他回答时的神色与当时那句“九十二分，不错”并无两样，淡得犹如江小粲刚刚饮下的那半瓶白水。

“她以前说，她的数学是你补习的。”江小粲转过来，那双与江与城八分相似的眼睛盯着他，“看来你这个老师不合格嘛。”

偶然一句话连着过往，便容易勾起一些回忆。江与城不知想起什么，眉眼间的平淡染上了两分别的东西。他说：“她补习的时候从来不学习。”

江小粲眼睛一眨："补习的时候不学习，那你们都干吗了？"

这句话令车厢里温凉宜人的空气一凝，半天都没能流动起来。前头俩人连呼吸都没有存在感，一个一脸正义地把着方向盘，一个眼观鼻鼻观心，回复工作信息的手指无声地点击屏幕。

不学习干吗了？还用问吗，两个年轻人花前月下、孤男寡女、耳鬓厮磨、你情我愿的，还能干吗！

那时江与城的事业已经渐入佳境，方麦冬刚刚到他身边工作，不是没见过当时才十六七岁的程恩恩整个人挂在江与城身上撒娇耍赖的娇憨模样。

他跟着江与城这些年，见过江与城的许多面，冷酷的、阴沉的、爆发的、狠戾的，而江与城最柔软的那一面都给了当年的程恩恩。

江与城侧过头，脸上不见半点窘迫："我还没跟你算账。"

江小粲一听这话反而梗起脖子，理不直气也壮："我还不是为了你！我帮你威胁过你那个情敌了。"说完，骄傲地向江与城一扬下巴。

开车的范彪"嘿嘿"笑了一声，觉得不大合时宜，又立刻收住。

江与城扫了江小粲一眼："从今天开始，没收所有电子设备和零花钱。"这小崽子越来越无法无天了，打一顿都算轻的。

江小粲马上苦了脸，相比挨揍，显然是手机被没收的杀伤力更大。

"爸爸！"他扑到江与城的腿上哀求，"至少把手机给我留着，没手机我怎么活啊！"

江与城一个眼刀斜过去。江小粲缩缩脖子，凄凉地窝进椅子里，抱着自己的胳膊，拉着调子小声唱："小白菜呀，地里黄呀，今天八岁，没了娘呀，跟着爹爹，不如娘呀……"

别看樊校霸整天睡觉，除了自己练习得潇洒帅气堪比明星的签名，基本不写其他字，但他的成绩出乎程恩恩的意料。不只数学优秀，语文、英语也都不错，但他和程恩恩一样，偏科严重，文综一塌糊涂。

程恩恩看到那个可怜的分数，心里才平衡一点，这才符合他从来不听课的真实水平嘛。他的排名程恩恩不知道。那张成绩单她根本不敢看第二眼，每天看着数学卷子上的"26"就够闹心了。但听男生们调侃，他的排名似乎在中等位置。

这次摸底考试，全年级整体的表现都不太如人意。

程恩恩没想到的是，自从有了那次互抄作业的"情谊"，这个同桌干脆把她当成附带的标准答案一般的存在了。不仅英语抄，政治抄，历史抄，连语文都要抄。

程恩恩觉得这样不好。他天天睡觉都比班里一半人考得好，如果他能认真对待学习，肯定会有更亮眼的成绩。既然天资好，就不要白白浪费呀。而且授人以鱼不如授人以渔，她不想因为自己的纵容，让一个有潜力的学生在歧路上越走越远。

浪子回头不是一件简单的事情，第一步，就从不让他抄作业开始吧。

所以这天，政治课代表正在收前一天发下来的作业，正巧樊祁和他的捧场小弟们打球回来，他把校服外套脱了，里头是一件白T恤，露出半截精瘦小臂，手腕上戴了一串琥珀珠子，深邃通透的红色。樊祁头也不抬，手一伸，无比自然地去拿程恩恩放在桌子上的习题卷。

这几天来培养的默契，他和程恩恩连对话都不需要，拿作业如入无人之境。

可是这次，程恩恩按住了。小手按得很用力，樊祁又拉了一下，没拉动，他轻轻挑眉，抬眼看过来。

“你自己写吧。”程恩恩的神色认真极了，“只有几道题，很快的。课代表到晚上才会交，还有时间。”

“我懒得写。”樊祁说着又拉了一下。

程恩恩立刻将另一只手也用上了，脆弱的习题卷在两人手中被拉紧到濒临破裂，僵持不下。

“自己写。”程恩恩眉心拧成一团，严肃地瞪着他，“你要对自己的学习负责的。”

樊祁手上劲儿没松，但也没再用力，耍赖皮道：“我对政治过敏，一看就眼睛疼。”

什么对政治过敏，政治试题不还是汉字？他又不是对汉字过敏，语文那么多字不都写了？当她是傻子吗，哼。

“不行，我让你抄就是在害你！”程恩恩想把他的手推开，又不好意思触碰，就用笔尾在他手指上戳了戳。樊祁松了手，她立刻把习题拿回来，用胳膊压好，催促道，“你快点写，不会的可以问我。”樊祁手臂往胸口一环，靠着桌子问：“你真不给我抄？”

程恩恩摇头：“不给。”

“那行吧。”

程恩恩没想到他会为难自己。

下课后，叶欣叫她一起去卫生间，程恩恩起身，樊祁正懒懒散散地靠在后面，听高鹏那几个人插科打诨。他没有起来的意思，她只好开口：

“让我过一下。”

樊祁一动不动，嘴上说：“你过。”

程恩恩咬咬嘴唇：“你不起来，我怎么过呀？”

“不知道。”樊祁耸耸肩，“你自己过。”

不讲道理！程恩恩没碰到过这样的，不知道该怎么办好了，说：“你这个人怎么这样子呀？”

“哪样子？”樊祁一勾嘴角，笑得痞痞的，“你快点过，不会过可以问我，我教你。”

程恩恩终于明白过来了，这个人就是记仇，故意报复她呢。

“你别闹了，快上课了。”她有点着急。

樊祁还是不动，好整以暇地看着她：“你知道错了吗？”

恩将仇报，程恩恩气得不轻，说：“我没有错，我不让你抄作业，是为了你好。”

“可我就喜欢抄作业。”樊祁将这话说得理直气壮。

“你喜欢你抄嘛。”程恩恩气得都快哭出来了，“我又不管你。”樊祁笑了：“你不管我怎么行，我就喜欢抄你的作业啊。”

小课间，教室里本来就安静，这边的动静不小，校霸为难学霸——这场好戏成功吸引了所有人的注意。程恩恩实在没遇见过这样的无赖，说不过，也打不过，被几十双眼睛盯着更难为情，急得原地跺脚。门外传来老李的声音，下节是数学课。

程恩恩气死了，抿着嘴，忍了又忍，眼眶里还是泛了泪光：“你……太过分了！”

樊祁一愣，说：“你别哭啊。”他伸了伸手，又缩回来，人麻溜地站起来。

程恩恩擦着眼泪低头快步走出去，一路小跑，回来还是迟到了。程恩恩上课从来没有迟到过，这还是第一次。她顶着全班同学的视线走到第三排，樊祁打量了她一眼，起身让开位置。她在座位上坐下，樊祁也慢吞吞地坐下来，摆出一副认真听课的样子。

过了一会儿，樊祁身体稍稍往她这边倾斜，视线也转过来，问：“生气了？”

程恩恩抿着嘴，胳膊往里面挪了挪，不搭理他。

樊祁看了她一会儿，又坐了回去。

又到了一年一度秋季运动会的时节，程恩恩和叶欣一起吃完早饭，回到教室，被体育委员高鹏——樊祁的后桌拦住。

“程恩恩。”四肢发达的男孩子拿着一份名单，人高马大地立在两人身前，“运动会的项目你还没报，集体项目现在还有跳绳、400米接力、十二人十三足，你想报哪个？”

程恩恩是个缺乏运动细胞的人，反应慢半拍，每次赛跑，发令枪一响，别人都蹿出去两米了她才在起跑线上后知后觉地迈腿。

小学时她因为死活学不会翻跟头，体育课上还被体育老师罚过。

她认真思考着，高鹏见她面露为难，劝道：“你身体刚好，个人项目强度都不小，老秦特别说了不让你报。但是集体项目每个人至少要报一个的，十二人十三足怎么样？这个是最轻松的。跳绳也行。”

“我也报了十二人十三足，”叶欣说，“你和我报一样的吧，训练的时候我们一起。”

程恩恩点头：“好。”

“成，我给你报上了。”体育委员把她的名字写上去，这才满意地离开。

文科班男生数量少，大把项目没人报，往往是让各班体育委员最头疼的事情。但今年一班情况不错，一帮男生都充满激情，高鹏没费什么口舌，项目就报满了。

报名结束，名单交上去后，训练便正式开始了。单人项目的选手各自备战，集体项目则由体育委员组织课外时间一起训练。

十二人十三足是两人三足的加强版，有个酷炫的名字叫作“蛟龙出海”，核心跟两人三足一样，讲究“默契配合”四个字。

傍晚时，参加这个项目的十二个人被高鹏带到操场，讲了讲注意事项，然后按照个头高矮调整队列。

边上是篮球场，打篮球的少年们身影如风。有几个一班的人，樊祁也在列，高鹏作为最忠实的捧场小弟，高声喊着跟那边聊了起来。

青春期男孩子之间的插科打诨，欢乐逗趣，没什么营养。

陶佳文也报了这个项目，她身高跟程恩恩相近，略矮一些，被安排到右手边的位置，最外边。左边是叶欣，程恩恩没异议，但陶佳文似乎对此不太满意，发绑腿带时也不管，一脸的不乐意，看着篮球场的方向。

程恩恩蹲下身，将红色的绑腿带缠绕到自己的右脚和陶佳文的左脚上。绑腿带拧得越细越勒，所以她绑得很认真，尽量平整地一圈一圈缠下来，这样就不会太疼了。

“你怎么那么慢啊？”陶佳文不耐烦道，“算了，我来吧。”

程恩恩便放下缠到一半的带子，起身。只是陶佳文没蹲下去却突然一声尖叫，捂着头往后躲。程恩恩还没搞清楚发生了什么，缠得紧紧的右脚被猛地一拽，向右后方撤了一步。她身体失去平衡，还未稳住，便发现前方一个篮球裹着一阵旋风，冲着她直面飞来。

砰——篮球弹落，程恩恩也倒在了地上。

“恩恩！”四周乱作一团，叶欣大喊着她的名字扑过去，手都还没碰到程恩恩，肩膀上就一股大力袭来，随后整个人被推开，一屁股坐在地上。

刚刚还在篮球场上的樊祁不知何时跑过来了，俯下身一把将毫无反应的程恩恩打横抱起，冲向校医室。

在校园里被篮球砸一下头实在算不上什么大事，顶多疼一阵就过去了。但程恩恩情况特殊，校医也是江与城特别安排的，对她的病情了如指掌。一见樊祁将人抱进校医室当即就紧张起来，一查看，脑袋上没有任何伤口，人却直接昏过去了，当机立断拨了120。

程恩恩这一晕，整个学校都惊动了。人被救护车送到医院，后头紧跟着赶到的就是刘校长。

方麦冬正好在外面办事，收到消息立刻赶来，刚好遇上程恩恩从救护车上被抬下来。

“小程同学上次的伤怕是还没有恢复，我听现场的同学说，那个篮球砸得也不重，谁知就晕倒了……”不论出于什么，刘校长此刻的担忧不掺假，比方麦冬还心急如焚，“通知江总了没有？”

方麦冬根本没顾得上理他，担架上的程恩恩眼睛动了动，似乎是醒了，却又没醒，眼睛短暂地撑开一条缝。方麦冬看到她的视线落在自己身上，她的嘴唇张了张，叫出一声：“麦冬？”声音太小太弱，在嘈杂慌乱的现场难以捕捉。

方麦冬一惊，急忙上前：“恩恩？”

已经没有回应了，程恩恩再次陷入昏迷。

江与城会议开到一半，撂下一整个会议室的人匆匆赶到医院，是十五分钟之后。

张医生已经给程恩恩做了检查，没有外伤，脑CT的结果显示，上次车祸出血处的颜色已经有所淡化，无新增加。换言之，这一次根本没受伤。至于人为什么会昏迷，恐怕跟她记忆错乱的原因相关联，目前也都不得而知。

江与城在病房外抽了一整支烟，听完张医生的话，淡淡点了下头。

张医生拍了拍他的肩膀，安慰道：“情况不会比上次更严重了，你放宽心，各项指标都正常，估计今天就能醒过来。我还有个病人等着呢，先走了，一会儿人要是醒了，有什么问题再叫我。”

江与城点点头，指间夹着烟敲了敲，抖落一段烟灰，说：“你去忙吧。”

刘校长一直在一边候着呢，中秋都过了，马上重阳节了，二十度的天儿，他夹克里的头全是汗。人是在他眼皮子底下出的事儿，要是有个好歹，他可真担待不起。张医生一走，他忙上前来，先自己领罪：“这事儿赖我，小程同学刚刚出院没多久，哪儿能经得起磕碰啊。怪我思虑得不够周全，应该早点交代一声，虽然是剧本里的安排，但这种危险的事情，还是应该能避就避。”

这话说是把责任往自己身上揽，其实话里话外都在撇清关系——什么篮球什么运动会，都是跟着剧本走的，不关我事儿啊。

江与城没给反应。

他不说话，刘校长便喋喋不休地继续下去：“幸好咱们的樊祁同学反应快，别人都没反应过来呢，他就冲过来公主抱把人送校医室了……”

江与城将烟摁在垃圾桶顶上的烟灰缸，慢慢碾灭，薄唇一张一翕，吐出两个不轻不重的字：“是吗？”

“是啊，这小演员业务能力挺强的，临场应变也快。”刘校长大约是心火上头，察言观色的能力大大降低，“您看人的眼光真是没的说。”

“行了。”江与城打断他，没再多一个字，赶客的不耐烦却已经表达得足够了。

刘校长忙道：“那成，我就先回了。小程同学应该快醒了，好好休养几天，别急着回学校，还是身体要紧。”

办理手续的方麦冬回来时江与城正在门口站着，双手插在西装裤的口袋，倚墙而立，肩膀微微弓着，眼中深邃的情绪让人看不透。

方麦冬脚步一收，往病房里看了眼，人还睡着没醒。他将手里的一沓票据收好，走到江与城身后，斟酌再三道：“恩恩刚送到医院的时候，醒了一次。”

江与城侧眸，方麦冬神色略有几分凝重，或者说是迟疑：“她好像认出我了。”

“程姐恢复了？”范彪不知道什么时候从他背后冒出来，喊了一声，“看来电视剧演的没错，治失忆还是得靠敲脑袋啊……”

方麦冬警告地瞪了他一眼，范彪自知失言，不敢直视江与城此刻沉得让人发怵的眼神，搓了搓自己的脑袋，声音都蔫了：“我就顺嘴一说。”

江与城一直没发表意见，走廊不时有护士和病人经过，静谧迟缓的几分钟无声流淌。

恢复记忆是一件好事吗？至少此时的江与城心里并不感到惊喜。

直到身后的病房里传来轻微的声响，范彪和方麦冬齐齐扭头。

江与城转身的同时手已经握上了金属门把手，却停了难以察觉的一瞬才压下去。

窗帘的遮挡使得病房的光线不够明亮，开启的门带进来光，正站在桌边倒水的身影转过头，举着水壶，两眼迷茫。

程恩恩刚醒来时茫然不知身处何地，病房的陈设很熟悉，让她意识到这是在医院。来到这个医院的过程她又记不起来了，不免有一种游戏掉线重启的神奇感觉。尤其是在推开的那扇门外看到了熟悉的“黑社会”三人组。

“江叔叔？”她眨了眨眼睛。

三个人同时陷入沉默。

范彪忍不住往自己脑袋上拍了一巴掌，挺响亮的一声。完球，又回到解放前了。

江与城今天穿了身深蓝色竖条纹的西服，静谧深沉的蓝色有不同于黑色的性感，宽肩大长腿，那种成熟男人的魅力也是周围同龄男生所没有的。

程恩恩心中对他“黑社会大哥”的定位产生了一丝动摇。但想起当初那两句“打死算我的”“打断你的腿”，她仍然心有余悸。就算不是黑社会，也肯定不是什么好人。

程恩恩放下水壶，喝了口水，被烫得龇牙咧嘴，皱眉吐了吐舌头。

江与城脚步不疾不徐地迈入，一直走到她面前还未停止。程恩恩情不自禁往后退，背后就是病床，她瞪大眼睛，抓着桌角身体往后倒，倒出高难度的下腰姿势，从没发现自己的柔韧性这么好。

江与城顺势倾身，弯腰，右手撑在床头，居高临下地盯着她，深邃的目光中带着锐利的审视和探究。

“我是谁？”他莫名其妙地问。

“江、江叔叔……”他身上的压迫性气息太近，程恩恩紧张得都结巴了。心说你神经病了吧，自己是谁自己不知道吗？

江与城没出声，就这么打量着她。漫长的时间过后，他终于直起身，若无其事地退开一步。

程恩恩猛吸一口气，直起腰的时候腿一软，一屁股坐了下去。

“你晕倒了。”江与城衣冠楚楚地站在桌前，拿起冷水壶，漫不经心地往水杯里倒了些水，“上次的伤没养好，在医院安心待着，再观察几天。”

程恩恩有点不乐意。她现在的数学已经学得很吃力了，再耽误时间，和其他同学的差距就更大了。而且她觉得自己身体挺好的呀，根本没问题。但江与城的语气不容置疑，她也不是很有胆量违逆。

嘟着嘴闷了半天，她不情不愿地问："几天是几天啊？"她瞅着江与城，见他没说话，试探地伸出两根手指头，“两天？”

江与城垂眸盯着她，一言不发。

程恩恩眉头皱巴巴的，又加了一根手指，眼神儿里透着小心："三天，行吗？"

江与城最终也没表态，将兑好的温水放入她手中，转身离开，背影在光暗交界中挺拔而凛然，只说："好好休息。"

将延后的会议开完，江与城回到办公室。

落地窗外天色徐徐加深，霓虹初上，为缤纷的夜晚拉开序幕。

总裁办其他秘书已经下班，只剩段薇一个人留守，她送进来两份需要当天签字的文件，立在办公桌前，趁着等待审阅的时间汇报另一件事："程家已经布置好了，两名演员已经就位，程姐随时可以回去。"

“不急。”江与城坐在皮椅里，翻阅着文件。

段薇点点头，沉吟数秒，再次开口："在物色演员时，我们发现了一个与程总当年很相似的素人，虽然不是演员，但接受……"

江与城抬眼，声音已有不悦："别节外生枝。"

他在右下角签了字，把文件一合，不轻不重地丢在桌子上。

段薇垂首道歉，拿起文件，退出去。

清醒之后，程恩恩又被拉去做了核磁共振，近二十分钟的扫描，她全程惨兮兮地在想，这次的医药费要怎么办？光这一项检查，费用就一千了，是她两个月的生活费呢。想象了一下告诉爸妈自己“被篮球砸了一下又住院”之后可能出现的场景，她也不抱什么期望了。

对于“巨额”医药费的恐惧，令她出来的时候哭丧着脸。

张医生立刻关切地问道："不舒服？怎么脸色这么难看？"

“没有。”程恩恩小声说，“贵。”

张医生乐了：“贵什么，又不用你花钱。”

“不用你花钱”这五个字在程恩恩耳中犹如天籁，她眼睛一亮，闪烁着惊喜的光芒，“这是免费的吗？”

“什么免费，知道我们的仪器进回来花了多少钱吗？”张医生手里的报告想往她头上拍，半路转了弯在她背上不轻不重地碰了下，“你江叔叔都给你承包了，放心吧，他钱多着呢。”

“江叔叔”这个称呼，已经是这段时间朋友圈里取笑江与城的必用词汇了。

程恩恩的心一点都没放下来。江叔叔又帮她付了医药费吗？可是这次她是被篮球砸的，又不是他的责任，根本不需要他负责的呀。

程恩恩有点愧疚。别人一对她好，她就觉得抱歉，这会儿她深深为自己当初还想讹他，以及昨天觉得他有病的想法，感到惭愧。

回到病房，程恩恩就给“撞了我的江先生”发了一条短信：江叔叔，谢谢你帮我垫付医药费，我会还给你的。

没有收到任何回复。

好几个同学给她发了微信，程恩恩每个都回复了。她喜欢被人关心的感觉。

叶欣说要请假来看她，程恩恩说不用，只让叶欣帮她把这几天发下来的作业收起来就好。陶佳文也发了信息跟她道歉。虽然她这次被砸有陶佳文的原因，但陶佳文主动道歉，她也就不拿着捏着了，回了“没关系”。刚回完，又“叮”的一声，来了新消息。

樊祁：还好吗？

程恩恩心里还有点气，但她还是回复：我没事。

无事可做，实在无聊，她吃完晚饭犯困，就早早睡下了。她要好好休养，让脑袋里的伤快快好起来，不要再影响她的学习了。

她睡得不是很踏实，中间似乎听到门开关和人说话的声音，断断续续。等她醒来时，眼前是一团昏暗，病房的大灯关了，但窗前小沙发那儿开了盏小台灯。程恩恩把脑袋转过去，发现沙发上悄无声息地坐着一人。

是江与城。

他长腿跷着，手里拿了本奇怪的书，没封面，像是自己装订的。台灯光线温柔厚重，投下的阴影令他的五官更显深邃，下颌线条明利。

程恩恩瞪着他，迟钝的脑子转动缓慢。

“醒了？”江与城的视线还落在书上，慢条斯理地翻了一页。

刚睡醒的茫然劲儿过去，程恩恩拢着被子坐起来，神色古怪地瞅着江与城："江叔叔，你怎么又来了？"

江与城将书签夹在翻开的那页，合上书，搁到一旁的沙发上，然后抬眼，说："我不能来？"

程恩恩抿抿嘴唇，腹诽：正常人会大半夜地趁人家睡觉偷偷进女孩子的房间吗？但是她没胆子，闷闷地道："没有。"

"你睡得好早啊。"另一道明显稚嫩许多的声音响起。

程恩恩一愣，循声望过去，才发现江与城身旁的另一半沙发上还躺着个人。

江小粲身上盖着江与城的外套，蜷缩在那儿睡了半个小时了。他打着哈欠坐起来，把外套乱七八糟一团放到江与城腿上。

程恩恩看了看时间，竟然才八点半。

一入深秋，天黑得越来越早了。她睡了一觉，想当然地以为现在已经是深夜了。

程恩恩纳闷："你们怎么都来啦？"

江小粲瞅了瞅他老爸，说："老江同志，你自己上吧。"最后一句声音很低，"泡个妞儿还得我帮你吗？"

程恩恩就听见了一个字，问："什么妞儿？"

江小粲咳了一声，拿起江与城两分钟前放下的那本书，挡住自己的脸。

江与城把书从江小粲手中抽出来，浓稠昏黄的光线下，一双眼睛转向程恩恩："不是要还我医药费？"

"……"江小粲在两人看不见的地方用白眼表达了他的无语。

原来是来收钱的呀，程恩恩面露为难。开学学费一缴，充饭卡、买日用品，她现在只有不到两百块。

"一共多少呀？"她问。

江与城轻抬下巴，朝她右手边的桌子示意。那里放着一张结算单据，程恩恩拿起来，两眼一黑就想昏倒。

2162.69元……她只还得起162.69块钱。

这对程恩恩来说简直是笔巨款了，把自己卖了都不值这么多。她揪着眉头想了很久，很没底气地小声问："我可以……分期付吗？"说完自己都不好意思。

看江与城不出声，她声音就更小了："我现在没有这么多钱。"

她愁得眉毛都皱巴成一团了，江与城这才开口："钱不用还。"

还是要还的，不能白白花别人的钱。程恩恩正要摇头，就听到江与城接着道："我家里缺个家教。"说着瞥了一眼江小粲，"这小子作业不会写，需要人教。"

"……"面对亲爹的信口雌黄、胡乱污蔑，江小粲只能用最诚恳的表情点头，"我学习可差了。"

家教吗？

程恩恩皱眉瞧瞧两人。做家教倒是可以，但是……她对江与城的印象一直停留在"不是什么好人"上，本能地觉得这个人危险。可是她欠了他的钱，更欠了一份人情，于情于理都不该拒绝的。

她在内心摇摆不定，江与城非常绅士地给她时间考虑，自顾自地拿出手机玩了片刻，收起来。

五分钟之后程恩恩的手机响了起来，陌生的本地号码，她划了一下，放到耳边："你好。"

"要死啊！你怎么又住院了！"那边传来一道中年女人的声音，略显尖锐的音色，压制性的气势，在麻将碰撞的背景声中显得格外不耐烦，"你学校来电话了，说你被球砸了一下就住院，你以为你是公主啊这么娇气！"

是夜夜与麻将做伴的方曼容没错了。那声音颇具穿透力，在静谧安宁的病房里尤为刺耳。程恩恩不知道旁边两个人有没有听到，赶紧下床，趿拉着拖鞋跑出门。

病房里被留下的两个人默默无言，江小粲皱了眉，心有不忍："这么狠啊？"

江与城眼睑微垂，眸色敛在阴影之下。

过了会儿，江小粲问："我那个外婆真这样？"

江与城的声音极淡："嗯。"

程恩恩一直跑到走廊的尽头，身边都没人了，才在方曼容"再不说话我挂了啊"的催促下，小心翼翼地道："先别挂，妈妈。我……你可不可以给我点钱，住院费是别人帮我垫付的。"

"多少？"

"两千……"

"做梦呢你！你的脑袋多金贵，镶钻石了要两千？"方曼容骂骂咧咧，"都是你这个扫把星，害我今天晚上一直输，我没跟你要钱就不错了，你还跟我要钱，管你爸要去！"说完就干脆利落地掐了电话。

转角幽静，嘟嘟的忙音直戳到人心里去，程恩恩把手机拿开，吸了吸鼻子。

她倒是想问程绍钧要，程绍钧虽然不爱管她，给钱还是比方曼容利索点的，但同样免不了一顿骂就是了。只是她现在不是想不起来程绍钧的电话号码了吗。

其实她家里的存钱罐里还有快五百个硬币，存了好几年，藏在床底下的柜子里，爸妈都不知道。那是程恩恩的全部身家了。

周末回家拿出来砸开吧。

想想就心疼，她本来想再攒一攒，用那笔钱给薇薇姐买衣服的。虽然买不到什么上档次的，而且段薇的穿着看起来质感都很高级，应该看不上，但是段薇送了她那么多衣服，她怎么都应该表示一下的。

再回到病房时，江与城跟江小粲都目光直勾勾地打量着她。见她没哭鼻子，江小粲才松了口气。

大概是出去吹了吹风，程恩恩被吹清醒了，她决定回家问程绍钧拿钱，先把这笔医药费还上。她握着手机，带着一点小犹豫问："江叔叔，你可不可以给我点时间，我回家凑一凑钱，下周再还给你。"

江与城没有正面回答，只是开出条件："一个月五千块钱的薪水。你可以慢慢考虑，不用急着答复。"

"五千块钱？"程恩恩眼睛都直了，她一辈子都没见过这么多钱呢！张医生说得没错，江叔叔果然是"钱多着呢"。

由于过于震惊，程恩恩忽略了按月计算薪酬的方式与按课时计算之间那点微妙的差异。

她没有来得及捕捉到这个遗漏的信息，因为紧接着江小粲就眨巴着无辜的眼睛说："恩恩姐姐，你不方便也没关系的，其实下午面试的那两个家教也不错，虽然我最喜欢你，但是如果你不愿意，我让她们教也可以的……"

话里对她难处的体谅实在是贴心。

程恩恩正沉浸在五十张粉红票票揣在怀里该是一种怎样的美妙感觉中，一听还有人竞争，立刻头脑一热抢着答应："我愿意的！"

虽然江叔叔有点可怕，但是江小爷很可爱呀，能中和了江叔叔的基因生出这么可爱的孩子，她的妈妈一定是一个非常可爱的人了！程恩恩满心热血地想。不是有那种故事吗，黑道大哥爱上纯真善良女主角什么的。

江小粲跟身旁的亲爹对视一眼，一个忍不住嘴角微翘，一个云淡风轻。

当天晚上，程恩恩梦到自己拿着一大把粉红票票去买了放满一整个房间的练习册，做题做到天荒地老。

三天的观察期很快过去，那次突然的苏醒似乎只是一个意外，程恩恩再没有表现出恢复记忆的征兆。

“看来这一通折腾是免不了了。”张医生在出院证明上签了字，递给来办理手续的方麦冬，一笑，“不过也说不定是老天觉得他俩缘分还没完，给老江的第二次机会呢，你觉得呢？”

方麦冬也笑着说：“机会都是人创造的。”

程恩恩还是决定回家一趟。正好天冷了，该拿厚衣服了。这次住院依旧是两手空空，没有什么需要收拾的。

来接她的还是江与城。程恩恩换衣服时，他在外面等，搞得她很是不自在，怕人等急，匆匆把卫衣套到头上，打开门：“我好了。”

江与城背对着她正在和张医生说话，今天又换回了黑色衬衫，外套在手腕上搭着，衬衣收进皮带下，腰身的线条修长紧实。他听到声音，转身说：“走吧。”

张医生冲程恩恩挥手：“小程，回去注意休息，小心不要再撞到头了。你再磕一下、碰一下的，你江叔叔可要吃不消了。”收到一记警告的眼神，张医生笑眯眯地在嘴上做了个拉拉链的动作。

程恩恩对江叔叔的“善心”也是感激不已，抱歉地看了江叔叔一眼，乖乖地说：“我知道了，谢谢张医生。”

程恩恩跟在江与城身后下楼。

今天他的左右护法不在，她还在想他们是不是在下面等呢，结果一直到江与城停在一辆车前，打开驾驶座的车门坐上去，都没见到那两人的身影。

江与城换了辆车，黑色的奔驰，比宾利低调一些，但在程恩恩眼里是一样的贵气逼人。

还记得有一阵子，网络上关于“坐有配偶的男性的车，究竟应该坐副驾还是后座”的问题争论得很激烈，最后也没争出个完美方案。

程恩恩看到副驾上铺着白色带毛毛的坐垫，还有颈枕，猜测这应该是他太太的专座。她拉开后座车门，屁股还没坐稳，江与城侧头扫了她一眼，说：“坐前面。”

程恩恩只好又挪下去。

程恩恩抱着上刑场的心上了副驾，结果发觉这个“江太太专座”真的舒服，连座椅角度都调整得刚刚好。她认真地系上安全带，习惯性往后靠——舒坦。

靠了一下又赶紧坐直，因为觉得自己“鸠占鹊巢”，有点不好意思。

坐到这儿，感觉跟后面截然不同，尤其是身旁这个大佬，是个无法忽视的存在。如果气场是有形的东西，那她应该就是一只被蛛网捕捉的小蚊虫了。

程恩恩没话找话：“江叔叔，您太太贵姓啊？”

江与城平稳地发动车子，问：“你问这个干什么？”

“就是问问，等到见面，我应该怎么称呼她啊？”毕竟她要给江小爷做家教，应该会见到他妈妈，称呼阿姨好像不太合适，女孩子都不喜欢被叫阿姨的。

江与城瞥过来一眼，说：“她不在。”

“哦。”程恩恩说，“她去出差了吗？”

江与城短暂沉默了片刻，说：“也许吧。”

程恩恩瞄他一眼。什么叫“也许吧”？

江与城的手机在这时候响起，他打开蓝牙耳机接通，程恩恩听了几耳朵，似乎是工作上的事情。

不用尬聊，她就放松了，视线往窗外看。

第三章

恩恩是我家的

程恩恩的家在发展缓慢的一个老旧城区，曾经是“老大哥”一般的存在，九十年代前的许多老工厂建在那里，但在经济的迅猛发展和新旧更替中日渐落寞。

车渐渐驶入城区，浓郁的生活气息扑面而来。

程家在一栋红砖筒子楼，一楼，车在楼下停稳，乒乒乓乓的声音已经随着烟味一起飘散出来。

这样的老房子有着城市电梯房缺乏的特色，大家庭式的邻里关系，抬头不见低头见。程恩恩的印象中幼时有许多玩伴，但不知为何回忆起来连一张面孔都记不清了。

奔驰与灰扑扑的周围格格不入，干净的车身显得闪闪发光。江与城刚摘了蓝牙耳机，又有电话进来。

程恩恩下车，正要挥手告别，见他打开车门也下来了，站在那儿朝她勾了勾手指。

程恩恩绕过车头向他走过去，见他眉头微微下压，面带不虞，对着手机道：“让他明天一早滚回来，自己给我解释。”

好严厉。她正想着，忽然发现他抬起手伸向她，吓得程恩恩情不自禁地一缩脖子。

江与城目光上移，往她紧张兮兮、悄悄往后躲的脸上瞥了一眼，手上动作没停，一直伸到她左脸旁边，捏住帽兜一侧的那根抽绳往外拉。

刚才她穿得急，绳子掉衣服里了。

他慢悠悠地一点一点拉得很慢，程恩恩都能感觉到绳子粗糙的表面从皮肤上缓缓摩擦而过的路径。莫名地，程恩恩想到那次他将手机插入她胸口的口袋……大概是个人气质原因，这些普通的动作被他做起来总有一种犯罪的感觉。

绳子蹭过的地方有点痒，还是在胸口，程恩恩身上跟爬了蚂蚁似的不自在。偏偏对方还在讲电话，她不好意思打断，自己伸手飞快地把绳子剩下的部分拽了出来。

江与城还是没松手，对着话筒说："嗯，通知部门主管明天下午开会，资料发到我邮箱……"一边用拇指与食指捏着那根绳子，不紧不慢地从上捋下来，直至尾端。

程恩恩不知道哪里怪怪的，还没感觉明白，江与城已经放手，挂断电话，手机放进口袋。然后他抬起眼，像什么都没发生过，声线低而沉："进去吧。"

楼道有点暗，程恩恩走到家门外，敲了敲门。

"谁啊？"里面方曼容喊了一声。

程恩恩提高声音："妈妈，是我。"

"自己没带钥匙啊！"方曼容的嗓音夹杂在麻将声中，"等会儿，正等着自摸呢。"

程恩恩就站在家门口，等着这一局打完。在麻将机哗啦哗啦的洗牌声中终于有人来开了门。

扑鼻就是呛人的烟味儿，方曼容手里夹着烟，犀利的目光隔着烟雾扫视程恩恩。

程恩恩也在打量她，然后惭愧地发现，自己不仅连同学的样貌不记得，连亲妈都觉得陌生了。

"谁回来了？"有人问了声。

方曼容转身往里走，讽刺一句："还能有谁，玻璃公主出院了呗。"

三个牌友程恩恩全不认得，方曼容的牌搭子很多，附近几个小区的都有。她向那边问了声"叔叔阿姨好"。

抽烟的只有两人，家里头的烟味即便没棋牌室夸张，也不像正常人家。程绍钧自己不抽烟，每每回家都因此大发雷霆。

家里的一切倒是都和记忆里一模一样——

饭桌上好几块油渍的格子桌布；一条腿太短在下端黏了泡沫板的椅子。多年未清洗青色泛灰的窗帘；窗台上枯死的仙人球和半死不活的芦荟……

三个卧室并排，主卧靠近门口，程恩恩的房间在最里头。第二间屋子关着门，程恩恩猛地一下子想不起来那个房间是干什么的了，但也没有留意，径直走到自己的房间去。

门上贴了一张剪纸的福字，推开门，简朴的陈设，扑面而来的熟悉感。一米二的小床贴墙放置，床头原木色的小柜子上摆着台灯，窗户下是很小的一张书桌，右侧墙上打了两层置物板，两排旧旧的书，衣柜在对面墙角。

程恩恩打开衣柜收拾衣服。自从脑袋受了伤，无论人和物都像重新认识一次，她对于衣服看起来陌生这件事已经不感到奇怪了。

反正款式都是她习惯的，卫衣、毛衣、牛仔裤，熟悉的馨香是她喜欢的洗衣液的味道，挺清淡的，不黏腻。

牌局提早散场，因为出差的程绍钧回来了。但客厅也不安静，那边人刚出门，这边乒铃乓啷地就吵起来了。

“天天打牌打牌，死在牌桌上算了！”沉着火气的声音是程绍钧，“你看看家里被你搞成什么鬼样子，乌烟瘴气，我都不想回来！”

“那你滚出去别回来啊！”方曼容也不甘示弱，“说得跟你一个月回家几次似的。我就算把家里弄成化粪池你管得着吗你！”

……

程恩恩在争吵的背景声中淡定地把衣服装进行李包。

不知道方曼容是怎么在吵架的间隙里抽空做饭的，程恩恩被叫出去吃饭时，两个人已经暂时休战。

方曼容的厨艺不错，但是忙着打麻将没买菜，一道小葱炒蛋，一道醋溜土豆丝。

程绍钧全程都跟没看到程恩恩似的，程恩恩现在已经不需要问他要钱，只叫了一声爸爸，没别的话说。

吃完饭，她主动要洗碗，被方曼容骂了句：“走开，那么娇贵别洗个碗又晕倒了，我可出不起住院费。”她只好回房间。

程绍钧开了窗，但烟味仿佛已经浸透墙壁，一直散不掉。程恩恩被熏得睡不着，觉得自己确实比以前娇气了。

隔天早上不到五点程恩恩就醒了，她起床淘了点米，煮好粥关火在锅里焖着，拿上行李包走到主卧门口说了声“爸爸，妈妈，我去学校了”。

没人理。

程恩恩出门，楼下往前两百米就是公交站台，早班车六点半才发车，她坐在那里等。

那套“和睦”二字多年未曾光临的房子里，主卧，“方曼容”与“程绍钧”各自从床上或地铺上起身，隔着窗户向外望了望。

“陈老师，昨天多有得罪，对不住啊。”

“哪儿的话，都是工作。”

“车来了吗？”

“才五点多，还得一个小时呢。”

“这孩子怎么傻了吧唧的，一大早跑那儿干等什么呢？”

程恩恩到学校的时间也很早，在教室里读了一会儿英语才有其他人到达。

老秦来得也早，把她叫出去说：“这次的运动会你就别参加了，让高鹏找个人替你。”

程恩恩忙摇头：“我要参加。”大家都有项目参与，要是她什么都不参加，到时候只坐在看台上休息，太没有集体荣誉感了。

“你身体刚恢复，不要逞强。”

“我身体没事，医生检查都说好了。”程恩恩哀求，“秦老师，我真的想参加。”

老秦略有为难地说：“我再想想，你先回去上课吧。”他所谓的“再想想”，便是一通电话打到江与城办公室。

作为直接负责人的段薇收到消息，进去向江与城请示。彼时他正要去开会，眉头都没动一下，扣上第一颗扣子，说：“随她去吧。”

段薇应声，正要出去，听他接着说了一句：“你去七中看着，别让她再受伤。”说完，迈步走出办公室，背影生风。

段薇在原地站了几秒，回到格子间整理东西。两个平时交好的小秘书凑过来：“薇姐，江总最近到底给你派了什么项目啊这么神秘？现在还要出外勤了……”

“机密，别打听。”

“不是打听，你是不知道那谁最近多得意。”小秘书嘟着嘴打抱不平，“自从你开始忙这个项目，好多工作都被她抢了，人家以为江总器重她呢，现在说话都趾高气扬的。”

段薇笑而不言，轻轻拍了两下她的肩头，拿上简单的几样东西便离开了。

樊祁是踩着点来上课的，书包挂在右肩，进来瞧见程恩恩，坐下，低声问：“身体好了？”

程恩恩没看他，对这份关心回应了一个“嗯”。

樊祁盯着她看了片刻，声音压得更低：“还生我气呢？”

程恩恩就不说话了。

之后的半天相安无事。樊祁没再主动搭话，只是上课时不时看她一眼，程恩恩都镇定地当作没看到。

下午第二节课后，程恩恩跟叶欣一块儿去了趟卫生间，回来时，手伸进抽屉拿东西，遇到了阻力。低头一瞧，里面全是零食：果冻、薯片、饼干、牛奶，各式各样塞满整个抽屉。

程恩恩疑惑不已，抬头往四周看了看，后面的男生在聊天，前面的两人在看书，身旁的座位空着。恰巧樊祁在此时进门，两手插在口袋里，程恩恩看着他懒懒散散的走路姿势，猜测是不是他做的。樊祁抬头对上她的视线，她就把眼睛转开了。

樊祁坐下时刚好上课铃打响，老秦走了进来：“这节课班会。转眼间开学两个月了，我看大家相处得很不错，想必互相已经熟悉得差不多了。咱们今天的主题就是：团结合作力量大，也是契合下周举行的运动会……”

樊祁举起手，在老秦看过来时道：“我有话说。”然后起身从座位上出去，大摇大摆地踏上讲台。

黑板擦得干干净净，上节课李老师留下的板书痕迹已经消失了。全班同学都看着破天荒主动上台的樊校霸，等着看他到底要发表什么演讲。

樊祁往讲桌前一站，视线投向左边，准确地落在第三排的位置。

程恩恩正低头不知在写什么东西。

“我给程恩恩同学道个歉。”樊祁在万众瞩目里开口了。

全班同学都疑惑不已，程恩恩的手也停了，抬起眼睛。

樊祁一直看着她，这时嘴角一勾，冲她笑了一笑：“对不起，我以后不欺负你了。”

一瞬的寂静之后，全班哗然。笑声、调侃还掺杂着女生的窃窃私语。

好多目光聚集在自己身上，众目睽睽之下，程恩恩只好说：“没关系。”

讲台上的樊祁似乎还不满意，站在那儿目光灼灼地问：“那你能原谅我吗？”

程恩恩抿唇，跟被架到火堆上似的。

后头男生开始起哄：

“程恩恩，你就原谅他呗。”

“我们祁哥都豁出老脸给你道歉了。”

接着不知谁带了节奏，大家异口同声地吼道：“原谅他！原谅他！”

一时间气氛热烈得如同当众告白。

就在程恩恩顶不住大家的围观，要开口时，脑袋旁边的窗户上传来“笃笃”声，她转头。

晚霞缀在天边，光线被染成橘色，将男人肩膀的轮廓勾出金边。江与城站在窗外，正垂眸看着她，背光的黑眸深邃如海。

程恩恩直打怔愣，看到他抬起左手，掌心向下，跟叫小狗似的招了招手。她下意识地起身，都走到过道上了才反应过来。

刚才还哄闹的班级彻底静下来，所有人的注意力都被教室外那个风采出众的男人吸引了过去。

江与城不曾直接出面，除了老秦在内的几个特别负责人，没人知道这位贵客的身份。此刻教室里一双双或好奇或探究的眼睛，自然不认得他。但他即便举止低调，周身的气度与光芒依然难以掩藏。年龄和阅历给予男人成熟魅力，这种魅力在那些年轻尚显稚嫩的眼睛中，恰恰最具吸引力。

戏演到高潮被打断，樊祁也盯着那人。

程恩恩的身影在视野中被墙壁阻隔，江与城才抬起眼，锋芒内敛的视线徐徐落向讲台。

少年清隽张扬，回视他不卑不亢。

老秦正跟江与城站在走廊里说话，见程恩恩出来就停了话头。

程恩恩记得老秦也有个儿子在上小学，和江小爷差不多大，但这时候两个爸爸并肩站在一起，却完全不像一个辈分的人，江叔叔的一副好皮囊得天独厚。

程恩恩走过去，又乖又有礼貌地问：“江叔叔，你找我有事吗？”

江与城的视线这才从教室收回，睨她一眼：“你说呢。”

他今天好像很不高兴啊，程恩恩心里犯嘀咕。她不敢触他的霉头，小心又踟蹰地回答：“我说……有？”

江与城微眯着眼睛，就这么盯了她片刻，手腕轻轻一抖，将一张纸举到她面前——《七中走读生申请表》

表已经以她的名义填好了，家长签名处落了程绍钧的大名，班主任签署了同意，学校管理处的公章也都齐全。

程恩恩从头到尾一字一字地看完，脸上露出疑惑的表情：“我为什么要走读呀？”其实家离学校距离不算远，公交直达，不堵车时只要半个小时的车程，自己上下学很方便，但程恩恩两年来一直都是住校的。

江与城直接将纸放到她怀里，程恩恩下意识地伸手抱住，听他用比矿泉水还淡的口吻，漫不经心地道：“家教，不在家，怎么教？”

不知怎么听出些幽幽的意味。脑子少根筋的程恩恩这才恍然明白，原来这份工作是要每天上工的。

工作时间倒是合理的，毕竟一个月五千块的薪水，这样算都还多呢。以后免不了要牺牲自己晚自习的学习时间了，良心工人程恩恩思考一番，不知道他家远不远，上完课再回家还有没有剩余时间学习。

“既然江总都来接你了，今天你就提前放学吧。”老秦说。

“可是班会还没开完。”自己没上完课就走，程恩恩觉得影响不好。

老秦一摆手，说：“班会的讨论我让班长记录一下，回头发给你。江总的时间宝贵，不能叫人一直等着……”

“无妨。”江与城视线向教室一瞥，此刻数十双眼睛正在围观他们，交头接耳。

“正好我也进去听听。”

程恩恩愣了。老秦也愣了：“这个……”

江与城反问：“不方便？”

“那倒不是，”老秦态度颇为客气，“您请。”

除了年级主任，通常来旁听的都是上面来视察调研的领导，若是学生家长也说得过去。江与城的身份，这两者倒是都算得上，但是很难对学生解释，这就有些尴尬了。

江与城自己倒是不尴尬，顶着数十双热切围观的眼睛款款地从后门走进教室。

程恩恩像个小跟班似的，给他找来一把椅子。江与城看了一眼，没坐，视线往左一转，一直盯着他们的男同学冷不丁地与他对上目光，愣了愣，也不知怎么领悟了含义，忙起身，将自己的椅子让了出去。

江与城矜贵自持地道了声谢，将椅子拉过来，和原先那把并排放置。然后下巴微抬，对程恩恩示意，“坐这儿。”语气不轻不重，但他自带不容置喙的气场。

程恩恩十分听话地把屁股放上去。

江与城解开西装纽扣在她身旁落座，长腿一跷，身体微微后仰，是一个放松而自信的姿势。

老秦拍了拍手，召回大家的注意力：“这位是学校的贵宾，今天来旁听我们的班会，大家不用在意，继续。”

樊祁的道歉进行到一半，女主角被叫走，现在人还在讲台上站着。

窃窃私语的声音并未因为老秦的“不用在意”而消失。一个长腿大帅哥在后面坐着，从头到脚都写满了有钱和有排场，“女同学”们的心当然静不下来。

第一排的女生还在讨论：“好帅”“妈呀，坐下也很性感”“你看那腿”……

樊祁耳朵里已经被灌满各种花痴词汇。

刚刚烘托起来的气氛被搅没了，这会儿大家的注意力也散了，后头还坐着一个身份不明的“贵宾”。樊祁沉默几秒钟，直接迈下讲台，穿过走道，大步朝后方走去。

教室里短暂地安静下来。

樊祁走到程恩恩面前，站在那儿看着她，不再是之前道歉也透着嚣张的语气，语气诚恳而倍加真挚：“程恩恩，你原谅我了吗？”

程恩恩再次成为焦点。

其实原本也不是很严重的事情，樊祁这么认真地认错道歉，她已经不生气了。她正要开口，身旁的江与城忽然抬手，旁若无人地在她后脑勺上拍了一下：“快原谅人家。”

这个透着亲昵的动作，程恩恩不大习惯，下意识地抬手摸了摸被他碰过的地方，耳朵隐隐发热。她转头，看到江与城那张冰山脸上，嘴角勾起了一个微妙的弧度，他的目光却是望向樊祁的，两道视线隔空交汇。

气氛悄然变质。樊祁刚刚努力营造起的一点暧昧氛围，在他漫不经心的五个字下，碎成稀渣。

讲台上，老秦的内心十分复杂。不带这样的啊，戏演得好好的，您一个幕后老板来打什么岔？他忙出手救场：“既然程恩恩同学已经表示原谅了，樊祁，你回来吧。”

樊祁最后看了程恩恩一眼，转身回去。

程恩恩还有点发蒙。江与城没再有任何的表示，但她自己心里好像有小毛毛在乱飘，越坐越不安生，没一会儿就起身，说了句“我回去了”，不等江与城表态，就低头快步走回第三排。

等到班会结束，她回头看，教室后面早已经没人了。

方麦冬一直在七中外面候着，从后视镜里见江与城走出来，忙下车为他拉开车门，然后回到副驾，吩咐司机开车。

黑色轿车从停车坪平稳滑出，方麦冬快速道：“机票已经重新定好，晚一个小时的航班，现在出发时间刚刚好。那边也通知好了，会议延迟一个小时。”

江与城“嗯”了声。

说完正事，方麦冬收起谈公事的正经，问了句：“学校出了什么问题吗？怎么耽误这么久？”

问题？亲眼看到小年轻撩自己老婆，不爽了，算不算问题？想起自己刚刚干的“好事”，江与城轻嘲地扯了一下嘴角。

还真是……幼稚啊。

程恩恩还在想江叔叔是不是因为她回自己座位生气了。大男人应该没有这么小肚鸡肠吧？

老秦跟班长交代了几句，走到她这儿来，说：“江总有事先走了，派了人来接你，现在在校门口等着呢，你去吧。”

程恩恩“哦”了一声，赶快收拾好书包，往外跑。

下楼时她被一个同班的女生拦了一下：“哎，程恩恩，刚才来的那人是谁啊？”

程恩恩也不知该怎么介绍，其实细想，她对江叔叔的了解也很少，含糊地答了句“是我叔叔”便匆匆跑开。

刚跑到校门口，她正对着外面的一排车泛迷茫，右前方宾利的车门自行打开，江小粲探出头冲她挥手。

程恩恩看到他还挺高兴的，跑过去打招呼：“你好呀，江小爷。”

以前程恩恩没少拿这个中二的名号调侃他，但这么认真地叫出来让他有种淡淡的羞耻感，他一边往里让，一边说：“叫我名字吧。”

“你叫什么名字呀？”程恩恩问。

“江粲。小粲，粲粲，粲宝儿……”江小粲念出这几个昵称的口气略有几分看破红尘的自我放弃之意，“你想叫什么都行。”

“那我叫你小粲粲吧。”程恩恩出其不意。

江小粲摊手：“Whatever.”

关上车门，程恩恩又对前头驾驶位上的范彪打招呼：“姐姐，谢谢你来接我。”

江小粲瞬间爆发一阵大笑，疯狂捶座椅，笑到眼角都冒泪：“你叫他什么？姐姐？哈哈哈！”

范彪万分无语：“……”

程恩恩犹豫了一下，很不好意思地对范彪小声说：“对不起哦，我不是故意暴露你的秘密的。”

“……”你叫姐姐就算了，我有什么秘密！你这么说很容易让人误会好吗！范彪发动车子，生无可恋地用自己会的唯一一句英语回复，“Whatever.”

程恩恩原本以为江叔叔那么有钱，家里应该有别墅，见范彪把车开进一个公寓小区，她心里还有一点遗憾。哪料到跟着江小粲上楼后，世界观差点被震碎。

他们乘专用的直达电梯上来的，程恩恩一进门，就被震惊了。

面积达450平米的顶层复式，客厅横贯东西向，会客、起居、餐厅、厨房各自一块区域，简约风设计，奢华程度完全不输别墅。加上位于河滨的绝佳地段，每个角落的落地窗外都是好风景。

江小粲看她惊奇，带她参观了一圈，然后把人领到五间卧室的其中一间。

“你住这间吧，今天刚刚让阿姨打扫过。”江小粲说，“我的房间在隔壁，对面最大的那间是我爸的。”

程恩恩没注意到他没提“妈妈”，这次她捕捉到了正确的重点，惊讶地问：“我要住在这里吗？”

江小粲理所当然地点头：“对啊。”

程恩恩忙拒绝：“不行，我不能住在你家里，太打扰了。上完课我再回我家。”

一句“这不就是你家”差点脱口而出，江小粲及时止住，说：“你家很远啊，你怎么回去？”

“我坐公交回去就好。”程恩恩说，“我刚刚查过路线了，一个半小时就能到。”

一个半小时，她好像一点都不觉得麻烦。江小粲眨巴眨巴眼睛，眼皮忽然耷拉下来，说：“我爸爸出差了，只有我一个人在家。”

“原来江叔叔出差了啊。”程恩恩疑惑，“那你妈妈呢？”

“我妈妈……不要我了。”

他的语气可怜巴巴的，程恩恩心一软，声音都轻了：“对不起哦，我不知道。”一个小孩子自己在家，晚上肯定很害怕。她纠结了片刻，妥协道：“那我陪你几天，等你爸爸回来好了。”

怎么这么好骗啊。江小粲忍住想上翘的嘴角，伸出小拇指说：“拉钩。”

程恩恩郑重其事地勾住他的手指：“说话算话。”拉完手指，她说，“那我们开始写作业吧。”

江小粲恢复江小爷本色，往沙发上一扑："还没吃饭呢，你不饿吗？"

"你想吃什么啊？"程恩恩挠挠头，问得十分犹豫。她没厨艺天分，除了白粥，会做的也就是泡面了。

"等会儿饭就送来了。"江小粲老早就让范彪订好了西餐厅的外送，他抬起头说，"你的手机借我用一下。"

可怜他的电子产品都被没收了，江与城那个杀千刀的，赶尽杀绝，家里的电脑都上了密码。要破其实也能破开，但是他不敢，最近正值风口浪尖，还是要低调行事。

程恩恩不做他想，把手机递过去。

江小粲编辑了一条短信发出去，然后销毁记录，若无其事地把手机归还。

子公司例行巡视，江与城落地时已经九点，从机场赶到公司，直接进了会议室。之后又是当地高层的宴请，推杯换盏不间断的酒，见缝插针涌上来的人。结束后回到酒店，已是凌晨。

行程紧张，他在飞机上随便吃了几口飞机餐垫肚子，宴席上时间更是宝贵，停下来好好吃口菜都是奢侈。

冲完澡走出浴室，他才有工夫检查私人手机上的未读信息。

一个没有储存的号码，但倒背如流的数字，七个小时前发来的一条短信：爸比，你媳妇儿我已经帮你稳住，这几天先别回来了。

江小粲点餐很豪气，从头盘、汤，到副菜、主菜，咖啡、甜品，非常齐全。他还特地交代要的脱因咖啡——他的体质随了程恩恩，对咖啡因的亢奋感明显。家里那台价格过六位数的咖啡机是江与城专用，这人无论在哪儿都是一天三杯咖啡不动摇。

程恩恩被带到餐厅坐下，受宠若惊："这么丰盛吗？"

江小粲自己熟练地将餐巾戴到胸前，拿起刀叉，见她踟蹰不敢下手，说："我们家的家教包吃包住的，我爸爸没告诉你吗？"

程恩恩摇头。

有钱人的世界真的不一样啊，"包住"是四百平米大豪宅，"包吃"是价值目测不下四位数的豪华西餐。

这是程恩恩生平第一次吃如此正宗的西餐，一把一把分门别类的刀叉，她用得很顺手，却浑然不觉。这一餐吃得可以用幸福来形容。

吃饱喝足的江小爷开始了“葛优躺”，见程恩恩在收拾餐桌，便说：“阿姨会来收拾的。”

“没关系的。”程恩恩小心地将盘子摞起来抱去厨房。吃了别人的大餐，不干点活儿她心里过意不去。

江小粲爬起来，给她指了洗碗机的位置。程恩恩对自己竟然会使用这个没见过的机器依然毫无所觉，还勤勤恳恳地把餐桌擦了三遍。

休息半个小时，家教环节正式开始了。

江小爷从小天资聪颖，门门课都是满分，虽然数年如一日地嫌弃作业无用且无趣，小时候也曾因拒绝写作业而吃过苦头，但如今习惯良好，每晚一到八点就自觉坐到书桌前，一个小时内搞定全部。作业问题是从来不需要操心的。

不过，为了程恩恩的家教事业，他不得不演好这场戏。

江小粲打开作业本，回忆了一下班里学习最差的同学写作业的样子——一笔一笔写得慢吞吞，中途还要抠抠手指、玩玩橡皮，平均每个字要写错一笔，擦完重写，一个字写一分钟……

算了，江小爷直接放弃，演白痴太难了。他刷刷刷把语文生词和英语单词抄写完，拿出数学同步练习册，露出痛苦的表情：“数学最难了。”

“你数学不好吗？”见他作业写得太顺利，正愁无用武之地的程恩恩来了精神。

江小粲愁眉苦脸地点头：“我家基因不行，我妈妈数学就很差。”

“没关系，这个不会遗传的，”程恩恩诚恳地鼓励他，“你努力学习，一定可以的。”

江小粲忍着说笑：“好吧。”然后他指着第一题的“32×3”说，“这个我不会算。”

辅导完功课，已经九点半了，程恩恩回到房间。这间卧室也很大，除了豪华、高阶，找不到其他的词汇来形容。浴室是大理石装修，天然的纹路有鬼斧神工之感，光滑的质地在室内灯光下呈现很棒的光影视觉效果。

程恩恩正小心翼翼地参观，背后响起声音：“衣柜里给你准备了衣服哦。”

已经休息的江小粲穿着睡衣出现在门口，说完便摆摆手又回去了。

打开衣柜，果然看到几套简单款式的家居服，都是她的尺码。程恩恩太感动了，江叔叔真是个面冷心热的好人，洗澡的时候她暗自发誓，一定要好好辅导江小爷成材。

隔天一早，范彪开车送程恩恩到学校。

程恩恩向范彪和江小粲告别，走进校门时心想，这份工作待遇真的是太好了。

回到教室，她把抽屉里昨天没来得及收拾的零食全部拿出来，一整理发现比自己想象中还要多。

樊祁上课前五分钟才到，看见她桌子上摆得整整齐齐的巧克力、开心果、薯片、旺仔牛奶……扫她一眼。

程恩恩把东西往他那边推了推，说："这些还给你。"

"不爱吃？"樊祁坐下来。

"我不能收你的东西。"

"为什么不能收？"

当然不能随便拿别人的东西啊，哪有为什么。程恩恩抿了抿唇，想了半天说："无功不受禄。"

樊祁笑了声："这是我给你道歉的，赔礼。"

"不用，"程恩恩神色认真，"你的道歉我接受了，以后不要再那样就好了。"

"你放着吧。"樊祁说，"我不吃零食。"

"你可以带回家，我也不爱吃。"程恩恩坚持。

闻言，樊祁眉梢一挑，说："我看你自习课偷吃巧克力，吃得挺开心的啊。"

程恩恩的脸唰的一下红了。上次江小爷给她的巧克力，她那天晚饭没吃，饿了就偷偷摸摸吃了两颗，没想到被人看到了。

"我……"她哑口无言，把东西又往前推了一点，"反正我不要。"

"成。那我就每天喂你一点。你要是不吃，就是还没原谅我，我就继续买，买到你原谅我为止。"樊祁抬手，把桌子上一堆的零食一包一包往抽屉里放。

"你可能不知道，我这个人最大的优点，就是有毅力。"不讲道理！程恩恩皱起眉，却不知道该拿他怎么办。

樊祁对上她为难的眼神，摆出一个放大的笑容，把最后一罐旺仔牛奶拿起，打开，放到她面前。

"今天的。"

"……"

接下来，樊校霸深刻地向程恩恩展示了他的毅力。

那罐牛奶程恩恩不肯喝，但之后的每天，樊祁都锲而不舍地带一罐牛奶来学校，亲手打开，再递给她，有时候甚至还是温热的。

程恩恩再三表明自己真的原谅他了，被得罪的人追着说原谅倒是十分稀奇。但樊祁充耳不闻。不止每天“投喂”，程恩恩整个人都被校霸罩了。

譬如，每次收英语作业，总有几个人拖拖拉拉不肯交，收不齐又不好跟老师交差，程恩恩经常犯难。但这种现象，在以高鹏未首的几个人像小弟似的跟在她身后，看到谁不交作业就一番威胁恐吓之后，迅速消失。

再譬如，这周校园值日轮到一班，程恩恩跟陶佳文被分派到学校广场的区域。下午三节课结束，程恩恩没找到陶佳文，便自己拿着扫把过去。

举办升旗仪式和校会的广场，面积不容小觑，虽然卫生保持得很好，一遍打扫下来也需要不少时间。

她弯腰刚扫了不到两分钟，便听哗啦啦一阵脚步声，接着手中的扫把被人一把夺了过去。还是高鹏那几个人，每人手里都拿了扫把，哗哗哗就开始干活：“你去休息吧，我们来。”

“不用麻烦你们了，我自己扫就行。”程恩恩这几天真是怕了这几个人了，她伸手想拿回自己的扫把，对方不给。

“你自己扫半个小时也扫不完，交给我们五分钟给你搞定。”

“让你休息你就休息嘛！”

“对啊！”

七嘴八舌里有人说了句：“祁哥都发话了，我们怎么能让大嫂累着。”然后几个人一起嘻嘻哈哈。

程恩恩眉头都快拧成疙瘩了，又无措又难为情：“你们别乱说话呀。”

“行行行，大嫂说什么就是什么。”

“大嫂不让说话听见了没，都闭嘴啊。”

他们嬉皮笑脸的，程恩恩被闹得脸红尴尬，也不管自己的这块承包地了，转身就跑。

那天不巧的是，范彪刚好在门卫室跟保安侃大山呢，将这一幕目睹了个正着。

程恩恩提前给他发了消息，说要打扫卫生，不用来接她，她自己打扫完再搭公交过去。但接肯定还是要来接的，范彪先把江小爷送了回去就来七中等着，谁料想看到一帮小兔崽子调戏他“大嫂”。

范彪当时就怒从心中起，被保安拦了一下才没上去暴揍那帮小崽子。

“哎呀哎呀，都是戏嘛，何必当真。”保安大叔劝道。

明眼人都能看出来这个“女主角”跟幕后大老板江总关系不浅，但到底是怎么个“深”法，就不得而知了。

这部“戏”从一开始就处处都奇奇又怪怪，哪有演戏就只干演，连台摄像机都没有的？没有导演，自由发挥，不少人都拿这份工作当天上掉的馅饼，有钱人钱多了没地儿花，烧着玩儿呢。

范彪撸了一把自己的头，骂了句粗话。接着，瞧见一旁玩手机的另一个小保安，问：“你拍了？”

这里面的事儿是不准往外泄露的，来之前都签了保密协议，那小保安忙赔笑道：“就、就拍着好玩，没发出去，我这就删了……”

“发给我。”范彪拿出手机。

小保安有点没反应过来：“……”

两人扫了二维码加了好友，范彪收到视频都没点开看，直接转发给通讯列表置顶的那个。

晚上照例有应酬，江与城坐车前往的路上给江家去了一通电话。许明兰身体抱恙，到医院做了个小检查。电话讲到一半，范彪的消息发了进来。

“您好好休息，我大后天回去，带江粲过去看您。”江与城挂断电话，瞥了眼那条消息，没看。

过了几分钟，车抵达目的地停下，又有一条消息进来，还是范彪发的：接到大嫂了。

范彪话多，在他面前一向收敛，微信上从不发无意义的东西，要紧事直接电话联系。这段视频的上头两条，分别是两个月以前，和半年以前发的。

方麦冬已经下车，打开后座车门。江与城重新拿起手机，从对话界面点开视频。不到两分钟的小视频，从一个男生夺走程恩恩的扫把，到她一跺脚又恼又羞地跑走，完完整整。

江与城退出界面，将手机收进口袋，下车。

商业酒会，主办方背靠政府，出席的都是政商界要人。江与城进门便有人认出，上前攀谈，一路寒暄下来，手里的酒杯不知换了几轮。他周旋其中游刃有余，面上不见丝毫异样。

酒会进行到一半，方麦冬正和人交谈着，瞧见江与城向洗手间的方向过去，眉头拧着脸色似不大好。他跟身旁的人道了声失陪，正要跟过去，被江与城发觉，朝他头也不回地一摆手。

十点多了，程恩恩刚刚洗完澡坐下来，打开《五年高考三年模拟》。

书桌上手机嗡嗡震动，她看了眼备注，接起来，声音软软糯糯的：“江叔叔。”

江与城“嗯”了声，嗓音沉得像缀了深海静谧的水，问：“还没睡？”

“在学习呢。”

台灯造型简单到极致，有独特的设计感，手边是江小粲借给她玩的全自动橡皮和清理机，程恩恩伸手，今天第三次摸了摸。

“学习好玩吗？”江与城问。

在玩清理机的程恩恩缩回手说：“不好玩。”哪有人用好玩形容学习的，学习本身就是一个枯燥的钻研过程，“但是有用。”她充满正能量地说。

听筒里传来一声低笑。

程恩恩莫名其妙地说：“你笑什么呀，我说的是真的。”

“学吧。”江与城的声调仍然低沉，但没了刚才的压抑感，“不准早恋。”

程恩恩的表情更奇怪了，这人是不是喝醉了？到处撒酒疯。她回道：“我没有早恋。”

江与城又“嗯”了一声，说：“敢早恋，打断你的腿。”说完便掐了电话。

程恩恩把手机从耳边拿开，一脸莫名其妙。他是不是把自己当成江小爷了？这种亲爹般的口吻……

洗手间深色厚重的门被推开，有人进来，见到他又笑着聊上几句。江与城心不在焉地应着，目光落在镜子里，看着那张稳重、褪去青涩、轮廓英朗的脸。

他高估自己了。

参加运动会十二人十三足的，一半是走读生，训练时间不易调和，于是便占用了上午课间操及中午午休的时间。

陶佳文还是在程恩恩右手边。最外侧的人更需要紧跟内侧人的频率，所以尽管她与程恩恩结了两年的旧怨，也不得不紧紧地抱在一起。上次的篮球事件，她真诚地向程恩恩道过歉，之后态度就和气了许多。

训练迟迟不出成果，体育委员这天有点激进，练了半个小时还不放人。等他一喊“解散”，十二人立刻变成泄了气的皮球，一边各自蹲下解绑带，一边叽叽喳喳地抱怨累和痛。

程恩恩的右脚也疼得厉害，解开绑带，拉起裤腿看了看，脚腕上一道一道的红痕。

“你没事吧？”陶佳文弯腰问了句。

程恩恩摇头：“没事。”

她起身正要与叶欣一起回教室，陶佳文又道：“恩恩，我能不能跟你说几句话？”

程恩恩停下脚步，有点疑惑，不知道她要跟自己说什么。

叶欣先走了，陶佳文吞吞吐吐的，目光也有些躲闪。

程恩恩耐心地看着她问：“你想说什么呀？”

陶佳文心一横：“我想说，以前是我不懂事，嫉妒你每次都拿奖学金，才老是针对你。不过我现在想明白了，能不能拿奖学金都是自己的能力，你看你也有失误的时候嘛，对不对。”她故作轻松地笑了下，“我为以前做过的事情向你道歉，希望今后我们能冰释前嫌。”

程恩恩点点头：“好。”

陶佳文就是嘴巴毒，讲话不饶人，其实也没做过太过分的事情。

解决了一桩难题，陶佳文整个人都轻松多了。没想到她刚如释重负地舒了口气，就见戴瑶皱眉走过来：“你疯了吗？原来可没这一段，你怎么擅自改了？和刘校长说了吗？”

陶佳文被她吓了一跳，把人拉到一边，低声说：“你小声一点。我就是个小人物，没必要惊动刘校长。她现在不在宿舍了，我的那一部分就没用了，没必要再继续演坏人啊，反正握手言和也讲得通。”

“我看你是看人家来头大，不敢得罪吧。”

“其实也有啦。不过我觉得她人挺好的，做朋友也不错。”

戴瑶嗤了一声：“别被表象蒙蔽，能做女主角，一定不是省油的灯。”

“你也别入戏太深。”陶佳文随口劝了一句。

程恩恩去卫生间洗了洗手，回教室时，午休刚结束，来来往往的人有些多。她推门进，刚好里面有人出来，跑得太快直接撞上来，她闪避不及，肩膀在门框上磕了一下，背后也撞了人。

“啪”的一声，玻璃清脆地碎裂。

程恩恩捂着肩膀回头查看，耳边正响起女生尖锐气愤的声音：“干吗呢？”

是戴瑶。摔碎的是一个玻璃杯，水洒了满地。

男生说了声对不起，便飞快地溜走了，仿佛这一地狼藉与他无关。

“对不起啊。”这杯子经常见戴瑶拿在手里。程恩恩很抱歉，背上湿了一片，也顾不上查看。

“没长眼睛吗？真的是！”戴瑶心疼地看着地上的杯子，意料之中的很生气，“你是故意的吧，走个路也能撞，你怎么不去撞墙啊？”

戴瑶是张扬的性格，人也漂亮，跟九班那几个小太妹关系很好，也是得理不饶人的典型。战斗力比陶佳文高至少两个level。

这次确实是自己理亏，程恩恩心里过意不去，再次道歉：“我不是故意的，刚刚是和别人撞了一下。对不起，我会赔给你的。”

“你本来就应该赔好吗？”戴瑶怒气冲冲地喊。

程恩恩态度良好地点头：“是。”

一拳打到棉花上，戴瑶翻了个白眼。

那会儿樊祁没在教室，回来时程恩恩正在用纸巾擦背上的水。

“怎么了？”他问。

程恩恩没说。这个人最近热衷于“罩”她，她不想惹事。

上了两节课，樊祁不知从谁口中听说了下午那一幕。

最后一节英语课，程恩恩正要去办公室取作业，就见他那一帮忠实的小弟忽然向教室左后方拥过去，把中午撞了她的男生凌空抬起，驾着就往走廊上蹿。土匪打劫的队伍伴随着男生的“救命”呼喊，眨眼消失在楼梯转角。

程恩恩起身时，樊祁已经自动站起来，做了一个“请”的姿势。

程恩恩走出去，又停下，拧着眉头说：“你能不能不要再这样了？”

“什么？”樊祁微微低头，摆出洗耳恭听的样子。

“就是刚刚，”程恩恩说着指了指门口，都不知该怎么描述了，“他们……”

“哦，”樊祁眼皮都不抬，“他们就喜欢路见不平，拔刀相助。”英语课上完就该放学了，程恩恩正收拾书包，戴瑶拿着手机走过来，

屏幕上是某宝的界面。

“我选好了，这个杯子。”

樊祁还在座位上，抬头瞟了一眼。

那是一个日本东阳佐佐木八千代星空杯，底部像星空一样漂亮。程恩恩看了看，价格六百多，这是把她当冤大头了吗？她沉默了一下，说：“这个比你的杯子贵太多了。”

“是你说的要赔，现在又想反悔？”戴瑶咄咄逼人。

旁边也有女生在凑热闹：“你的杯子不是才三十多吗？哪有这

么贵？”

戴瑶气场一点都没减弱，振振有词地怼回去：“我和那个杯子有感情了啊。感情能用钱来衡量吗？”

“……”我和我的钱也有感情啊。程恩恩想到自己账户里可怜的余额。

“反正我就要这个。”戴瑶把手机拿起来，转身要走，脚底下被什么硌了一下。

“别动。”半晌没出声的樊祁忽然开口。

戴瑶下意识地顿住。樊祁起身蹲下来，盯着她的脚说：“挪开。”戴瑶愣了愣，抬起脚，露出下面黑色镀金的钢笔。

樊祁抽了张纸巾把钢笔捏起来，举到她面前说：“怎么赔？”

不知谁瞥见了笔盖上的白色六角形，小声说：“万宝龙，要好几千吧……”

戴瑶抿了抿唇，没说话。

“我和这支钢笔也有感情了。”樊祁把钢笔放下，“刚好，就按你二十倍的倍率赔吧。”

“你这是要给她出头？”戴瑶脸色古怪。

樊祁“啊”了一声，手撑在桌子上：“她是我罩的，有意见？”

戴瑶是翻着白眼走的，程恩恩觉得自己似乎应该跟樊祁说声谢谢，但结合他最近的表现，她说不出来，便背着书包闷闷不乐地下楼了。

黑色宾利开进校园，十分嚣张地停在教学楼下，接受来自四面八方的注目礼。身长玉立的男人站在车旁，身边陪着的是刘校长。

“小程同学最近进步很大，数学小测验比上次提高了六十分呢。”刘校长的口吻之激动，让人完全想象不到提高六十分的结果只是八十分，连及格都不够。

人到中年免不了透出油腻感，更衬托身边人的器宇轩昂。

江与城漫不经心地整理着袖子，目光落在楼梯口。程恩恩的身影很快出现在视野中，书包规规矩矩地背在肩上，只是她今天看起来似乎心情不佳，肩膀微微耷拉着，低头冲着地面，不知在思考什么，完全没注意到校园里引起轰动的那辆豪车。她走路慢吞吞的，身上完全没有平时的朝气和活泼劲儿。

江与城眉头轻轻动了一下，视线转向刘校长，问：“进展到哪儿了？”

“啊？我想想……”刘校长摸着头认真思索，“应该是和同学闹矛盾……哎，对了，是弄破了别人的杯子，那女同学不讲理儿，讹她六百块呢。不过小程同学自己有原则，没让人讹成。”

江与城问完那句，就重新看向了程恩恩。她一直闷着头，快走到跟前了还没看到他。

刘校长笑呵呵地叫了一声：“小程同学。”

程恩恩这才抬头，正要问校长好，便瞧见了立在他身旁、西装笔挺的男人。视线上移，是一张帅得不动声色的脸。

“江叔叔，你回来啦？”她眼中的惊讶一闪而过，说话的声调透着一点点丧气。

刘校长特别没眼色，一副幼儿园老师的甜腻口吻：“今天在学校开心吗？”

程恩恩答：“开心。”说话时表情和语气都毫无波动，甚至能看出敷衍，开心个鬼。

江与城收回视线，说：“上车吧。”

开车的是司机老张，除此之外车上便只有他们两人。

江与城气场太强，程恩恩待在他身边总是紧张，老老实实地坐在那儿，拿着手机在某宝上搜索公鸡杯。图片五花八门，价格倒是差不多，最贵的也就三十多。

程恩恩有点郁闷，她是真心感到抱歉，想弥补，即便戴瑶要贵一些的，也在情理之中，但她看上的那个实在太贵了，比她一个月的生活费还多，她现在根本拿不出。但若是不给买，戴瑶肯定不满意，还会埋怨她。

她两手捧着手机，垂眉耷眼地滑动屏幕，根本不知道身旁男人的目光就没从她身上移开过。

她今天的状态与之前不同，低落太明显，像是有块乌云罩在脑袋上。

江与城看着她，眼底幽黑深沉，看不出情绪的浓淡。

距离车祸的发生已经过去两月有余。她在潜意识里给了自己这样的身份，他便如她所愿，为她建造一个属于她的“世界”。即便离婚的时候她恨他恨得入骨，他仍希望她开心。

但今天，他忽然意识到，在这个世界里，她所有的喜怒哀乐都与他无关，他也无法参与。她将他摒除在这个世界之外。她不希望他参与。

这个发现让江与城从心底漫上来一丝悲凉。

全程的沉默和逐渐压抑的气氛结束于宾利抵达津平街公寓停车场。江与城下车，率先走进入户大堂，迈入电梯。他仗着腿长步子迈得大，程恩恩一路小跑才跟上。

到家后江与城便进了书房，吃饭时也没出来。

今天阿姨做了中餐，一手厨艺三口便抓住了程恩恩的胃。吃完后江小粲抱着她的手机打游戏，她往书房看了几次，想了想还是走过去，敲门。她叫了声：“江叔叔？”

“进来。”江与城的声音从门内传过来，因为实木门板的阻隔少了几分真切。

程恩恩轻轻推开门，也没进去，站在门口说：“你不吃饭吗？待会儿饭菜要凉了。”虽然她现在还是有点怕江与城，但人家待她挺厚道的，关心一下也是应该的。

江与城坐在办公桌后，闻言只是淡淡“嗯”了一声，头都不抬。

程恩恩看他正在忙，便关上门，没再打扰。一直到她给江小粲辅导完功课，也没见他出来吃饭。

程恩恩是每晚都要学习到一点的。以前是十二点，后来接了这份工作，便往后延迟了一个小时。

她的数学遗忘得太彻底，重新学习的过程很慢，只能更加用功。

一点她准时合上《五三》，准备休息之前，打开门，往书房的方向看了一眼。灯还亮着，里面的人似乎还在工作。

程恩恩不禁咋舌，好辛苦啊，刚刚出差回来，还要工作到这么晚。看来有钱人的生活也不容易。

她思忖片刻，去厨房热了一杯牛奶，端到书房，再次敲门。

门虚掩着，一碰就开了。办公桌后没人，她探头看了看，见江与城站在窗边，已经换了身衣服，黑色的针织衫没西装那么板正，倒更显出宽肩窄腰的身材了。他右手食指与中指间夹着一支烟，已经抽了一半，程恩恩走进来便闻到了烟味，皱皱鼻子。

“江叔叔，你是不是身体不舒服啊，怎么一点东西都不吃？”

江与城回头，烟雾散去才露出那双狭长的眼睛，眸色太浓，太深邃。

程恩恩仍然是不敢直视，把牛奶递过去：“我给你热了牛奶，你喝一点吧。”

江与城不动，也不接，就那么高深莫测地看着她。

程恩恩举了一会儿，只好弯腰放到窗下很有设计感的小几上。气氛太尴尬，她放下就转身低头往外走，走了两步又停下，没忍住皱眉说：“这么晚不要抽烟了，一身味道怎么睡觉啊。”说完就跑了。

回到房间她觉得自己身上也染上烟味了，又洗了遍澡才睡觉。

书房门大开着，走廊空空荡荡的，程恩恩的身影已经消失几分钟。

她最讨厌烟味，一丁点都不允许，刚结婚的那段时间，他每天下班回家都要先经过她的“检查”才能通关进门。

江与城把手中快要燃尽的烟摁在烟灰缸里，拿起牛奶，望向窗外浓浓夜色时，眼前闪过的是以前她气呼呼地骂道：“你一身烟味，让我怎么睡觉啊！”

程恩恩清早起床时，父子俩已经在客厅了，江与城姿态闲适地坐在沙发上看新闻，江小粲整个人跟小树袋熊似的盘在他腿上，抿着嘴巴：“今年都没有人给我准备糖果，太惨了呜呜……别人都有装扮，就我没有，太没排面了呜呜……”

江与城揪着领子把“熊”提起来，丢到沙发上：“你上三年级了，不是幼儿园。”

江小粲抱着自己的小身体泫然欲泣：“我妈每次都帮我准备，呜呜……”

江与城微眯着眼睛盯了江小粲半晌，拿出张卡，说：“别呜了。”

“谢谢爸比！”江小粲的眼泪一秒钟收了回去，美滋滋地接过卡，从沙发上蹦下来。

路过程恩恩房间时，程恩恩正好开门出来，江小粲冲她一眨眼睛，两只手比成手枪：“biu……”

程恩恩一脸茫然，捏着手指给他回了一颗心。

早饭依然是中式的，很丰富：鳕鱼粥，生煎小笼包、厚蛋烧、水晶虾饺，其他光下饭的小菜就五六道。

程恩恩胃口小，粥只喝了半碗就吃不下了，她放下勺子，刚要用餐巾擦嘴巴，对面一道眼风扫过来。江与城的表情明明没怎么动，她却吓得立刻端起碗把剩下的一半喝了。

一早公司就有会，江与城比他们先出发。程恩恩跟江小粲吃完早餐一起下楼，将她送到学校，挥手告别时，江小粲说：“放学早点出来哦，今天有活动。”

程恩恩回到教室，把给戴瑶买的新杯子放到她的桌子上。她最终买的是一个一模一样的公鸡杯，外加一盒果茶，价值是原来杯子的两倍，这是她能做到的程度。

戴瑶今天来得较晚，发现桌子上的纸袋，打开一看，一脸不高兴地看向程恩恩。彼时程恩恩正低头复习昨天的课文，没接收到她的瞪视。樊祁轻飘飘斜过去一眼，戴瑶才不爽地转回去。

程恩恩记得江小粲的叮嘱，提早收拾好东西，一下课便小跑出去。宾利已经停在校门外，今天的司机是小王。路上江小粲神神秘秘地不肯说到底是什么活动，一直到家。

电梯抵达顶楼，他背对着电梯门，张开手臂，笑眯眯地对程恩恩说："准备好哦，三、二、一！"伴随他的声音落地，电梯门开启，与往常截然不同的画面出现在视野中。

江小粲跳出去："当当当！"

原本简约雅致的房子被装饰出万圣节的氛围，黑色的立体小城堡立在大厅中央，周围是一串串的南瓜拉花和骷髅头串灯，地上摆满了大大小小形状不一的南瓜灯，墙上也吊着一些，蜡烛的光在鬼脸的孔隙中闪烁，营造着恐怖气息。

万圣节布置不难，但将如此大的房子全部布置下来，不仅费时间，还烧钱。勤勤恳恳的范彪此刻正坐在地上，专心雕刻南瓜灯。堂堂的"黑社会大哥"，做的全是哄孩子的工作。

江小粲是很贪玩的，原来他说的活动就是万圣节。程恩恩也喜欢，推开门发现自己房间也是一样的装饰，兴奋地搓了搓手。

"喜欢吧？"江小粲把一个袋子递给她，"这是你的衣服，快去换。"

程恩恩开心地点头，走进遍地南瓜灯的房间。

服装是吸血鬼造型，黑色立领大斗篷，背上还有蝙蝠小翅膀。程恩恩换好出来，发现江小粲的装扮和自己是一样的，一只小吸血鬼。他正蹲在地上，拿着不知道从哪里搞来的化妆品，在脸上涂涂抹抹，非常熟练。

程恩恩走过去低头看，发现他的妆已经化得差不多了。

"来。"江小粲咧着大红嘴冲她一笑，"我帮你化。"

江与城出差几天，公司堆积的事务不少，等到处理完，外头夜幕已然降临。

搭专用电梯下楼时，江与城对方麦冬道："不早了，你回去吧。"

总裁助理这个职位不好做，风风光光的背后是比别人多一倍的工作量。总裁有多繁忙，助理便也跟着有多忙。

方麦冬点头，离开前想起什么，说："对了。"他拿出一封黑色请柬，浮雕的骷髅头很有质感，"陆家那位小少爷开万圣节Party，送了请柬过来，小粲最喜欢这些活动，您可以带他去看看。"

江与城接过，随手搁到一旁。

司机老张将他送回公寓，江与城独自上楼，电梯门一开，往外迈的脚步微微顿了一顿。

一片漆黑里，只有南瓜灯和骷髅灯诡异地亮着，立体环绕的恐怖音乐徐徐响起，黑暗中某处一片白色一闪而过。

江与城站在原地没动，阴森的背景音乐中，有极轻微的，轮胎从光滑的地板滑过的声音。他听力敏锐，盯着声音传来的方向，不一会儿，便见一个诡异的身影向自己飘来——黑衣白脸，快速逼近时确实很有惊吓效果。

江与城在那鬼影到达自己面前的前一秒，忽然抬手，按下墙上的开关。灯光骤然亮起，装神弄鬼的身影无所遁形。

程恩恩本来就对“吓江与城”这个任务充满了忐忑与抗拒，被江小粲怂恿着直接推上平衡车，硬着头皮冲过来，哪料到他突然开灯。她被吓得尖叫一声，一个趔趄就从平衡车上往下摔。

江与城手一抄，将人拦腰抱下来，顺便抬脚将平衡车踢到一边。养了一月有余，依然没能突破90斤的体重，他单手抱得轻而易举，轻轻一带，将人扣到怀里。那腰细得，掌心下能清晰地感受到骨骼。

程恩恩脸上被江小粲化得格外夸张，整张脸白惨惨的，鲜红的血盆大口，眼睛是夸张的烟熏妆，眼角下还画了黑色的小十字，她自己照镜子都认不出来。这下子一脑袋扎到江与城怀里，木质调的香水味沉稳无声地让人沉湎。

扑鼻的味道让程恩恩脑袋一晕，慌慌张张地把脸从他胸口抬起来，然后瞪着深色西服上那一片白，傻了眼：“我、我……”她脸都红了，哆哆嗦嗦的不知是因为惊慌还是羞愧，声音小得像蚊子哼哼，“我不是故意的。”

江与城盯着她，没出声。

他眼形狭长，睨着人总显得清冷没有温度，但怀里却是温暖的。程恩恩意识到这一点，仓皇后退。

江与城顺势松开手，抬眸，往左前方一瞥，一颗偷看的小吸血鬼的脑袋咻的一下缩回去。几秒钟后恐怖音乐停了，江小粲踩着另一辆平衡车若无其事地滑出来，在两人身旁晃来晃去。

程恩恩拿了纸巾，一边诚惶诚恐地帮江与城擦胸口的衣服，一边道歉：“对不起江叔叔，我会帮你洗干净的。”她不敢用力，擦得很轻，那力道一下一下地在胸口扫着……

江与城捏住她的手腕儿，放下去。

程恩恩以为他生气了，就跟个犯错的小朋友一样，捏着手站在那儿耷拉着脑袋。

江与城往胸口扫了一眼，语气淡淡的："就这样吧，挺好看的。"

程恩恩更羞愧了。

江与城看了眼飘来飘去的江小粲，又看向程恩恩，低声问了句："想去Party玩吗？"

江小粲立刻抢答："想！"

程恩恩瞅瞅江与城，也跟着点头。

江与城转身又踏入电梯，看着还在傻愣的程恩恩说："过来。"

陆家有个吃喝玩乐样样精通的二少爷，和他那帮二世祖兄弟平时最喜欢开各种各样的Party。两家交情不浅，江与城这儿又有个热衷参加Party的江小粲，每次都被邀请。

江与城带着程恩恩和江小粲到达时，现场热闹非凡，布置得比江家更彻底和专业，装扮也是五花八门、无奇不有。他们一路进来见了不少妖魔鬼怪，黑白无常和金三胖都有。

江小粲简直像一个找到组织的失落儿童，拉着程恩恩飞快地加入人群。

江与城一身西装在其中，反倒显得另类，他自个儿并不在意，径直走到自助餐桌边，捏了两块点心垫肚子。日理万机的总裁，到现在晚饭还没顾上吃。

倚在桌子上，香槟喝了半杯，江小粲气喘吁吁地跑回来问："爸爸，看到小恩恩了吗？"

江与城直起身问："怎么了？"

"我和她走散了。我看了个表演，一回头就找不到她了。"江小粲说完又转头跑回去继续找。

程恩恩是个不折不扣的路痴，还有着每次都一定选错的任性方向感。江与城放下酒杯，大步跟上。

Party太好玩了，程恩恩玩得不亦乐乎，看到两个同样吸血鬼装扮的人巴拉巴拉地在交流，站在那儿乐呵呵地看了半天。回神时，她才发现江小粲不见了。

担心他一个小孩子走丢，程恩恩忙四处寻找。人很多，孩子也不少，她穿梭来穿梭去，把自己给穿梭迷路了。她正寻找返回的路，无意间瞧见一个怪盗基德装扮的人，白蓝相间的礼服与帽子，银色金属框的单片眼镜，侧面轮廓很好看，真像一个从漫画里走出来的人物。

程恩恩没忍住多看了几眼，他右耳上也有颗痣。

那人似乎察觉，正和身旁的人说笑，忽然转头，两人的视线不偏不倚地对上。

偷窥被人发觉，程恩恩急忙挪开眼，继续找路。刚走出两步，肩膀被人拍了一下，她回头，是那个怪盗基德。

他正面更帅，二十六七的年纪，有一种介于成熟与张扬之间的独特气质。

程恩恩个子小，又瘦，披着斗篷站在那儿，看起来就很小巧。基德上上下下打量她，嘴角一勾，调笑道："这是谁家的小蝙蝠跑出来了？"

程恩恩嘴都没来得及张，忽然被人揪住后领整个人拖走。

江与城将她放到身后，高大的背影结结实实地将她遮挡，嘈杂喧嚣的现场，他不轻不重的嗓音清晰地敲击耳膜："我家的。"

耳朵好像被烫了一下，程恩恩抬手揉揉。

"哟，江总啊。"这口气听起来似乎是熟人，但与友好全然不沾边。

基德往江与城背后瞥了一眼："那个是恩恩？怪不得我一看就觉得眼熟呢。来，恩恩，我们来叙叙旧。"

程恩恩不禁奇怪，他是在对自己说话吗？可是她根本不认识这个人呀？叙什么旧？她从江与城侧面冒出脑袋说："我不认识你呀。"

"我是高致。"基德微微笑着。

程恩恩认真地回忆了几秒钟，遗憾地摇头。高致脸上自信的笑容凝滞了一瞬，说："高中追过你呢，不记得了？"

江与城的脸色极淡，对这句话没有表现出任何的惊讶。程恩恩也许忘了，但是他还记得，当初这小子纠结一帮人在程家楼下声势浩大地告白，被程礼扬拿着棍子追出几里地。

程恩恩更加茫然："你是不是认错人了呀？"

有些东西是演不出来的，她说话的方式也是十七八岁的少女。但高致怎么看都觉得她就是自己认识的那个人不假。他从胸口的口袋中抽出一支钢笔，黑色镀金，万宝龙经典款，问："这个你也不记得了？"

江与城的目光停留在钢笔上，联想到前一日发生的事件，眉头微不可察地拧起。

"你摔碎了一个同学的杯子，被她敲诈，我帮你出的气，忘了吗？"高致兀自说着，"本来我都丢了，你捡回来擦干净消了毒还给我，我一直保存到现在……"

预感得到验证，江与城的眸色彻底转冷。

程恩恩还在震惊高致怎么会知道杯子和钢笔的事情，倘若她此时扭头看一眼，就会发觉身旁的人气压低了下来，周身阴沉，压制的情绪已经濒临爆发。程恩恩的肩膀被江与城直接扳了180度，不容反抗。

“带她回去。”话是对江小粲说的，江与城的目光却紧盯着面前的高致，不辨喜怒。

那嗓音很沉，程恩恩是发觉他生气了的，被江小粲拽走也不敢说什么。她的脑子里一团糨糊，完全想不明白眼前发生的一切到底是怎么回事。

她一走，高致脸上的笑也缓缓收敛，他将钢笔插回口袋，说：“这个不是恩恩吧。跟恩恩长得很像，看那样子十八九岁？”他似笑非笑地挑起一边嘴角，眼中嘲讽意味渐浓，“怎么，以前喜欢十八九岁的，现在还喜欢十八九岁的，你怎么那么贪心呢？”

“与你何干。”江与城八风不动，对他故意的挑衅分毫都不接受。

高致冷笑了一声，逼近一步：“那恩恩呢？你在外面养十八九岁的小蝙蝠，恩恩知道吗？你把她置于何地？”

两人之间气氛紧绷，空气流动都变得僵硬。

江与城的姿态摆得很高，无论是九年前，还是现在，他都从未将这个人放在眼里。方才几乎压抑不住的怒气在程恩恩被带离之后，已经被他不动声色地收起。此刻面对高致的，就只是那个纵横商场无往不利的江总。

“我们的事，轮不到你过问。”

我们……高致邪肆地一笑，食指摸了摸下嘴唇。是啊，人家夫妻俩的事儿，他一个外人置什么喙。

江与城无意与他周旋，转身就走的背影透着干脆和冷漠。

“你既然不珍惜她——”高致在他身后提高声音，不甘也好，不爽也罢，根本不用去掩饰，“当初何必和我抢？”

江与城皮鞋落地，转身，狭长的眼眸不含丝毫笑意，轻蔑却如有形物质，夹杂在冰冷的嗓音里冒出尖锐的刺。他嘴角淡淡一扯，说：“和你抢，你配吗？”

江小粲没玩尽兴便被拖走，但今天一句话都不敢多说。因为但凡长了眼睛，都能看出来他老爹生气了，还是那种暗火。

暗火比明火更可怕。江与城混迹商场多年，早就修炼了一副波澜不惊的脾气，他从不生明火，打也好骂也好，只要还跟你说话，那都是小事儿。但他的暗火，江小粲再皮，再有鬼主意，都不敢去招惹。

程恩恩对江与城的情绪也很敏感，准确来说只是对不悦敏感。江与城开心她不一定不知道，但是不开心，她一定能感觉到。大概是身为猎物的生存本能吧，所以车上一大一小两只都老老实实缩着脖子做鬼，不敢说话，用眼神交流。

“你爸爸怎么了？”

“不知道。”

“那他为什么生气？”

“这个就要问你了。”

……

第四章 收到一封情书

到了家，程恩恩正要下车，身旁传来冷冷的一声："坐着。"她一僵，又慢慢把屁股落回去。

江与城对江小粲道："你先上去。"

江小粲留给程恩恩一个自求多福的眼神，乖乖下车。司机也识趣地下去。

车门开了又关，"砰"的一声，开启车厢内幽密压抑的沉默。

江与城跷着腿，眼神在昏暗中幽幽难辨。但程恩恩甚至能感受到他的目光落在自己身上的压力。

越来越安静，越来越沉重。她有点扛不住，也摸不准他想干吗，如临深渊地坐了半晌，她战战兢兢地问："江叔叔，您怎么了？"

是的，她害怕到用了"您"的尊称。

江与城不说话。

程恩恩生平第一次发觉，目光也是一种酷刑。这个酷刑持续了十五分钟，她都憋得想上厕所了，对面的男人终于开口："你回去吧。"

程恩恩如蒙大赦，下意识地问了一句："你还要出去吗？"

江与城原本已经移开视线，闻言又转回来，盯着她的眼神比方才更深邃难懂。他嘴唇抿成一条薄线，说："不要再和我说话。再说一句，我可能就忍不了了。"

他的声音低而压抑，仿佛在忍耐什么。

是忍不住要揍她吗？程恩恩吓得赶紧从车上滚了下去。

看着江小粲睡下，程恩恩回房间洗了澡，坐在书桌前进行今日份的学习时才听到外面客厅里传来动静。她没敢去看，盯着书本让自己专心。

大概是这几天在这里住得太舒服，她完全忘记了要回自己家这件事，不过今天这莫名其妙的一出，倒是给她提了醒。既然江叔叔已经回来了，明天给小粲粲辅导完功课，就自己回家吧。

次日一早，程恩恩醒来吃早饭时，江与城已经出门，家里也已经恢复原样。

他不在，气氛就没那么凝重了，江小粲也恢复本性，试图借口“丢了”偷偷留下昨天要来的卡，拉程恩恩下水帮他藏赃物，被程恩恩严词拒绝。于是，上学的路上，这孩子一直在琢磨，怎么趁卡还在自己手里尽快套现。

程恩恩一路上都在和他讲道理，口干舌燥。

江小粲大概是被感悟了，让小王在奶茶店停车，刷卡给她买了一杯奶茶。

程恩恩拎着奶茶进学校，在教室外见到一个意想不到的人。她惊喜不已地问：“薇薇姐，你怎么会在这里啊？”

段薇穿了一身休闲服，白色速干外套，黑色leggings，妆化得也淡，清爽精神，与之前正式精致的OL风截然不同。

“这是你们的生活老师，”老秦介绍道，“刚调来的。”

段薇笑着道：“其实来了几天了，你最近没在学校住，所以没碰面。”

“真的啊？”程恩恩眼睛都亮了，“太好了，那以后可以经常见面了。”

“对了，你最近是在做家教？”段薇问。

程恩恩点头，又心虚地看了老秦一眼，高三出去找兼职其实是说不太过去的。但老秦跟没听到似的，毫无反应。

“那你最近都是住在学生家里？”

“嗯。”程恩恩说，“不过家长已经出差回来了，我今天打算回自己家了。”

段薇笑了下，没再说什么。

程恩恩回家的计划，最终没能顺利实现。当天一直到她辅导完江小粲的功课准备休息时，江与城依然在公司加班，未归。她不放心小孩子一个人在家，江小粲再适时地一撒娇，她自然就再次留宿。

第二天，她打定主意要走，在客厅等到江与城回来，已经将近十一点。

他似乎很累，扯掉领带坐在沙发上，左手按了按太阳穴。听程恩恩说要走，他抬眼问：“没车了，你怎么走？”

这个点公交已经停运，夜班车不直达，回家需要走二十分钟的夜路。程恩恩抿了抿嘴唇说：“我打车好了。”其实她不太舍得打车，但想一想自己如今也是月入五千的人了，打车还是打得起的。

江与城点点头：“最近刚出了几起深夜打车遇害的案件，舆论很关注，正值风口浪尖上，一般人不敢作案。”他口吻淡然，“只要不遇上那些了无生趣、抱着同归于尽心态的歹徒，把你拖到荒郊野外……很安全。”

程恩恩都快哭出来了，小声说：“今天很晚了，我先不走了。”

江与城再次淡然地“嗯”了一声，说：“去睡吧。”程恩恩立刻趿着小碎步跑回房间，心有余悸地关上门。

客厅陷入静谧，江与城坐在那儿，暖白灯光映照在眉宇间，疲态尽显，眼神依然是光线照不亮的幽深。

第三天，陪江小粲写完作业，到十点半见江与城还没回，程恩恩便自觉地留下来了。

她算是发现了，这人就没个按时回家的时候，可怜江小爷没有妈妈，爸爸也不管，小小年纪就承受了太多。这让从小就没受过多少父母疼爱的程恩恩生出惺惺相惜之感。

杯子事件暂告一段落。

敲诈六百块钱的杯子，本身就是剧本里的情节，戴瑶也不会真惦记，她讨厌程恩恩倒是真的。没什么理由，有些人可能就天生气场不合吧。她每次见到程恩恩，白眼都翻得很有真情实感。

但这天傍晚，戴瑶在食堂吃完晚饭，回宿舍时，突然接到一通电话，让她到学校后门取快递。这个以假乱真的七中不允许私自带其他人进入，送快递更不可能。戴瑶十分纳闷，一路小跑到后门，快递小哥将五个个头都不小的箱子推过来，说：“戴瑶是吧，签收一下。”

她签了字，单子上寄件人一栏却是空白，正想问问，快递小哥已经上车。

“哎，你们不帮我搬一下吗？”

快递小哥摆手，挂了档一打方向盘走人。

“这么多我怎么搬啊。”戴瑶嘟囔一句，试着搬起一个箱子，还挺沉。

依箱子的大小她一次只能搬一个，走到半路就走不动了，打了一圈电话叫来一个人帮忙，两个人又跑了两趟。搬到宿舍，地上已经无处下脚。她拿着剪子拆快递时，不少人闻讯来围观。

“你买的什么东西啊？”

“不是我买的。”戴瑶说。

箱子打开，里头是五十个公鸡杯。

“怎么这么多杯子？”

一帮人一愣，七手八脚把其他的都打开。无一例外，一共二百五十个杯子，码得整整齐齐，玻璃质感不错，阳光下泛着细碎的光芒，场面十分壮观。

现场沉默了片刻，有人弱弱地开口：“你让程恩恩赔了你这么多？”

“有点过分了吧，这算下来有七八千了……”

戴瑶脸色变幻莫测。她刚才亲口说了不是自己买的，此时也不好再改口，倒显得好像是她真讹了程恩恩。

“大家拿走用吧，我也用不完。”

众人面面相觑，看她的眼神难免起了变化。

地方有限，两百多个杯子无处安放，戴瑶到处去送，大家都有所耳闻，很少肯收。送出去的寥寥无几，剩下的依然堆在宿舍，像是对她莫大的嘲讽。

方麦冬完成交代的任务，在露天咖啡厅找到江与城。

江与城站在露台，唇间咬了支烟，范彪帮他点上，他低头吸了一口，微弓的后颈线条也是极好看的，问：“办完了？”

“办完了。”

江与城“嗯”了一声，不再说话。

范彪也点了支烟抽上。方麦冬在两人身旁站着，被动地吸着二手烟。片刻后，他忽然道：“创作者从生活中取材很常见，恩恩也许只是用那件事做素材。”

“就这一件事儿也够我生气了。”范彪骂骂咧咧，比江与城还火大。

方麦冬当然能理解江与城的心情，不管从哪个方面，他的立场都与江与城一致。但该提醒的，他有责任提醒：“您真的要插手？”

江与城垂眸，烟捏在指间轻轻一掸，深沉的嗓音被烟雾缭绕，幽幽泛冷：“我能抢走一次，就能抢走第二次。”

举办运动会时天气很好。秋季气温越降越低，这两天却艳阳高照，晒得人在阳光下睁不开眼。

程恩恩一到学校，就在走廊上被戴瑶气势汹汹地叫住：“你什么意思呀？”

程恩恩茫然地问：“什么什么意思？”

“我看你就是故意羞辱我的吧，原来的……”她及时收声，又愤愤地道，“原来可不是这样的。”

“你在说什么呀？”程恩恩一头雾水，“运动会马上要开始了，我先去换衣服。”

程恩恩说着匆匆跑走，戴瑶瞪着她的背影，咬了咬牙。

开幕式是最激情四射的环节，各个班级的创意班服眼花缭乱，走方阵时口号喊得惊天动地，荡气回肠。

一班举牌的是腿最长的女孩子，经过主席台时，大家都像拼了命一般嘶喊，程恩恩被气氛所感染，也跟着用力喊。她不知怎么一错眼，隐约在台上看到一个熟悉的侧脸，来不及确认便一闪而过。

走完一圈回到自己班的位置，她放松了才感觉到嗓子疼。她朝主席台看去，隔着整个操场的宽度，很难看清上面的人。

应该是眼花了吧，这个时间江叔叔肯定在工作，怎么会出现在这里。

文科班男生少，单人项目的金牌每年八成都被理科班包揽。但文科班现在有樊祁这个种子选手，去年就分别拿下了包括100米、1000米和跳高在内的五枚金牌，风光无限。

100米短跑的预赛在这天下午，文科班这边几乎所有的女生都涌到赛道边，去加油呐喊。

程恩恩没有去挤，她有点紧张待会儿的比赛。

十二人十三足安排在400米接力结束之后，十二个人被带领到比赛场地，一边热身，一边听着体育委员最后的打气和叮嘱。

陶佳文脸色有点白，在队伍最右边一直没说话。

程恩恩发现了，问她：“你不舒服吗？”

“肚子有点疼，”陶佳文说，“没事儿。”

裁判吹哨进入准备阶段，周围的人突然就全都兴奋紧张起来，程恩恩没来得及多问，弯腰缠绑带。

大家站成一排互相搭肩，屏息等待，发令枪一响，立刻在体育委员的节奏中向前冲，口号声气吞山河。

场地上六个队伍同时进行比赛，一班在最外围的赛道，前半程一直稳稳领先，节奏踩得稳健，整齐划一，夺冠希望很大。然而冲至赛道一半，齐头并进浑如一体的队伍意外发生断裂，右侧两个人轰然倒下，前进冲势突然中断。

身体完全失控，程恩恩猛地向地上栽去。

现场哗然。

怕什么来什么，关键时刻又给他掉链子！主席台上，一直紧盯着那边动静的刘校长懊恼地一拍大腿："哎哟喂，怎么回事啊？江……"一回头，刚刚还在身旁观赛的人已经疾步走至主席台边缘，手在地上一撑，直接从一米八高的台上跳了下去。

"对不起对不起，"陶佳文连声道歉，"我腿软了一下。"旁边的人也在七嘴八舌地关心："没事吧？有没有人受伤？"

一膝盖跪下去还是很痛的，程恩恩嘶嘶抽着冷气，抬头笑了一下："没事。"

那强撑的笑脸写满坚强，江与城已经走到操场中央，急促的脚步顿在原地，没再向前。他停下来才发觉，掌心一层冷汗。操场上沸反盈天，他身处其中，周遭声音却似隔得很远。

想起三个小时之前——

两个部门主管从办公室离开，他起身，从会客区回到办公桌。方麦冬敲门进来，一贯云淡风轻的脸上神色透着一丝古怪："前台来电话，一个叫高致的男人想见您。"

彼时江与城神色中半分不露异样，从容不迫地坐下来，说："不见。"

方麦冬跟他多年，办事利落从不拖泥带水，当时难得迟疑。斟酌许久后，他才将那句话转达："他说，他已经知道您和恩恩离婚了。"

思绪被吵吵嚷嚷的喊声拉回，江与城看着不远处，程恩恩在身旁人的搀扶下挣扎着站起来，还将另一个摔倒的女孩子也扶起来。

正在参加跳高比赛的少年拔腿朝那个方向跑，行至中途，停下，与江与城隔着人群对上目光。某些地方，他和高致确是有几分相似的。

江与城扯了一下嘴角，笑容意味不明。

程恩恩刚站稳，段薇就跑上前来，比赛开始之前她已经在旁边守着了。事实上之前的每次训练，她都有关注，保护程恩恩的安全如今就是她的工作。段薇蹲下来查看程恩恩的膝盖，应该是破皮了，裤子被绑着无法掀起，但已经有血丝从布料中渗出来。她说："快跟我去处理一下。"

"我没事，"程恩恩看了一眼旁边已经逼近终点的队伍，"比赛还没结束呢。"

"你受伤了。"段薇面色凝重。

“不碍事的。”别看程恩恩平时性格软软的，有些时候却很犟，她语气隐隐焦急，坚持道，“薇薇姐，你让我比赛完再说。”

段薇只好退到一边。

比赛有比赛的精神，尽管其他队伍正在相继冲过终点线，最后一名的结果已然写下，他们还是立刻重整旗鼓，重新喊着口号奔跑起来。

等到比赛结束，程恩恩解开绑带，拉起裤腿看了一眼，果然是擦破了皮，两个硬币大小的创面。脚腕上也有被勒出的红痕，在白皙的底色上格外醒目。

其实只是小伤，过几天自己就好了，但段薇坚持把她带去清洗伤口，擦了药。

叶欣一直陪着。从校医室出来，两人一块儿去帮大家买雪糕。

这个季节吃雪糕的人已经不多了，但一到运动会生意总能回暖，小卖部新批发了一批雪糕回来。三十多个女生一人一个，她俩拎了两袋子货开开心心地往回走。

快到操场边，瞥见路边树下那一道颀长的身影，程恩恩才发现之前不是自己眼花。她脚步一转，朝那边走去。

江与城身边站着段薇，两人正在说话。

从某个层面来说，两人是有几分般配的。程恩恩意外地看看这个，看看那个问：“江叔叔，薇薇姐，你们认识啊？”

段薇笑着答：“工作上的事。”

程恩恩说：“哦。”心想这个世界真的好小啊，她认识的人互相都认识，还有些不认识的也认识她。

“那我先过去了，你们聊吧。”当着她的面，段薇表现得不明显，但语气中仍藏着几分恭敬。

叶欣站在程恩恩身后，只是很客气地向江与城颔首，没有主动攀谈。她对江与城还有印象，那天班会课强势而瞩目地出现，一看便有地位不凡的气场。女生们私底下没少八卦，这人跟程恩恩之间到底是何关系。

头顶的树荫遮去不少阳光，缝隙中投下斑驳光影，江与城两手插着口袋站在那儿，放松的姿态也挺拔有型，语气听起来比平时轻缓三分：“买的什么？”

“给大家买的雪糕。”程恩恩晃了晃手里的袋子。

江与城的视线落上去。

程恩恩动作一停，猛然意识到，她买了这么多雪糕，按理说怎么都应该请人家吃一个的吧？毕竟江叔叔给了她一份工作，还给了她很多照顾。

但袋子里的雪糕一人一份，都是有主的。

程恩恩内心挣扎很久，把自己咬了咬牙狠了狠心才买的四块五的甜筒拿出来递给江与城："这个请你吃。"她心里却侥幸地想，他们这样的人应该不喜欢吃这种东西吧？

她的不舍得都刻在脑门上了，江与城瞥了她一眼，却从善如流地接过，连谢谢也不说。

程恩恩有点小小的失望，但请他吃还是心甘情愿的。她正想和叶欣一起走，却听江与城道："陪我待会儿。"

程恩恩只好把手里的一袋雪糕交给叶欣。她把江与城领到看台上，这个时间大部分人不是在赛场上比赛，就是在赛场上为别人加油，看台上人不多。

露天的椅子难免有灰尘，江与城并未表露出嫌弃，程恩恩却飞快用自己的校服袖子在凳子上蹭了蹭，对他说："江叔叔，你坐这里。"

江与城看了眼她的袖子，一时无奈与好笑掺杂。他坐下来，慢条斯理地开始撕甜筒的包装纸。

"你怎么过来了呀？"

上次他来，程恩恩还以为他有个孩子在这儿念高中呢，江小粲听说的时候都快笑疯了，告诉她他们家就他这一个小爷。

"过来看看。"江与城漫不经心地答道。

包装纸撕掉一圈，露出一截金黄酥脆的甜筒和上端抹茶绿的冰淇淋与巧克力。江与城将冰淇淋举到嘴边咬了一口。

程恩恩直勾勾地看着，她好久没吃了。

太甜太腻，江与城一贯不爱吃这些玩意儿，尝了一口便丧失兴趣。

"你受伤了？"他问。

"嗯，膝盖蹭破皮了。"程恩恩说，"小伤，不严重的。"

擦伤虽然轻，但是很痛，她以前娇气得摔个跤手蹭破一点点皮，都要哭唧唧撒娇好几天，现在倒是懂事了。可这懂事却让人感慨。江与城垂着眼，又问："疼不疼？"

"不疼。"程恩恩的视线盯着江与城的手就没挪开过，纠结着自己要不要再去买一个。

有一搭没一搭地聊了几句，程恩恩瞅着江与城手中再也没动过的甜筒，眼睁睁地见冰淇淋慢慢地变软，有了融化的征兆。

为什么不吃啊？好浪费。她叫了一声："江叔叔。"

江与城侧眸："嗯？"

程恩恩压根没看他，目光胶着在他手中的甜筒上，纠结的眉头一边写着心疼，一边写着想吃。

江与城看着她，指间捏着甜筒转了转。

“你还吃吗？”程恩恩终于没忍住，问他。

望眼欲穿的小模样叫人忍俊不禁。江与城眉梢微微一扬，慢慢将甜筒递过去，好整以暇地看着她。程恩恩立刻就接过来，一点儿也没有嫌弃他的意思，张嘴就是一大口。

无论是深思熟虑忍辱负重，还是自然而然毫无防备，江与城这几天心里窝的那股暗火都被她这一口彻彻底底地取悦了。他看着程恩恩飞快地舔了一圈，把快要化掉的冰淇淋舔得干干净净。眉间愈发舒展，长腿一抻，侧身微微后仰，姿势都透出愉悦。

程恩恩吃得专心致志，压根儿没察觉到身旁人的情绪变化。她还在小气吧啦地想，早知道就不给他了。

手机响了一次，被江与城调了静音搁置一旁，屏幕亮了又暗，暗了又亮。

方麦冬在公司焦头烂额，一堆事情急等处理，却根本找不到人。他想破头大概也猜不到，自家的无良老板正倚在中学操场的看台上，晒着太阳，看人家女孩子吃冰淇淋呢。

工作日抽出大半天工夫来看一场运动会，于江与城而言实在是件难得的事情。

上一次类似的场景，已经是九年之前了。

程恩恩高三运动会，报的就是十二人十三足，听起来跟条蜈蚣似的。她是个小懒鬼，不爱运动，八百米都不及格，除了这种集体项目，没一个擅长的。

她非要他来看比赛，不答应就闹脾气，他推了一天的工作过来，看完她比赛，还要陪她看别人比赛。

那个时候她的人生，他明明有参与。她拉着他，高调招摇地逢人便介绍：“这是我男朋友哦。”

但现在这个没良心的小东西，把他剔除得干干净净。

程恩恩吃完一支冰淇淋，没带纸巾，舔了舔嘴唇。江与城拿出一张格纹方巾，递过来。

程恩恩摇头，又舔了一遍嘴巴：“不用。”这帕子一看就很贵，她觉得自己的嘴不配使用。

手机锲而不舍地亮起第八次，江与城终于拿起，接了电话。那边不知说了什么，他不慌不忙地应了几声，最后道："这就回来。"

程恩恩也急着回去呢，刚才比赛失利也有她的原因，心里过意不去，一听这话就迫不及待地站了起来。

江与城就只当没看出她的"不愿奉陪"，他这会儿心情好。挂断电话，他往她膝盖上扫了眼，说："别乱跑乱跳，好好养伤。"

程恩恩觉得怎么每个人都把自己当个一碰就碎的瓷器呢，这点小伤哪有那么严重呀，不过还是乖巧地点头："知道了。"

"不想看比赛就早点回去，让小王来接你。"

程恩恩继续乖巧地点头："谢谢江叔叔。"

江与城人一走，她立刻就从看台上跑回自己班级。人依然稀稀拉拉的，戴瑶跟几个女生坐在一起，瞥见她，阴阳怪气地道："还好意思回来啊？害大家比赛失败，还有心情陪男人聊天呢，继续聊呗，回来干吗？"

这话里全部是针对自己，戴瑶最近一直这样莫名其妙，程恩恩决定不搭理。她扭头找叶欣，陶佳文刚好回来，接了一句："其实是我没跟上，摔跤了，把恩恩拖倒的。"

戴瑶另辟角度："那不还是她没带稳你。"

叶欣报了三千米长跑的项目，已经在赛道做准备了。程恩恩搜寻到她的身影，正要过去，背后戴瑶还在嘀咕："数学那么差，还好意思当自己是学霸，以为自己多牛呢，下周期中考试，你看她怎么打脸。"

程恩恩脚步顿了一下，继续往前走。

戴瑶说什么她其实不在意，但成绩这个问题，戳中她的心事了。

运动会结束后是周末休息，刚好赶上江与城又出差两天，程恩恩便继续留在江家。

每天陪江小粲写完作业，除了吃饭，其他时间她都埋在房间里看书做题。江小粲见她那么刻苦，就放弃了自己早早制定好的游乐园计划，拿着她的手机窝在她房间的床上打游戏。

程恩恩是不大愿意让江小粲玩手机的，但他一撒娇耍赖她就扛不住。起初她还盯着些，担心他沉迷其中，后来发现小伙子自己有分寸着呢，玩一个小时自己就放下了。

江与城这趟出差回来之后，下班回家的时间早了一些，那晚辅导完江小粲的功课，已经九点了，程恩恩便提出要回家。江与城没说什么，亲自把她送回家。

程恩恩被家里呛人的烟味儿折磨得一夜都没睡好，更别说学习了。第二天一早起来眼睛疼，一整天都在流眼泪，上课时大受影响。

于是，她学乖了，打定主意厚着脸皮住在江家，等到他们赶她走的时候再走吧。

期中考试前一晚，程恩恩看书到两点，还在跟一道题过不去，怎么都做不出来。大约是因为临近考试压力大，她一急，又想哭。

江与城推开门时皱着眉说："几点了还不睡？"

他换了家居服，黑色的羊绒衫柔软贴身，平时精心打理的背头刚刚洗过，带着一点点水汽，蓬松自然，人看着都比平时显得更年轻随意。

程恩恩小眉头皱巴着，声音有点委屈："这道题不会做。"

江与城沉默了半晌，走进来，拿起她桌子上的卷子。

立体几何。一个路痴的空间想象能力能好到哪里去，这一直是她弱项中的弱项。以前缠着他给她补习时，一道题讲八遍都不会，他都没生气呢，她还发脾气，振振有词："这是平面的卷子，谁能看出来立体嘛。"

程恩恩起身把椅子让给他，神色颇有几分讨好："江叔叔，你渴不渴，我给你倒杯水吧。"

江与城坐下，看着题，应道："嗯。"

程恩恩立刻跑出去倒了杯温水，放到桌子上，然后乖巧地站在他一步之外。

"原点选错了。"

江与城看了一遍题目，就知道她错在哪儿了，拿起笔，在已经被她画得乱七八糟的图形旁边，重新画了一个。也不知是什么技能，线随手一画就是笔直的，三两笔完成，和原先那个跟复制粘贴似的，角度都吻合。

程恩恩叹为观止。

"证明一条线平行于平面的一般思路，是先证明它与平面法向量之间的关系。"

程恩恩连连点头："你说得对！"

"以A为原点建立坐标系，把这条线的向量列出来。"他在纸上写下几个字母，"先求出平面SCD的法向量。"他点到即止，把纸放到程恩恩面前。

程恩恩走上前，弯腰按照他的步骤在纸上作答。

这其实是一道很简单的题目，但她的脑筋有时候就别在某个地方转不过来，江与城的两句话，一下子将有用的信息抽出来。后面的他没有说，她自己思考着，思路理通，顺利地将证明过程完成了。

她没注意到自己靠得太近，江与城的注意力也早已不在那张纸上。

她洗完澡才开始学习的，头发散着，这会儿也干透了，残余一点湿润的气息。睡衣料子轻软，贴在她身上，她弯着腰，骨骼的轮廓若隐若现。

江与城靠在椅子上，身体侧着，右手一抬放在桌沿，便将她虚虚圈在那一块地方。

程恩恩毫无所觉，被“答出这一小问，下一小问也迎刃而解”的激动心情笼罩，美滋滋地继续往下写，还充满小得意地说：“这个我也会了。”

“嗯。”江与城声音也轻，又漫不经心的调子夸她，“聪明。”

他这一夸，程恩恩觉得自己实在不敢当，抬起脑袋说：“我一点都不聪……”尾音消失在相隔十厘米的对视里。

江与城一动不动地望着她，眼底是静谧而深邃的。

程恩恩猛地往后退，腰撞上江与城的手臂。

江与城不动声色地收回手，一派镇定的样子太正人君子，仿佛只是不小心的一撞。

程恩恩迟钝的神经便理所当然没有多想，只是觉得空气有点热，安静得好像过分了。

“你用的什么沐浴露？”江与城若无其事地问。

“啊？”程恩恩愣了愣，下意识地拉开上衣闻了一下，有点不好意思地说，“小粲的。”

她房间的沐浴露太香了，很浓郁，江小粲的是儿童牛奶沐浴露，她还挺喜欢的，江小粲很大方地送了她一瓶。

傻不拉几不知避讳的动作让江与城眸底暗了暗，所有的波动又自行敛起，淡淡地道：“怪不得。”一股奶味儿。

胆小如鼠总是如履薄冰的程恩恩就怀疑，他是不是因为自己抢了他儿子东西不满意了？忙说：“我以后不用了。”

江与城没说话，起身走了。不满意谈不上，这味道是柔软香滑，但闻着太嫩，让人有犯罪感。

这次考试，程恩恩的心态比上次稳了许多。

当时的恐慌来自发现自己遗忘了大量内容。这一个月以来的复习，成果她心中有数，她已经找回学习状态，文综遗忘的知识点也像老朋友久别归来，只有数学是个调皮鬼，似乎打定主意要和她永别。

她最擅长的语文和英语发挥稳定。这次的作文题目角度新奇，周围不少人愁眉苦脸冥思苦索，而程恩恩在看到题目的一刹那，脑海中清晰的大纲框架已经罗列出现。

数学就没这么从容了，她做题慢，十二道选择题就用去大半时间，还有两个计算不出来先空着。写完填空题翻面，她看到第一道几何题，便愣住了。

和昨晚那道题如出一辙，是一道变形题，数据和图案有细微的差别，但万变不离其宗。

考试遇到原题是一件和“中彩票”一样让人开心的事。昨天的记忆还热乎着，程恩恩高高兴兴地把答案写了出来。

后面几道就没那么幸运了，不是原题，也有些难度。所剩时间不多，她思考速度慢，铃声响时，还有两道题没来得及看。

比上次的一片空白总归是好看了一些，交了答题卡，程恩恩立刻翻开课本去查刚刚没想起来的公式。

相较于她的紧张，樊祁的时间相当富余，做完题，还转了三十分钟的笔。

程恩恩默记完公式，直起头时发现樊祁在看她。

“蠢货。”

程恩恩一愣，问：“你为什么骂我？”

樊祁“啧”了一声，手里的笔在桌边敲了敲：“我的卷子在这儿挂了半个小时，你不会看吗？”

“我不看。”程恩恩低头去找下一个定理。她才不抄答案。

樊祁放下笔站起来：“说你蠢还不乐意。”

程恩恩把几个不熟悉的知识点复习一遍，教室里人已经走得差不多了。她正收拾书包，在走廊上和几个小姐妹说话的戴瑶忽然走进来，手里拿了什么东西往她桌子上一丢。程恩恩低头看，粉红色的信封，还有一股甜甜的香水味。

“这是什么？”程恩恩疑惑地抬起头。

“你自己看呗，问我干吗，又不是我给你写的。”戴瑶一副不乐意搭理她的样子，跟几个小姐妹一起离开。

时间不早了，程恩恩匆匆把信封往书包里一塞，跑出门。在楼梯上遇到的女班长，对她道：“程恩恩，明天晚上我们班跟七班聚会，别忘了啊！”

“知道了。”程恩恩停下脚步，冲她挥挥手，“明天见。”

天有些阴沉，但她心情不错。今天考试比自己预期中好，学习不能一蹴而就，一点一点进步她就很满意了。

出校门时，来接她的车刚好抵达，程恩恩小跑过去，书包在肩膀上一荡一荡的。

她打开车门，先看见的却不是江小粲，而是一身深灰色西装的江与城。他手里正拿了一本财经杂志在翻，抬眼便瞧见程恩恩眉梢眼角压不住的飞扬。

“今天有什么好事呀？”江小粲也看出来了，笑着问。

程恩恩把书包从背后摘掉：“今天数学考试遇到原题了，昨天才做过的，我做出来了！”

江小粲的激动演得毫无痕迹：“这么棒？”

有人理解自己的心情，程恩恩更高兴了：“幸好昨晚江叔叔给我讲了。”她脸颊泛着点红润，眼睛都是亮晶晶的，喜悦之情溢于言表。

江与城瞧着她问：“这么开心？”

程恩恩点头：“嗯！”

江与城放下杂志，双手交叉搁在膝盖上，好整以暇地问：“怎么报答我？”

她是拿了薪水来给小粲粲做家教的，江叔叔却还给她讲题，程恩恩心中充满感恩，但思索半天，也没得出一个满意的答案。

他那么有钱，什么都不缺，程恩恩还真想不出有什么是他想要而得不到的。于是，她一脸认真和诚恳地问：“江叔叔，你想要什么啊？”

她的眼神太天真，干净得不掺杂一丁点其他含义。江与城看她半晌，收回目光，淡淡地说：“先欠着吧。”

江小粲昨晚睡得早，不知道原来这两个人背着自己还偷偷“补习”过，一双眼睛机灵地转了转。

在江家待的时间长了，程恩恩见到了做饭的蔡阿姨，胖胖的很和善，话不多也很少逗留。但她厨艺顶呱呱，菜式每天都不带重样的，而且尤其擅长酸甜口儿，很合程恩恩的胃口，她在江家吃饭时，食量比在学校大多了。主要是每次蔡阿姨给她盛的饭都很实在，程恩恩不好意思剩下。

今天有道红烧肉，程恩恩觉得味道很不错，但她对面的江小粲只尝了一口就说：“没你做得好吃。”

饭桌上总共就三个人，只会做泡面的程恩恩便想当然地认为，这个“你”是指江与城。她一边将夹起的肉放进口中，一边心中惊讶地看了江与城一眼，目光里写着赞赏。作为一个大哥式人物，会做饭太加分了。

没人出声。江小粲自己也没意识到这句脱口而出的话，一切就这么轻描淡写地过去了。

饭后江与城接了一通电话，便进了书房，程恩恩照旧主动收拾餐厅。半个小时后，她和江小粲一起坐在了书桌前。

她一打开书包，一股香味飘出来，江小粲吸吸鼻子，立刻打了个喷嚏："什么劣质香水！"

程恩恩这会儿才记起这个奇奇怪怪的信封，从书包里拿出来疑惑地拆开。

江小粲立刻把脑袋凑过来。

程恩恩将折了两折的信纸打开，花哨的底色，一看就是男生的字迹，除了丑，就只能用骚包来形容了。

亲爱的、可爱的恩恩同学：

你好！我是七班的×××……

这人的字写得太飞，三年级的江小粲能认出的有限，看起来有点吃力。程恩恩的视线正要拐向第二行，听到耳边江小粲一字一顿地念："人生，到底有多少相遇？惊艳了时光，温暖了岁月，丰盈了文字。又有多少回眸，含情脉脉，让你我依依不舍……"

情书？！江小粲的眼睛顿时瞪成铜铃。这年头还有这么老土的东西吗？不是……哪个不开眼的东西竟然敢给他妈写情书！

程恩恩也反应过来了，当着小朋友的面，脸一热，立刻想把信纸合上："你不能看……"

"看"字音还没发完，江小粲已经劈手将信纸从她手中夺了过去，拧起冷酷的小眉头继续往下读："遇到了你，我信了情，信了缘，也真实地体会到了爱的滋味。"

江小爷做了一个呕吐的动作，这文绉绉、酸不拉几的东西，肯定是百度的，写个情书一点诚意都没有！

程恩恩有点羞耻，伸出手说："你还给我。"

江小爷心头正冒火呢，不给，继续念："思念那么深，那么真——呕……"

程恩恩不禁脸红，害怕外面的人听到，小声说："你别念了好不好？"伸手想要拿回来。

江小粲抓着情书就往外跑，边跑边喊："老江！你快来看！"

被小朋友看到也就是有点羞耻，要是被长辈看到那就太尴尬了！程恩恩一听他喊，这下真急了，慌忙去追他："你还我！"

江与城正坐在客厅，手里拿着电话，江小粲灵活地避开程恩恩的围追堵截，小腿迈得飞快，蹿到沙发前把信纸往他胸口一拍，大声喊："小恩恩又有追求者了！”

江与城正在交代公事，因为他的吵闹微微皱眉，将信纸拿起，垂眸扫了一眼。

程恩恩的脸瞬间红成一颗番茄，气急败坏地朝江与城跑去：“你别看！”她一着急拖鞋脱落绊了脚，身体往前一栽。

不偏不倚，整个人冲着江与城的怀里就扑了过去。

顿时，空气都静了。江小粲站在沙发背后，一张小脸也变成静止。

江与城的手机险些被震掉，他眼皮跳了跳，低声说了句“待会儿再说”，迅速挂断电话。

程恩恩的膝盖跪在地上又磕了一下，所幸有地毯垫着，不太疼。脑袋也砸到江与城的胸口，挺重的一下，她自己头都晕了晕，人家肯定也被砸疼了。

“对不起。”她忙不迭地道歉，忐忑地抬起眼睛。

江与城表情有一丝怪异，盯了她三秒钟，说：“把你的手拿开。”

刚才一跌，手本能地按在了江与城腿上，程恩恩忙撑着自己站起来，顶着一张大红脸道歉：“江叔叔，我是不是撞疼你了？”

江与城下颌线紧绷，唇线抿直，闻言又看了她一眼，没出声。

程恩恩以为他生气了，讷讷地低下头。这一低头，看见他裤子皱了。她眼睛微微瞪大了些，张了张嘴，最后很小声地说：“你那里，鼓起来了。”

鼓起来了……鼓起来了……江与城觉得自己脑壳疼。

这场景实在太过熟悉，大脑像是光碟机，类似的画面从记忆中跳出来自动播放。

程恩恩从小被程礼扬保护得太好，那时候还没生理课，十七岁的女孩儿对某些事懵懂无知，只知道男人的下半身是隐秘，不能言说。

程礼扬去进修，她不愿一个人在家，赖到江与城那儿的那段时间，有天下午在客厅看书，看着看着枕到他腿上来睡觉。她睡觉又不老实，脑袋转来转去。

江与城没叫醒她，给她做了一个下午的枕头。她睡饱睡足，醒了，睁开眼睛，盯着他那儿看了半分钟。然后她坐起来，指着他，眨着眼睛无辜地说：“你这里鼓起来了。”

当时他怎么回答的呢？

“你再多看一会儿，还能更可怕。”

此时，江与城瞥了眼身后的江小粲。

少儿不宜，某小爷已经非常自觉地捂上了眼睛。

年岁渐长，这种禽兽话他现在是说不出口了。江与城无声地叹气，起身回房，从程恩恩身旁经过时抬手，掌心按在她头顶晃了一把。

男人的手掌总是比女人宽厚有力，温度隔着头发轻轻地接触，让程恩恩头皮微微发麻。这一下力度很轻，一触即离，撤回时她心头甚至闪过一丝温柔的感觉。

江小粲将指头张开一条缝，看着江与城走进房间，关门，才将手从眼睛上拿开，给程恩恩比了一个真心诚意的大拇指。

这么些年了，除了在他妈这儿，江小粲就没见他爹吃过瘪。

程恩恩的脑门磕得可疼了，抬手揉了揉额头，担心自己有没有给江与城砸出内伤来。反正看他的脸色，应该伤得不轻。

江与城洗了个冷水澡，出来时回了一通电话将刚才被打断的事情交代完，刚挂断，便有电话进来。

“四叔，明天大哥休息，老地方，别忘了。”电话那头是江峙，老二家的一棵独苗，年纪轻轻就是大院里一霸。说完哼哼一声冷笑，“带上小粲。他上回怎么在背后给我泼黑水的，明天我要不揍他我管他叫哥！你不许拦啊，你当年抽我的荆条，我可还都留着呢。”

江峙从小没爹没娘，二老不舍得打骂，闯了祸揍人这活儿都是江与城来干。江与城揍他，可比江峙抽江小粲那两下屁股狠多了，不过俗话说得好，三十年河东，三十年河西呀。

“你试试。”江与城语调轻淡，不细琢磨很难分清这语气到底是威胁，还是爱的鼓励。

挂了电话，江与城披着睡袍坐在灯下，捏起那张粉红色的信纸，从头到尾饶有兴致地读了一遍。

这封网上抄来的情书洋洋洒洒上千字，除了开头的称谓，再没多一分的真心实意。

江与城拿起桌面上封面空白的书，打开夹着书签的那页，续着上回中断的地方往下翻。

程恩恩是在带着《蜜恋之夏》去签合同的路上出的事，那份三万字的文稿交到江与城手中时沾满了血。白纸黑字，血迹斑驳，画面委实不好看，像是带了什么深重的诅咒与怨气，他没再看过第二眼。

这一本是单独装订的。他阅读速度快，一页一页，指尖拈起书页的动作慵懒好看。

十五分钟过去，翻过三十余页，江与城合上书，从抽屉拿出一只造型复古的打火机，左手执信，右手“嗒”的一声，火苗由下而上点燃纸张。他微眯眼睛，看着火焰攀升，在无声中将信吞噬一半，松手，残缺的纸伴着火落入纸篓。

他捡起手机，垂眸打下几个字，发送：换个地方。

周六江与城仍然有工作在身。江小粲自理能力很强，况且江与城把他单独留在家里时，一定会让范彪来照看。

但程恩恩总是觉得小孩子一个人在家好可怜，其中当然不乏江小粲卖惨装可怜的成分。陪江小粲写作业复习功课待了半天，下午一直等到范彪到达，她才出门去赴同学聚会。

一班跟七班隔着半栋教学楼的长度，却是年级里联谊最多的兄弟班级，加上两个班长是青梅竹马的一对儿，两个班的感情分外深厚。

聚会还是老三样儿，吃饭、游戏、KTV。地方和活动自有班长和几个爱玩的同学安排，程恩恩这种学生就只管跟着组织走，到最后AA付个钱就行。

人多，分了五桌才坐下，程恩恩落座后，陶佳文坐到了她身旁主动和她说话，挺亲热的：“恩恩，你这次考试怎么样啊？”

程恩恩不是那种嘴上说着一般一般，最后成绩秒杀众人的自谦型学霸，她自己觉得比上回好，就不遮不掩地说：“数学没写完，但是比上次好。”

“我也没写完！”陶佳文顿时找到共同语言，拉住她的胳膊，愁着脸说，“最后三道大题我都没写完，考完跟我同桌对答案，选择题还错了一道。哎，最后那个你算出来了吗？”

整顿饭的时间，陶佳文都在和程恩恩讨论刚刚结束的期中考试，程恩恩有什么答什么，两个人之间一直没冷场。

旁边那桌笑得最热闹，是戴瑶跟七班的几个小姐妹，还有几个活跃的男同学。

程恩恩想起昨晚那封闹了大尴尬的“情书”，视线情不自禁地向戴瑶左手边的男生飘过去——精心打理的斜刘海，说话时时不时地甩一下，五官普普通通，还算顺眼，不过嘴唇有点厚，唇形她不喜欢，她喜欢……

男生捕捉到了她的注视，一甩刘海，向她飞了个媚眼。程恩恩差点从椅子上弹起来，手里的果汁晃了一下，忙放回桌子上。

陶佳文笑着凑过来和她咬耳朵：“听说他在追你啊？”

程恩恩惊讶地问：“真的吗？”

这反应让人无言以对，陶佳文又笑着说：“大家都知道啊，他放话说一个月之内要把你追到手。”

程恩恩低声应道：“哦。”视线再次飘过去。

她第一次被人追，不知道应该怎么回应呢。要直接拒绝吗？她只想好好学习，而且江叔叔不让她早恋来着。不过人家也没告白呀，她总不能先跑过去说“我不喜欢你”吧。那多有病。

她正思考着，脑袋忽然被一只手按住强行转正。樊祁从她身后经过，丢下一句很低的“看什么看”。

一帮年轻人闹起来没完没了，饭吃完又聊了一个多小时才离开，转场KTV。包厢是提前订好的，两个大包房勉强盛下这么多人。

每次KTV现场都是一场大型才艺表演秀，会唱歌的男同学女同学独领风骚。程恩恩则属于万年坐角落吃零食喝饮料的不记名群众。

陶佳文今天一直跟她一块儿，还从包里掏出巧克力问：“我带了这个，你吃吗？”她刚要说“不”，陶佳文直接剥开递过来，“这个是榛仁的。”

程恩恩只好接过，说：“谢谢。”

巧克力在嘴里还没化掉，在隔壁包厢的戴瑶忽然推开门进来，一声招呼都不打就暂停了音乐，在瞬间而至的寂静中喊了声：“程恩恩出来，我有事找你。”

程恩恩愣了愣，起身时陶佳文问：“用不用我陪你啊？”

她摇摇头，跟着戴瑶左转右拐，不知要走到哪里去，疑惑地问：“你找我什么事啊？”

“到了你就知道了。”戴瑶头也不回。

走到一处较安静的地方，转过弯，程恩恩便见刘海男站在那里，手指硬插进紧身牛仔裤口袋，一只脚向前，站姿潇洒不羁。一见到她们，他甩了甩刘海：“来了？”

“人我给你带到了，其他的我不管了。”戴瑶说完扭头就走。

刘海男也没管她，用让人倍感压力的炽热目光望着程恩恩：“昨天我给你写的信，看了吗？”

程恩恩诚实地答道：“看了一行。”后来被江与城拿走了，她反应过来后也不好意思去要。

“没关系，我当面跟你说也是一样的。”刘海男清了清嗓子，“其实，我喜欢你很久了。你还记得吗，我们第一次见面是在小卖部……”

程恩恩听完他的回忆，毫无印象。

“今天让戴瑶把你叫出来，是有一句话想要和你说。”刘海男终于步入正题，“做我的女朋友吧。”

这问题刚刚已经思考过了，第一次被告白的程恩恩难免不够淡定，不假思索地摇头：“对不起。”她想说以学业为重，到了嘴边却是，“我叔叔不让我早恋。”

和剧本完全不一样的台词，让刘海男错乱了一秒钟，他问：“你叔叔？你还有叔叔啊？”

程恩恩说完也想咬自己的舌头，不过这时候也不好改口，她便硬着头皮点头：“我们都还是学生，应该把心思放在学习上，你不要喜欢我了。我先回去了。”

她转身想走，忽然被刘海男拽住手臂：“等一下！我话还没说完呢。”

程恩恩皱眉：“你放开我再说。”

“我说完再放。我喜欢你，我给你面子，追你一个月，但是一个月之后，你要是还给我拿乔，就别怪我不客气了。你知道校长是我舅舅吧，我告诉你，我一句话，七中你甭想混了。”

后方，五米开外，VIP包厢外的走廊上，范彪抱着手臂“啧”了一声：“怪不得放着会所不去，非换到这种地方来，合着你就是想来看这出呢？”

江与城从他身后走出来，抬眸瞧了眼前方的场景，面上不辨喜怒。

“这也是小说里的情节？”范彪一副看热闹的口气。

江与城没搭理。

正在此时，长廊另一端出现一道身影，少年疾跑如风，冲到跟前把刘海男的手一掰，对着他的脸就是一拳。

范彪脑子难得转得快了一回，瞬间明白过来，说：“哎，英雄救美啊！我们的小英雄来了！”他瞅了瞅不动如山的江与城，激将道，“走走走，我们回去吧，不要影响人家发挥嘛。”

江与城冷他一眼，抬脚向已经由“告白”变成“斗殴”的现场走去。

程恩恩在樊祁一拳将刘海男打退三步，再一脚将人踹翻之后，才从目瞪口呆的状态中回过神来，说：“你们别打了。”

纠缠中的两人怎么会停止，被单方面压倒性暴打的刘海男怒吼：“樊祁你有病吧，干什么啊你！”

“对啊，有病，”樊祁冷笑，“打你一顿就好了。”

“住手！”刘海男边挨揍边喊，“我让你住手啊！停停停！人都走了你还打个狗屁玩意儿！”

樊祁一顿，直起身回头看，背后哪还有程恩恩的影子。

“人呢？”

刘海男气喘吁吁地撑起上半身，两个人对着空无一人的转角，一起陷入沉思。

直角走廊另一侧，程恩恩的手腕被江与城拉着，虚虚环住的力道很容易抽回，但她一直没敢抽回，亦步亦趋地往前走。

“江叔叔，我同学还在呢。”

江与城牵着她，云淡风轻地说：“离这些坏学生远一点。”

程恩恩跟着江与城过来，范彪早嘿嘿乐着先进包厢了。

房间里支了牌局，因为江与城的中途离场暂停，桌边此刻坐着两人。

一个约莫二十五六的年轻男人，白色高领毛衣，斯文隽秀，气质温润，但鼻梁上那副银架无框眼镜衬托着清冷眉眼，显出几分精英的精锐与疏离感。

另一个是与她年纪相仿的男生，十一月的天就只穿了一件黑色连帽卫衣，眉宇间藏着一点戾气，更多的是嚣张劲儿。大概跟他此刻正把江小粲按在腿上，威胁要扒他裤子有关。

“头可断，裤子不能掉！”江小粲被他正面摁着，两只小手奋力抓着裤腰誓死不从。

“知道错了吗？”江峙在他屁股上弹了一下，“如果下次你再污蔑我，我不抽你，我是个文明人，不像你爸。我会扒光你的裤子把你挂起来，让你示众。”

江一行视线投向门口，说：“别闹，人过来了。”

瞧见程恩恩进门，偶像包袱碎了一地的江小粲小宇宙爆发，一个奋起从江峙的魔爪下逃脱，飞快提好裤子，冲过来一把抱住江与城的大腿告状：“呜呜呜，爸爸，二哥骂你不文明。”

江峙指着他，磨了磨牙，说：“你这个小王八蛋。”

江小粲继续告状：“呜呜呜，二哥骂你是王八！”

江峙没工夫跟他计较，视线被柱子阻挡，他胳膊肘撑在膝盖上，头往右倾斜。

一进门，程恩恩便被放开了，她好奇地看看那两个帅哥。两人也正探究地打量她。

这场意味不明的对视持续不到十秒钟，程恩恩先开口打招呼：“哥哥们好。”语气十分之乖巧懂事。

对面两人的脸上均闪过一丝诡异的神色。这辈分乱得哟。

江一行从善如流地回应："你好。"

江峙挑起眉，笑容有些深意："妹妹好。"

最淡定的莫过于江与城。他不冷不热地扫了趁机占便宜的江峙一眼，一派从容地坐下，长腿一跷，对程恩恩道："过来。"

程恩恩走过去，看了看牌桌，犹豫道："江叔叔，你找我什么事呀？我们同学聚会还没结束呢。"

江与城骨相生得好，那双手捏着麻将也好看，他慢条斯理地码牌，闻言眼睛都不抬一下，屈指在左手边的空位上敲了敲："三缺一。"

打麻将的乐趣程恩恩也是知道的，但方曼容对麻将的沉迷和家里常年不散的牌局，以及因此爆发的争吵，让她有些抵触，很少碰。

"我不打。"程恩恩诚实地说，"我没钱。"

这话不是推脱，她小穷鬼一只，怕不是活腻歪了，怎么敢跟这仨每个头顶都刻着"有钱"俩字的人玩。

"你输了算我的。"江与城将手里那张牌摞好，抬眼。

程恩恩犹豫了一下，看三个人都已经码好牌，齐刷刷地望着她，嗷嗷待哺似的，只得坐下。

摸完牌，第一张都打出去了，她才回过劲儿来，不对啊，刚才不是还有个人吗？她转头，对上身旁江小粲眨巴眨巴的大眼睛，再往后看，刚才还在门口的"肌肉姐姐"早没了踪影。

程恩恩打得少，也就是个刚刚了解规则的程度，再看另外三家，一个个的都是吃人不吐骨头的精明。

江小粲坐着小板凳在她后头当军师。

程恩恩出牌时在犹豫，江小粲往最左边一指："打这个。"

一张略显多余的一筒，挨着三四筒。程恩恩却摇头："我喜欢这个。"她对一筒有迷之好感，有用没用都喜欢留在手里暖着。说完，她便郑重地把四筒打了出去。

江小粲一脸宠溺地说："你开心就好。"

然后，接下来他便亲眼见证，一张，一张，又一张，程恩恩在三轮之内，把剩下的三个一筒全摸了回来，且顺利听牌。

"暗杠。"程恩恩开心地把四张牌推倒。

江小粲震惊了，这种手气为什么不去买彩票？

她的一筒一直宝贝地捏在左手里，每摸来一张就放到最左边，另外三人就算不知是什么牌，也看明白了这通操作。

程恩恩美滋滋地去补牌，拿回来，江小粲一瞧——杠底花。

真是不服不行。

江与城将牌摁下，推出去，夸了句："厉害。"

江峙意味不明地轻哼一声，嘴皮几乎不动地从牙缝里挤出一句："自摸三次都扔出去的人更厉害。"

另一侧的江一行悠悠地道："有本事你别扔。"

"我敢吗我。"江峙又挤出一句，"没看你四叔瞪我呢吗？"

"知道就好。"江一行勾唇笑，"你四叔一把年纪老婆没了不容易。"

程恩恩正认真地听江小粲给她算番，完全没注意他俩的对话。

某当事人若无其事，仿佛根本没听到两个小辈一口一个"你四叔"的揶揄。

赢了牌，程恩恩情绪高涨起来。她的智商跟其他三人显然不是一个段位，但优点是手气不错，就没摸过没用的牌，每一张都来得刚刚好。

巧就巧在江与城的牌总是喂得很及时，前一秒她在想碰个三条就可以听牌了，下一秒江与城的三条就打出来了。他时不时还给她的上家也喂喂，江一行一碰，下一张程恩恩准能自摸。

以那三人的水平，其实等不到她听牌，就已经能赢得差不多了。但架不住有人仗着辈分大欺压晚辈，自己想哄老婆，就不让别人赢。说是三缺一拉人来凑数，其实他们才是陪玩儿。

程恩恩连赢四把，一个月的工资都到手了。她赢得不好意思，推完牌说："我不打了。"

这麻将打得没意思，江峙正百无聊赖呢，一听这话来了劲儿，手往桌子上一拍，冷笑一声："赢了钱就想走？"

小霸王不是闹着玩的，耍起狠来气势非常到位。

程恩恩被吓了一跳，立刻把筹码往他的方向推，小心翼翼地道："还给你。"

江与城刚才被江峙挤对都没生气，此刻眼皮一掀，一记冷眼斜过去。江峙也没想到程恩恩"变"成十七岁就这么不禁吓，但他反应奇快，

顺着一句无缝衔接："我还没输够呢！"

一圈一圈打下来，赢家由程恩恩一人承包。最后三个人把筹码一结，她看着突然飙上五位数的账户余额，心情在发财的激动和拿走别人钱的惭愧中交织。

终于从牌桌上下来，她猛然记起被抛到脑后的同学聚会，哎呀一声：

“我同学他们不知道走了没有。”

她匆匆和江与城说了一句，拔腿就想跑，被江与城扯着外套帽子拽回来：“走了。”

程恩恩回头，他又补了一句：“我给你请过假了。”

程恩恩这才放心，不说一声就消失不见不太好，好好的聚会她撇开大家跑到这儿来打麻将，本身就很不合群了。

“一夜暴富”的愿望程恩恩也有过，但真正实现时其实没想象中那么幸福。尤其是这种赌博赢来的，她受之有愧。

出门时，她诚恳地说：“我请你们吃饭吧。”

江一行笑了笑，说：“先谢谢你的款待，不过我跟小峙还有事，这顿饭四叔和小粲代我们享用吧。”

这种温和而绅士的人，让程恩恩从内心油然而生一种亲切感，当时脑子一热，便说道：“哥哥，我可以加你的微信吗？”

闻言，江一行微怔。程恩恩身后的江与城也因为那一声“哥哥”脚步一滞。

走在最前方的江峙回头，一挑眉，抱着手臂看戏。好家伙，婶婶调戏大侄子呢这是。

江与城很突然地抬手，托着程恩恩的后脑勺将她整个人带过来，动作强硬。他眉头拧着，目光有些深，嗓音也沉下来：“别见人就叫哥哥。”

程恩恩也觉得自己刚才太唐突，红着脸低下头不吭声了。

这关头气氛尴尬，江一行没出声，抬了抬手向江与城示意，便转身离开。江峙把帽子往头上一兜，搭上他的肩膀幸灾乐祸道：“哥，你可能活不过今晚了。回去快把门窗焊死，小心四叔来取你的狗命。”

江一行在透明镜片后眯了眯眼，说：“今晚你睡我房间。”

“凭什么？”

“凭算命的说你命硬。”

江峙无语：“……”

司机老张已经将车开过来，两人还是站在台阶上没动。江小粲打了个喷嚏，打破气氛的沉寂，然后蹭到江与城腿边，撒娇道：“爸爸，我冷。”

江与城的脸色已经恢复，看不出异样，说：“上车吧。”江小粲立刻拉着程恩恩上车。

她一直低头不知在想什么，江与城看了她几眼，问：“你不是要请客？”

程恩恩这才抬起头，眼中的茫然褪去，迟钝地反应过来：“哦。”然后，她拿出手机查餐厅，但是高级一点的地方她都没去过，有点害怕第一次请他们吃饭就触雷，所以看得很仔细。太过投入，导致她终于做出选择时，才发现车已经停下。

“我们吃这家好不好？”她把手机递给江与城看，“这个环境好漂亮，口碑也很好。”重点是图片上的菜式看起来都很棒，她的馋虫都快被勾起来了。

江与城只瞥了眼，下巴轻轻一抬。范彪已经从外面打开车门，程恩恩回头，便见刚刚才在手机上看到过的店铺名出现在视野中。

她惊讶地下车，仰着脑袋瞅了半天，然后转头，用看神棍的目光瞪着江与城：“你怎么知道我会选这一家呀？”

江与城脸上波澜不惊，迈着长腿从她身旁经过，丢下一句：“你有什么是我不知道的。”

这是一家有名的私房菜，位于一处闹中取静的私宅，低调隐蔽，一天只接待四桌客人。

程恩恩对这家餐馆情有独钟，跟着程礼扬来吃过一次就念念不忘，以前还神神秘秘地向江与城预定了他的生日，当天兴高采烈地将他带到这里来，献宝似的向他介绍每一道菜。

看她那么有兴致，江与城便没告诉她，这家餐馆其实是他推荐给程礼扬的。他跟店主有不错的交情，每年都会带程恩恩光顾几次，随时起了念就直接过来，不需预订。但他也有段日子没来过了。

店里没有多余的服务人员，来开门的就是店主本人，五十多岁，眉目和善，见了江与城笑着招呼：“来啦。”瞧见江与城身后的程恩恩时笑意更深，正要张口，接收到江与城的暗示，虽不明就里，还是打住，只笑了笑便作罢。

店里四个包间，程恩恩第一次跟程礼扬来是在头一间，往后每次就都在那一间，从来不换。装修是古朴的民居风格，墙上的国画，包间中的蜀绣画屏，有着独特的细腻雅致的意境。

桌子是原木国画画案，餐具也是手工自制的釉下彩，孔雀杯、青花瓷汤盅，一套陶瓷器对应一道菜品，也是这家店独一无二的风格。

这家店每一处细节都戳中了程恩恩的内心，她一进门就觉得喜欢。

自己选的地方，点菜的权利她便交给了江与城：“江叔叔，你点你和小粲爱吃的吧，今天我请你们。”

江小粲对点菜没兴趣，兴致勃勃地研究瓷器。江与城在菜单上随手勾选几道，程恩恩接回时心花怒放，都是她想吃的。

江与城只当没瞧见她窃喜的小模样。

程恩恩最爱的是店主的绝活儿：大刀金丝面。一根一根细如发丝，煨在清澈如水的高汤中，很鲜，在其他地方绝对品尝不到的鲜。除此之外的鱼子酱黄鱼狮子头、松茸锅边菜、鹰嘴豆炖肘子……每一道都让她欲罢不能。

她埋头吃得香，忽然听坐在对面的江与城说："抬头。"

程恩恩下意识地抬头，嘴里还嘬着一捋面条，江与城的手臂越过桌子，先是一阵若隐若现的男士暗香入鼻，接着是方巾落在她鼻头，帮她擦掉鼻子上冒出来的小汗珠。

程恩恩把剩下半截面吸进去，瞅了他一眼。是不是自己吃相太狂野了？

江与城不动声色地收回手，神色那叫一个自然。

程恩恩后面吃东西就刻意收敛了，淑女地一小口一小口。

江小粲嘿嘿乐。他本来都吃饱了，已经放下筷子，见程恩恩还在吃，看了一会儿，又拿起筷子，要了两份甜烧白。吃完，他把嘴唇抿得油嘟嘟的，冲江与城噘嘴："爸比，粲宝儿也要擦嘴巴。"

江与城视他如空气，直接起身拿上外套，打开包间的门。

程恩恩一看情况不对，慌忙擦擦嘴巴追出去，一到大厅，果然见江与城已经拿出金卡。她赶紧跑过去，义正词严地说："江叔叔你别！说好的我请你们。"

刚才吃嗨了，结果就是账单打出来，程恩恩被那个数字吓得当场打了个嗝："三千二？！"

小穷鬼习惯性地瑟瑟发抖，抖了两下想起自己账户里还有五位数的"不义之财"呢，便不抖了，财大气粗地把江与城的卡推回去，说："我自己来。"

从小就有人教导她，不义之财一定要花出去，这样就不会遭报应了。

谁教的呢……想不起来了。但程恩恩抠抠搜搜惯了，也就因为这笔钱都是赢的江家人的，请他们吃饭理所应当，要不然这么一笔花出去，够她心疼半年了。

双十一快到了，班级群里都在疯狂刷屏，各种抢红包的活动。程恩恩没什么要买的，购物车里只有寥寥几件，中性笔芯、笔记本，还有一双喜欢的靴子，都很便宜，加起来连购物津贴的活动都凑不够。

她想给江小爷买个礼物，但又不知道买什么好，胡乱看着。

江小粲挺着自己圆滚滚的肚子躺在座椅上，头枕着程恩恩的腿，不时瞥一眼她的屏幕——鲨鱼气球、飞机模型、儿童零食大礼包……

“小恩恩。”他语调严肃，“你是不是在外面有别的小朋友了？”

“嗯？”程恩恩茫然，“没有啊。”

江小粲伸手戳戳她屏幕上的乐高玩具，一副捉奸在床的语气：“那这是什么？”

“我想给你买的。”被发现了，程恩恩就有点不好意思。

江小粲满意了，很贴心地说：“你不用给我买东西，我什么都有，你的零花钱那么少，留着自己花。”

“我现在有钱了。”程恩恩说。

江小粲没好意思说这点钱还没他小金库的零头多，但如今他的财产都被没收了，身无分文。于是，他非常捧场地哇哦一声：“太好了！”然后两个人凑到一起开始讨论要什么礼物。

给江小粲选好，程恩恩又给程绍钧和方曼容分别挑了一件衣服。虽然这两个人实在算不上称职，但他们是程恩恩唯一的亲人，她发财之后还是会想着他们。

她没什么朋友，给叶欣选了一支钢笔之后，就想不到有什么人要送礼物了。

从头到尾没被想起过的某叔叔在一旁十分安静。

程恩恩还记着欠段薇的人情，在车上就给段薇发了信息：薇薇姐，你明天有空吗？我请你吃饭。

晚上快休息时，她才收到段薇的回复：好。

程恩恩又问：薇薇姐，你想吃什么？

今天那家餐厅很棒，她正在想要不要带段薇去那里吃，那边回复过来：我下午有点事要处理，到时候你过来找我吧。

程恩恩回复：好。

第五章

不许让别人挠你下巴

周日上午，江与城难得在家休息半天，程恩恩和江小粲一起学习时，他很清闲地坐在一旁看着，搞得程恩恩很紧张，有一种上级领导来听课的感觉。

不过没一会儿他的手机响起，他接完电话就出门了。

中午程恩恩请江小粲吃肯德基，两个人抱着全家桶边吃边看一档搞笑真人秀节目，乐得不行。

范彪来的时候正好看到江小粲笑倒在程恩恩身上的一幕，恍惚间有一种回到从前的穿越感。他觉得这一幕有必要记录下来发给他大哥看看，便拿出手机，咔嚓一声——程恩恩跟江小粲同时回头。

范彪僵硬了一秒钟，接着十分自然地将手机举高到右上方45度，对着自己的脸做出自拍的姿势。

程恩恩已经丝毫不觉得惊讶了，甚至在内心默默想，“肌肉姐姐”在外面还要装出一副硬汉的样子，一定很累。

程恩恩出门时心情很好。

段薇对她的友善她是很感激的，但大概是从小缺少这种关心，有人对她好，她反而会忐忑，害怕辜负别人的心意，害怕让对方不喜，欠着人情总觉得心里不安。有机会能还上一些，她心里就轻松一些。

段薇给的地址在金融城，坐地铁过去还挺方便，程恩恩在段薇说的那间咖啡厅等着，位置正对着对面写字楼，大楼上“诚礼科创”深灰色系的Logo很有质感。

不一会儿便见段薇从写字楼出来，打扮恢复了之前的轻熟风。她身上有一种从容沉静的气质，这种气质让她无论穿什么都显出一种高阶感。程恩恩看着她一路走过来，走路的姿态也是优雅的。

段薇推开咖啡厅的门，走到程恩恩对面说：“抱歉，有点事耽误了时间。”

“没事，我也刚刚到。”程恩恩笑得很乖。

单纯干净的眼睛最难直视，段薇收回目光，转向菜单面板：“我请你喝咖啡，想喝什么？”没听到回应，转头便见程恩恩直勾勾地盯着窗外，人都快趴上去了。

“那个是池俏吗？”程恩恩惊讶地问。

在身边看到明星是一件让人激动的事，池俏虽然只是个三线女明星，但因为时常凭借各种花边新闻上热搜，知名度还是挺高的。

明星在普通人堆里本就打眼，尤其是池俏还穿着一件红风衣，戴着墨镜靠在白色跑车上，不让人注意都难。

程恩恩还挺喜欢池俏的，人品如何姑且不论，她的演技在一众小花里算及格了，上一个清宫戏的角色很讨喜。

难得碰到，她想去要个签名。屁股还没从椅子上离开，发现池俏突然直起身，朝写字楼跑去。程恩恩再顺着一看——

大门里走出几道人影，个个西装革履，其中走在前方的男人又最出众，个高腿长，气度不凡，迈出的步子都带风。

“江叔叔？”一个接一个的，程恩恩有点反应不过来了。

池俏朝那一行人跑去，没到跟前便摘了墨镜，也不知是真摔还是假摔，一个趔趄，正正冲着江与城扑去。

程恩恩莫名地觉得这一幕有些眼熟。那天她绊了一跤扑向江叔叔，该不会落在别人眼里也是这样碰瓷的感觉吧？

火红色的身影太扎眼，池俏跑过来时江与城便注意到了，脚步随着池俏的靠近慢下来。池俏娇俏地叫着“江总”，紧接着便“哎呀”一声，仿佛崴了脚，顿时花容失色地向他扑过来。

把黑西装穿得这么极致好看的男人真的不多见，人帅钱多，这个瓷儿她拿出了自己百分之两百的演技来碰。就连下落的姿势也努力凹得好看，眉间轻蹙务必做到林黛玉的感觉。

江与城也不知是不是早有准备，在她撞过来的一刹那，他慢条斯理地侧过身，缓慢优雅的动作里透着冷漠。

池俏失去平衡已经来不及调整姿势，脸直接冲着地上栽去。

这下她真的花容失色了。

江与城一张冷漠的脸上毫无波动，甚至没等她倒下的过程结束，已经越过她继续迈步向前。可以说是非常冷酷了。

江与城身后还有人，在池俏落地前及时伸手扶了一把。

这出“投怀送抱”演得过于蹩脚，在场的哪个不是人精，心里明镜似的。但也不能真让人摔了，大庭广众的，当红女明星在他们公司门前摔个狗吃屎，传出来不定能编派成什么样儿呢。

伸出援手的是公司的一个部门主管，年近四十的女人，脸上总带笑，笑里却透着精明。她把人一扶，客客气气地说：“这不是大明星嘛，幸会幸会。”

池俏高跟鞋的鞋跟差点扭断，腿还是在地上磕了一下，破了点皮，这一跤摔得有够狼狈。但既然敢当着这么多人的面碰瓷儿，心理素质就不容小觑，池俏撑着对方的手站直，非常自然地感激道：“唉，我走路太不小心了，多谢你啊。”说完她也不等人回答，便急不可耐地回头。

江与城已经大步走至车前，方麦冬身随其后。

要说方助理也是气宇轩昂一表人才，搁一帮人里鹤立鸡群，但跟江与城站一块儿，就自动成为陪衬。文质彬彬的，看着就比江与城好攻略，要换成他，池俏觉得自己哪儿能碰这一鼻子灰。

但没辙，肉越肥，就注定了越难得手。

“江总！”池俏又一路小跑追过去，踩着高跟鞋跑得虎虎生风。

方麦冬已经打开车门，江与城正要上车，听到女人追到身后的声音透着熟络：“我是池俏，上次慈善晚会我们见过的。今天真是巧了，刚好在这儿碰上，您有没有时间啊，我请您吃个饭？”

江与城回头，冷淡的视线扫过她精致漂亮的脸。

女明星的皮肤和脸型总是修饰得完美无瑕，池俏自认天生丽质，颜值在小花里也是排得上号的，又特别会撒娇，还没碰到过自己哄不了的男人。但这会儿江与城看她的目光，池俏总觉得跟看一块猪肉没什么两样。

江与城的视线连一瞬的停留都没有，收回时余光扫见马路对面一道身影，顿住。

自从看见那一幕，程恩恩就时不时瞟一眼对面，跟着段薇从咖啡厅出来，又把眼睛转过去，刚好对上江与城的目光。

隔着马路，他抬手轻轻招了一下。又是唤小狗的手势。

程恩恩站在那儿，手指头询问地指了指自己。

江与城没点头也没摇头，左手搭在黑色车顶，就那么看着她。

被晾在那儿的池俏有点尴尬，嘴角都僵了一下。但她没忘今天的正事：“我超喜欢你们这次推出的新产品，听说你们在物色代言人，我手上的代言也快到期了，要是能合作就太棒了！”

方麦冬彬彬有礼地回应道：“能得池小姐的青睐是我们的荣幸，刚巧公关部门的主管也在，我为您引见一下。”言罢转身向身后那群人，叫来一人，正是刚刚扶过池俏的那个人。

“姚主管，您不是正愁没找到合适的代言人吗，池俏小姐对我们的新产品很有兴趣，不如两位聊聊？”

“那还真要多谢池小姐赏光了。”姚主管笑道。

明星代言从来都是跟经纪团队联系，少有自降身份主动找上门来的。

大家都权当看不出池俏那点醉翁之意，客客气气地将人捧着。明星是轻易不能得罪的，再小的咖在网络上随随便便一句话，就能掀起轩然大波来。

池俏还是不死心，敷衍两句便又看向江与城。

江与城背对池俏，什么都没看到，程恩恩却是将她欲语还休的不甘眼神看得真真切切。

池俏好像对江叔叔有意思，程恩恩心里嘀咕，好大的排面啊，被女明星倒追。

江与城看着程恩恩走过来，撑在车顶的手放下来：“怎么在这儿？”

程恩恩走到跟前，瞧瞧这个，看看那个说：“请薇薇姐吃饭。”

有点钱就到处请客，散财童子似的。江与城瞥了眼她身后一起过来的段薇，后者在几步之外就站定，恭恭敬敬地颔首。

“去吧。”江与城说。

那你大老远把我叫过来干吗？腹诽的程恩恩嘴上应道：“哦。”但她应完没忙着走，眼睛瞅着池俏。

同性之间对于某种竞争关系总是格外敏感，男人对男人如此，女人对女人也同样。在娱乐圈摸爬滚打见过的多了，池俏要是看不出来江与城对这个女的态度特别，就白混到今天了。于是，她盯向程恩恩的眼神中，敌意顿生。

在场的都是公司的老人，对程恩恩这位总裁夫人兼大股东，没有不熟悉的。

茶水间关于两位离婚的小道消息至今还是热门话题前三，这会儿他们见到“销声匿迹”多日的真人，隐隐感觉和从前有些不一样，不知内情一时摸不准，都不敢轻易说话。尤其是现场还有一个别有居心的女明星。搁这位以前的脾气，怕又是一场血雨腥风啊。

程恩恩没追过星，主要是因为穷。

追星是一件烧钱的事儿，学校有个家境不错的女生，是出名的追星族，家里专门有一个仓库存放各种写真集、海报和CD，演唱会也是一场不落。程恩恩一年的生活费，还不够人家去看一次演唱会来回机票和酒店住宿的花销。

她要签名的业务也不熟练，瞅了池俏半天，现场都莫名陷入一种死寂了她才开口：“你好，可不可以给我签个名呀？”

后头一堆人面面相觑，池俏眼中也是狐疑。这什么路数？

连江与城都沉默了几秒钟，随即拿出了随身携带的钢笔。方麦冬及时递来一张印着诚礼科创Logo的纸张。

程恩恩正懊丧今天出门没带纸笔呢，感激地接过，然后诚恳地递向池俏。

在娱乐圈钩心斗角惯了，池俏难免怀疑这是个陷阱，心想：一脸无辜装得这么像，是个高手啊。

池俏不接，程恩恩想人家大概不愿意，手缩回来：“不好意思。”

江与城将纸和笔从程恩恩手中抽走，递给池俏的同时目光落在池俏的脸上，不含温度，暗藏提醒：“池小姐。”

池俏脸上已经挂起微笑，像什么都没发生过一样，利索地签上名还给程恩恩，用很官方的口吻道：“谢谢你的支持哦。”

“谢谢你。”程恩恩双手去接，然后双眼亮亮地对江与城说，“谢谢江叔叔。”

她没瞧见后面一排奇异的脸色，认认真真地把纸叠好放进口袋里，又看了看大家，说：“那我先走了。”还很有礼貌地鞠了一躬。

除了江与城，没人能保持镇定自若。江与城抬手在程恩恩脑袋顶上碎毛毛四炸的丸子头上拍了一下，说：“别玩得太晚，早点回来。”

程恩恩乖乖道：“知道了。”

七八双眼睛目送程恩恩离开，江与城重新打开车门，上车。池俏忙将视线收回来，追问一句：“江总，那我们的合作……”

刚刚还向她讨签名的男人此刻又恢复冷淡：“找姚主管。”言罢，无情地关上车门。

池俏都快气死了。她稀罕的是一个代言吗？！

程恩恩跟着段薇上了车，等红灯时，段薇忽然笑着说：“江总对你很好。”

程恩恩深以为然地点头：“比我亲叔叔还好。”

餐厅是段薇选的，法餐，价格还算实惠，味道也很好。程恩恩走时给江小粲带了一份熔岩巧克力蛋糕。

回到公寓时，她才发现只有江与城一个人在。江小粲被送回清川道看他爷爷奶奶去了。

程恩恩有点遗憾地把蛋糕放进冰箱，看了看沙发上的江与城，说：“江叔叔，我回房间了。”

江与城腿上放着电脑，似乎在工作，低声“嗯”了一声。

程恩恩洗完澡，做了会儿题，休息时打开微博看了看。

“双十一”期间微博转发抽奖活动盛行，她很少转发，因为她从小就没有这种运气，抽奖连一包洗衣粉都中不了。不过，前两天她在首页刷到了一个笔记本电脑的奖品，有点心动，就转发了。

不知道为什么，最近她很有写东西的欲望，脑子里时不时就会冒出一点灵感。

一上线便收到一条私信，程恩恩点开看，惊喜地从床上弹了起来——恭喜！您在×××活动中抽中奖品MacBook Pro一台，请点击×××完善收货信息以便顺利收到奖品。

长这么大第一次中奖，意外之喜，程恩恩认认真真地向博主道谢，然后开开心心填上学校的收货地址。

最近她的运气真的很好，好像自从车祸醒来，就一直有好事在发生。虽然脑袋受伤让她失去了学数学的能力，但更多的是幸运。遇到的江叔叔和小粲粲，还有薇薇姐，每一个人都待她很好，找到了待遇这么优渥的工作，打麻将还发了一笔横财。

程恩恩躺在床上感恩地数了半天，想着江叔叔大概是她的贵人吧。

真好。

程恩恩是在隔天上午收到快递的，没想到抽奖的效率如此之高。

傍晚放学，她的心情都是飞扬的。

今天江小粲没来接她，程恩恩回到家，江小粲立刻从沙发上跳下来，激动地问道：“听说你中奖了，电脑呢？”

程恩恩开心过了头，都没注意到自己其实还没来得及向他分享这个好消息。她把书包从背上摘下来，说：“我卖掉了。”

还指望能沾她的光摸一摸电脑呢，江小粲瞬间心碎一地：“为什么卖掉？”

江与城正在吧台倒水，目光也投过来。

“我用不上那么好的电脑。”程恩恩精打细算地说，“卖掉再买一台便宜的，三千多的电脑就够用了，剩下的五千可以给你买那台你想要的游戏机。”

江小粲反应非常快地抓住了重点：“你卖了八千？！”程恩恩点头，她还有点小得意呢。

江小粲捶胸顿足。那台电脑全新，最高配置，值两万呢！这个小蠢蛋！不过他还是笑着夸：“小恩恩好厉害，真有生意头脑！”

但是程恩恩隐隐觉得哪里不对。江与城端着水走过来，她抓着书包带，有点迟疑地问：“江叔叔，我是不是上当了？”

江与城坐下，语气平淡地问：“卖给谁了？”

“一个同学。”程恩恩说。

那个电脑盒子很显眼，她抱回教室时很多人都看到了。有个男同学好奇凑过来围观，程恩恩没防备心，一五一十全说了。男同学说这电脑值一万多，让她看在同学面子上给个八折。

程恩恩虽然不了解，但也隐约知道苹果电脑是要一万的，同班同学，她晕晕乎乎的就收了转账。

江与城放下杯子，漫不经心地道：“没事。”

程恩恩没被安慰到，有点丧气，拿着书包回房间，查了一下电脑的售价。她没仔细看那台电脑的配置，但八千显然是亏了的。

她刚点开那个同学的对话框，想说这件事，“叮咚”一声，一条转账信息冒出来。

13988块钱。

下面是一连串的：对不起我错了，我不该骗你……

男同学叫李遇，程恩恩和他很少有交集，因此对他没什么印象，要不是这次他主动过来问电脑，可能路上碰到了，她都认不出来是自己的同学。但再陌生，有“同班同学”这个联系在，似乎就会有比别人多一点亲切感。

十七岁的孩子，都还没长大，能坏到哪里去？这个想当然的认知让她根本没有想到会被骗。虽然李遇已经马上按照原价将剩余的钱全部补齐，连同学折扣都不要了，她还是有点丧气，觉得自己很笨，连这都能被骗。

她不知道李遇因为什么契机而“幡然醒悟”，但这是一次不愉快的交易，对他来说应该也一样。

她把钱全数转回去，回复：我还是不卖了，明天你把电脑还给我吧。李遇秒回一个下跪大哭的表情：别啊，这是官网价格了，折扣我都不要了，您还有什么不满意？

程恩恩：我觉得这样卖给你不好。

李遇：不不不，很好，非常好，求您一定要卖给我，要是觉得价钱不满意我再给您添点？

她还没见过这样上赶着多掏钱买东西的，这台电脑又没开过光。

程恩恩再三坚持，李遇比她更坚持，死都不肯收钱，最后干脆把程恩恩拉黑了。一直到上床休息时程恩恩都没琢磨明白，这个神奇的“双十一”。

又降温了，早上起来有些冷。

程恩恩这几周没回家，还没来得及拿厚衣服。这套公寓供暖系统非常优秀，暖和得跟春天似的，在家里不觉得冷，车上也不冷，但到了学校一下车，就会被冷风一巴掌拍清醒。

昨天程恩恩就被拍了一巴掌，所以今天她学乖了，在卫衣和外套外面又套了一层校服。

江与城跟江小粲已经都在坐在餐厅了。江与城身上还是一件薄薄的羊毛衫，男人似乎都不怕冷。江小粲的保暖衣外加了一层厚毛衣，还裹上了小围巾。

程恩恩里三层外三层地走过来，江与城瞥了她一眼，没说话。

早餐是热乎乎的粥，喝下去胃里都暖和起来了。

她背上书包准备出门时，江与城从房间出来，手里拿着一条深灰色的围巾。然后，他走到程恩恩面前，将围巾挂在她脖子上绕了两圈。

很软、很舒服的料子，还有股很淡、很干净的味道，和他身上的很像。程恩恩乖乖站在那儿，感动得鼻子都有点酸：“谢谢江叔叔。”

江小粲瞅了瞅那围巾，一脸很懂的表情。真是个心机叔叔啊。

李遇一晚上没睡踏实，早上起来脸色就更差了。他来得早，教室没什么人，见俩女生站在走廊尽头抽烟，走过去说：“给我来一支。”

戴瑶给他递了一支，说：“才捡了个大便宜，干吗这么苦大仇深的。”

“什么大便宜，大坑还差不多！”李遇愁得抽烟都觉得苦，“我哪儿知道程恩恩后台这么硬，我刚到家，电脑都没拆呢，刘校长电话就打过来了，给我劈头盖脸一顿批斗。”

他就一时贪念占了个便宜，谁知道连领导都惊动了。便宜没占着，还一波大出血，平白无故的，他傻了才会原价买个两万多的顶配苹果电脑。他要是有那么财大气粗，也犯不着来这儿演这什么狗屁校园言情剧赚钱了。

戴瑶嗤笑一声："没后台能当女主角？她可比我们年龄都大。"

女生二号插嘴："不过她看着挺显小的，你不说我都没看出来。"

"我哪儿知道。"李遇说，"我跟她又没对手戏，她长得那么好骗，谁知道深藏不露。"

"人家那叫演技好吗，你真以为她是单纯无害小白兔呢？"戴瑶翻了个白眼，"没看人有后台呢，她好骗？她骗你还差不多。"

"是是是，我好骗行了吧！不过她到底什么来头？上次来听我们班会那男的又是谁啊？"

"还能是谁，金主呗。"

"那男的看着应该有家室了吧，程恩恩这么没节操？"

女生二号再次插嘴："我要是能找个这样的金主，有钱又帅，还要啥节操啊。"

"这么能说，怎么不去参加《奇葩说》？"樊祁的声音响起。

三个人一回头，见他插着兜站在背后，一脸厌烦地问李遇："你昨天骗程恩恩了？"

"嗬，男主角又帮女主角出头呢？"戴瑶冷嘲热讽。

樊祁没搭理她，只盯着李遇："要点脸吧，把钱还给人家。"

"给了给了，钱我昨天就给了。"李遇都无语了，转身回教室，"怎么一个个都来帮她出头？我这是招惹了王母娘娘吧。"

樊祁也没再多说，抬脚正要进门，戴瑶看着他的背影道："你入戏太深了吧，剧本之外的事你也管？"

"在其位，谋其事。"樊祁回头扫了她一眼，"做好你分内的工作，其他的，闭紧你的嘴。"

戴瑶愤愤地咬了咬嘴唇。

女生二号第三次插嘴："你俩不是一个公司的吗，关系这么差？"

戴瑶忍无可忍地瞪了她一眼："你能不能闭嘴？"

"能。"

程恩恩进教室时，天天卡着点来上课的樊校霸已经在座位上了。程恩恩进去坐下，樊祁的目光在那条男士围巾上停留一瞬，问："李遇把钱都给你了？"

程恩恩纳闷地点头："你怎么知道的呀？"

樊祁挑眉："坏事传千里。"

程恩恩打算去找李遇说这件事来着，但是刚往他的方向靠近，李遇已经跟见了鬼似的从凳子上跳起来蹿出教室。

程恩恩只好放弃，也没时间多想，期中考试的成绩单张贴出来了。

稳居第一名宝座两年的程恩恩，这次也没能恢复自己学霸的荣光。数学依然是拉分项，但遥遥领先的语、英、文综，让她在数学刚刚及格的情况下，奇迹般位列第三。

她看完成绩单，正要走开，戴瑶不阴不阳的调子响起："佳文，你数学考了一百三十五分啊，比程恩恩高四十多分呢，怎么名次还在她下面？"

"她文综很厉害，接近满分了。"

文综的"接近满分"，比其他任何一个"接近满分"含金量都更高。三个科目的内容加起来，是非常庞大的。它不像英语，考什么一目了然。也不像数学，只需掌握技巧。考题通过材料将考察的知识点杂糅起来，能拨云见雾抓住核心，并毫无遗漏地罗列出每一个考察点，太难了。

"哦，考试之前我还听见她在背布雷顿森林体系呢，然后一看到卷子，还真有。程恩恩，你是不是提前知道题目？"

程恩恩文综一直优秀，三科老师对她都很偏爱，尤其是历史老师，长相是几个老师里最帅的，讲话又风趣，人气也最高，考试当天程恩恩还去过他办公室。如果真的是泄题，她提前知道要考什么，那"接近满分"也没什么稀奇。

戴瑶这一句质疑，成功吸引了周围挤着看成绩单的人的注意。

"试卷不是密封的吗？考试才会拆。"

"但历史老师参与出题了啊，说不定偷偷告诉她呢？"

……

三人成虎，很快有些人看程恩恩的眼神都变了，仿佛她提前知道考试题目已经是铁板钉钉的事实。

"没有啊，老师没告诉我。"程恩恩看了看大家。

戴瑶没理会陶佳文偷偷拉她袖子的动作，说："别说你背的知识点刚好考到是你运气好。"

"不是。"程恩恩说。

讽刺被程恩恩这么认真回答，戴瑶一下子没找到反驳的点。

程恩恩又道："所有的知识点我都背了。"不是运气好，是所有会考到的东西，她脑子里都有。

"真的吗？"旁边有人惊叹出声。

程恩恩问得很真诚："你们没有背吗？"

对方欲哭无泪："那么多东西哪儿背得完啊，背完就忘了，记住了也看不懂题目问的啥。"

程恩恩没有这种烦恼，想了想说："那你加油呀。"

"……"

程恩恩回到座位，刚好数学试卷发下来。

樊祁的文综依然一塌糊涂，但数学比上次还厉害，一百四十八分，差两分就满分了。问题是这人就没认真上过一节课，一对比，真的是气死个人。

樊祁左手拿着手机，只扫了眼最后一道题扣分的地方，便将卷子放到程恩恩桌子上。

程恩恩瞄他一眼，他低头懒洋洋地在玩手机。

最后的几道大题，答出来的基本都对了，剩下没答出来的，程恩恩研究半天，还是不会做。她翻开樊祁的答案慢慢琢磨一会儿，渐渐能理出一点思路了。

这一天她在座位上基本没动过，上课之余的全部时间都拿来跟数学题做斗争。到放学时，她好歹是把做错的和不会的题目全都搞明白了。

放学时她特地把数学试卷放进了书包。原因是，她想给江叔叔看。

上次那个二十六分太耻辱了，虽然他以为是九十二分，但程恩恩自己心里过不去。虽然这次的分数也并不是很拿得出手，但比上次进步了六十七分，程恩恩很知足了。

不过上车时，程恩恩没有看到江与城，只有江小粲和司机小王。她有点小小的失望。

江小粲大概是身体不舒服，不太有精神的样子，往她腿上一枕，说："我爸爸今天有事。"

程恩恩忽然有一种心事被戳穿的局促，小声说："我没问。"

江小粲吊起眼睛瞄她，笑得很坏："我没说你问了啊。"程恩恩招架不住，捂住他那双机灵的小眼睛。

江与城晚上有应酬，推不掉，折腾到很晚才结束。他喝了些酒，回到公寓已经凌晨了。他把外套脱掉，丢在沙发上，松了松领带。

程恩恩房间的门被打开，小脑袋伸出来，她看了看江与城，小碎步跑去倒了杯温水，端到客厅递给江与城。她闻到了酒气，问他："江叔叔，你喝酒了吗？"

江与城坐在沙发上，喝了半杯水，搁下，嗓音略有些沙哑："在等我？”

程恩恩就是想告诉他自己的成绩，有点不大好意思承认，不过还是想雪耻的心情更迫切。她扭头跑回房间，把卷子拿了出来。

江与城接过看了眼，九十三分，该说什么好呢？

“厉害。”他一本正经地道，“比上次进步了……一分。”

他这么一说，程恩恩才反应过来，顿时有点尴尬，脸都红了。她把卷子拿回来，羞愤地快步往房间逃，走到一半，忽然又停下，折回去。

灯光浅淡，映得她脸颊粉嫩嫩的。刚才她靠近时留下的香味似乎还没散，在空气里暗暗流动发酵。

她说到做到，上回之后就没再用江小粲的牛奶味沐浴露，现在用的是房间里原来的那瓶。香味是她以前很爱用的，类似于巴宝莉那款裸纱香水。木质香加一点轻柔的麝香，丝滑柔顺，像柔纱拂过皮肤的感觉。

一种温柔的诱惑。

江与城发觉这味道并没比牛奶味好到哪里去。他看着程恩恩小脸泛红，站在那儿犹犹豫豫，心里也跟轻纱拂过似的。某个瞬间，他几乎想伸出手将她带到怀里来。

程恩恩鼓足了勇气，才将不大好意思启齿的话说出来：“江叔叔，我的工资什么时候发呀？”

窗外温度低，室内暖气氤氲，暖融融的旖旎气息像气球被戳破一个洞，慢慢泄了气。

江与城眼里是一片看不透的深邃墨色，注视程恩恩片刻后，他拿起搁在茶几上的手机。不一会儿，程恩恩便听到自己的手机响起提示音。

她正要看，只见江与城将手机往一旁一撂，对她勾了勾手指。

程恩恩像个听话的小太监走过去，站在他右手边听候吩咐。

江与城大概是觉得她还不够点头哈腰，靠在沙发里，再次勾了下手指。

什么吩咐这么神秘？程恩恩弯腰，把耳朵凑过去竖着耳朵仔细听，不料江与城没说话，忽然抬手，食指在她下巴挠了两下。

很轻，很快，程恩恩根本来不及躲，江与城已经若无其事地撤回手。但那感觉似乎停留在下巴上了，她下意识地抬手蹭了两下，没蹭掉。

江与城起身，弯腰贴近她耳边，声音低低沉沉：“不许让别人挠你下巴，听到了吗？”

程恩恩晕乎乎地点头，眼睛对着他胸口起了些微褶皱的精贵布料，感觉他身上的酒气似乎熏着她了。

江与城满意了，越过她回房，步伐闲缓而放松。

程恩恩在原地站着，悄悄瞄了眼他的背影。

江叔叔撒酒疯的方式怎么这么特别，上回不让她早恋，这回不让别人挠她下巴，管东管西。可是除了他，根本没人挠她下巴呀。

程恩恩手背又在下巴上蹭了蹭，拿出手机来看，是一条转账信息，5888块钱。她立刻往前跑了两步，说："江叔叔，你给多了。"

江与城刚走到房门口，停下脚步，侧身。颀长的身形立在明暗交界的分割线上，脸一半在阴影中，一半在灯光下，深刻的轮廓被晕染得柔和。他声音慵懒，透着点愉悦："奖励你的。"

门被慢慢关上，程恩恩又低头瞅了眼屏幕上令人心旷神怡的数字。进步一分就奖励八百八十八块钱，她这是遇见了什么土豪雇主？

回到房间，程恩恩仔仔细细算了一笔账。

这几天连续三笔钱入账，数目都不小，刨去请大家吃饭、买礼物的花销，剩下的加起来，已经有三万多块钱了。她自己开销很少，这笔钱已经够支付她大学前两年的学费和生活费了。

程恩恩从来没拥有过这么多钱，这让她心中一下子充满了安全感。

人心易变，只有钱最踏实。

期中考试结束，班里要调整座位了。

老秦的原则一向是用成绩说话，四五十个人全部被赶到走廊，然后按照成绩排名，一个一个进入教室挑选心仪的位置。

走廊上热火朝天，不是互相约着做同桌，就是担心自己看中的风水宝地被抢，乱得很。

程恩恩不心急，她对座位没什么要求，对同桌也没什么要求。她第三个挑选，一点想法都没有，干脆坐回自己原来的位置上。

究竟会和谁成为同桌，心里还是免不了会期待一下。

她一边看英语阅读理解的文章，一边注意着进来的人，不过一直没有人往她这边来。一直叫到第十八名，一个只是眼熟但叫不出名字的男生坐到她身旁。她看向新同桌，他笑了一下，问："不介意吧？"

程恩恩摇头说："不介意。"

刚说完，第二十名的樊祁进入教室，手插着口袋，懒懒散散的样子，走到男生跟前，面无表情地说："这是我的座位。"

于是，刚刚还笑靥如花的新同桌，凳子都还没坐热，便立刻拿起书让位。

樊祁自顾自地坐下来，也没看程恩恩，他从抽屉摸出一包湿巾，抽出一张，仔仔细细地把桌子擦了一遍。也是很精致了。

新的座次表就在这毫无悬念的情况下诞生了。

下午第二节课结束，程恩恩开始收上午英语老师发下来的小测验，放学之前要交到办公室的。

最近大家交作业都很积极，程恩恩很快收齐，只差樊祁的了。他趴在桌子上已经连睡了两节课，也不知道他晚上干吗去了，白天困成这样。

他的桌子上一直都很少放东西，好方便睡觉，程恩恩找了找，没发现他的作业，只好叫他："樊祁，该交作业了。"

没反应。

程恩恩用圆珠笔尾戳了戳他的胳膊，樊祁睁开眼，盯着她。眼睛里一片清明，让程恩恩心里咯噔一跳。

"你的英语作业呢？只差你一个了。"

樊祁撑着脑袋，趴在那儿没动，右手食指冲她勾了勾。

程恩恩下意识地俯下身的瞬间，回想起昨天晚上类似的画面。不知是因为当时被挠下巴的印象太深刻，还是江与城的提醒起到了震慑作用，她一向反应迟钝的神经竟然神奇地敏锐了一次。

樊祁食指伸过来，还未碰到她的下巴，她就迅速往后躲了一下。

樊祁明显愣了一下，然后说："你今天反应很快。"

程恩恩心不在焉地应了一声，都不知道自己说了什么。她脑海里全是江与城那句低沉的"不许让别人挠你下巴"。

她震惊地想，江叔叔怎么会预知未来？太神了吧！樊祁把作业从抽屉里翻出来，难得，竟然写完了。

程恩恩把作业抱去办公室，一路上都在瞎琢磨，最后一节课精神都不集中。

她当天回去根本没来得及求证，因为公务繁忙的江与城又出差了，为期两天，周五回来。

周五放学，程恩恩知道他下午就回来，就没上小王的车。好几周没回家了，刚好给爸妈买的羽绒服也都到了，她想回去一趟。

江小粲感冒了，无精打采地窝在座椅里，程恩恩摸了摸他的头，不烫。

"今天带的药吃了吗？"她轻声问。

"吃了。"江小粲不高兴地说，"你要回去了？不陪我了？"

程恩恩只是回自己家而已，他这个样子，她反而有点内疚，软声哄道：“我回家一趟，明天就来看你好不好？”

“你去吧。”江小爷不是不讲道理的人，但不妨碍他卖惨，他把自己蜷缩起来凄凉地说，“我自己一个人可以的。”

关上车门，程恩恩站在路边目送车子离开，心里还想着，明天要早点回来陪江小粲。

程恩恩坐公交回家。这个时间程绍钧肯定是不在的，方曼容难得没在家里支牌局，昨晚上玩了通宵，程恩恩到家时她正在睡觉。

程恩恩没去吵她，回来的路上吃了点东西，也不饿。她把新衣服放在客厅，就回房间了。

家里挺冷的，程恩恩整理完要带的厚衣服，从书架上拿了一本泛黄的旧小说，趴在床上看。

也不知什么时候睡着的，醒来时，她毫不意外地听到客厅里的争吵声。

“刚回来就出去，你把这个家当宾馆吗？”方曼容的声音怒气冲冲，“天天就你忙，忙得跟狗一样也没见你挣多少钱回来！”

“我挣再多也不够你输！你看看你什么样子？我累死累活地回来还要看你脸色，能不能消停一会儿？”

程恩恩打开门时，程绍钧正提了个包要出门，他皱着眉瞥了她一眼，也没什么反应。

“爸爸，我做家教的工资发了，给你和妈妈买了新衣服。”程恩恩没敢说是自己打麻将赢的钱，说出口又会是一场硝烟。她拿起衣服，走到玄关，“爸爸，你试试吧。”

程绍钧看都没看，说：“我急着出门，下次再试吧。”

他在方曼容骂骂咧咧的声音中离开家，程恩恩看着手中厚厚的羽绒服，在原地站着。

羽绒服是个挺有名的大众牌子，质量也很好，一件一千多块钱，她从来没给自己买过这么贵的衣服。

其实她早就有预感，程绍钧跟方曼容快要离婚了。这种预感最近越来越强烈。她也不知道该怎么办，但她不想让他们离婚。虽然这对父母不称职，不怎么管她，但要是他们离婚了，她就什么都没有了。她知道，如果真走到那一步，没有人会愿意要她。

方曼容一边骂着，一边去试了新衣服。尺码很合适，她穿着刚刚好，白色，也很显气质。她对着镜子转了几圈，刚才的气似乎转眼就忘了，美美地问程恩恩：“好看吗？”

“好看。”程恩恩说。

方曼容虽然常年抽烟熬夜，保养用的护肤品却很舍得，她原本的底子好，稍微打扮一下，只要不说话，看着还是鲜亮精神的。

没多久，似乎是牌搭子来了电话，方曼容就又准备出门了。这个时节穿羽绒服还早了些，但她一点不介意，新衣服上身就没脱下来，出门时还把程绍钧那件也拎上了。

“不穿拉倒，不穿我送给别人穿。”

程恩恩张了张口，最终没说出话来。

已经晚上十点多了，天早就黑了，程恩恩一个人在家待着，坐在房间里看书。

孤单，是已经习惯的了，就是有些冷。老房子没供暖，空调方曼容不让开，家里又安静，她就觉得冷飕飕的。

还是江叔叔家舒服，程恩恩想。

念头刚起，手机就响起来了。是小王的电话，语气很焦急：“您在哪儿呢？小少爷发烧了，我正送他去医院呢，您能不能赶紧过来一趟？”

程恩恩立刻从椅子上弹了起来，什么都来不及想，抓起外套就往外跑。

“江叔叔呢？”

“江总下午刚回来，公司又有急事，我刚刚通知过他了。”

这个时间家门口不好打车，程恩恩一直往前跑了七八百米，在马路上边跑边等，好不容易才拦了辆车。

小王那边电话没挂断，过了会儿，被江小粲伸手拿了过去。他大概是烧晕了，哼哼唧唧很难受：“我想你，妈妈……”

程恩恩当时就两行眼泪不受控制地往下掉。她想纠正他，我不是你妈妈。吸了吸鼻子，只是说：“粲宝儿别哭，我马上过来了。”

程恩恩到达医院时，江小粲正躺在病床上，脸色因为发烧而泛着不正常的红。程恩恩摸了摸他的额头，很烫。

“刚刚吃过退烧药了。”她关心孩子的样子，让范彪有些分辨不出到底是哪个身份，他在一旁解释道，“做了血常规跟支原体检测，结果还没出来。城哥在路上了，马上就过来。”

生病的江小爷没了嚣张劲儿，跟小狗似的，眯着眼睛望着程恩恩，声音有气无力的：“妈妈，我头好疼。”

他平时太有活力了，现在这个样子看起来就格外可怜。想着一个没有妈妈的孩子，平时懂事乖巧，和其他的小朋友没有两样，但其实心里也在想念妈妈，就更让人心疼了。

程恩恩整个人几乎趴在病床上，动作轻轻地抚摸着他的额头和脸颊。

“我不是你妈妈。”她声音也很轻，哄着，“你是不是糊涂了呀？”

江小粲迷迷瞪瞪的，其实也没完全不醒事，只是借着生病的软弱叫一声平时不能叫的妈妈。他难受地哼唧两声：“我就想叫你妈妈。”

可是她不是呀，她才十七岁呢。她为难地皱了皱眉，但心疼更多，最终无奈地叹了口气，妥协道：“只有今天哦。”

范彪不知何时关上门去了外头，留母子俩温声细语地说话。

江与城是从饭局上赶过来的，外套沾染着酒精的气味与深夜的凉意。

检查结果已经出来，一般的病毒性感冒。他在走廊和医生交谈几句，大步走到病房门前。

范彪在那儿守着，提醒说：“好像睡了。”

江与城点头，开门的动作很轻。病房里很安静，他带上门，走向病床，皮鞋踩在地板上，沉稳无声。

程恩恩果然是睡着了，病床不窄，也算不上宽敞，她侧身躺着，把江小粲搂在怀里。病房里很暖和，母子俩依偎的画面也暖心。

江与城拿起电子体温计，对准江小粲的额头测量体温，还没完全退烧，但温度已经降了些。他把被子往上拉了拉，将程恩恩露在外面的肩膀盖进去，掖好被角，然后站在床边，无声地看了片刻。

江小粲在程恩恩怀里翻了个身，大约是察觉到身旁有人，眯着眼睛咕哝着叫了一声：“爸爸……”

江与城抬手，抚了抚他头顶，低声说：“睡吧。”江小粲听话地闭上眼睛。

江与城的手收回一半，在半空中顿了一顿，又伸向另一边。不像摸江小粲时那般坦然，他动作放得很轻，食指微曲，指背在程恩恩脸颊上缓缓地滑过。

程恩恩歪着头，脸朝向月光照进来的方向，皮肤白白嫩嫩，跟牛奶泡出来似的。她睫毛也很长，天生自带卷翘的弧度像两把小扇子一样，很好看。

江与城指尖在她睫毛上拨了一下。

程恩恩对人的依赖很深，以前睡觉喜欢捏他的衣角。程礼扬说她从小就有这毛病。结婚之后依然如此，搂着抱着都不行，不捏着他的衣服就睡不着。但总有些难以言表的夜晚，是不着寸缕相拥的，那些时候，她就一定要捏着他的手指才肯睡。

这习惯一直到江小粲出生都没有改变，但在某一天停止了。

江与城一直都知道，从她不再捏他衣角的第一天就知道。他尝试去拥抱她，尝试去握住她的手，但那个依赖的小动作再也没有回来。

程恩恩最近吃胖了一些，虽然体重没有明显的增加，脸颊上的肉却是肉眼可见地饱满了。她早上睡醒时，脸蛋红扑扑的样子很可爱。

她打着哈欠坐起来，发现江与城就在对面的布艺沙发上，长手长腿蜷缩地睡着，身上盖了一件深色大衣。

程恩恩迷瞪了三秒钟才反应过来，下床穿鞋走过去，帮他把快要滑落的衣服盖好。

抬头时，发现江与城的眼睛睁开了，把她吓得一个激灵，她弯着腰跟他对视片刻，眨了眨眼睛说："江叔叔你醒了啊。"

江与城没出声，视线从她头上扫过，坐起来，大衣从身上滑落，雾霭蓝色的衬衣，开了两颗扣子的领口，喉结的突起充满荷尔蒙的张力。

"去洗脸。"他起身，越过她，再次给江小粲测量体温。

烧已经退得差不多了。

一晚上睡得不是很舒服，程恩恩一边走向洗手间，一边活动着泛酸的脖子。瞧见镜子里的自己时，她差点当场羞愧而死。

昨天扎的马尾已经整个歪到了右边去，碎头发毛毛草草炸起来，跟被雷劈了一道似的。而且睡觉时大概压到了头发，她脸颊上留下了深刻的痕迹。眼角还有一颗大眼屎！

她终于知道江叔叔刚才为什么让她来洗脸了，真是丢脸丢大发了。

程恩恩洗完脸，把头发重新扎好，出来时江与城已经不在了。

江小粲睡得正香，脸色比昨天好了一些，程恩恩摸了摸他的额头，已经不烫了。于是她坐在床边，撑着下巴望着他。

不知道他的妈妈是一个怎样的人，怎么舍得丢下这么可爱的孩子。

江与城很快就回来了，手里拎着一个非常豪华的实木食盒。家里阿姨准备的早餐，跟平时一样丰盛，只有粥改成了清淡的蔬菜粥。

江与城将饭菜摆上桌，程恩恩看着江叔叔签价值上千万合同的手做这些琐事，内心十分惶恐，忙跑过去献殷勤："江叔叔，我来吧。"

粥很烫，江与城将粥碗端出来，剩下的留给她。

程恩恩勤快地干着活，想起上回他的神预测，问："江叔叔，你怎么知道会有人挠我下巴呀？那天晚上你说完，第二天真的遇到了，真是神了！”

江与城气定神闲地往沙发一坐，问：“碰到了？”

“我躲开了。”程恩恩一脸机灵地说，有着藏不住的小骄傲，“幸好我反应快。”

江与城嘴角勾了勾，说：“乖。”

程恩恩对他的预测能力充满好奇心，还想继续追问，身旁忽然伸出一只小手，捏走一颗晶莹剔透的水晶虾饺。

她立刻扭头。刚刚还在病床上的江小粲不知何时醒来的，悄无声息地蹲在她身旁，把虾饺往嘴巴里一塞，鼓着腮帮子嚼得很满足。

“你醒了啊？”程恩恩对他说话的语调格外软，“头还疼不疼？”

“还有一点点。”

江小粲把虾饺咽下去，又伸手去捏，被江与城敲了一下手背，他“咝”了一声，赶紧缩回来。江与城把他拎到沙发上，递了一双干净筷子给他，他一连吃了三个虾饺才空出嘴，带着浓浓的鼻音说：“好饿。”

程恩恩有点想笑。会自己来吃饭，说明有精神了。

医生来检查过，江小粲虽然吃饱之后还是蔫蔫的，但身体没什么大问题，江与城直接去办理出院手续。

江小粲借病撒娇，靠在程恩恩怀里，很大爷地要求她玩游戏给他看。

程恩恩最不擅长游戏了，连微信的小游戏都玩得很烂，屏幕上的小人在她的操控下坚持不到一分钟就会掉下来。

她跳到一个礼物盒子上时，江小粲忽然说：“我爸爸生日快到了。”

程恩恩手指撤回早了0.01秒，小人摔死了。

“什么时候呀？”她问。

“下周四。”江小粲瞅她一眼，“你记得要给他准备礼物哦，他可小心眼了。”

程恩恩表情严肃地点头。

江叔叔对她这么好，她送一份生日礼物给他是理所应当的。只是到底要送什么，不禁让她陷入了沉思。

这个问题困扰了程恩恩一整天，她心里惦记着事儿，连学习都很难集中精神。

江小爷恢复能力超强，回家又睡了半天，醒来就生龙活虎了。他感冒没好，比以前还是虚弱一些。他窝在程恩恩的床上，撒娇要来了一个小时的电脑使用权，抱着她新买的笔记本玩。

程恩恩对电脑要求不高，三千块的笔记本很轻薄，但性能一般，江小粲拿到手，看了下电脑的各项配置参数，心中有数了，干脆连想玩的游戏都没下载。

程恩恩坐在椅子上对着书本发了会儿呆，放下笔，转头唤道：“小粲粲。”

江小粲正帮她清理电脑里的垃圾软件，鼻音一重，声音都显得有磁性了：“怎么了，小恩恩？”

“江叔叔有没有什么缺的东西呀？”她小心地问。

程恩恩实在是想不出好主意，又怕礼物送得太草率、无趣，不足以回报江叔叔对她的照顾。

她知道江小粲的小心愿，可以送江小粲想要的游戏机。她知道叶欣的小爱好，可以送叶欣喜欢的手账本。但她不知道江叔叔喜欢什么，他看起来寡情冷淡，似乎没有什么热衷的事物，又财大气粗，好像什么也不缺。

程恩恩很发愁。她还专门百度了一下不靠谱情感专家说：男人嘛，喜欢的东西无非两样——钱，女人。

程恩恩觉得很有道理，但问题是，江叔叔自己就很厉害呀，赚了很多很多钱，光这所房子，在这个地段，就已经是天文数字了。至于女人，女明星都来倒贴，他还缺吗？

唉，人生赢家啊。程恩恩忽然有点淡淡的羡慕。

江小粲抬起眼睛，若有所思地看了她半晌，然后他放下电脑，一本正经地开口：“实不相瞒，我爸缺个老婆。”

缺个老婆？程恩恩愣了一下，问：“他不喜欢女明星吗？”

“当然不喜欢。”江小粲不解，“他为什么要喜欢女明星？”

大人之间情情爱爱这种事，自然是不能跟小孩子说的，程恩恩体贴地帮江与城保守住有女明星倒贴他的秘密。

看来江叔叔对池俏没兴趣呢，程恩恩再次陷入沉思，那要给他介绍一个对象吗？

程恩恩认真思索了片刻，眉头苦恼地拧起。她倒是很想帮江叔叔解决婚姻问题，但是，她又不是那些闲着没事就爱说媒的七大姑八大姨，手里没有单身女青年的资源呀。

生日礼物还是另想办法吧，她没有比江叔叔更多的钱，但是有心意。

趁江小粲午睡的时间，程恩恩又出了一趟门，回家拿了些厚衣物，顺便去市场买了些东西。她回来时，江小粲已经醒了，正愁眉苦脸地在吃药。

这孩子真的让人省心，都不用人催，到时间了就自己乖乖倒热水吃药。江小粲瞧见她手里黑色的塑料袋，一把药往嘴里一倒，咕咚咕咚两大口水吞下去，然后放下杯子，问："你拿的什么东西啊？"

程恩恩遮遮掩掩地往背后藏，目光躲闪："没什么。"说完飞快地跑回房间，很快，又故作镇定地走出来。

见状，江小爷眯了眯眼睛。

第二天一早上学，程恩恩原本每天就装得很满的书包塞得鼓鼓囊囊的，也不知道藏了什么大宝贝。

因为实在过于显眼，江与城跟江小粲的目光都落在书包上，连司机都多看了两眼。

江与城难得有个清闲的周一送他们上学。他穿着一身中灰色西装，内搭黑色衬衣，烟灰色的大衣搭在左手臂，站在入冬后灰扑扑的背景色中，显出一种冷淡低调的高级感。

"你背的什么？"江与城问。

"不能告诉你。"程恩恩见江与城右手伸过来，是要帮她拎书包的意思，将书包抱紧没给他，"不沉。"

江与城收回手，帮她打开车门。

到了七中，程恩恩下车，对车里的两人挥手："小粲粲，江叔叔，再见。"

江小粲也挥手，笑得一脸纯真："晚上见，小恩恩。"

等程恩恩走进校门，关上车门，江小粲扭头看向江与城，继续眨着纯真的眼睛问："爸比，你想知道她藏了什么东西吗？"

江与城瞥过来一眼。

江小粲说："我告诉你。作为交换条件，你把我的手机还给我，OK吗？"

江与城没搭理，收回视线对司机老张道："开车。"

"你真的不想知道吗？"已经失去手机很久的江小爷不死心，非常有心机地抛出一个诱饵，"她好像在给你准备礼物哦。"

但毕竟姜还是老的辣，江与城不动声色地说："是吗？"淡淡的两个字，仿佛丝毫不在意。

看来时机还不太成熟，江小爷沉思两秒钟，很有耐心地决定等等再来问。

程恩恩的课桌里几乎没有与学习无关的东西，都是书，各种教材教辅。学霸学习是很有条理的，书放得整整齐齐，卷子也分门别类用夹子夹着。常用的在桌子上，不常用的在抽屉里，井井有条。

到教室时还早，她把抽屉里的东西又整理了一下，腾出一半空间，仔细地用白纸铺上，才将书包里装着两颗毛线团和毛衣针的小袋子放进去，以免弄脏。

她课堂上仍旧认真听讲，课间自己看书做题，坐久了就起来走走，一上午没有将东西拿出来过。

午饭后，许多同学在外面放松，她早早回到教室，坐在座位上，将昨天起好头的围巾拿出来，继续织。

她会织围巾，初中时跟班里一个热爱手工的女生学的。

吵吵嚷嚷的说笑声、玩闹声一直持续到一点十五，午休时间开始，渐渐安静下来。

樊祁是校篮球队的，日常训练爱去不去的，但私下时常跟一帮熟悉的球友一起打球。他午饭都没吃，打得酣畅淋漓，一身的汗，大冷的天，回教室时就只穿了一件长T恤。他把回来顺路买的面包往桌子上一放，嘴里叼着一袋牛奶，坐下来，视线被身旁程恩恩娴熟的手法吸引。

他看了会儿，把牛奶拿下来，凑近低声问："你会织围巾？"

程恩恩太专注，压根没注意到他回来的动静，猛地被这声音吓一跳，针就戳到了手指上。还好没戳破，不过挺疼的，她皱眉把食指放在嘴唇上抿了两下。

樊祁看着她的动作，把牛奶叼回去，问："给谁织的？"

程恩恩松开手，将已有二十厘米长的成果举起来，检查有没有错针漏针，说："我叔叔。"

"你叔叔？"樊祁微微蹙眉。

无论织围巾，还是叔叔，都是剧本中没有的。他记得那次在卡拉OK跟程恩恩的"追求者"打架，后来那人也说过，程恩恩口中有个莫名其妙的"叔叔"。

樊祁今年考入电影学院，这是他接的第一部戏。跟所有的电视剧、电影都不同，有许多常理无法解释的奇怪之处，让人摸不透投资人的意图。与其说是戏，不如说是一场有剧本的大型实景真人秀，或是一场人生体验的游戏。总之，是一次奇妙的经历。

程恩恩身上的变数最多，也是最不配合的一个，尤其最近这几天，樊祁和她对戏的过程中，气氛一直调动不起来。但也不能说她不敬业，相反，她给樊祁的感觉，恰恰是所有人中最入戏的一个。

像是量身定做的角色，你在她身上找不到一点破绽。挺有意思的。

程恩恩发觉他在看自己，转过头来，眼神真挚地问："你想学吗？"

樊祁喝完最后一口牛奶，将包装袋折叠起来，反手放进侧后方精致的体育委员同学挂在桌角的垃圾袋里，眼睛盯着她，嘴角一翘，压低嗓音："你要是给我织，我就学。"

程恩恩默默地把手里的东西往里面挪了挪，下意识的动作，怕他抢似的，说："这个不是给你的。"

樊祁无语："……"你看，他的女主角根本不接他的招。

晚上江与城回家时，时间已经不早了，感冒还没完全康复的江小粲已经写完作业，被程恩恩要求躺下休息了。

她的房间门没关紧，门缝里漏出一线光，依稀可见她坐在灯下，手里正忙活着什么。

江与城屈指在门上敲了两下，推开，正瞧见她惊慌失措地把什么东西往被子里藏，塞好了飞快转过来，脸上写满紧张："江叔叔……"

江与城往她背后扫了一眼，问："什么东西？"

程恩恩忙摇头，此地无银三百两地用身体遮挡住："什么都没有。"

江与城意味不明地看了她一眼，说："早点休息。"随即带上门。

程恩恩又屏息听了一阵，确定他离开了，才松了口气。其实也没什么好藏的，就是想做好了再送给他，半成品被看到，她会不好意思。

第二天她依旧背着圆滚滚的书包，装作什么事都没有的样子，自以为掩饰得滴水不漏，其实长了眼睛的人都看得出来。

江小粲的感冒还没好全，但精神头已经恢复如常了，他瞄了眼气定神闲的老爹，眼珠子转了转，小手一抬，慢慢放在程恩恩的书包上，还拍了两下。

江与城瞥了一眼，没反应。

紧张的是程恩恩，盯着他的小手欲言又止。

"小恩恩。"江小爷故意问，"这到底是什么东西呀？你天天这么宝贝地背着。"

程恩恩皱着眉轻声说："没有东西。"

"真的吗？"江小爷说，"软乎乎的呢。"

程恩恩顿时更紧绷了，有点急了，一边说："真的没有。"一边悄悄给他使眼色。

江小粲怕再说一句她就要急哭了，收回爪子，左手翘着兰花指，动作妖娆地拨了拨摸过她书包的手指，说：“手感真好。”

江与城淡淡斜过来一眼。他有时候真的怀疑这个戏精是不是他亲生的。

等到了学校，程恩恩抱着书包下了车，江与城没吩咐司机开车，好整以暇地等着。江小粲果然又转向他，做作地叹气：“唉，保守秘密真的好辛苦啊。”

杀伐果决的江总一句废话都不多说，直接丢过来一部手机。

江小粲立刻扑到座椅上，先把宝贝手机揣进自己的口袋，才挪动膝盖蹭到他旁边，一只手遮着凑在他耳边说了一句话。

程恩恩千防万防，还是没防住这个小机灵鬼。

江与城听完，依旧静如止水，脸上半点波动不见。

江小粲坐回去时说：“想乐就乐吧，我不会笑话你的。”

自打江小粲记事起，他妈每年都会给他织新围巾。太复杂的花样她学不来，毛衣、帽子那些就别奢望了。不过这种待遇，他爸是没有的。虽然他爸也不缺这一条不是错针就是漏针的手工围巾，但江小粲觉得，每次自己戴新围巾时他爸看他的眼神，分明就是嫉妒嘛。

“一条围巾而已。”江与城用云淡风轻的调子说。

“你不稀罕啊？”江小粲说，“那我告诉小恩恩，让她不用织……”

江与城干脆利落地一抬手，把他脸朝下按在座椅上：“欠收拾。”

程恩恩织围巾挺熟练的，双元宝针织法，简单大方也好看。毛线是炭灰色，选这个颜色是因为江叔叔的衣服几乎都是深色系，灰色好搭，也有质感。

还有一个因素是，他上次借给她的那条围巾，就是这个颜色。程恩恩洗干净归还的时候，他让她留着了。

周三她准时完工，放学前就把礼物包装好了，围巾叠得平整，用浅灰色雪梨纸包裹，中间用小圆标签贴封，然后放进提前准备的深蓝色礼盒中，浅黄色缎带打了蝴蝶结。

她做这些时在教室，樊祁坐在一旁支着下巴观看。她打出来的蝴蝶结和外面礼品店一模一样，精致漂亮，以前没发现她还有这种才艺。

樊祁伸出手，程恩恩赶紧把盒子抱走，认真又防备地说：“这个真的不是给你的。”

樊祁只好把手拿回来，眉头下压，将自己作为男主角的不爽演得非常真实。

他严重怀疑投资方改剧本，加了一个其他“男主”进来。待遇比他还好，保不齐他这个男一号现在已经变成男二号了。

程恩恩依然没能接收到他“本男主不高兴了，你是不是外面有别的男主了”的幽怨，背上书包小心地端着盒子下楼。

害怕围巾在里面被晃乱，她是平着端在手里的。她的心情很雀跃，脚步却很克制。

不过，等她走出校门，遗憾地发现，江与城今天并没有来。

江小粲瞧见她手里包得那么精致的礼盒，眉毛一耸一耸，挤眉弄眼地搞怪：“哦哟，小恩恩好用心呀，老江同志心里要乐开花啦！”

程恩恩还不知道自己的小惊喜已经早就被他发现并泄密了，有点不好意思：“我自己做的，不值钱的。”

“谁说的，你亲手做的就是无价之宝。”江小粲哄女孩子可是一套一套的。

程恩恩更不好意思了，但是他的肯定，让她心里的忐忑少了一点。希望江叔叔不会嫌弃。

他们没回家，小王直接将车开到诚礼科创。

江与城还有个会议没结束，方麦冬下来代为迎接，江小粲熟门熟路地跟着他走进大门，程恩恩走在最后头，好奇地四下打量。

这栋建筑处处透着现代化的精锐感，挑高大堂恢宏大气，浅色大理石地板光可鉴人，天然的纹路自成风格。

前台有四人，深蓝色制服，妆容浓淡适宜，低发髻内敛低调，但五官个顶个的精致。方麦冬和江小粲经过都目不斜视，但程恩恩看得很欢喜，走过去老远还回头瞅。小姐姐们真好看。

方麦冬刷卡领他们过门禁闸机，走向电梯间的路上，擦肩而过的员工每一个都顿足向他们颔首，非常有礼貌。

程恩恩没察觉到大家态度里的恭敬，只顾着看其中几个令人眼前一亮的小姐姐了，颇有一种媒婆误入美女聚集地的激动。

他们搭VIP电梯到顶楼，转过弯，进入办公区域，便听闻一道声音：“池小姐，您没有预约是见不到我们江总的，请尽快离开，不要让我们难做。”

程恩恩一行人进门时，正听到池俏在说：“我跟江总也是老交情了，你们忙，不用招呼我，我在这儿等着他就是。”

女秘书皱眉，正欲再说什么，听到身后的脚步声，转身见到方麦冬，松了口气，用其他人听不到的声音汇报：“不知道怎么进来的，怎么劝都不走。”

换其他人就直接叫保安轰出去便是，但面对一个有一定影响力的明星，不能轻易得罪。

方麦冬点头，说：“我来吧。”

池俏今天的打扮换了一种风格，素淡多了，灰色长大衣，里面是白色紧身针织衫搭黑色皮裙，一双过膝长筒靴将双腿比例拉得很漂亮。

方麦冬走上前，彬彬有礼地道：“池小姐大驾光临，可是有事找江总？”

“没什么事。”池俏正盯着他身后的程恩恩打量，闻言展颜一笑，“正好路过，上来打个招呼。”

“不巧，江总今天行程紧张，待会儿会议结束便要赴家宴，您若有什么事，方便的话我可以代为转达。”

池俏大概是终于认出了程恩恩，眼神一变，直接越过方麦冬，走到她面前，笑得亲切：“你也在啊，这么巧。”

上回的签名带回去就被叶欣激动地要走了，程恩恩回了句“你好”，琢磨着要不要再要一次。

江小粲小人精一个，虽说是第一次见池俏，但一瞧眼下的情况便猜到这女人心里打什么算盘呢。装无辜他最拿手，拉了拉程恩恩的衣角，怯生生地问：“妈妈，这个阿姨为什么会在爸爸办公室啊？”

空气当场凝固。

程恩恩愣住，不过大约因为这不是江小粲第一次叫她妈妈了，不至于太震惊。

至于池俏，看看江小粲又看看程恩恩，张了张嘴，愣是没说出话来。不对啊，池俏之前听同公司一个小师妹说，她助理在律所上班的姐姐的老板在帮江总办离婚的事，这都几个月了，肯定早离了啊。而且这个女的打扮得跟个学生妹似的，怎么可能是江总老婆？

这小孩总不会是方助理的孩子吧？但他长得确实跟江总一个模子刻出来的……

池俏眼中先后闪过震惊、困惑、怀疑。江小粲戳了戳程恩恩的腰，偷偷给她递眼色。

程恩恩反应过来，慢半拍地“哦”了一声，很不熟练地配合演戏：“是……有工作的事情找爸爸。”

池俏脸色变了几变，最后化成略显不自然的一笑：“原来是江太太啊，是我眼拙了。”

程恩恩努力绷住表情，没有露怯，拿出自己全部的气场“嗯”了一声。“嗯”完感觉自己好像得到了江叔叔的真传。

池俏的目光忽然落在她身后，0.01秒的时间就完全换了一副表情，声音都娇软了几分：“江总。”

这两个字一下子扎破了程恩恩这颗被迫膨胀的气球。她跟着回头，脖子却下意识地缩了缩，不知为何突然心虚。

第六章

别怕，我给你兜着

江与城刚从会议室出来，摆手示意原本跟在身侧的两名主管离开。

“爸爸！”江小粲从来没叫得这么甜过，扑上去抱住江与城的大腿，亲热极了，“爸爸，粲宝儿好想你。”

见过大世面的江总面不改色，把突然黏上身的狗皮膏药揭下来，步伐从容。

江小粲屁颠屁颠地扮演跟屁虫。

池俏是一群人里反应最快的，转身从刚才坐过的休息椅上拿起一个纸袋，笑容明媚动人：“我前几天去法国看秀，顺便给你带了生日礼物，限量版的克什米尔围巾，我看到的第一眼就觉得适合你。”

江与城不接，甚至没看一眼：“池小姐客气了，感谢盛情，礼物就不必了。”礼节到位，但语气与对待一个行为出格的下属没有任何分别。

“请回吧。”

即便“正牌太太”在场，池俏似乎还未死心。

但江与城并未给她更多机会，侧头转向程恩恩，眼角带起一点微妙的笑意，说：“进去吧，江太太。”

后半句他故意咬重字音，磁性的嗓音跟一道雷似的劈到程恩恩头顶。

她瞬间脖子都僵硬了，被江小粲拽着走向尽头那间办公室。

这一声落在被无视的其余人耳中，无疑是夫妻之间的“调情”。

前一秒还不服输的池俏顿觉尴尬，她这到底是什么运气，怎么来两次，两次都碰见“正宫娘娘”。她没忍住又瞟了眼程恩恩的背影，心下犯嘀咕，江总这是什么老牛口味，喜欢吃嫩草？

短短几步路，程恩恩进门时耳根都红透了。早知道江叔叔这么快回来，她就不帮江小爷演戏了，好难为情呀……

江小粲进办公室如同回自己家，脱了鞋往沙发上一爬，就是一通乐。

程恩恩觉得无地自容，原地磨磨蹭蹭。

江与城关上门，走到她身旁停下，看了看她抱在怀里的盒子，抬眼问："给我的？"

程恩恩下意识地回答："是。"

不过，下一秒她又想起刚才池俏的话。人比人气死人，人家的围巾是国外秀场带回来的限量版，她的这条是市场二十块钱一团的毛线自己织的，对比之下也太不上台面了，她都不好意思送了。

江与城的手已经抬起握住礼盒另一端，想接过去，程恩恩本能地抓紧。动作遇到阻力，江与城抬眸，目光里带着询问。

程恩恩抿了抿嘴唇，最后心一横把盒子往他怀里一推，不敢面对似的，低头往真皮沙发里一坐，垂下脑袋，两只脚尖无意识地互相触碰。

偏偏江与城在对面坐了下来，开始拆礼物，慢条斯理的动作在程恩恩的余光中清清楚楚。

江与城看到雪梨纸上Zespri商标的圆形标签时，沉默了一下。

真是有创意，用猕猴桃上的标签来包礼物。他揭开标签，翻开轻薄的雪梨纸，叠放整齐的围巾针脚紧密平整，毛线摸上去柔软舒适。他垂眸看着，沉默许久。

程恩恩一直在偷瞄他，见状小声说："我随便织的，你不喜欢的话……"

"喜欢。"江与城没让她把话说完。

她第一次给他织的围巾就是这个颜色，这个花样，只是那时的针法不如现在好。送给他时也没包装得这般仔细，织完她就立刻抱着穿过两栋楼到他家敲门。江与城打开门，便被她用围巾套住了脖子，颠颠地缠了两三圈才放手："你已经被我拴住啦，以后不许离开我超过两米，知道了吗？"

程恩恩忐忑的心被抚慰到了，听到他问"织了多长"，便答："两米。"

"刚好。"江与城说完直接将围巾取出戴在颈上。

程恩恩心里所有的小紧张，便如黎明来临前的薄雾，在阳光乍现的时刻汽化消散。

江小粲这时很殷勤地拉住围巾一端，想帮江与城缠上，被他捏住手腕把爪子拿远了："洗手了吗？"

江小粲："……"不被宠爱的老男人真是可怜，"一条围巾而已。"宝贝成这样，啧啧啧。

敲门声响起，江与城起身，走向办公桌的同时，应了声"进来"。门一推，方麦冬站在门外说："江总，姚主管来了。"

紧接着，他身后身材微胖、面上总带三分笑的女人走进来，穿着中规中矩，走路的姿势却透着自信与大气。她进来后看了眼会客区沙发上的二人，和气地一笑，微微颔首，礼节挑不出错，但并未出口打招呼。

那日在公司楼下的会面仓促，虽然没说上话，眼尖的人自能看得出这位程董事与以前的不同。

两口子的事外人说不清，姚主管和程恩恩也相识多年，关系称得上一声朋友，但毕竟有一层上下级的关系，既然程恩恩表现不认识，她自然配合。

这间办公室的极致冷淡风，与江与城身上的沉稳克制感相得益彰，但此刻他脖子上那条毛茸茸的围巾显得有几分突兀。

他在办公桌后坐下，并没有取下的意思。

姚主管直入主题，说的还是新产品代言的事儿。

"池俏对这个代言意志很强，但我们看过她这几年代言过的产品，五花八门，质量参差不齐，总体不太符合我们对代言人形象的要求。另外，她上一个同类产品的代言合约存在一些问题，虽然已经到期，但一直牵扯不清。"

这件事本在姚主管的权限内，无须请示江与城，这趟过来是因为背后牵扯到了意料之外的人。

"原本我已经回绝，不过钟总亲自出面，有意促进这次合作。"

钟总跟江与城有私交，钟非国际跟他们也一直有生意往来，各种利益牵扯，这面子她不能不卖。

江与城却并未放在心上，问："你有合适的人选？"

姚主管将手里的资料递过来，说："去年新出道的演员，形象气质各方面都符合，目前人气不如池俏，但开年后有两部戏会先后在各大卫视播出，市场很看好。"

她看人的眼光从未失误过，江与城连资料都没看，直接回复："按你的意思做。钟总那边有想法，让他直接来找我。"

"谢谢江总。"

这里的对话完全没避着那边两人，但程恩恩跟江小粲压根也没听，脑袋挨在一起，对着手机嘀嘀咕咕不知在商量什么。

姚主管拿回那份资料，正要离开，视线掠过会客区又顿住，转回身低声说了句："程董事跟以前不一样了。"

隐隐的试探。

江与城的目光转过去，语气平平淡淡的："一直都这样。"姚主管心中有了数，笑了笑，没再多问一个字。

姚主管离开之后，秘书又送进来几分文件给江与城过目，等他处理完签了字，已经一个小时过去了。

那边两颗小脑袋还挤在一块，不商量了，一起拿着手机比赛玩游戏。

江与城走过去时，程恩恩正好抬头，打了个巨大的哈欠，冷不防对上他的眼睛，忙不好意思地捂住嘴。

江小粲也跟着打了个哈欠，从沙发上跳下来，嚷道："走啦走啦，回家。"

围巾江与城一直戴着，到家才摘下。

阿姨已经准备好了晚餐，为了给他庆祝生日，比往常更加丰富，各种硬菜就不说了，还有一锅佛跳墙，嫩黄的汤，肉眼可见的鲜。

程恩恩瞧一眼闻一下，当时就直冒口水，跟江小粲两人一人捧了一碗就开始喝。

刚放下碗，江与城便又给她盛了一些。程恩恩抵挡不住诱惑，一边喝一边纠结地说："你们家的伙食太好了，我要发福了。"

"发吧。"江与城说。

席上的氛围跟往常并无两样，江与城的手机响了两次，他吃完饭便回书房回电话了。

送货员的电话也刚好在这时打来，程恩恩接完飞快地换了鞋往入户电梯跑。

她提着蛋糕盒子回来时，江小粲就在电梯前等着。程恩恩探出头鬼鬼祟祟地往客厅瞅，江小粲小声说："还在书房，快！"

一个人就能提的蛋糕俩人非要抬着走，还一边观察书房紧闭的门，一边蹑手蹑脚向房间移动。只剩最后一米时，书房的门忽然发出拧动的声响。

两人脚步齐齐一僵，下一秒非常默契地拔腿往前冲，在那扇门开启的前一秒，闪身进入房间并在着急之下"砰"的一声甩上门。

江与城站在书房门口，向那边瞥了一眼。隔着门，他都能听到里头两个人紧张的讨论声：

“快藏起来，别让我爸看见！”

“藏哪里？”

这天写作业时，不仅江小粲，连程恩恩都有些心不在焉，时不时看一眼表。

江小爷的心情也颇为激动，他爸的生日倒是年年都过，当天还务必要空出时间回老爷子、老太太那儿吃饭，但他们从来没这么特别庆祝过。

并非多么新奇的方式，传统的生日蛋糕而已，等着到了零点唱个生日歌——这是江小爷每年生日的最低配置了，除此之外，他妈每次都别出心裁搞很多花样给他庆祝。但他老爸的生日，就连能不能吃到一块生日蛋糕，都要看他妈那段时间的心情。

程恩恩为了制造惊喜效果，不在江与城面前露马脚，像平时一样，陪江小粲写完作业，读了篇英文故事，便让他洗澡睡觉，自己也若无其事地回了房间。

她习惯学习到深夜，但今天觉得时间尤其过得慢，做题也没以前那么专注了。

江小粲也在房间撑着没睡，隔一会儿给她发一条微信。

——蛋糕还安全吗？

——你有没有在偷吃？

——你不会睡着了吧？

程恩恩也学习不下去了，干脆趴在床上和他聊天：我没有偷吃。

江小粲：你吃也没事，我爸不会嫌弃的。

程恩恩好奇：你给你爸爸准备的什么礼物呀？

江小粲回复：我家不兴小孩子送礼物。明天早上我给他煮长寿面，我妈规定的。

程恩恩：哇，很棒哎！

什么礼物都没有孩子亲手煮的一碗面更珍贵，程恩恩觉得这个规定很有意思。不过，她有点怀疑江小爷的厨艺。

时间在有一搭没一搭的聊天中逼近零点。

最后半个小时，江小粲等不及了，穿着睡衣偷偷摸摸跑到程恩恩房间来，迫不及待地开始准备。

蜡烛是插的两个数字：3、4。

程恩恩看着江小粲谨慎的动作，忽然嘀咕一句：“是我的两倍呢。”

江小粲“扑哧”一声乐了。这句话要是让他爸听到，估计得憋屈死。

年龄都是老婆的两倍了呢，啧啧啧，糟老头子。

一切准备就绪，还剩最后五分钟，程恩恩慢慢把门打开一条缝，往江与城的房间瞄。然后，她亲眼见着门缝透出来的光……灭了。

她一愣，完了，千算万算，算漏江叔叔今天没到零点就休息了。

“没事儿，他肯定还没睡着。”江小粲的脑袋从她下方伸出来，贱兮兮地嘿嘿两声，“说不定一会儿推开门看到他裸睡呢。”

程恩恩脸红了一下，说：“那怎么好意思呀。”

最后一分钟，两人穿过黑暗的走廊，像两个夜间行动的特务，慢慢靠近江与城的房间。程恩恩端着蛋糕，江小粲手里拿着一小束向日葵，金黄色的花瓣，正热烈地盛开。

江与城的房间门是从来不上锁的，当然，早几年夫妻俩还没分房睡时，某些夜晚也会锁得紧紧的。

江小粲至今还记得自己三四岁时的某天晚上被打雷吓醒，跑来爸妈房间找安慰，结果他在门外拍了二十分钟的门，最后自己坚强地回房躲在被子里睡了。

程恩恩用点火器点燃蜡烛，接着江小粲拧开门把手，烛光在微弱的空气波动下跳动。

“祝你……”程恩恩先起了个头，结果另一个人没跟上，她扭头瞅了一眼。江小粲反应很快，紧接着和声唱，“你生日快乐……”

江与城根本没睡，穿着睡袍坐在窗下的一把椅子上，好整以暇地看着一大一小两道身影跟随在缓慢移动的光影后，踏入房间。生日歌唱完，两人也走到他跟前了。

江小粲把手里的花往江与城怀里一塞，兴高采烈地说：“许愿吧，爸比！”

江与城接过花，许愿这种幼稚的事情他从来不做。但在两双殷殷期盼的眼睛注视下，他最终还是将双手合十，闭上眼睛，停顿三秒后睁开。

一睁眼，又听江小粲兴奋地喊：“生日快乐！爸爸快吹蜡烛！”

程恩恩也说：“江叔叔生日快乐。”

她身上又是那个轻纱薄雾的香味，两只眼的眼底都映着一捧烛光，让人分不清是烛火的闪烁，还是眼睛的明亮。

其实他早就猜到了，说不上惊喜。他一向不热衷于这些形式，一个大男人也不怎么在意吃不吃生日蛋糕、吹不吹蜡烛。但心里确有一番滋味，其中的酸和甜只有自己能品味。

他微微坐直身体，准备吹灭那两支燃烧到一半的蜡烛。

程恩恩似乎忽然想到什么，眼睛一亮，飞快地说：“祝江叔叔在新的一岁里顺利找到老婆。”别提多诚心了。

江与城瞳仁漆黑，在昏暗光线下显得高深莫测。半晌后，他淡淡地“嗯”了一声，说：“祝我在新的一岁里，顺利找回老婆。”

蛋糕是在江与城房间里切的，江小粲蹦着去开灯，程恩恩小心地将蛋糕放在圆几上，还注意着让正面朝向寿星。

他俩比江与城兴奋多了，一个坐在对面的椅子上，一个直接盘腿坐地上，各自抱着蛋糕吃得开心。

这类甜腻的东西，江与城很少吃，但他还是很给面子地吃了一块。吃完，他送两人回房间。

江小粲打着哈欠进屋，朝他们挥挥手：“晚安。”

“晚安。”程恩恩也冲江小粲挥了下手，然后转向江与城说，“江叔叔，我回房间了。”

江与城的目光落在她唇角，然后抬手，拇指在她嘴角轻轻刮过。

程恩恩下意识地伸舌头一舔，是刚才没擦干净的奶油。

江与城没说话，手撤回时指尖轻轻搓了一下。

程恩恩好像根本没注意自己舔到了他的手指，说了声“江叔叔晚安”，便舔着嘴角回房间了。

江小爷没吹牛，翌日一早，程恩恩起床时果然见他在厨房煮面。

面是阿姨提前拉的，煮面的骨汤也是昨天熬好的，他把面煮熟，里面简单加了几片菜叶、一个荷包蛋，盛在碗里，端到餐桌上。

“真厉害！”程恩恩真心地给他竖了一个大拇指。

江小爷裹着小围裙叉着腰，一脸自豪：“我妈教导有方。”

江与城刚好从房间出来，瞥了眼桌上那碗面，坐下，接过江小粲殷勤地递来的筷子。

今天的早餐都是面，不过其他两碗都是阿姨煮的，按理说阿姨的厨艺可比江小粲精湛多了，荷包蛋的形状都好看几分，但程恩恩看着自己面前碗里的面，总觉得江与城的比自己的香。

大概是她偷瞟的次数太多，江与城察觉，抬眸看过来问：“想吃？”程恩恩实诚地点头。

江与城笑了一下，冷酷地说：“不行。”

程恩恩：“……”

昨天江小爷有讲过，他们家的传统，逢过生日必要回他爷爷、奶奶那里报到。

程恩恩本想着今天就不用再去给他辅导功课了，回自己家就成，不过这段时间她已经习惯放学有人来接，傍晚在校门口看到熟悉的车，便坐了上去。车子开了一段，她才想起这茬。

江小粲的学校今天有感恩节活动，放学比平时晚一个小时。程恩恩问身旁的江与城："江叔叔，你今天不是要带小粲去看爷爷奶奶吗？"

江与城正在用电脑办公，应道："嗯。"

"那我自己回家吧。"

江与城的视线从屏幕上抬起，用不容拒绝的口吻说："一起去。"

"我也要去吗？"程恩恩犹豫，她最害怕到别人家里做客了。

江与城看着她。

"会不会不方便呀？"程恩恩小眉头纠结着。

江与城拿起手机。很快，程恩恩的手机上收到提醒，疑惑地打开看——一条转账信息，一万块钱。

"方便吗？"江与城问。

程恩恩仔仔细细地数了一下，没出息地吞了吞口水。太多了，她没收，但还是向金钱势力低头了："方……方便。"

江与城满意地"嗯"了一声，低头继续回复邮件。

程恩恩望向窗外，心想，遇到一个财大气粗的雇主，真的很容易让人把持不住犯错误啊！下次他再转账，她真的要收了！

然后，他们到小学接上江小粲，车子直接开往清川道江家。程恩恩心里免不了忐忑，到了别墅下车后，她抬头看着这栋豪华气派的别墅，感觉自己非常之渺小。

江小粲牵着她的手，安抚她紧张的小情绪："不用紧张，我爷爷奶奶都很好，你把这儿当自己家就行。"

进门便见沙发上坐着两位头发半白的老人，老太太慈眉善目，身上有一种内敛的优雅。老爷子面容稍显严肃，目光如炬，不怒自威。两人穿着都简单朴实，素色衬衣外搭针织衫，但身上那股子养尊处优的气质很容易将他们与一般的老头、老太太区别出来。

程恩恩迈着紧张的小碎步，害怕给江叔叔丢人，没敢四处乱看，但这栋别墅在余光中都闪烁着富贵的光芒。不是暴发户金灿灿的风格，反而很低调，装潢是中国风，家具是红木，墙上展柜摆着些古玩字画。

怎么说呢，就是有一种大户人家的感觉。

江与城领着身后两个小朋友过去，喊道："爸，妈。"

江小粲一到跟前就扑到二老怀里去了，亲亲热热地一边搂一个："爷爷，奶奶，想粲宝儿了没有？”

江浦渊的脸色明显柔和了几分。许明兰笑起来，轻轻戳了戳江小粲的额头：“想你干吗？数你最闹人。”

程恩恩跟着江小粲叫，声音柔软乖巧：“爷爷，奶奶好。”

刚刚还在笑的许明兰微微诧异。

程恩恩出事之后，二老去医院看过，那时候人还昏迷着，醒来后又被江与城送去上什么学，几个月没见上一面。不过她的情况江与城简单提过几句，知道是记忆出了问题，但没想到竟然严重到这种程度。

许明兰蹙眉，看了眼江浦渊。老爷子倒是呵呵一笑：“你不是一直想要个孙女吗？妥了。”

许明兰暗暗瞪一眼：“胡说什么！”

江与城来之前交代了，不让他们在程恩恩面前多问，许明兰便没表现出什么。她把程恩恩叫过去坐，又让佣人端了果盘来，除此之外，什么都没多说。

这刚好让程恩恩少了些面对陌生长辈的压力，她乖乖吃着水果不插嘴。

老大夫妻俩出差未归，江一行律所有事情忙，就只有也在读高中的江峙放学回来了。江峙对着江与城叫四叔，程恩恩对着江峙叫哥哥。江峙应得爽快，背后许明兰无奈地叹口气。真是乱套了。

江家的厨子也很厉害，但与江与城那儿是不同的风格。估摸着因为二老年纪大了，菜式都清淡，且注重养生。

一人一盅鸡汤，炖得很鲜、很好喝。里头有秋葵，程恩恩吃不下这东西，但不好意思剩饭，夹起一根一脸痛苦地放进嘴巴里。

江与城跟老爷子说着话，不动声色地将她剩下的半盅秋葵挪过来，再将自己的换过去。他的汤打眼一瞧像是一口未动，但秋葵都已经挑出去了。

程恩恩感动死了，小声说：“谢谢江叔叔。”

江峙在对面瞧得清清楚楚，夹起一根秋葵举起来，盯着江与城别有深意地笑：“四叔，多吃点，补肾。”

江与城八风不动，没搭理。

一旁的程恩恩边喝鸡汤边认同地点头。秋葵是很好的，虽然她不爱吃。

吃完饭，江与城被老爷子叫去书房说话，江小粲带程恩恩上楼去参观，在他的房间逗留了好一阵。他的玩具和宝贝很多，江家人也挺舍得，一块和田玉的籽料随随便便地丢给小朋友玩。

看完他的宝贝，江小粲去上洗手间，程恩恩先下楼，到一楼转角时，听到客厅的说话声。

是许明兰。她讲话慢声细语，但不软不弱，可见年轻时也是冷静睿智的厉害人物：“小粲和他妈妈感情深厚，不管怎样，她把孩子教得很好，你们如果能复合，对小粲也是最好的。不过妈想听听，你是怎么想的。”

接着是江与城平缓的嗓音：“和您一样。”

许明兰点点头：“你做事有分寸，我就不多说什么了。不过这孩子心里也苦，当初闹得那么僵，怕是不会轻易原谅你。”

“我知道。”江与城低声说。

程恩恩在那一瞬间福至心灵，回想起昨晚他吹蜡烛时说的那句话。

当时她什么都没意识到，只以为他照着自己复述了一遍。此刻才反应过来，他说的是“找回”。

从江小粲平时的言辞间很容易看出，他是很爱自己的妈妈的，今天看来，江叔叔也是一样。

这大概就能解释，为何他身边那么多优质女性，但还一直单身。

程恩恩到他们家已经一月有余，从未见过小粲妈妈的照片，不知她究竟是怎样的一个人。不过离开之后能让江叔叔和小粲这般挂念惦记，她应该很优秀吧。

她心里不太能装事儿，但一旦有一件事情入了心，就容易一直琢磨。后来她就有点心不在焉，坐在客厅听他们聊天时还跑神了。

“恩恩，有时间多过来玩，我叫你陈姨多做些你爱吃的菜。”临走时，许明兰温和地道。

程恩恩反应迟钝了几秒钟：“谢谢奶奶。”

程恩恩跟在江与城身后出门，他打开车门，她爬上去，他从另一侧上来，关了车门，吩咐司机老张开车。

“小粲呢？”程恩恩向窗外瞅了瞅。

江与城看了她一眼，说：“他留在这儿。”

“哦。”刚才小粲还在她身边坐着，她都没注意到大家说了什么。

她神思不属，一路上车厢都很安静。夜幕降临，霓虹将城市装点成缤纷的彩色。

行至半途，江与城的电话响起，他接起。程恩恩听他叫了声“钟叔”，后面寥寥几句没太听懂。过了会儿，余光见他转过来，她便下意识地看向他。

“我待会儿过去。”江与城挂了电话，看着程恩恩说，“我晚上有事，先送你回去。”

程恩恩乖乖点头。

她不知在琢磨什么，从江家出来之前就魂不守舍。江与城停了片刻，忽然改口：“你跟我去吧。”

程恩恩没听明白刚才那通电话是要叫他去哪儿，晕着脑袋答了声“好”。

等下车看到富丽堂皇、灯光璀璨的建筑，大概是冷风一吹清醒了，她开始后悔跟来了。这个地方看起来好像是什么会所。

江与城已经抬腿向前，程恩恩站在原地不动，微皱着眉头说：“我不能进去。”

江与城侧身看过来，询问地挑眉。

“我还没成年呢。”程恩恩小表情严肃，“不能进这种地方。”要是被学校知道，会被批评的。

风将围巾的一端从她肩上吹落下去，江与城抬手接住，往她脖子上绕了一圈，尾端折进去。程恩恩半张脸都被裹进围巾里了。

“进去打个招呼就走。”他压低的声线清冽，带着几分若有似无的低哄。

程恩恩妥协：“那好吧。”她把脸往围巾里藏了藏，只露出一双眼睛，黑溜溜的。

江与城领她走进会所的旋转大门。早有服务生在等候了，直接将他们引上三楼，穿过一段幽静隐秘的走廊，走向尽头的VIP包厢。

不知为何，这段路让程恩恩觉得自己曾经走过，并且越靠近，感觉就越强烈。但她确信，自己十七年的人生里从未来过这个皇庭会所。

虽然很多人都有过对某个地方似曾相识的经历，并不稀奇，但今天的感觉似乎不同，程恩恩觉得有些不舒服，莫名其妙的不舒服。

她不知道是为什么，感觉来得太过突然也找不到头绪，转眼间已经到达目的地，服务生在门上敲了两下之后推开。刹那间，聒噪喧嚣的音乐声扑面而来。

“江叔叔……”她本能地拉住江与城的袖子。

江与城正欲抬脚进门，脚步微顿，回身，垂眸看着她。

程恩恩觉得自己好像不该抓他袖子，但心底那股莫名的烦躁和压抑让她有些头脑不清了。为了给自己突兀的行为找个借口，她垂着头闷闷地说：“好吵。”

江与城将袖子从她手中抽走，程恩恩正觉得心里一空，自然下落的手忽然被握住了。掌心有力，温热地包裹着她的手。

程恩恩心定了一些。

江与城牵她进门，偌大的包厢容纳了不下二十人，站着的、坐着的，唱歌的、跳舞的，穿着暴露的靓妹儿占了多数。空气中弥漫着浓烈的酒气和女人的香气，显然是纸醉金迷的销金窟。

屋里喧喧嚷嚷的乐声停了，一道声音从沙发中央传来，听起来是个年纪五六十的男人，带着笑："与城来了。过来坐。"

"钟叔。"

江与城带着程恩恩穿越一道道探究打量的目光走向那位钟叔。果然是个老头儿，头发染得黑亮，但一双精神矍铄的眼睛更亮，原本倚在他身上的陪酒女自觉离开，腾出位置。江与城带程恩恩坐下，牵着她的手依然没松。

刚才有点害怕，牵久了程恩恩就觉出不自在了，手轻轻动了一下想抽出来。江与城回头看了看她，慢慢松开。

除了钟叔，还有另外几名男性，年纪从三十到六十不等，江与城似乎都认识，漫不经心地寒暄着。

几位大佬在说话，刚才跳舞、唱歌，各种才艺表演的人便都停了，或是喝酒或是聊天，娇俏的笑声不时从各个方向传来。

程恩恩看了看四周一道道向自己投来的目光，一个个浓妆艳抹的女人。她低头乖巧地坐着，盯着自己的手指。不是不敢看，是不好意思看，有些姐姐的衣服她看着都觉得脸红。

虽然环境安静了很多，程恩恩还是不习惯这种场合，尤其是那些姐姐一边不停地看她，还一边窃窃私语。她如坐针毡，瞧见桌子上有果盘，便去拿，想吃点东西转移注意力。

手伸到一半，被江与城截住，拉回来，说："别乱吃，不干净。"

来这里消费的非富即贵，尤其是这个顶级VIP包厢，会所准备的东西都是最好的。但这个场合总归带了那么点不干净的色彩，江与城不想让她碰那些东西。

江与城带着人进来，其他人是都看到了的，灯光暗，又挡着脸没看清，只以为是个普通的女伴。当下见状，钟总脸上笑意深了些，摇晃着酒杯说："什么时候有了个新人儿啊，怎么不说带出来让叔叔见见？"

江与城浅浅抿了口酒，不答。

钟总往程恩恩的方向打量了一眼，说："看着年纪不大啊。"

说得好听点叫像学生妹儿，犀利点，就是穿着土气罢了。不过低头坐在那儿的样子，看着是真乖。

江与城显然不想在这个问题上多说一个字，不动声色地岔开话题。

聊了片刻，他搁下酒杯，正要找个说辞离开，钟总笑着朝某个方向招了招手，随即一道身影走来——黑长发，空气刘海，清清淡淡的妆容和学院风连衣裙，是又换了风格的池俏。

江与城眉头微不可查地皱起。

钟总笑了笑，说："你们都认识过了，我就不多介绍了。这是我一个老友的女儿，听说前些日子在和你们公司谈代言？后来因为什么事儿得罪了你，代言吹了。"钟总仗着两家交情和长辈身份说话是直来直去的，"代言事小，吹了就吹了，别伤了和气。"

"钟叔言重了。"江与城脸色漫不经心的，"不过我怎么不记得，池小姐什么时候得罪过我？"

池俏也不知真不懂还是假不懂，把这话当成台阶顺着就往下爬："您看，是我自己小心眼了，江总大人大量。以前是我不懂事，这杯我敬您。"她给江与城斟满酒，率先端起酒杯一饮而尽。

江与城岿然不动。

池俏楚楚可怜地向钟总一望，钟总笑着举起酒杯："来，与城，陪我喝一杯。"

江与城这才端起酒，脸色很淡。恰在此时有电话进来，公司打来的，江与城道了声"失陪"，拿着手机起身。程恩恩抬眼瞅着他，江与城在她头顶摸了下，低沉的嗓音带着安抚的力量："我出去接个电话，很快回来。"

程恩恩想跟着出去的，又觉得那样太像跟屁虫了，给他丢脸，便老老实实地点头。

不过江与城一走，她便察觉到有人在盯着自己，一转头，对上一道讥诮的目光。程恩恩盯着看了会儿，才认出那是池俏。

女明星果然造型百变，今年又走清纯风了？

那次在诚礼冲击太大，池俏当时信了，回头越想越不对，这个土包子学生妹哪像一个八岁孩子的妈？换个角度，江太太据说是诚礼的大股东，董事会成员，怎么可能打扮成这样？她真是傻了才相信。

程恩恩也不知道池俏盯着自己一个劲儿冷笑是什么意思，默默收回视线。

池俏越看程恩恩那个无辜的样子越来气。装什么单纯，上回骗她不是骗得挺顺手的，心机婊。她哼了一声，扬声在并不算吵闹的包厢里说：“哎，既然来玩，坐着不动有什么意思，你是江总带来的人，别让别人觉得我们冷落了你呀。看你的年纪，该不会还在上学吧？不喝酒也成，那就表演个节目，一起玩呗。”

所有人都盯着自己，程恩恩藏无可藏，只好重新把脸转向池俏：“什么节目？”声音小，包裹在围巾里，听起来有点怯。

池俏见她上钩，往人堆里随手一指：“你，来给这个小妹妹演示一下，平时都表演什么节目。”

被她指到的女人上身露背抹胸，下身超短裙，除了关键部位，其他地方都白得让人眼花，身上还擦了高光，映着灯光亮闪闪的。闻言走出来，二话不说弯下腰，双手撑地，两条腿抬起，分开，呈标准的180度。一个熟练而利落的倒立一字马。

裙子本来就短，裙摆掉下去，黑色内裤完完全全暴露在众人面前。但她好像根本不在意，展示了十几秒钟才起身，又直接将腿搬到头顶，底裤正冲着沙发的方向。

程恩恩移开眼。她再迟钝也看得出来，池俏是想羞辱她。

在场男士微笑着看热闹，还有人拍了拍手。没有一个人站出来为程恩恩解围。

池俏重新把矛头对准程恩恩：“来啊，该你了。”

“我不会。”程恩恩说。

池俏讥笑一声，问：“那你会什么？”

程恩恩往对面的墙上瞥了一眼，然后转向池俏，将围巾往下拉了一些，说：“我会扔飞镖。”

此时，原本任由池俏胡闹没有出手阻拦的钟总一怔。

程恩恩慢吞吞地起身，从桌子上拿起一支飞镖。她从没玩过飞镖，拿在手里转了转，也不知道哪来的自信就觉得自己是个高手。

她站在那里看着池俏，左手往墙上的飞镖盘一指，慢吞吞地说：“你顶着苹果站在那儿，我给你表演一下。”

程恩恩都不知道自己是怎么说出这句话的，她以前从来没这么刚过。不知是拿在手里备感亲切如人镖合一的飞镖给了她底气，还是因为今天心情不好。

她会因为数学考二十六分难过，会为江叔叔的事情发愁，但很少有现在这样内心暴动的时刻。

“你疯了吧！”

总共见过三次面，池俏对她温厚乖巧的性格印象深刻，根本没想到她会说出这种话来，尽管她的语气听起来依然符合“温厚乖巧”的形容。

果然都是装的！

震惊之后是恼怒，她对程恩恩瞪了瞪眼睛：“那不是有靶子！你技术行不行啊，还想玩花招？知道我的脸投了多少保险吗！”

程恩恩转头，手一抬，飞镖便脱手而出，稳稳扎入镖盘红心。连瞄准的过程都没有，池俏甚至根本没看清她是怎么投掷出去的。

程恩恩也被自己的镖法惊住，但这会儿她心里有无名火在烧，从容淡定的气场活脱脱就是一个归隐多年被人挑衅只好一展绝技的绝世高手。

“没趣。”程恩恩说。

掷中靶心易如反掌，有什么趣味。

池俏听懂了这句潜台词，脸白了一白。不过她很快就镇定下来，鼓了鼓掌：“高手啊！”

程恩恩胆子小，说得直白点就是不敢惹事，有点想打退堂鼓了，人家是大明星，她一个高中学生吃了熊心豹子胆敢让人家给她做靶子。但明明没喝酒，她这会儿跟喝酒上头了似的，弯腰又捏了一支镖出来：“过去呀。”她吃了双份的熊心豹子胆，对池俏说，“该我表演了。”

其他之前还在喝酒打屁的靓妹儿们早就停了，围观着这个百年难得一见的场面——学生妹儿叫板女明星，大戏啊。

人是江总带来的，还是牵着手进的门，且不论究竟是什么身份，在这儿都是客人，不能惹。不过池俏搞事情的时候，她们也乐得看热闹就是了。池俏是钟总的人，还是大明星，她的话必须给面子。这会儿她们见程恩恩一副柔软可欺的模样，实则这么刚，还深藏不露，都挺惊讶。

就像刚刚没人站出来为程恩恩解围一样，此刻也没人站出来为池俏说话。靓妹儿不敢，几名男士乐意拿女人取乐。

池俏挨向钟总撒娇：“钟总，你看她，还欺负到我头上来了。”

钟总盯着程恩恩瞧了半天，收回若有所思的目光，呵呵笑了两声，开口却说：“不是你要看表演的？”

江与城多年的习惯，任何声色场所的应酬，定会带着家里那位。前阵子离婚的事虽然有意压着，但这个圈子没有不透风的墙，消息早就走漏出来。钟总也是看他近期都是一人，没想到今天带来的“学生妹”就是他太太。跟以前差别可太大了，不怪他看岔。

怎么着都是他晚辈，一起吃过几次饭，恩恩给面子叫他一声钟叔叔。

池俏算个什么，“老友的女儿”不过是个幌子，最近攀着他，说是惹了江与城不快合作都黄了，撒娇请他出面想跟江与城赔个不是，他才把人给叫过来的。不想这女人不知深浅，惹到恩恩头上去了。

池俏都愣掉了，哪儿敢跟他生气，佯怒道：“你怎么也跟着拿人家取笑啊。”

包厢鸦雀无声。短短几分钟，风向立转。

程恩恩站在那儿看着池俏，脸色平静，摆明了池俏不过去这事就不算完。刚才由着池俏刁难程恩恩，这会儿见程恩恩对自己跟不认识似的，想着是生气了，钟总自然要帮她出口气挣回来的，对池俏抬了抬下巴：“过去。”

池俏脸都绿了：“钟总，您怎么帮着外人啊？”

“图个乐子嘛。”钟总笑眯眯的，“我看恩恩镖法不错，伤不着你的。”

这个亲昵的称呼让程恩恩和池俏都怔了一下。程恩恩纳闷，他刚才是叫了自己名字吧？他怎么知道的？江叔叔告诉过他了吗？

池俏脑子一转就明白怎么回事了，这个女的看来真的不是一般人，自己是真的踢到铁板了。钟总她惹不起，江与城更得罪不起，她僵着脸不情不愿地走到镖盘前站着。她没拿苹果，自有人有眼色地送上去。

程恩恩这次的动作慢了许多，三指握镖，镖尖微微向上，在空中试了几下，似乎是要瞄准。慢吞吞的最是折磨人，还不如刚才看都不看一镖来得痛快。

“你快点啊！”池俏脸色难看地催促，“别磨叽。”

有人在下面哧哧笑出声，程恩恩忽然就觉得没劲，将镖掷出去。

池俏猛地闭了闭眼下意识地往下蹲，但动作没镖快，只听到“嗖”的一声便射向自己头顶。她呼吸停了一瞬才反应过来是扎到苹果上了，腿都是软的。

左侧的包厢门这时被推开，江与城握着手机走进来，见此情景，脚步放慢些许，情绪不明的目光从众人脸上扫过，走到程恩恩身边，脸色看起来有些冷。

“玩什么呢？”他低声问。

刚才仿佛任督二脉被打通的高手气场不攻自破，程恩恩在他面前乖巧无比：“她让我表演节目。”没告状，没添油加醋。

江与城脸色登时沉了沉。在这个场合，当着一群寻欢作乐的男人和以色侍人的陪酒女的面表演节目，含义不言而喻。

池俏正将苹果从头顶取下来，撒气似的想往地上扔，忽然察觉江与城投来的目光，带着慑人的冷意。

池俏拿着苹果的手顿了顿，终究是没敢扔。她放下苹果，正想走回来，江与城忽然开口，语气堪称宠溺地问程恩恩："玩够了吗？"

程恩恩想说够了，感觉自己这样给他惹麻烦了。但没等她说话，江与城又道："再玩点有趣的？"说完，弯腰从果盘里拈出一颗饱满晶莹的车厘子轻轻放在桌子上，"用这个，怎么样？"

一瞬间，空气都寂静了。

池俏手都抖了一下，扯出笑容来："江总，您别开玩笑了。"

"好笑吗？"江与城反问，语气明明是不起波澜的，却让人觉出森森寒意。

池俏僵住，用求助的眼神望向钟总。

可惜钟总此刻自己都心虚呢，他虽说辈分比江与城大，但这几年诚礼如日中天，许多生意上钟非国际还要仰仗着江与城。再说今天这事儿怎么都是他不地道，人家是卖他面子来的，结果爱人在他眼皮底下受了气，说不过去。

在场其他几个人的心理也大同小异。

池俏求救无门，咬着嘴唇，脸色白如纸。

江与城面色冷然地坐下，长腿跷着，左手微微一翻，掌心朝上指向那颗车厘子，做了个请的手势。

程恩恩站在他身旁望着他，似乎想说什么，但看到他脸色不善，默默闭嘴了。

车厘子，她可没把握，黑咕隆咚地在头上都看不清。

"你说要玩的，别这么输不起啊。"靓妹群里不知谁说了一句。

池俏拳头攥了攥，最后僵硬着一步一步走过来拿起了那颗车厘子。她扯出一个笑，说："江总，我只是开个玩笑，我这人性子直，大大咧咧的，经常说错话，其实本意不是那个意思，如果冒犯到您，我向您道歉。"

江与城像没听到，不给任何反应。

池俏咬了咬牙又转向程恩恩："哎呀妹妹，我也不是故意的，就是看你一个人太无聊了嘛。"她上来拉程恩恩的手，"你就原谅姐姐吧，好不好，嗯？"

翻脸比翻书还快的女人，程恩恩最招架不住了，跟看到蛇精似的本能地往江与城那边躲，试图把手抽出来。

"不是我说的，你问江叔叔吧。"

江叔叔生气了，她也没办法啊。虽然这段时间他们相处很好，但他本身就带着强大气场，生起气来，那气场感觉都要开始往外发射了，她不敢啊。

长眼睛的都看出来江与城生气了，包厢里没有人敢说话，一个个屏息凝神。

池俏场面见多了，眼看气氛僵持不下，心一横走过去，把车厘子放在头上。她不信他们真敢做出格，扎不准受伤的可是她的脸，舆论的代价他们也得掂量掂量。说是这么说，腿还是发软。

程恩恩见其他人的目光都转到自己这里来，只好拿起第三支镖。她瞅了眼江与城，见江与城手里拿着杯酒漫不经心地晃了晃，望着她的目光深邃。

大概以为她害怕，江与城用安抚的口吻一字一顿地说："别怕，扎错了我给你兜着。"

程恩恩收回视线，将镖掷出去，落在飞镖盘上，再中红心。

众人一看那位置，便知她瞄准的根本不是池俏。但池俏自己不知，在镖飞出来的一刹那便腿一软，直接跌坐在地上，形象全失，狼狈不已。

江与城也看了眼镖盘，淡淡的神色看不出情绪。他搁了酒杯起身，低声问："回家？"

程恩恩点头。

江与城没再多说，拿起外套对身旁几人道："我先走了。各位玩得尽兴，今天的账算我的。"话说得到位，声音却是冷的，言罢连多一秒的停留都没有，手在程恩恩腰上虚揽着，带她离开。

人一走，钟总叹了口气，有人凑过来狐疑地问了句："刚那位是江总什么人？"

"还能是什么人。"钟总没好气道，"你见他身边有过别的女人？"

对方惊讶："江总太太？我说呢，看着有几分面熟……"

几句话入耳，池俏恨不得给自己一巴掌。竟然还真是他太太……千看万看，哪里都不像啊。

上车之后程恩恩还闷着，一直没说话，江与城看了她几次。

回到津平街公寓，一起进了电梯，沉默半晌后，江与城侧头轻声问："吓到了？"

不至于吓到，就是……不喜欢那种地方。不过想一想，做生意，交际应酬，好像很难避免那样的场所。她觉得江叔叔不像是那种喜欢寻花问柳的人，今晚也一眼都不曾往那些女人身上瞧过。但在这种场所进进出出，声色靡靡、纵酒作乐，如果有另一半，肯定心里不舒服的。她想了想，终究是没忍住，皱着眉劝道：“江叔叔，那种地方你以后尽量少去吧。”

江与城顿了顿，片刻后沉声答了一个字：“好。”

“恩恩，你在想什么呢？”叶欣伸手在程恩恩面前晃了晃。

程恩恩回神：“没有。”

中午食堂人多，争抢笋丝红烧肉的窗口最为热闹，明明程恩恩常去的那个窗口也有，阿姨还给她多打了一勺，不知道为什么大家都挤在一处。肉被抢完了，队伍后半截的人没轮上，怨声载道。

程恩恩把碗里的笋丝都挑了出去，满满的肉惹得每一个经过的人都忍不住抱怨：“阿姨也太偏心了吧。”

“别看了，”叶欣把勾着头看的男生推开，“你还想下手抢吗？”

“我哪敢啊。”男生端着一盘剩下的肉渣唉声叹气地离开。

陶佳文在这时跑过来问：“我能坐这里吗？”

“坐吧。”叶欣说。

“谢谢。”陶佳文笑着在叶欣身旁坐下来。

陶佳文看了眼程恩恩，见她支着下巴盯着红烧肉在出神，偷偷撞了下叶欣的胳膊，轻声问：“她怎么了？”

叶欣摇摇头，再次叫了一声：“恩恩快吃饭吧，菜要凉了。”

程恩恩愁眉不展，陶佳文在对面笑起来问：“你也有烦心事了？”

程恩恩塞了块肉进嘴巴里，挺好吃的，她却食之无味。她微微拧着眉，抬头问对面两人：“你们知不知道有什么办法能帮助两个人复合吗？”

“你在琢磨这个啊？我还以为你心里只有学习呢。”陶佳文清了清嗓子，有点故意地坏笑，“你想跟谁复合啊？”

“不是我，”程恩恩戳了戳米饭，“是我的一个朋友。”

“你江叔叔？”

“那天来我们班会的……”

叶欣和陶佳文异口同声。

程恩恩愣在那儿：“你们怎么都知道？”她不想暴露江叔叔的私事，模糊地只说是朋友，这样也能猜出来吗？

陶佳文立刻又问：“你要帮他复合？他和女朋友分手了还是离婚啊？”

这问题程恩恩不是很想回答，好在紧接着叶欣就岔开了话题：“你提过他很多次。”

这倒是实话。程恩恩认识的人也就那么些，江叔叔和小粲粲对她是最好的了，她和叶欣在一起就常提起。

陶佳文笑了笑，没再插嘴，边吃饭边听着两人说话。

叶欣想了想说：“一般来说，你得先知道他们是因为什么原因分开的，然后对症下药。”

这个就是关键所在。程恩恩不知道，也不敢贸然去问，揭人伤疤。

叶欣见她摇头，继续分析：“分开，肯定是两个人中间至少有一方出了问题，变心、劈腿、出轨，或者……”

“不会的。”

其实程恩恩也不了解，但她觉得应该不会是这样的原因。大概是江与城在她心里的形象太伟岸，小粲粲也被教育得那么好，她本能地想象他们的家庭也是美好的。她相信江叔叔不是那样的人，也相信他的太太不是那样的人。

她没见过别的夫妻是如何相处的，程绍钧和方曼容是活生生的反面教材，她在他们身上没有看到过任何一点爱情的存在。但筒子楼里有一对出了名的恩爱夫妻，有个女儿和她差不多年纪，却是完全相反的性格。

程恩恩小时候最害怕和那个女孩子一起玩，因为她控制不住地会羡慕，会嫉妒。那个女孩子家里也并不算富裕，但在相亲相爱的和睦氛围下长大，个性天真可爱，很爱笑，很快乐，很讨人喜欢，不像她总是自卑敏感。所以她一直相信，父母相爱的家庭教养出来的孩子，和家庭不幸福的孩子，在根上就存在着差别。

“或者就是两个人相处之间的矛盾。”叶欣接着说，“不过你江叔叔看起来是很强势的人，他都解决不了以致分开的……我想应该是个不可调和的矛盾。”

这一点程恩恩也想到了。

江叔叔那么爱他妻子都无能为力的事情，她应该怎么帮他才好？

“叶欣，请我吃个饭！”

戴瑶的声音猛地打断她的思绪，程恩恩抬头。

七中多数是凭借成绩考进来的家境普通的学生，校园不比附近职高那般争奇斗艳，冬天大家都是怎么厚怎么穿。戴瑶和她的小姐妹们买了同款的羊羔绒外套，在一堆款式大同小异的棉服和羽绒服之间十分亮眼。

程恩恩有点疑惑，问叶欣：“她为什么要你请她吃饭呀？”

叶欣脸上神色有点忍耐，还没说话，戴瑶便道：“因为我饭卡没钱了呗。”说完直接拿起桌子上那张拴了挂绳的饭卡，一点没客气转身就去打饭。

叶欣站起来：“那是……”话没说完，被一个留下来的小姐妹压着肩膀按在椅子上，“坐下吧你，那么多废话。”

程恩恩皱眉看着那个小姐妹说：“你放开她。”

小姐妹嗤了一声，表情十分不屑地把手拿了下去。

戴瑶打完饭回来把饭卡往桌子上一扔，脚步都没停一下，更没说一声谢谢。程恩恩跟叶欣面面相觑。这跟直接抢也没什么区别了。

叶欣抱歉道：“对不起，她们是想让我请的，拿错了。”

程恩恩拿起自己的饭卡，她刚刚看到戴瑶给她的小姐妹每人都刷了一份饭。虽然现在小穷鬼已经是一只有存款不那么穷的鬼，但她还是心疼这笔冤枉钱。

“你惹到她们了？”陶佳文出声。

“没事。”叶欣不想多提。

回到教室，一直到午休时间都没看到戴瑶。程恩恩睡了一会儿，醒来发现樊祁没在座位上，她打着哈欠坐起来，正好看到樊祁进教室，手插口袋，仍旧是懒懒散散的样子。后面是戴瑶，脸色是不耐烦和气愤。

樊祁回来时手里什么东西往程恩恩桌上一撂，半个字也没说，靠在桌子上喝水。

程恩恩看着那张饭卡，半晌后，她终于明白过来是怎么回事，把卡推回去：“我不要。”

樊祁把瓶子放下，左手腕搭在桌子上，侧身看着她：“欠债还钱不是天经地义？”

“抢来的，和她有什么区别。”程恩恩说。

樊祁耸耸肩，把卡拿了回去。

程恩恩打算放学后自己去找戴瑶让她还钱，但没等到放学，下午第二节体育课去操场的路上，微信上就收到了戴瑶的转账。数目是中午那几份饭钱的双倍。

程恩恩收了，然后把一半退回去。

戴瑶也很快收了转账，一个字没说。

周五快放学了，原本大家都精神高涨，结果上课先绕着跑道跑了两圈，还没休息好便听体育老师在前面说：“该热身的赶紧热热身，该准备的赶紧准备，待会儿女生八百米，男生一千米测试！”

顿时哀号四起。

程恩恩庆幸，还好，她的例假刚刚过去。不过刚庆幸完，就听到四五个女生同时举手打报告：“老师，我身体不舒服。”

老师都不高兴了，瞪着眼睛说：“哪儿不舒服啊，过来我给你们把把脉，我祖先是华佗你们都不知道吧。”

下头笑成一片，有男生贫嘴接话：“您也不姓华啊。”

“我今天改姓华行不行？”老师自己都乐了，招招手让那几个女生过去，“都过来，谁生病的把医生证明拿给我看。”

“老师，例假怎么证明啊？”女生笑着问。

“自己找个地方坐着去。你们一个个都是娇滴滴的公主。”

叶欣在程恩恩身旁低声问：“你身体行吗？怎么不请假呀？”反正例假刚刚结束，也不算是说谎。

还不是傻。程恩恩苦着脸说：“我忘了。”

她从小体育就差，什么运动都不擅长。如果飞镖算是运动的话，那她现在有一项擅长的了。八百米测试她从来都是垫底的，车祸醒来之后瘦了一圈，又一直没好好锻炼过，现在的身体素质估计还不如以前。

不过这会儿她也不好意思再过去请假了，像跟风一样。

每个人的脚腕上都绑了感应器，一组男生与一组女生同时进行。程恩恩被排在最后一组，还算幸运，可以多做一会儿准备活动和心理建设。

但是深呼吸并没能让她的心情平静下来，轮到她们这组时，一站在赛道上，程恩恩的腿就情不自禁地开始打战。她一向畏惧这种紧张的竞赛感。

叶欣和陶佳文刚好在她左右两侧，陶佳文安慰她：“别怕，就是一个平时测试，不算成绩的，不及格也没什么。”

程恩恩点头，但心情并不轻松。

叶欣没说话，只是默默握了下她的手。

哨声一响，六个人同时出发，程恩恩这次没有慢半拍，但步速太慢，刚跑出去就被几个人落下了，眼睁睁看着一道道身影像离弦的箭一般与自己的差距越拉越大。但都在意料之中，她也没有太沮丧，只是用自己最快的速度向前跑。

叶欣在她前方，步伐稍稍放慢，然后保持与她并肩的速度。什么都没说，但默默陪着她。

事实上，程恩恩的身体情况远比自己预想中还要差。第一圈她尚且能坚持，第二圈跑到一半，腿已经沉重得抬不起来了。喉咙很干，气喘不上来，她听到自己急促的呼吸声，几乎衔接不上。

终于，她坚持不住了，停下来，手撑着膝盖大口喘气。

“恩恩，恩恩？”叶欣在她身旁叫她，手虚虚地在她手臂上扶着，没敢用力碰她，“你还好吗？”

程恩恩摇头，话都快说不上来了。终点处已经有人相继抵达，远远的，男生们双手捧着喇叭，加油的呐喊传过来。

程恩恩喘了片刻，力气恢复了些许，但看着前方剩余的半圈跑道，尽头仿佛遥不可及。

“你快过去。”程恩恩推了推叶欣，“等下要不及格了。”

“没关系。”叶欣说，“我们休息一下，慢慢走过去。”

程恩恩直起身，突然看到樊祁穿越足球场跑了过来，吓了一跳。他到跟前停下，上下打量她两眼，语气略有些嫌弃：“怎么虚成这样？”

程恩恩瞅着他，似乎想反驳，但没找到反驳的话来。八百米都跑不下来，可不就是虚吗。

“你要是五分钟的时候跑不过终点线……”樊祁看了叶欣一眼，身体往前倾，低头在程恩恩耳边说完后半句，“我就当众亲你了。”

程恩恩惊愕地瞪着眼睛。什、什么？

樊祁说完那句已经直起身，嘴角向一边勾起：“你还有一分二十五秒的时间，加油哦！”

最后那个恶意向上飘起的尾音，让程恩恩当即就打了一个哆嗦。

什么都来不及说，突然就被逼出了力气，她拉着叶欣躲过此刻在她眼中与瘟神别无二致的樊祁向前跑去。

樊祁别出心裁的“激励”让她成功坚持到了终点线，陶佳文高兴地扑上来抱住她：“恩恩你太棒了！”

体育老师念出成绩，五分零二秒。

程恩恩心头一紧，下意识地回头寻找樊祁的身影。他正不耐烦地挥开一个男生想抢他手中饮料的手，然后大步向这边走来。程恩恩本能地想跑，却被身后一群人挡了路。

樊祁走过来把那罐旺仔牛奶往她手里一塞。程恩恩愣愣地看着他，樊祁在她头上拍了一下，说：“看什么看，等着我亲你吗？”

周围男生女生顿时齐声发出意味深长的“喔……”，有好事者起哄：“亲啊！亲上去！”

程恩恩有点尴尬，想找地缝钻，飞快地说：“才没有。”

测试完几十个学生都大伤元气，体育老师发善心提前下了课，让大家早点放学回家。

程恩恩正想去拿自己的外套，叶欣已经帮她取回来了。陶佳文一直挽着她的手，三个人一起并肩回教室，陶佳文故意笑着问："你跟樊祁在一起了？"

"没有！"程恩恩忙解释，"别瞎说。"

陶佳文笑道："好啦，知道你害羞，不逗你了。"

"真的没有。"程恩恩蹙着眉，好像很不喜欢被开这个玩笑。

今天是小粲来接她的，他没在车上等，戴着小墨镜帅气地站在大门口，吸引了不少眼球。程恩恩的身影出现在视野中，酷酷的江小爷收起摆好的姿势，迎着她走去。

程恩恩瞧见他，还没来得及打招呼，江小爷把墨镜一摘，摆足了风流纨绔少爷调戏良家小姑娘的架势："小美女，今晚跟小爷走怎么样？"

周围人"扑哧"笑出声，江小爷冷酷的眼神瞥过去："笑什么笑？"

程恩恩好笑不已，拉住他的手说："走吧走吧。"十分的迫不及待了。

江与城今天又是晚归。

程恩恩和江小粲一起吃晚饭，陪他写完了周末的一半作业，又看着他休息。一直到回自己房间，她都没听到江与城回来的动静。

她拿出一套数学卷子，做了两道题，心思就飘了。

下午樊祁送给她的那罐旺仔牛奶就坐在桌子上，程恩恩拿起，枕着手臂趴在那儿，盯着上面的旺仔发呆。

樊祁总是喜欢逗她，还特别沉迷于把她当小弟罩着，然后抄她的作业当收保护费。但自从那次把她惹哭之后，他就没有再做什么过分的事情了。

程恩恩知道班里很多同学，甚至学校的其他学生，都很怕他，毕竟是七中一霸，名头响当当。不过她觉得，他人是不坏的，还特别有正义感，要不怎么每次都帮她打抱不平呢？只是选择的方式有些不正确罢了。

但是他今天那句威胁是真的把她吓到了。虽然最后她超过了五分钟他也并没真的亲。

他到底什么意思呀？不会真的喜欢她吧？

程恩恩想了一想，自己好像对他没有什么特别的感觉。那，喜欢一个人到底是什么感觉呢？

爱情真的好复杂，她该怎么样帮江叔叔追回他太太呢？如果能挽回，小粲一定会很开心吧。

思绪繁杂，乱得很。

江与城敲门没听到回应，推开门时，瞧见的便是她出神的样子。视线落在她手中那个红罐子上，微微停顿一瞬便移开。

程恩恩猛地从神游中惊醒，说："江叔叔，你回来了？"

江与城走进去站在她身边，将那罐牛奶从她手中抽出来，问："看什么呢？"

程恩恩也不知道自己是怎么想的，大约是心虚，她伸手就把牛奶夺回来，藏在身后。

樊祁送她牛奶的时候她都没脸红，这会儿倒是红了，红得透透的，声音细得像蚊子哼哼："什么都没有。"

她垂着脑袋，没看到江与城微微眯起的眼。

江与城一言不发地转身离开，带上门。程恩恩立刻把发烫的脸埋进胳膊里。

几分钟后，忽然响起敲门声，程恩恩以为是江与城去而复返，心一跳，然后才应了一声。推门进来的却是已经休息的江小粲。

"你怎么还没睡啊？"她莫名地松了口气，问。

江小粲穿着睡衣走进来，瞧见桌子上那罐牛奶，明显眼睛一亮，趴在桌子上说："哎呀，我最喜欢喝这个了！"他嘴巴一扁，可怜巴巴地说，"不过我好久没喝了，我爸爸不让我喝。"

一副小可怜的样子，程恩恩不假思索地就把牛奶递给他："那给你喝吧。"

"小恩恩最好了！"

江小粲在程恩恩脑门上亲了一口，接过牛奶，拉开易拉罐，边喝边走出去，然后关上门。从客厅经过时，他抬起右手与坐在沙发上一脸平静看书的江与城击了个掌。

第七章

江叔叔来给她撑腰

太久没锻炼，一场出其不意的测试带来的后果便是，程恩恩一早起来腿酸得要命。

程恩恩是那种很乖的孩子，早睡早起不偷懒，但今天醒得比平时晚不说，还虚弱得裹着被子想赖床。周末让人懒惰。

不过听到客厅里的说话声，她就立刻起床了。江叔叔那么有钱还那么勤劳，她怎么好意思懒惰？

赚大钱者不赖小床！

江小粲已经坐在餐桌前喝粥，江与城面前放着半杯咖啡，手中拿着一份报纸在看，身上一件黑色的高领羊绒衫，头发也没打理，蓬松自然，比平时的样子看起来居家很多。

大约因为腿疼，程恩恩走过来的姿势有些怪异，江与城视线从报纸上抬起，瞥了她一眼。

江小粲也盯着她问："小恩恩，你的腿怎么了？"

落座的过程最痛苦，程恩恩扶着餐桌慢吞吞地坐下："昨天跑步了，腿酸。"

江小粲想也没想就说："让我爸给你揉揉。"

揉……揉揉？程恩恩刚拿起的勺子"叮"的一声掉进碗里，她手忙脚乱地把勺子捡起来，说："不……不用了！"耳朵尖儿都红了。

江小粲无心之失，眨巴眨巴眼睛说："对不起，童言无忌。"然后无辜地舀了勺粥送进嘴里。

老男人不愧是见多识广，江与城面不改色地看着报纸，眼皮都没动一下，说：“吃饭吧。”

“哦。”程恩恩低头喝粥，脑袋跟鸵鸟似的都快埋到碗里了。

周六的上午是惬意的。吃完早饭，三个人坐在客厅里。江与城今天休息没去公司，看完那份报纸，又拿了本财经杂志在看。

江小粲赤脚盘腿坐着，捣鼓他的遥控玩具。程恩恩在茶几上发现一本封面没字的书，拿起来，好奇地问道：“这是什么书啊？”

另外两个人不由得一顿。

江小粲瞥了眼，说：“这是我爸看的……言情小说。”

程恩恩没说话，但用表情和眼神表达了自己的惊奇，江叔叔还看言情小说啊？

她顿时对这本小说更好奇了，正要翻开看看是什么传奇之作，江与城便伸手将书从她手中抽走，放在自己手边的铁艺置物架上，然后若无其事地继续看杂志。

江与城什么都没说，江小粲好心帮他解释：“恩恩，你不能看，少儿不宜。”

江与城凉凉一眼扫过来，江小粲笑得十分张狂。

两秒钟后，程恩恩一脸“我懂了，原来江叔叔还看那种东西”的表情，点点头。不过……她看着身旁笑得前俯后仰的江小粲，心想这个三年级的小朋友会不会懂得太多了？

江与城眉头抽了抽，合上杂志，不轻不重地搁下，盯着江小粲问：“你作业写完了？”

啧啧啧，老男人恼羞成怒了。江小粲收起嘲笑，严肃地说：“昨天写了一半，恩恩说剩下一半下午再写。”

小家伙精着呢，把他妈搬出来，他爸就不会找借口赶他去写作业了。

江小爷看他爸吃瘪最开心了，充分发挥得寸进尺、上房揭瓦的精髓，操控着手中的遥控器，会客厅上空顺时针旋转的鲨鱼气球便摇头摆尾地朝这边飞过来，直冲江与城而去。

这是程恩恩给他买的遥控悬浮鲨鱼气球，虽然在江小爷眼里这是三岁小孩儿才会喜欢的东西，但他依然玩得不亦乐乎。不过他似乎忘记了，是哪位老父亲深夜下班回来，拖着疲惫的身躯坐在灯下为他安装好的。

江与城从容不迫地抬手，在气球上弹了一下，笨笨的鲨鱼便调转方向，朝程恩恩飞了过去，尾鳍摆动着欢快的节奏。

程恩恩严阵以待，早早准备，在鲨鱼飞到跟前时往它脸上一推，气球就冲着江小粲过去了。江小粲夸张地“啊啊啊”大叫，跳起来继续操纵遥控器，指挥鲨鱼去攻击江与城。

如此来回三遍，江与城面无表情地吐出两个字：“幼稚。”

下午，江与城接到一通电话便出去了。他这样的人从来都是如此，休息日能休息半日已算不错。换作之前，程恩恩会觉得他真的很辛苦，几乎每天都在工作，要么加班应酬到很晚，要么早早回来又在书房工作到深夜，电话也总是不间断，就没个真正放松的时刻。

现在她会多想一层，小粲妈妈的离开，会不会跟他繁忙的工作有关系？但就像叶欣说的，家庭与工作，是一个很难调和的矛盾。

晚上江与城回来时，程恩恩正在陪江小粲读英文故事书。然后，程恩恩被江与城叫了出去。客厅里，江与城正脱下外套，随手搭在扶手上，指了指桌子上五六个购物袋说：“去试试合不合适。”

有几个程恩恩认得，是很有名的运动品牌。她愣愣地看了一眼，问：“这是什么？”

“给你买的运动服和跑鞋。”江与城坐进沙发里，长腿跷起。

程恩恩今天还在想以后要多跑步锻炼身体，没想到江叔叔就给她买了运动鞋和运动衣，还这么多！她又感动了，眼眶都有点湿，吸了吸鼻子说：“江叔叔，你对我真好。”

从前她很少说“你真好”这种话，倒是有很多次气鼓鼓地对他拳打脚踢，说“你坏透了”。那是他们之间最美好的时候。

程恩恩没有得到过本该有的父爱、母爱，这种缺失让她在外人面前一直很谨慎，连乖巧懂事都建立在胆小敏感上。她是程礼扬一手带大的，只有在程礼扬面前才会露出活泼可爱的本性，任性娇蛮，如同每一个被宠爱着的女孩子。

江与城也曾是那个让她能毫无防备露出本性的人。

他看着程恩恩，黑眸在灯下显得深邃。半晌后，他拍了拍身旁的位置，程恩恩乖乖地走过去坐下。

“明天晚上有个饭局，后天吧。”他说，“以后每天我都陪你去跑步。”

有个人总能猜中你的内心是一件很惊喜的事，程恩恩连连点头，亮亮的眼睛写着开心。不过，紧接着想起他的忙碌，她说：“可是你工作那么忙，晚上都没有时间呀！”

江与城脸上浮现一点笑容：“我把时间腾出来，陪你。”

不知是灯光太柔和，将他的眉眼晕染得细腻温柔，还是那声“陪你”本身就暗藏缠绵，程恩恩心跳漏了一拍，然后就乱了节奏。

她也没搞清哪里出了问题，忽然就不敢直视江与城的眼睛，慌张不知从何而起。她随手抓起一个购物袋说：“嗯……我去试衣服。”说完仓皇逃回房间。

关上门，她才舒了一口气，觉得自己怪怪的，又说不上来哪里怪。打开袋子一看，是一双运动鞋。试什么衣服还试衣服，丢死人了。

她不好意思再出去，躲在房间里一直到零点，才偷偷摸摸打开门。客厅里灯关了，只有走廊上壁灯静静地照亮着路。她悄悄走出去，把还搁在茶几上的购物袋抱回来。

不知所起的尴尬，她一觉醒来就忘了。刚好江与城有事忙，早早就出去了，晚上又回得晚，她连面都没见着。

周一早晨，程恩恩出来吃早餐时见着了江与城。他正要出门，边整理着袖口边走向电梯，停下脚步回身，慢条斯理地将袖子整理好，放下才说：“晚上放学我去接你。”

程恩恩张了张嘴，声音还没发出来，江小粲已经抢答道：“知道了，爸比。”

她回头，江小粲咬着勺子歪着头，笑嘻嘻的。

周一升旗仪式，程恩恩站在整齐的队列中，看着鲜红的国旗冉冉升起，脑袋跟着往后仰。刘校长在讲话，主要是对高三学生的鞭策。

“最近有些同学的心思飘了，不在学习上了，真是让我痛心疾首！大家都要摆正自己的位置，不要被小情小爱绊住脚步，你们的人生还有更高、更远的路要走，所有让你分心的都是对你前进道路的考验！别人跨过去了，你没有忍住诱惑跨不过去，那你就只能被别人超越，被大部队抛弃！现在，所有人看着国旗，反省一分钟！”

程恩恩对着庄严的国旗深刻反省了自己。

最近她真的飘了，对待学习的态度不够认真，不够虔诚，这都几天没有按时写完卷子了！金钱令人轻浮，有了点小钱她就轻飘飘了，要警惕！不能被诱惑！

至于江叔叔的人生大事，那些情情爱爱的她又搞不懂，要合理安排时间来思考，不能绊住自己学习的脚步！

反思完，解散，程恩恩习惯性地寻找叶欣的身影，却没找到。

陶佳文跑过来挽住她，兴致勃勃地说：“恩恩你知道吗，刚才刘校长的话就是专门对我们班长和七班班长说的，听说他俩昨天约会被发现了。没想到这俩还真的搞到一起去了，假戏真做？”

刘校长也是逗，还小题大做说了这么一番话，搞得跟真的一样。陶佳文觉得越来越有意思了。

程恩恩正在找叶欣，有点心不在焉地问：“什么假戏真做？”

“没事没事。你找什么呢？”

“叶欣呀。”程恩恩说。刚才集合时就在她身后，怎么一转眼就不见了。

“哦，我刚才看到她被戴瑶那些人叫过去了。”

戴瑶？程恩恩微微蹙眉，想起上周戴瑶莫名其妙让叶欣请吃饭的事。

后面两节课叶欣都没回来，位置一直空着，程恩恩去问了她周围的同学，没人知道她去哪儿了。戴瑶也是一下课就不见人影，上课铃响才回来，程恩恩一直没找到机会问她。

第四节下课前，程恩恩就盯着戴瑶，李老师刚说完下课她立刻就站起来，有点着急地催刚刚睡醒的樊祁：“让我出去一下。”

樊祁慢悠悠地起身。

就这么几秒钟工夫，戴瑶已经走了，程恩恩跑出教室时，走廊连她的人影都没有。正是午饭时间，各个班级的学生都要去吃饭，簇拥一片。

她拔腿就跑，人却没跑出去，被一只手揪住了领子。樊祁拽着她问：“去哪儿呀？”

“找戴瑶。”程恩恩不假思索地说，拽了一下领子没拽出来。

“找她干吗？”樊祁一皱眉，“她又招惹你了？”

“不是！”程恩恩犹豫了一下，如实说，“叶欣两节课没回来了。”

“等着，你这么追哪追得上。”樊祁揪着她的领子，趴在栏杆上往下看。

半分钟后，戴瑶跟那几个小姐妹并肩下楼，却不是去往食堂的方向，半道和人群分离，走向教学楼背后。

后面是羽毛球馆。程恩恩扭头就跑，领子从樊祁手中脱离。

叶欣果然在羽毛球馆。程恩恩跑进去，正好看到小姐妹群体中的某个人把叶欣狠狠一推，撞到了墙上。然后那人手往墙上一撑，用嚣张的语气说：“我不是让你在这儿站着吗，谁允许你出去的？”边说边用手在叶欣脸上拍着，力道不轻。

程恩恩想也没想就跑了过去，把人从叶欣身上推开。

原本抱着手臂在后面看戏的几个小姐妹都往前围过来：“程恩恩，这里没你什么事儿，瞎凑什么热闹！”

叶欣低声说：“恩恩你快回去吧。”

她脸上有点青青紫紫或红肿的痕迹，不是特别明显，但显然是受了伤。校园霸凌的事真不少见，校规严格如七中，依然避免不了。

程恩恩反应慢，但也知道人多势众、鸡蛋不能碰石头的道理，她握住叶欣的手，编了个借口说："秦老师知道她翘了两节课，让我来找她。"

"跟着我们过来的吧，就凭你能这么快找到这里？"先前"壁咚"叶欣的小姐妹一号说，"知道你有樊祁罩着，赶紧滚，我跟她的事轮不到你插手。"

程恩恩抿了抿嘴，她实在不擅长和这些小太妹打交道，虚张声势地说："我进来之前已经告诉班长了，你们别太过分，老秦很快就会过来。"

小姐妹一号嗤了一声："得了……"

话还没说完，便见眼前一道影子闪过，随之而来"啪"的一声，清脆响亮的巴掌打断了她尚未说完的台词。

所有人都愣住了。

不仅叶欣，众小姐妹脸色都变了，齐刷刷地瞪着戴瑶："你干吗？！不是还没到……"

突如其来的一巴掌，快得跟闪电似的，程恩恩都被打蒙了，脸上火辣辣的，疼得眼里泛泪光。

刚刚被人欺负时还沉默不敢吭声的叶欣，这时候立刻站到了程恩恩身前，看了一眼她已经快速显出红色指印的脸颊，瞪向戴瑶："你真的过分了！"

虽说都是演戏，但原本的剧本里，那一巴掌是被樊祁截下来的。现在他人还没出现，别人的台词都没说完，戴瑶这么出其不意，摆明了就是故意的，借机泄私愤。

叶欣不方便说太多，皱眉道："我看你怎么跟刘校长解释。"

几个小姐妹刚才的气焰也都消失了，小声抱怨戴瑶："樊祁还没来呢，你怎么就动手了？这下好了，你这不是连累我们吗？"

戴瑶一脸不屑，油盐不进的样子，视线往入口一瞥，嘟囔一句："这不是来了吗。"说着再次扬起手，朝着程恩恩的脸就挥过来。

她的速度真的很快，叶欣甚至都没反应过来，但掀起风的手掌在程恩恩的耳畔被拦截。

完全是本能的反应，程恩恩攥住戴瑶的手腕，蹙了蹙眉。

樊祁大步冲过来，阻拦的手已经伸到一半，顿住了。他撤回手，看了程恩恩一眼，才拧眉看向戴瑶："你知道你在做什么吗？"

"你眼睛长在脸上是用来出气儿的吗？事情明摆着你没看到？"戴瑶

丝毫没有打了人的内疚，右手挣了一下，竟然没能挣脱，对着程恩恩冷哼一声，“力气挺大啊。”

程恩恩抓着戴瑶的手，盯着她，没说话。她觉得自己似乎又回到了那天面对池俏的状态，体内有一种强烈的想要打回去的冷怒。这种冷怒对她来说是陌生的。

“道歉。”她说。

戴瑶似乎没料到程恩恩这样的反应，愣了一下，随即撇了撇嘴，一副无所谓的口气：“不好意思，刚才手快了。”

这个道歉在程恩恩看来，显然是不够诚意。什么叫手快了？但那股不知从何而来的不属于自己的勇猛让她莫名地心烦，她放开了戴瑶。

从戴瑶那自作主张的一巴掌开始，这场戏已经朝着与剧本截然相反的方向一去不复返了。原本柔软可欺的小白花突然变成带刺的玫瑰，原本欺凌同学的小太妹们一个个战战兢兢摸不清状况，原本来“救美”的樊祁硬是从主角沦为群众。

最终还是樊祁打破僵持，对程恩恩和叶欣道：“你们先回去。”

程恩恩觉得自己有点像吃了“兴奋剂”，勇猛完了就泄气。看戴瑶也没有诚心道歉的意思，她没再逗留，被叶欣拉出了羽毛球馆。

“我们去医务室处理一下。”叶欣有点担心，“已经肿起来了。”

程恩恩的舌头从里面舔了一下，疼得很，乖乖跟着去。

“戴瑶这次真的做得太出格了。”叶欣说，“我们去告诉刘校长。听说她跟刘校长有些亲戚关系，不过刘校长人还算讲道理，应该不会偏袒她。”

“她跟刘校长也有亲戚关系？”程恩恩脸有点疼，嘴巴张得小，声音听起来闷唧唧的。

上次那个刘海男也是，怎么刘校长的亲戚都这么爱动手啊？

这个是私人关系，不是剧本里的人物关系，叶欣也是听其他人八卦的，便跳过了这一茬没再提起。

程恩恩顶着半张红肿的脸过去，校医正在喝水，吓得当时就呛着了，猛地一阵咳嗽，忙把自己的椅子搬过来给她坐着，拿了冰袋裹着毛巾给敷上，慌里慌张去找药，顺便给幕后大Boss打了个电话汇报。这种事可一秒钟都不敢耽搁，要不然回头他也得跟着遭殃。

程恩恩人还在医务室没离开，刘校长已经得到消息风风火火赶过来，进门也不知瞧清楚没有，一脸关切地问：“来，让我看看伤到哪儿了？严重吗？”

“伤倒是不重。”校医说。但不管重不重，伤在脸上都不是小事。他把刘校长拉过去，压低声音说，“但是我已经通知江总了，估计这会儿正杀过来呢，你赶紧准备准备，看是给你那个外甥女收尸，还是给你自己收尸。”

刘校长闻言立刻哭丧起脸，朝向程恩恩一拍大腿，喊了声：“哎呀，我的姑奶奶哟！”几乎要给程恩恩跪下来。

程恩恩在医务室发了半天呆也没弄明白今天到底算怎么回事。她正给江与城发消息，借口说感冒怕传染给小粲，请假两天，被刘校长这一出吓得差点把手机摔出去。

从羽毛球馆出来之后，程恩恩就一直有点蒙。

程绍钧和方曼容不是称职的父母，但从没动手打过她，程恩恩自己性格小乌龟似的，在此之前也没和别人结过仇。这是她长这么大挨的第一个耳光，莫名其妙的。

除了“同班同学”和曾经的“室友”这两个头衔，她和戴瑶之间并没多少交集。一个是一心学习的好学生，一个是家境优渥的小太妹，不存在任何利益纠纷。要说矛盾，也就上次杯子那件事，但是非对错各有各的立场，她没有按照戴瑶的要求赔偿六百块钱的杯子，就能滋生出这么大的仇恨吗？

今天这一出的起因，叶欣刚刚已经和她坦白了。小姐妹群体中的某个人正在追的男生，刚刚好是叶欣的青梅竹马，小姐妹被男生拒绝，又看不惯叶欣跟男生关系好，气不顺故意找麻烦。

程恩恩不住校，一直没发现，其实霸凌事件已经持续有段时间了。不过她今天更过分了，升旗仪式结束后把叶欣拉扯到羽毛球馆“罚站”，还动了点手。

程恩恩是误打误撞救人的，按理说，生气的也该是那个刁难叶欣的小姐妹才是，戴瑶的火气不知从何而来。

程恩恩自己都搞不清楚缘由，更别说刘校长了。从校医那儿听说后，他当即马不停蹄地赶过来，还没来得及问他那个好外甥女。

“小程同学，你放心，今天的事儿我一定给你一个交代！”刘校长猛地拍了一下额头，瞧着倒是比程恩恩还生气，“简直是胡闹！没有一点规矩了！还敢动手打人，我看她是舒坦日子过够了！今天我要是不好好教训她，怎么对得起江……”

“刘校长倒杯水吧。”校医出口打断，把刚刚分好的药递给程恩恩，“把这几颗消炎药吃了。”

刘校长忙殷勤地兑了杯温水端过来："来，该吃的药还是要吃，女孩子家家脸皮嫩，且得小心养好。"

程恩恩乖乖吃了药，刘校长的嘘寒问暖让她十分受宠若惊。所幸他待了不大一会儿便又火急火燎地离开了。校医没拦，看时间人应该快到了，刘校长那怒气冲冲的样子，八成是赶着去提点那个敢在太岁头上动土的外甥女去了。

冷敷了半个小时，程恩恩便起身要回去。叶欣想劝她再多敷一会儿，她摇摇头，固执得很。马上要上课了，下午前两节是英语课，她还要提前去抱作业。

她出门时问校医要了一个口罩戴着，刚好把脸上红肿的地方遮挡住。

从校医室出来，穿过一段走廊，便是这栋大楼的大堂。程恩恩和叶欣并排走着，刚转过身，入口处两道身影闯入眼帘，步伐稳健，走路带风。

一个肤色黝黑，健硕魁梧，杀气四漏的打手，是好几天没见的"肌肉姐姐"。前方身材颀长挺拔、周身散发冷肃气息的那个，无疑是江与城。

程恩恩脚步蓦地一僵，也不知道心虚个什么劲儿，低头转身，拉起叶欣的手飞快往回走。她自我安慰地想，江叔叔应该没看到她，看到了应该也认不出。

念头刚起，江与城的声音便从背后传来："站住。"

程恩恩跟提线木偶似的，非常听话地站住，慢慢回头，眼睛从口罩上方悄悄打量江与城。

江与城的神色带着冷意，与她最初在医院看到他的第一眼重合了。程恩恩莫名地有一丝紧张。

沉默的对视持续了五秒钟，江与城再次出声："过来。"他的眉眼不曾有过波动，但语调比起刚才，显然有所缓和。

程恩恩第一反应是过去，但挺不愿意让他知道自己受伤的，脚动了动，又停下，故意把声音压粗说："我不认识你。"然后拉着叶欣快步从另一侧的出口跑走。

学校的八卦从来传播很快，谁抢了谁的男朋友，谁被谁打了。尤其是"七中"这个特别的地方——有人不按剧本走，擅自发挥打了女主角，这可是一桩大新闻。

掌耳光，是各种电视剧、电影中再平常不过的情节，哪个演员的生涯里没拍过一场掌耳光的戏。但借位也好，追求逼真真打也罢，毕竟最终呈现的都是剧本的效果。演艺圈明争暗斗，尔虞我诈，演员不和，借机多打几巴掌出气的戏码也不新鲜。

但这里无一例外都是新人，谁的地位高过谁，谁的背景硬过谁？说到底没深仇大恨，自己给自己加戏打人耳光，打的还是女主角，着实过分了。

一班的这个午休注定不平静。

程恩恩先去苏老师的办公室抱作业，回教室时一进门被所有人的目光盯着，只以为是大家都知道了中午那场冲突。虽然有口罩遮着，她依然不大自在，发作业时一直低着头。

樊祁走过来，把她怀里的作业抱走，丢给三四个男生，没两分钟便迅速地把作业发完了。

戴瑶不在教室，程恩恩回到自己位置上，拿出英语教材，让自己无视周围那一道道别具深意的目光。

办公楼里，刘校长扯着一脸不服气的戴瑶上楼，教训道："我费尽心机把你塞进来，是让你给我惹事的吗？大好的机会你不给我好好珍惜作什么妖！知道人家程恩恩什么背景吗你就打，你一巴掌打死的是你舅舅我！"

"哎呀，你别拽我，烦着呢！"戴瑶很不耐烦，"我就看不惯她怎么了？做作！她什么背景啊？那么厉害怎么还没红，这么大年纪还来接这种戏，还真拿自己当个人物了。"

刘校长气得一巴掌拍她脑袋上："给我闭嘴吧你！真是不省心的东西，我就不应该听你妈的把你带进来，狗屁不懂的玩意儿，这么大个学校，每天的开销流水似的，都是给人陪玩儿的！你说人家什么背景！"

"哎，你别打我！"戴瑶烦躁地揉了揉头，又皱着眉问，"什么陪玩的，你什么意思啊？"

深层的内情刘校长是不了解，但江总跟那个"程恩恩"之间的关系，他还能看不出来吗？

刘校长是真的动了怒，嚷道："待会儿进去别给我说那些有的没的，我不管你跪下道歉也好，一哭二闹三上吊也好，必须让江总消气，要不然别怪舅舅翻脸！"

戴瑶翻了个白眼，嘟囔道："你以为我稀罕你？一个江总就怕成这样，没骨头。"

已经上到四楼，校长办公室门外站着一个彪悍的男人，双手交叉在身前，正一脸严肃地盯着这边。刘校长不便说话，指了指戴瑶的鼻子，压低声音说："你今天最好给我听话，要是连累我，别说你是我外甥女，就是我亲闺女，我照样打死你。"然后一转头便是一张笑脸，掏出烟喊得亲热，“范哥，好久不见，来，抽一支？”

范彪目不斜视：“赶紧进去，城哥等着呢。”

“是是是，我这就是带这个小畜生过来给江总发落的。”刘校长拧开门拽着一脸不甘的戴瑶进去。

校长办公室装修得堪称豪华，比起一个企业老总的办公室也不遑多让了。那把实木真皮老板椅是好东西，看得出刘校长是个会享受的人。

江与城跷着腿坐在会客区的黑色沙发上，外套随意丢在扶手上，似乎只是一个到访的平常客人。

范彪在后面把门关上，抱着手臂人高马大地堵在门口，如同一尊门神。

刘校长擦了一把额头的汗，客客气气道：“江总，中午的事呢，我已经从在场同学的口中了解过了，几名小演员当时演得都很好，很入戏，不过这个……”他指了指戴瑶，“入戏过头了不是。还是演员经验不足，太稚嫩了，现场又没有导演看着，各方一个协调不到位，这就闹大误会了。”他一直观察着江与城的脸色，却未曾看出什么，说完踢了踢戴瑶，“还不快给江总道歉。”

戴瑶还算是识时务，不管在外头怎么跟她舅舅斗嘴抬杠，此刻她表现得足够真诚。

“今天这事儿都赖我，当时太入戏了，没注意樊祁那边人还没到位……不过我也没用多大力，她应该能躲开的，谁知道没躲开……”她的表情很内疚，“反正都怪我，我真的自责死了，中午饭都没吃，心里太过意不去了，我给程恩恩买了饭想赔罪来着，一直没找到她人。”

她说得恳切，对面江与城像根本没听到似的，慢条斯理地喝着茶，甚至不曾看她一眼。

戴瑶打一进门就认出来了，这人就是上回来旁听班会的“程恩恩的金主”。她摸不准这人什么路数，说完半天见他没反应，瞅了刘校长一眼。

刘校长皱眉给她使了个眼色。戴瑶抿抿嘴，不肯。刘校长再三暗示无果，走过来压着她的肩膀把她按下去，说：“你今天是错大发了，好好道歉。”

戴瑶一个女孩子终究是抵不过中年男人的力气，暗暗瞪了她舅舅一眼，咬了下嘴唇，跪在那儿说：“江总，真的对不起，您就原谅我吧。”

女孩子软着声音撒娇总是招人疼的，刘校长见她上道，表情都松缓了一些。只是抬眼暗自一瞧，江与城那儿仍是没反应。

江与城但凡开个口说句话，刘校长也好找到对症下药的地方，但这位的性子实在是沉，连火都不发。越沉越难对付。顿了顿，他再次给戴瑶递眼神。戴瑶继续道歉，听起来真情实意，说着说着还掉起眼泪来。她没哭出声，哽咽地忍着，看着倒更隐忍、可怜了。看那委屈的样子，仿佛她才是那个受了欺负挨打的人。

刘校长自己听得都心软了，虽然最清楚自己这个外甥女不是个省油的灯，但男人嘛，哪个不吃这一套。

可惜，戴瑶梨花带雨哭了半天，认错的话翻来覆去说了个遍，眼泪也是一行一行地掉，哭到最后自己都尴尬了，愣是没得到一丁点想要的效果。

江与城手里拿了本从书柜里随手挑的管理类书籍，慢悠悠地一页一页翻过，始终不开口。

气氛一点点僵持起来，空气的流动都变得沉闷了。

刘校长的焦灼也越来越深，眼看下课铃声都敲响了，他终于忍不住试探地问："江总，您给个话？"

仿佛这才注意到两人的存在，江与城的视线从书页上抬起，漫不经心地瞥了刘校长一眼，说："茶凉了。"

江与城的调子听不出起伏，却叫刘校长一瞬间冒了层汗，他连声应着："哎，哎，我这就给您换一杯。"说着，他抖着手拿起茶几上的杯子，重新去泡茶。

课间吵吵嚷嚷的声音隔着门传进来，刘校长泡好茶，小心地搁回原处，往外头看了一眼，心一动，说："要不，让她当面去跟小程同学道个歉？"

江与城翻了一页书，才缓缓"嗯"了一声。

刘校长松了口气，赶紧示意戴瑶起来，把人拉出办公室，嘱咐："赶紧去找程恩恩，让你抽自己嘴巴子也得给我抽，她要是不原谅你，你就死定了！"

戴瑶跪了一节课，窝了一肚子火："凭什么？你自己没骨头可别带上我！什么狗屁江总，就算他是大老板又怎么样，我不干了不行吗？！"

"想得美！"刘校长恨恨地说，"自个儿回去好好看你的合同，违约金赔得起吗？别以为不干了就行了，就你们经纪公司的老板，见了江总照样得乖乖叫一声哥，你得罪了江总，回去就等着被雪藏一辈子吧！"

戴瑶签的经纪公司在娱乐圈数一数二，还是托他舅舅的关系才进去的。

她正愣着呢，被刘校长一巴掌推出去："赶紧滚过去找人，一会儿上课了！”

课间，程恩恩跟叶欣一块儿去了趟卫生间，回来时在走廊被堵住。抬头，是气势汹汹的戴瑶：“程恩恩，中午的事我给你道歉！”

这口吻，不像是来道歉的，倒像是来讨债的。

叶欣看不过去，说：“有你这样道歉的吗？”

程恩恩轻轻拉了下叶欣的手，示意自己没事，然后看着戴瑶道：“说完了吗？”

“不然呢？还找人来给你撑腰，真有你的。”戴瑶没好气，“我都道歉了，你到底肯不肯罢休？”

找人撑腰？程恩恩想起江叔叔，是他吗？

“我没有别的要求，你把那一巴掌还给你自己吧。”

戴瑶怒笑：“你还想打我？”走廊上，教室里，整个班的人都在围观。戴瑶看了一圈，“行。你不就是要还我一巴掌吗，你来。”

“你自己打吧。”程恩恩说。

“你说什么？”戴瑶难以置信。

程恩恩好脾气地重复：“我说，你自己打。”这语气听起来很软，但深处也藏着不妥协不退让的坚持。

戴瑶咬了咬牙根，抬起手，当着众人的面，一巴掌扇到自己右脸上，然后看着程恩恩问：“满意了吗？”

打在自己脸上的力度当然比不上打别人，不过她这一下是用了力的，清脆响亮的一巴掌引起周围的窃窃私语和隐隐笑声。那些嘲笑，更像是一记更响亮的耳光。

人争一口气，程恩恩也不是非要她打得和中午那一巴掌一样重才行，真要计较起来，根本无法衡量。

她正要说“可以了”，一旁的陶佳文忽然开口：“你打恩恩可没这么轻。”

程恩恩本能地蹙了下眉。

戴瑶立刻又抬手一巴掌，瞪着她问：“两下加起来，总够了吧？”

“一笔勾销吧。”程恩恩说。

戴瑶再次回到校长办公室时，脸上虽然没肿，但也很容易看出挨打的痕迹。刘校长在外头焦灼地等着，立刻把她拉过去：“打了吗？”

“打了。”

“那就好那就好。”作为舅舅的刘校长丝毫不觉得自己这句话不妥，大松一口气，把人推进门，当着江与城的面故意问，“小程同学原谅你了吗？”

“原谅了。”

戴瑶心里是真有点委屈。但有什么办法，她一个小新人，以后能不能红，甚至有没有饭吃，都仰仗着经纪公司，怎么敢得罪这个江总。她舅舅虽然势利眼，但不至于骗她。

门关上，上课铃声敲响，这间办公室似乎再次回到了之前的氛围。两人一唱一和地说完，江与城只是淡淡地从戴瑶脸上瞥过一眼，不作声。

刘校长的笑容有点维持不住了，说：“江总，您看，小程同学已经说原谅了，要不……”

江与城漫不经心地打断：“她怎么说？”

刘校长立刻看向戴瑶：“怎么说？”

戴瑶咬了咬嘴唇：“她让我自己打自己一巴掌，就一笔勾销。”

江与城便道：“那就按她说的做。”

戴瑶和刘校长都一愣，对视一眼。戴瑶沉不住气，说：“已经打过了。”

“是吗？”江与城声音很淡，“我怎么看不出来。”

刘校长算是明白了，认命地给戴瑶递了最后一个无奈的眼色：“自己打吧。”不打到比那位小祖宗的伤更重，这位爷怎么可能善罢甘休？

程恩恩背着书包下楼时给江小粲也发了消息，说自己感冒，今晚不过去了。

江小爷不批准，振振有词：你的感冒肯定是我传染给你的，我自己的病毒我自己免疫。你不来就是不相信我的免疫力！

程恩恩很少走路玩手机，耐不住这位小爷撒泼打滚，为了请个假好话都说尽了。她只顾着低头打字，从楼梯上下来迎面就撞了人。

她忙抬头，看到江与城线条凌厉的下巴和幽深的眼睛，低头就想跑。这一跑，腰刚好撞进江与城早有准备、放在她身侧的手臂里。江与城顺势一收，把人揽到怀里。

身体贴身体，不知是谁的热量传递给谁。程恩恩脸都红了，一开口就开始结巴：“江……江叔叔，你放开我。”

“不是不认识我吗？”头顶落下的声音凉凉的。

程恩恩垂着脑袋，像根冰棍儿僵硬地杵在他怀里，手足无措。

江与城一只手圈着她，另一手不由分说地摘掉了她的口罩。

脸上的伤倒是不严重，就是此刻红透了跟番茄似的。比校医口中的情况要好，肿胀已经消退一些，过两天消肿就没大碍了，不过戴瑶的指甲长，修剪的指甲尖，留下了一道不甚明显的刮痕。

江与城目光沉了又沉，半晌后，指腹落在她脸颊上轻轻碰了碰，他轻声问道："疼吗？"

从挨这一巴掌到现在，程恩恩没掉过一滴眼泪，但一听到这句关心，不知怎么她忍不住想哭。

有时候人的眼泪啊，不怕疼，不怕受伤，就怕有人关心。

她摇头说："不疼。"眼眶里却有泪珠子在打转，强撑的坚强反而更可怜。

江与城将她按到怀里，掌心在她脑后轻轻抚摸两下。这个温柔的安抚令程恩恩的眼泪瞬间失控，脸埋在他胸口，汹涌的眼泪从眼眶滚滚而出。

不知哪里来的天大的委屈，仿佛积压了许久的难过伤心。但她没有发出一点声音，除了很快被打湿一片的衣襟，渗透布料紧贴皮肤的凉意提醒着江与城，没有人知道她在无声地哭泣。

樊祁跟一帮男生从楼梯上下来，瞧见的便是这一幕。

众目睽睽之下，一个毫不避讳的拥抱。

和江与城见过的每一面都让樊祁印象深刻。这个来历不明的男人，明明不属于这个学校，不存在这个剧本，却总能随心所欲地插入进来。

他和程恩恩的关系也总是让人捉摸不透。程恩恩说是叔叔，但这样的"叔叔"，未免太让人有压力了。况且，叔叔年轻不奇怪，但叔叔用这种眼神看自己的侄女，爸爸知道吗？

男人了解男人，这个人对程恩恩的心思，樊祁一目了然。

"那个男的是谁啊？他怀里的女生看着怎么那么像程恩恩？"樊祁背后的男生嘀嘀咕咕起来。

"像个屁，本来就是。"

"哎，我想起来了，上回班会来搅局的那个！不都说是程恩恩金主吗……"

樊祁没搭理，与江与城对视几秒钟，走上前。江与城的表情没有一丝变化，这种成熟男人都这样，城府深得很。

"程恩恩。"樊祁叫了一声。

程恩恩立刻从江与城怀里抬起头，脸颊上一片泪痕，她忙用手抹了抹。

樊祁把手里的塑料袋递过来："你的药没拿。"

程恩恩伸手接过，说："谢谢。"

药在程恩恩手中停留的时间不到一秒钟，江与城便很自然地接了过去，随即揽着她的肩膀把人带走。

樊祁站在那儿，身后几个人围过来，一帮人盯着那两道背影。

“金主直接这么过来不合适吧？这都两回了。”

“你懂个屁，肯定是知道被欺负了，来撑腰的呗。”

樊祁无语：“你们怎么这么八卦？”

几个“小弟”瞥他一眼：“祁哥您可长点心吧，男主光环都快没了，女主角都被别人搂着走了，您还这么淡定呢？”

“滚！”

校长办公室。

戴瑶哭着抓起一个烟灰缸朝刘校长扔过去，中年胖子灵活地躲开，“咚”的一声，实木书柜遭了殃。刘校长心疼地摸了摸被砸出的坑，大骂：“你个兔崽子发什么疯！这里的东西都贵着呢，再给我乱砸信不信我揍你！”

“你打啊，我都被打成这样了，我还怕你再多打两下吗！”戴瑶两边脸都肿得不成样子，渗着红血丝，嘴角还有点血。她对自己哪舍得下这么重的手，还不是她这个好舅舅，看那个狗屁江总一直不松口，亲自动手给了她俩巴掌。

她是真气哭了，眼泪流过脸颊又蛰得疼，又疼又气。她又抄起茶几上还剩半杯茶水的杯子朝刘校长丢过去。没砸中，混着茶叶的水倒是泼了他一脑袋。刘校长抹了一把脸，黑着脸指着她：“你再给我闹一下试试！”

这一句大概被戴瑶听成了鼓励，她跑向办公桌搬起一摞文件就要往地上摔。

“你给我放下！”大概是什么重要文件，刘校长脸色大变。

笃笃的敲门声，打破办公室里一触即发的氛围，戴瑶下意识地停住。刘校长趁机扑过去一把将文件夺了下来，飞快地放进书柜里锁上，才应声：“请进。”

推门进来的是方麦冬，淡定从容的作风与他老板如出一辙，对地上和刘校长身上的一片狼藉视而不见。

“刘校长。”他从公文包中拿出一张纸，递向“戴瑶”，“蔡小姐，这是我司向您发出的律师函，请查阅，如有疑问，可以当面向我提出。”

戴瑶脸色骤变，接都不敢接，她本能地看向刘校长求助。

“方助理快请坐。”刘校长客气地把人往沙发请，方麦冬婉拒。刘校长接了那封律师函，匆匆浏览一遍，难以置信地说，“这……这个……江总刚刚在的时候也没说啊。”

方麦冬微笑道：“您这是怀疑我自作主张？”

“不敢不敢。”

那边刚出完气走人，这边就让助理送了律师函过来，摆明了是早有准备啊。刘校长愁眉不展，他早知江总这关不是那么好过的，但没想到一点余地都没有，他那大义灭亲的两巴掌不是白打了吗？

“根据协议第6.2条，乙方因故意或重大过失，危及程恩恩小姐的人身安全并造成损害后果的，甲方有权解除合同，并可要求乙方支付违约金。请蔡小姐于两周内以现金方式一次付清。”

方麦冬背诵完条款，公事公办地道：“我的话传达到了，两位继续。”

“凭什么？”戴瑶气不过，“我的脸还被打成这样，你们怎么不赔偿我损失费？”

方麦冬转身，彬彬有礼地道：“抱歉蔡小姐，您的人身安全问题不在协议约定范围之内。另外……”他略一停顿，微笑，“您脸上的伤是由您本人和刘校长造成的，与我司无关。”

他指了指办公桌后的监控摄像头，又说：“监控有记录，您尽管取证。”

“你们太欺负人了！”戴瑶气得发抖。

“蔡小姐请注意用词。签协议之前，该提醒的想必刘校长都已经提醒过了，您不守规矩违约在先，也请承担起这些后果。”方麦冬收起脸上标准化的笑容，“您还年轻，希望能记住这次教训，不是什么人，都是你惹得起的。”

戴瑶还想说什么，被刘校长拽了一下，才不甘不愿地闭了嘴，咬着牙愤愤不平。

“方助理。”刘校长赔着笑脸，“这孩子不懂事，我代她赔个不是。江总还没走吧，这样，我再去跟江总说两句话，他大人大量，不会计较这些小事的。”

“江总行程繁忙，您若有要紧事，不如先向秘书预约个时间。”方助理踢皮球踢得轻车熟路，面不改色，走到门口又停下，转身说，“蔡小姐，容我最后提醒一句，即便解约之后，关于这里的所有事情均需保密，不得泄露一个字。协议第6.6条的内容，劳烦您回去重新审阅一遍。”

他离开时十分有礼貌地轻轻带上门，戴瑶甩开刘校长的手，气愤地指着关上的门大骂：“拽什么拽，一条走狗，跟他主子一个德行！”

“闭嘴吧你，惹了多大的祸还不知悔改。”刘校长狠狠瞪她一眼，“你现在就给我滚回家去，违约金自己想办法，看你妈不打死你！不知天高地厚。”

程恩恩乖乖跟着江与城上了车，看他脸色比平时冷，也不敢多说话。

江与城静默片刻，开口道：“别上学了。”

他安排再多人盯着、照顾着，还是防不住这些意料之外的状况。这次是一个耳光，下次又会是什么？

“不行！”程恩恩立刻抬头，不解地看了他一眼，皱起眉头问，“为什么不让我上啊？”

江与城意味不明地看着她问：“你想上？”

她抿了抿嘴唇，声音很低地说：“当然想。不上学怎么行，我还得考大学，要不然以后什么都不会，什么都没有，找个工作也没人要，我还能做什么呀。”

江与城沉默。

她高中没念完，程礼扬的离世给她的打击太大，从万念俱灰中走出来就已不易，错过了高考。她原本就不爱学习，江与城以为她对上学没兴趣，左右他还养得起，她也不必做什么，闲来自己写点情情爱爱的小故事打发时间。不过如今看来，这大概是她的一个遗憾。

“你想考哪个大学？”他忽然问。

“北大。”程恩恩毫不犹豫地说，哪个学生心中没有一个清华北大梦啊。不过说完她有点心虚，她的数学还是没跟上来，现在的成绩考北大有点悬。

这次换江与城皱眉了，他问：“你想去B市？”

“还不一定能考上呢，我数学一直学不好。”程恩恩没觉出他语气中那点不愉快，盯着自己的脚尖说，“要是考得上我就去。”

江与城沉吟半晌，到底是没说阻止的话，摸了摸她的头发说：“以后晚上来我房间，我给你补习。”

“真的吗？”程恩恩眼睛亮晶晶地望着他，又有点不好意思，“我都耽误你好多时间了。”

江与城没回答。

方麦冬从校门大步走来，食指在副驾玻璃上轻轻叩了两下，才开门上来。他从后视镜打量一眼，见两人脸色无异，气氛正常，才拿出几份文件递到后排：“这儿有几份文件需要您签字。”

接下来的路途，车厢里一直很安静，江与城批复文件，程恩恩老老实实地坐着，不时用舌头舔一舔口腔里的痛处，疼劲儿慢慢过去，多了也就麻木了。

江与城视线在文件上未曾抬起，却跟多长了眼睛似的，蓦地抬手，食指精准地按在程恩恩脸颊被舌头顶起的小包上，轻轻一碰，没用力。

程恩恩反射性地把舌头收回，瞅着他。

江与城眼睛也不抬，说："老实点。"

"哦。"

小王已经接上江小粲先回公寓了，小家伙精明，从小王口中听说他爸亲自去接他妈，而且一下午都待在那个学校，再结合程恩恩突然的请假，就猜到八成是出事了。他抱着手臂，小脸严肃地坐在客厅等着。

程恩恩下车就把口罩重新戴上了，一进门，江小粲跟猴似的敏捷地跳起来，踩上沙发背再跳到地上，光脚咚咚咚地跑过来。

程恩恩没做亏心事，偏偏一遇到这父子俩就心虚，此地无银三百两地按住了自己的口罩。

知道从这俩人口中问话麻烦，江小爷一秒钟都不耽搁，再次咚咚咚跑回沙发，拿起手机给他彪叔叔打了一通电话。范彪一点不磨叽就把事儿交代了。

只听江小粲问了两句，忽然大喝一声："岂有此理！"然后怒不可遏气场大开地往电梯走，"看小爷不把她的脸打得两瓣开花！"

程恩恩下意识地要去拦，他却忽然刹住脚步，问道："已经打过了？开花了吗？"他哼了哼，转身回来，"行吧，这才像样。"

他挂了电话，程恩恩已经走到他身边，蹲下身一把抱住他。江小粲回抱住她，在她背上拍了拍，用哄小孩儿的口气说："恩恩乖，不哭。"

程恩恩眼睛正泛酸，闻言忙吸了吸鼻子，忍住。

程恩恩自己吃药很乖，这一点跟江小粲一模一样，再苦、再难吃都不需要人盯着。她需要吃的也就两颗消炎药，饭后过了半小时，自己倒了杯水吃掉。家里有花椒药酒，消肿很管用，但她嫌那个味道不好闻，江与城给她弄了条冰毛巾敷着。

江与城一下午没在公司，耽搁不少事，一回来手机便响个不停。晚饭后，他在书房工作，程恩恩陪江小粲写完作业，不知道江与城是不是还在忙，她勾着脑袋瞧了好几次。

她做完数学教辅上的练习题，对照答案把能看懂的都搞懂，才拿着书往江与城的书房走过去。她在门上敲了敲，听到回应才拧开门。

江与城坐在书桌后，正用手肘撑着头，按摩太阳穴。他眉间拧成“川”字，脸色看起来有点差。

程恩恩放轻脚步走过去，小心地问：“江叔叔，你是不是不舒服啊？”

江与城放下手，慢慢吐出一口气，说：“没事，偏头痛犯了。”

偏头痛发作最要命了，难看的脸色想装也装不出来。程恩恩还是第一次看到他这样虚弱的一面，立刻放下书说：“我给你拿止疼药！”说完就风风火火地跑出去。

程恩恩知道药箱在哪儿，直奔过去，但布洛芬那一盒竟然空了。她记得家里有个储藏室专门存放备用药，丢下医药箱跑进去才想起来那柜子有点高，分两层，她够不着上面那层。于是她又跑去餐厅，搬了把椅子进来，甩掉拖鞋踩上去。

刚站稳，身后有脚步声靠近。

这一通忙活到底是把江与城吵出来了，他就站在她身后，轻而易举地打开柜子，从顶上某一格拿出一盒药。

身高的碾压优势有时候真的让人丧气，程恩恩站在椅子上，感觉自己也没比他高出多少。他的气息却萦绕左右，像是有形的物体将她缠绕包裹起来。

拿了药，江与城关上柜子，很随意地左手环住她的腰，把人给抱了下来。很轻松，很自然，跟抱孩子似的。

他一派从容，程恩恩却紧张得手脚都无处安放，不知该作何反应。被放到地上之后，她张了张嘴没发出声音来。

江与城垂眸扫她一眼。程恩恩正仰着脸望着他，傻愣愣的样子，脸蛋微红，眼眸盈润。

头痛仿佛缓解了些，江与城慢悠悠地说：“不用谢，顺便。”

他似笑非笑的眼神让程恩恩心慌慌的，跑出去倒水时还觉得他身上的味道仿佛跟着她，如影随形。

程恩恩两只手捧着杯子过来，视线飘忽不看他。江与城已经将药放入口中，接过杯子喝了一口和水吞下。他抬脚向书房走，低声叫她：“过来。”

说好的补习，但药起效还要二十分钟，程恩恩跟进去，把书拿起来，说：“江叔叔你快回房间休息吧，不要累着。”

江与城靠在椅子上说：“几道数学题还累不到我。”

程恩恩很有原则地摇头：“你都不舒服了，还是好好休息吧。我不打扰你，明天问我同桌就行了。”

说完不等他阻止，程恩恩抱着书就跑了。江与城看着她固执的背影，觉得自己的头似乎更痛了。

第二天早上，程恩恩左脸的红肿已经消下去不少，但隐隐有些发乌。脸上皮肤薄，那点乌青和指甲痕就很明显。但到底不是太重的伤，很快就能恢复了。

一整天戴瑶都没有出现，课间几个女同学在走廊上闲聊，程恩恩经过时听了一耳朵，才得知她要退学了。

正八卦的女同学注意到她，立刻收声，接着有人说了句：“恩恩你好厉害啊，竟然把她给弄走了。”

背地里大家都在传程恩恩来头大，现在算是证实了，是真的大。一个不和就直接把人踢走，这里应该没几个人能做到。

程恩恩茫然了一下，说：“不是我的关系。”

戴瑶在这个学校一向都是横着走的，昨天那个小冲突造不成这么严重的后果，刘校长既然是她舅舅肯定会护着。况且退学这件事，程恩恩也是刚刚才知道。

女同学笑了笑，互相拉扯着回教室。其实她们都心如明镜。

中午校医特地过来了一趟，检查了程恩恩脸上的伤势，又教给她消肿止痛的方法。放学时，程恩恩又在教室外见到了几日不见的段薇。

戴瑶一念之差挥出的那一巴掌，不仅毁了自己的合约，搭上一笔违约金，还导致刘校长、段薇在内的一系列人员遭到连累。

段薇被迫放下风风光光的大秘工作，到这里做一名生活老师，职责就只有一个——“你去看着，别让她再受伤”。

职责没尽到就是没尽到，无法时时刻刻跟着也好，事出突然，预料之外也罢，成年人的世界是只论结果不听借口的。

程恩恩看到她挺开心的，把书包带子拉好，蹦着跑过来唤道：“薇薇姐。”

“伤怎么样，好些了吗？”

“还好。”程恩恩说，“医生说过两天消肿就好了。”

段薇道：“以后有什么事可以先来找我，自己的安全最重要。”

程恩恩把这当成关心，点头乖巧地说：“知道了，谢谢薇薇姐。”

段薇嘴角一牵，说：“好了，快回家吧，路上小心。今天公司来了客人，江总会晚一些回去。”

程恩恩习惯性地点了两下头，脚刚刚抬离地面，忽然顿住，露出惊讶的表情：“薇薇姐，你怎么知道江叔叔……”

段薇一愣，转而笑起来，解释道：“我以前是江总的秘书，今天有事回去了一趟，所以刚好知道。”

程恩恩想起上次和她一起吃饭，她就是从诚礼科创的大楼里走出来的，恍然大悟：“哦。”

真的好巧，之前只知道他们认识，没想到她曾经给江叔叔做过秘书。不过秘书怎么又会来做生活老师呢？

这个问题程恩恩反应过来时，她已经走到校门口了。

看到熟悉的宾利停在老地方，江小粲戴着墨镜，手肘架在降了一半的车窗上撑着下巴，又在耍帅，程恩恩就把这一茬抛到脑后了。

江与城果然是公司有事耽搁了，没来接她，不过赶在晚饭前回来了，和程恩恩他们一起吃的饭。

写作业的时候，程恩恩拿了颗煮熟的鸡蛋在脸上慢慢滚着，等到做完半套试题，鸡蛋也凉了。江小粲比她先写完，洗了爪子坐在那儿剥鸡蛋，剥了半天，把坑洼一片、惨不忍睹的鸡蛋递过去：“给。”

“你好笨呀。”程恩恩嘲笑了他，但是一点没嫌弃地把鸡蛋吃掉了。

程恩恩抱着卷子从江小粲房间里出来，江与城已经换了衣服坐在客厅。头一回见他穿运动装，黑白撞色的简约设计，平日西装革履的矜贵优雅被强健的力量感取代，冷不丁地从精英变成了猛男。

程恩恩也不明白他明明是个合法商人，那一身恐怖气质到底是打哪儿来的，但这个气质很好地衔接两者，跨越一点都不突兀。不过她还是被惊到，含着一嘴没咽下去的鸡蛋，鼓着腮帮子愣在那儿。

江与城抬头说：“去换衣服。”

程恩恩猛地回神，鼓着嘴点点头，仓鼠似的边嚼边往房间跑。

运动衣江与城给她买了好几套，程恩恩随便选了一套换上，走出来才发觉不对，都是黑白撞色，打眼一瞧像情侣装。

更尴尬的是，江小粲也非常自觉地跑去换了一身运动衣，配色同样是黑和白。

这下好了，不像情侣装，成亲子装了。

不过尴尬的好像只有她，另外两个人毫无反应。江与城走向电梯，江小粲兴高采烈地在他屁股后面喊：“我也去！”

“去了碍眼。”江与城一脸冷漠，非常没有作为一个父亲该有的慈爱。

江小爷轻哼一声，小声说："我要是不去，小恩恩肯定也不去了。"说完斜瞥他老爹一眼，嘚瑟地蹦进来。

程恩恩还在纠结这一身"亲子装"，下楼时偷偷往电梯壁上瞄，不小心对上江与城的目光，赶紧强装镇定地移开。

离津平街不远有一所大学，体育场新翻修过，夜晚有不少学生或附近的年轻人来锻炼。进来时江与城还遇到了熟人，是一对年轻夫妻，站在门口聊了几句。

程恩恩被江小粲先拉进操场，一起做热身运动。江小粲提议："我们赛跑吧。"

程恩恩想自己虽然弱，但总该比一个八岁的小学生跑得快吧，于是非常自信地答应了。两人站到跑道上，不知是因为比赛太不正规，还是太有信心，她一点都不像体育课上那么紧张。

江小粲发挥绅士风度说："你是女孩子，我让你五秒钟。"

程恩恩说："你是小朋友，我也让你五秒。

"江小粲乐了，比了一个OK的手势。

数完一二三，程恩恩刚迈出腿，身边一道小黑影就像离弦的箭一般蹿了出去。她回头看了看身旁空掉的位置，才确定自己没眼花。

江小粲在前方倒退着冲她笑："来追我呀。"

被一个八岁小朋友完虐的程恩恩立刻加速，使出吃奶的劲儿往前跑。

但江小粲一直保持着不远不近的距离在她前面，既不让她追上，也不甩她太远。程恩恩追了两圈，终于不得不承认自己连一个小学生都不如的事实，有点懊恼。

更懊恼的还在后面，江与城不知何时过来的，从她身后追上来，轻而易举地超越了她。他身上温热的气息一掠即过，之后余下北风的冷意。

超过就算了，还不忘浇下一桶冷水，江与城用轻描淡写的语气说："太慢了。"

程恩恩有点不开心，偷偷瞪了眼他距离越拉越远的背影。然后她发觉，他跑步的样子竟然有点帅。

念头刚冒出来，她立刻一激灵，啪的一下把这个不合时宜的想法拍回去，做贼心虚地把视线从他背上挪开。

更让人懊恼的是，没多久，江与城再次从背后追上来，这次留下的三个字是："第二圈。"

程恩恩忽然想起漫威电影中，美国队长和猎鹰一起跑步，美队一圈圈超过猎鹰时就是这样数着一二三的。不仅从生理上碾压你，还要从心理上击溃你，可恶！

她真是又累又生气。

已经跑了好多圈，但程恩恩一边努力坚持着没有停下，一边暗中留意着江与城的位置。在他第三次从自己身旁经过时，她抢在他开口之前出其不意地转过身冲他“哈”了一声。她是想吓他，但大概心底积攒了一点怒气，张大嘴巴的表情像头想发威的小老虎。

江与城怔了一瞬，随即停下脚步，笑出声来。

所谓奶凶，就是这个意思吧？

程恩恩被他笑愣了，停在那儿不跑了。见过吓人没吓着还把人逗笑的吗？尴尬。

她还是很有毅力的，一直坚持在跑，停下来之后其实已经没什么力气了。她擦擦汗休息片刻，江小粲在器材区玩了一会儿，三个人在夜幕星辰下并肩朝停车场走去。

今天的夜空也很漂亮，满天都是星星。

那一场赛跑让两人消耗完了精力，一上车江小粲就倒在座椅上，很快响起小呼噜声。程恩恩没多久也歪着头睡着了。

江与城不动声色地坐了片刻，等她睡熟，才用手掌托起她的脑袋，慢慢把人放到自己腿上。

她每回在车上睡觉，都会枕着他的腿，睡得太香，口水把他裤子浸湿一片的情况没少发生，江与城都习惯了。他还习惯在她睡觉的时候摸她的脸。

程恩恩不知道自己是什么时候枕在江与城腿上的，她醒来时已经是这样的姿势了。她感觉到男人带着轻微粗粝感的手指在她脸上抚摸，时而拂过她的脸颊，时而触碰她的鼻尖，甚至停留在她的嘴唇上，轻柔而缓慢地来回摩挲，带着一种亲昵的、迷恋的温存。

程恩恩不敢动，僵硬着身体，呼吸都小心翼翼。她听到自己的心跳扑通——扑通——如擂鼓。

江与城察觉到她气息忽然的颤抖，手指微微一顿，却并未收回。

车厢昏暗，霓虹从他肩上披落，微光映亮她弧线圆润的脸颊。江与城眼眸低垂，视线跟随手指移动，从她下颌缓缓蹭过。那里皮肤细软，滑腻。

程恩恩紧张地吞咽口水，仍自欺欺人地紧闭眼睛假装沉睡，手放在胸前，紧紧攥着拳头。

她小心翼翼，懵懵懂懂，甚至不知自己为何要这样假装睡着。她只是在那一段煎熬与虔诚杂陈的时间里，清楚地感觉到，她喜欢他的触碰，喜欢他手指的温度。

僵硬的姿势保持太久，程恩恩坚持不住，她不知自己蹩脚的演技早露出了马脚，憋得脸都红了还硬撑着。

直到车在某个路口陡然一刹，一向好脾气的司机老张打开窗户，严肃地说了句："带着孩子过马路当心些！别闯红灯。"

程恩恩的身体震了一下，忙抓住机会假装被吵醒，从江与城腿上直起身。

"醒了？"他低低沉沉的嗓音今天格外鼓动人耳膜。

程恩恩含糊地"唔"了一声，把脸扭向窗外，几乎快贴到玻璃上去。仿佛那样她就能躲开车厢里黏稠流动的暧昧因子，呼吸到新鲜氧气。

她因乱掉的心跳而恍惚，江与城几次与她说话，她都是"嗯嗯啊啊"的心不在焉，她已经不知道自己在说什么了。

回到家，她洗澡时更是心思飘忽，沐浴露当洗发水，洗面奶当牙膏。好不容易折腾完，她已经无心学习，关了灯躺在床上，她盯着乌漆墨黑的天花板，眼前挥之不去的全是江与城的身影。

闭上眼，仿佛还能感觉到他指间的温柔在脸上流连……

程恩恩猛地抓起被子把脸埋进去。

江与城发现自从那晚开始，程恩恩再也没有直视过他，每天都在很努力地避免看到他。不是躲着不见他，只是避开视线不看他。晚上被他叫到书房讲题，她也每每目光躲闪，红着两只耳朵尖儿，不敢看他。

和她当年刚刚开窍的时候一模一样。

江与城那时候喜欢逗她，看她脸红成一片的样子便说："你的番茄熟了。"

第一次她上当，傻乎乎地抬头问："哪里有番茄？"

江与城便用食指指背在她脸上弹了两下："这里。"

她恼羞成怒，抓起抱枕将他捂在沙发上。

那时候他问她："这几天为什么不肯看我？我变难看了？"

她答："不是。"

"那是为什么？"

她老实得很，说："我一看见你就心慌。"

题讲到一半没了声音，程恩恩偷偷瞄一眼，发现江与城正望着自己，似乎在出神。

深邃的眼神总是迷人的，尤其是当那目光落在她身上。程恩恩顿时跟被烫着似的，脸又烧起来。

江与城回神，看着她红溜溜的脸蛋儿，幽幽地说："你的番茄熟了。"

程恩恩的反应却和记忆中有所偏差，她惊讶极了："真的吗？什么时候结果子了？"说完，也没等江与城反应过来她在讲什么，她就趿着拖鞋急匆匆往厨房跑。

厨房带着一个大阳台，她上个月路过市场买了一棵番茄幼苗回来栽在花盆里，平时都是阿姨照看的。还有几盆其他植物，程恩恩跑过去蹲在地上看了一圈，才认出来哪棵是自己的番茄苗。但时日尚短，天气冷不适宜生长，植株都没长大，更别说长果子了。

江叔叔骗人！

程恩恩回到书房，看江与城的那一眼隐隐有几分谴责："苗苗还没有长大。"

江与城无奈地捏了捏太阳穴。

第八章

那场“陌生”的葬礼

江与城答应了给程恩恩补习，陪她夜跑，每天都做到了。公司事情多，他并不能日日准时下班，但他每次都会在九点之前回家。有时他甚至刚刚到家，换一身衣服便要陪她出门。

说实在的，不感动是不可能的。程恩恩有时候会想，自己何德何能啊，让江叔叔对她这般好。

连着两周，江与城白天高密度地安排工作以便腾出时间，晚上超过九点的应酬不论缘由一律推掉，方麦冬苦不堪言。连轴转的工作好说，高强度的工作这么多年他已经习惯，只是许多应酬邀约并不好应付，稍有差池便会得罪人。

客户要维系，各类局长处长的面子也要给，说一句悲凉的话，生意场上，身处这个位置的男人，注定不能做一个“二十四孝”好丈夫。

推掉应酬说到底是拂了对方面子，方麦冬办事再周到，难免遇到几个不好相与的，不敢对江与城有意见，气儿自然冲着他这个助理发。

这天几个主管从江与城办公室里出来时，方麦冬正接着一通客户的电话，扯皮扯了半天才说服对方将饭局挪到周三中午。挂断时正好看见江与城拿着大衣走出办公室，他便快步上前压低声音道：“高致在大堂等了两个小时，坚持要见您一面。”

江与城微微蹙眉。

自从万圣节意外的碰面，高致便一直在暗中打探程恩恩的下落，这些逃不过江与城的眼睛。他将一切安排得滴水不漏，高致自然是找不到人。不想销声匿迹了半个月，他又冒出来了。

“他说，有两句话一定要当面跟您说，不听您一定会后悔。”

方麦冬将话转达到，江与城神色难辨，将大衣搭在臂弯里大步走向电梯。方麦冬送他到电梯间，摁开电梯，用手在门上一挡，等江与城进去，才道：“两个小时之前，他向您的邮箱发送了一封电子邮件，被秘书室拦截下来。内容只有一个网址，”方麦冬停顿一下，“是《蜜恋之夏》发表的网页。”

“我知道了。”江与城摁下数字1。

电梯静谧，只有机械运行的轻微响声，光洁的电梯壁映照出清晰的男人身影，一身笔挺西装，面容冷峻。

电梯停在一楼，江与城迈步而出，迎面经过的人恭敬地颔首问好，他目不斜视，视线遥遥落向右前方。

诚礼的会客区很舒适，暖气开得不冷不热刚刚好，连提供的咖啡都是咖啡豆现磨。高致等得都快睡着了，打了数不清多少个哈欠，余光掠过某处忽然顿住。他盯着正向这里走来的男人。不得不承认，事业成功的男人总是容易俘获年轻小姑娘的芳心，再加上一副好皮囊，一个不错的身家，便可称为什么钻石王老五。但凡遇上个心术不正的，便是实打实的祸害。

高致瞧着眼前这个就不是什么好东西。

十六七岁的男孩女孩谈恋爱，那叫早恋，叫青春。但一个二十多岁心智成熟的男人和一个十七岁的学生谈恋爱，那就是拐骗未成年少女。

初恋被江与城拐走，是高致一直意难平的事情，他生平最讨厌的就是这种“成功男士”了。尤其是江与城在对面坐下来，气定神闲、运筹帷幄的姿态，仿佛稳操胜券似的。

高致轻轻勾起一边嘴角，露出有些讽刺的笑容，说：“我瞅着你这张脸就来气，懒得跟你废话了。”他手肘撑在膝盖上，看着江与城，“我就问你，你到底把恩恩藏到哪儿去了？”

江与城眉眼不动地说：“如果是这个问题，我想之前我已经回答得很清楚了，她还轮不到你管。”

高致冷笑一声：“江与城，你有意思吗？你俩都离婚了，为什么还不放过她？你要是真爱她，能跟她走到离婚这一步？”

江与城抬起手腕看表，表达着不耐烦与随时会起身走人的意思。

高致也懒得磨嘴皮子，直截了当地说：“我给你发的邮件看到了吧？要不是这回到处查恩恩的消息，我还不知道原来她把我们俩的事写成了小说。”

他说话时脸上挂着一种说不出是得意还是感怀的表情，无论是什么，落在江与城眼中都极为刺眼。他搁在沙发扶手的上暗暗用力，青筋绷起，面上却没显出一丝异样。

“虽然她改了名字，但我一看就认出来了，她写的是我，不仅钢笔的事她记得，所有的事她都记得。”高致说，“小说的名字叫《蜜恋之夏》，你们离婚之后她写的，想必你还没看过。没看最好，你不用看，那是我俩的故事。”

江与城的眼底染上阴霾，随着他每说出的一个字，一分一分地加重，冷意从那双眼睛中散发出来。

“你知道唯一的区别是什么吗？”高致向前倾身，语气里是压不住的恶意和快意，“区别是，当年她被你抢走，但在小说里，她和我在一起。你知道这代表什么吗？她后悔了。后悔选择你。”

没人知道那短短的刹那间，江与城的心头经历了怎样一番风云变幻。他直起身时面色如常，连眉眼间那一分轻蔑都如常：“臆想太多是病，你有空找我不如去看医生。”他丢下一张名片，挺括的纸张在光滑的玻璃桌面上划过一段距离，稳稳停在高致面前。然后他起身，拿起大衣大步离去。

背影修长而挺拔，在傍晚的余晖中气度轩昂，叫人看不出那强撑起的骄傲的框架之下，是一片怎样荒芜的内心。

洗完澡的江小爷穿着睡衣软乎乎的，想要帅也要不起来了。他乖乖趴在程恩恩的腿上，让她帮他吹头发。

程恩恩的手法还是很好的，就是今天明显不够专心，时不时就瞄一眼门的方向。

等吹完，江小粲直起身，对着镜子抓了抓自己蓬松茂密的头发，说：“你要是着急，可以给方叔叔和彪叔叔打电话问问。”

江小粲对于他爸回不回家、什么时候回家，是一点不在意的。他爸除了出差，再晚都会回家报到，从来不夜不归宿，一个大男人比他还恋家呢。

“我没有。”程恩恩很小声，不承认。

她就是，就是……这段时间天天都有和江叔叔一起去夜跑，今天看他迟迟没回来，电话也没打通，有点担心而已。就一点点。

江小粲笑嘻嘻地瞥她一眼，看破不戳破：“你别等了，他现在还没回来，今天肯定要很晚了。”

“我没等……”程恩恩有嘴说不清，把吹风筒放回去，帮他整理了一下被子。

“要不你今天陪我睡？”江小粲爬上床钻进被子里，拍了拍身旁的位置，向她抛了一个媚眼，“来嘛，小恩恩。”

然后俩人对着嘿嘿一通笑，程恩恩心情好了，说：“我去洗澡！”

江小粲隔空比心：“我等你哟。”

小朋友睡得早，程恩恩怕他等太久，飞快地洗完澡，头发还没吹，就从房间里跑出来了。不过，她刚走到隔壁房门前，就听到入户电梯运行的声音。她顿住，脚步一转，往客厅的方向走。

果然是江与城回来了，她跑过去喊：“江叔叔。”

江与城的样子看起来似乎与平常不大一样，程恩恩还未觉察出不对，先闻到一股熏人的酒气。她遮了一下鼻子说：“你喝酒了啊？”

江与城眼底一片深沉的黑色，盯着她，目光让人不寒而栗。

程恩恩顿在那儿不敢上前，问：“江叔叔，你怎么了？”

江与城没作声，脱下外套，又从颈上拽下领带，一起丢向沙发。不知是醉酒的状态让他失了准头，还是胸中郁气无法纾解，动作隐隐带着烦躁和怒气，外套滑落下去，口袋中什么东西撞到地面，发出微弱的“铛”声。

程恩恩忙上前两步捡起外套，放回去。

就在弯腰的那一瞬间，冷不防腰被一只手臂圈住往后一带，身体骤然腾空，她本能地低叫一声，下一秒，整个人被丢在沙发上。

那力道有些重了，她被吓到，惊愕地张着嘴，望着身前面色阴沉的男人。

程恩恩不知道他突然怎么了，但这个样子的江与城，不是这段时间对她关心又爱护的江叔叔，仿佛又回到了当初那个在她耳边说出“再让我看到你乱跑，打断你的腿”的“黑社会”大哥。

这种抑制不住想发抖的恐惧感，她已经很久不曾有过。

程恩恩有点害怕，她直起身想从他身侧跑开，江与城抬起右膝跪在沙发上，截断她的去路。接着，他左手往沙发背上一撑，将她困在他的身体与沙发之间。

他俯下身来，程恩恩便反射性地往后靠，后脑勺紧紧贴着沙发。

她不喜欢酒气，和烟味一样讨厌。偏偏此刻那味道前后左右将她包拢，像一个透不过气的密闭的匣子。

江与城的眼神太吓人了，程恩恩不敢注视，惊慌的视线盯着他微微发皱的衬衣，求生本能让她快速在脑海中回忆了一遍自己最近的所作所为。

可是她明明没有做错什么，硬要说有的话，只有昨晚，那道题听他讲了十分钟还没搞懂，被他敲了一记爆栗说："专心。"

难道是因为她太笨生气了吗？程恩恩欲哭无泪。

下巴忽然被捏住，江与城捏得很用力，程恩恩吃痛，被迫随着他的力道抬起头。他的脸距离她不到十厘米的距离，眼底沉得像暴雨来临前遮天蔽日的乌云。

"后悔了？"他一开口，被酒精浸泡过的嗓音哑得厉害，掺杂着一丝说不清道不明，分辨不出究竟是不虞还是消沉的情绪。

"没……没有。"程恩恩都快吓哭了，虽然不知道他莫名其妙问的什么，还是小心翼翼地顺着他回答。

江与城却冷呵一声："谁准你后悔的？"

程恩恩从他的声音里听出几分咬牙切齿，忙用坚定的语气说："我不后悔！"

他似乎听进去了，眼中阴霾散了一些，钳在她下巴上的手也松了些。他拇指按住她下嘴唇揉了两下，目光也落在那儿，呢喃："你这个没有良心的东西！"

程恩恩赶紧说："有良……唔！"

江与城没等她说完第三个字，便压上来堵住了她的嘴，程恩恩打开的牙关刚好方便了他毫无阻碍地闯入。他今天浑身上下都带着气，狠狠地咬了程恩恩的唇。程恩恩疼得吱哇乱叫，声音全被堵在口中，被他蛮横地搅乱，破碎成断断续续暧昧的轻哼。

她两只手在江与城胸口拼命地推，挣扎半天徒劳无功。她在宿舍能自己换桶装水，被叶欣她们戏称大力士，结果在成年男人面前，力量的悬殊让她犹如一只胡乱扑腾的小鸡仔。

程恩恩这下真哭了，又怕又气，她还没成年呢，初吻啊！呜呜……

口中品尝到一点咸涩的味道，江与城发泄似的啃咬慢慢轻柔下来，抓住一只在他胸口又捶又打的手，掌心贴掌心地握住。

莫名地，程恩恩被这个小小的动作安抚到，挣扎也变得微弱了。气氛从霸王硬上弓的激烈悄无声息地转入温情。

江与城太了解她的身体。他的吻一温柔，程恩恩的感觉很快就变了，开始喘不过气，开始酥麻和瘫软。

她完全忘记了几分钟之前觉得他下一秒就会掐死自己的恐惧。

直到江与城的右手熟练地掀起她的睡衣摸上去，程恩恩一个机灵，清醒了。她惊慌失措手脚并用地一阵乱扒，把江与城的手从衣服里抓出去，同时也将他从自己身上推开。

她用力太猛，江与城被推倒在沙发上，头一阵晕眩的疼。

程恩恩趁机跳下地仓皇逃跑，脚上的拖鞋少了一只，她弯腰找了两下没找到，急急忙忙站起来先跑再说。

下一秒便被拽住手腕，一股大力一扯，她便失去重心跌下去，摔在江与城身上。他搂着她的腰一转，将她挤在与沙发之间的缝隙里，半边身体压过来，如同无法撼动的五指山。

“江叔叔！”程恩恩被挤压得连说话都困难。

江与城像是没听到，气息往她颈窝里钻，灼热的呼吸扑在她皮肤上，瞬间激起一片鸡皮疙瘩。他忽然张口咬住了她的耳朵，牙齿在她耳垂的软肉上轻轻地磨。

程恩恩蒙了，像一只被狼叼住的兔子，瑟瑟发抖又动弹不得，只好说：“我的耳朵不能吃啊……”

好在他并未再做过激的动作，大约是醉得狠了，神志不清，压着她慢慢没了动静。

程恩恩试探着动腿，发现根本动不了。

就在这时，一颗小毛脑袋从沙发上头冒出来，江小粲一脸复杂地看着他们。

程恩恩立刻求救：“小粲救我！”

江小粲伸出手指戳了戳江与城的手臂：“老江同志，我这未成年人还在这儿呢，你们能不能去房间？”

程恩恩欲哭无泪：“你别乱说呀，快救救我。”

江与城似乎是被戳醒了，身体微微动了动，却把程恩恩搂得更紧了。他挨在她耳畔，含混不清地叫了一声：“老婆……”

程恩恩愣住，张了张口，没发出声音。片刻后，她才艰难又小声地说：“我不是你老婆，江叔叔，你认错人了。”

江小粲趴在沙发后面撑着下巴，闻言忧愁地叹了口气。

江与城也不知是听见还是没听见，再次呢喃着：“恩恩……”

程恩恩没有回应，她似乎放弃了挣扎，被挤成条状塞在那儿，呆呆地看着上空。过了很久，她才很轻地说了句：“你到底在叫谁啊？”

最终，她到底是在江小粲的协助下勉强从江与城的压制下爬了出来。她把他搬上沙发，脱掉他的鞋，然后拿了一床被子给他盖上。

程恩恩一夜没睡好，早上起来时，江与城已经醒了，江小粲非常热心地帮他回忆了昨晚的糗事。江小粲出来得晚，没看到那个吻，但江与城自己还记得。

父子俩坐在客厅，一个面沉如水，一个优哉游哉。

程恩恩像什么都没发生过一样，远远地在一旁问他们早安，然后走到餐厅去吃早餐。

江与城坐在那儿没动过，一直到她和江小粲吃完饭准备去上学，他才解除入定的状态，起身对江小粲说："你先下去。"

江小粲乖乖先下楼，程恩恩提着书包站在原地，江与城沉默了片刻，叫她："过来。"

程恩恩往前走了几步，停下，隔着一个非常安全、他根本够不到她的距离。

江与城身上还是昨天那身衣服，衬衫皱了，宿醉之后的脸色也有些差，眉宇间难掩疲惫。他捏了捏眉心说："昨晚我喝醉了……"很难解释，他难得词穷。

程恩恩点头："我知道，我不会放在心上的。"

懂事体谅，到了让人无话可说的地步。

江与城目光不明地看了她半晌，才收回视线，说："去吧。"

范彪收到程恩恩发来的微信时，正在公司的食堂吃午饭。他眼睛瞪得像铜铃，点开消息一看，眼珠子差点掉出来。

程恩恩：姐姐，你知道小粲妈妈的联系方式吗？

范彪立刻将视线从屏幕挪向对面，江与城正慢条斯理地吃饭，脸色还是早上那样，冷冰冰的。

范彪跟了江与城多年，江与城虽然喜怒不形于色，但范彪对他的情绪还是能把握一二的。眼看他今天一上午都心情不佳，范彪便没拿这事儿问他，撞了撞身旁的方麦冬，不动声色地将屏幕转过一个角度。

方麦冬一顿，两人对视一眼，范彪会意，自己回复：最近联系不上。你有事找她？

程恩恩大概是一直捧着手机在等，回复得很快：嗯。

范彪是四肢发达头脑简单派的代表人物，程恩恩这一个简洁的"嗯"字，让他不知该如何作答了，遂再次把手机屏幕转向方麦冬。

后者瞥了眼，未来得及做出反应，便听到对面一声轻响。

江与城搁下筷子，面无表情地看着他们："说。"

范彪一身魁梧的肌肉，那是天不怕地不怕的，唯独在江与城面前屁都不敢放一个，马上说："程姐给我发微信了。"

江与城伸手，他立刻乖乖将手机奉上。

程恩恩一上午的课都没听进去，中午饭也吃不下，反反复复犹豫许久，终于还是下定了决心才点开范彪的微信头像。

她没问方麦冬，一则是因为她与范彪见面的次数多一些，更熟悉；一则是因为方麦冬虽然看着更温润绅士，但实际上比面相凶悍的“肌肉姐姐”更有距离感。

这两个是江与城的左右手，对他的事情应该很了解，但程恩恩还是不太能直接问出关于他太太的事。

她发完那个“嗯”字，正在思考要不要去问方助理，没想到范彪忽然打了电话过来。她愣了一下，匆匆跟叶欣说了声，丢下只动了几筷子的午餐便跑出食堂，到一个安静的地方接听。那端传来的，却是江与城的声音：“想问什么，直接来问我。”

他的音色其实很好听，程恩恩想起昨晚他在耳边叫的那一声“恩恩”。

那是她十七年的人生里，第一次听到别人叫自己的名字会产生心动的感觉。虽然，他只是认错人了。

那些莫名其妙的话应该也是想和他太太说的吧。他明明还爱着她，程恩恩想帮他，尽管并不知道自己究竟能做些什么。

总要试一试吧。江叔叔对她那么好，她想为他做点什么，希望他下一次喝醉的时候，陪在他身边的，是他心里念着的人。

她动了不该动的心思，会自己藏好的。眼睛酸酸的，她用手掌按了按，好像流眼泪了。

她一直不出声，江与城等了一阵，低声说：“别胡思乱想，晚上我去接你。”

挂断电话后，程恩恩在路边的石凳子坐了会儿。无人经过的小路，北风卷起落叶，有沙沙的声响。

十七岁的程恩恩在这一天懂得了，喜欢一个人，是无私的，也是难过的。

耳边响起脚步声，她忙擦了擦湿润的眼角，抬起头望去，是段薇。

“薇薇姐。”程恩恩发现自己有点鼻音，清了清嗓子，“你怎么过来了？”

“看到你了，过来看看。”段薇的目光在她微红的眼睛上停了一瞬，不动声色地移开，坐到她身旁，帮她拉了拉脖子上的围巾，“怎么一个人走到这边来了？这里风大，别着凉了。”

“想静一静。”程恩恩说，“谢谢薇薇姐。”

段薇轻笑，问：“怎么，有心事了？”

程恩恩垂下眼睛说：“我喜欢了一个不该喜欢的人。”

她的语气很冷静，平铺直叙，像是叙述别人的故事。只因昨晚未曾入眠的一夜，和这一个平平无奇的冬日早晨，她已经将自己心底那些纠结的心事理得清楚而坦荡。

“为什么不该喜欢？”

“他的年纪是我的两倍。”程恩恩说。

这个描述乍听起来仿佛对方已经是个五六十的老头子，段薇想了一下，才将这个“两倍”与三十四岁联系上。她扯了一下嘴角，微表情转瞬即逝，然后问：“江总？”

程恩恩点头。

她车祸醒来见到的第一个人就是段薇，所以很信任，这些不好意思对叶欣诉说的少女心事，在段薇面前毫无保留。但她忽然想到什么，转头问段薇：“薇薇姐，你上次说，你做过江叔叔的秘书，那你有没有他太太的联系方式啊？”

段薇看了她一眼，摇头。

程恩恩的期望再一次落空，轻轻叹气：“也不知道她在哪里，我都没见过她的照片。”

段薇停顿了一下，忽然说：“每年的公司年会她都会参加，你可以找找看。”她点到即止，没给程恩恩追问的机会便起身，“快回去吧，好好休息一下。”

午休时，程恩恩把手机放在腿上，在网上搜索“诚礼科创年会”。

照片是有，还很多，光她看到的就有上百张，各种才艺表演和抽奖环节，各种员工和领导，还有江与城发表讲话的照片。似乎是谁偷拍的，角度很感人，镜头面前还有两颗黑乎乎的头，但不影响风采卓然的男人在台上发光。

不过程恩恩找了很久，没看到任何疑似“江太太”或者“前江太太”的人。她不知道江太太长什么模样，只能从出现在江与城身旁的那些人入手，以他为圆心，向四周扩散搜寻。

她肯定会在江叔叔身边的，程恩恩想，而且一对夫妻身上一定有一种别人没有的默契。

遗憾的是，每张照片的江与城身边绝大多数都是男人，少有的出现的女性，不是秘书，便是领奖的女职员。程恩恩觉得有些奇怪，如果江太太每年都参加年会，怎么会一点痕迹都没有？

她一张一张地点开、放大、仔细查找，用了整个午休的时间都没能找到蛛丝马迹。

铃声敲响时她刚好无意间点开一个微博链接，从口吻判断应该是诚礼的员工，发布于两三年前的年会期间，九宫图。程恩恩从第一张点开，一张一张往下翻，有食物，有奖品，有舞蹈表演……网速慢，要缓冲很久。

翻到最后一张时，小圆圈还在转，樊祁的手伸过来，在她桌子上敲了敲，提醒道："老秦来了。"

从来不偷玩手机的程恩恩立刻把手机塞回抽屉。

连着两节语文课结束，第三节是英语课，程恩恩去办公室抱作业再发放下去，没顾上看手机。最后一节课结束，她收拾好东西便背着书包下楼。

江与城果然来接她了，而且是自己开车来的。他已经换了身衣裳，又是容光焕发的模样，早晨眉间的疲倦不见踪影。

程恩恩上车之后就老老实实地坐着，只有两个人的车厢很安静，空气都是黏稠的。

开了一段，在路口停下等红灯时，江与城转头看向她问："你想打听什么？"

"我不是要打听。"程恩恩解释，只瞅了他一眼，便低头盯着自己的手指，"我就是想，帮帮你们。"

"帮我们什么？"

程恩恩抿唇，停了一会儿才回答："复合。"

江与城意味不明地轻哼一声。

程恩恩反倒鼓起勇气来了，抬起眼睛问："江叔叔，你们为什么会离婚啊？"

江与城转头看着前方的车龙，沉默了几秒钟。

"因为她认为，我害死了她的哥哥。"

程恩恩惊愕地瞪大眼睛。她以为是一个感情问题，没想到其中还牵扯着一条人命。

惊讶让她好半天说不出话，一直等车子重新启动，拥堵的车流逐渐分散，开上一条宽阔笔直的马路，她才问："那你有吗？"

江与城单手握着方向盘，脸上情绪难辨："你觉得呢？"

"没有。"程恩恩没有犹豫。虽然她一度认为江与城是个"黑社会"，有相当长的一段时间都害怕他，但这个答案，她莫名的坚定。紧接着，她又补充一句，“我觉得你是好人。”

“是个好人……”这个评价让江与城牵起嘴角，短促地笑了一声。但这个笑的深处，苦涩、无奈、郁结，便只有他自己能体会了。

十七岁的程恩恩毫无条件地相信他。但二十七岁的程恩恩，和他在一起相处了十年的程恩恩，不肯相信。

到了公寓，下车之前，程恩恩又问他：“江叔叔，你还爱她，对吗？”

那一刻，江与城的眼神让人捉摸不透。

他不是看不懂程恩恩眼睛里的试探。这个问题无论是承认还是否认，都将是一个死结。

短短片刻的沉默，已经将程恩恩心底生出的小小期冀碾得粉碎，她很快便收回目光说：“你去找她吧。江叔叔，既然……既然还爱她，就告诉她。”她说完便飞快打开车门下车，仿佛在躲避什么，快步跑进电梯。

她没有等江与城，独自乘着静谧的电梯回到公寓，跑进房间扑到床上。

几分钟后，客厅里隐隐传来父子俩的说话声，她才将脸从被子里抬起来，吸了吸鼻子。

没关系的，她对自己说。

门被敲了两下，江与城在门外道：“出来吃饭。”

程恩恩答了声：“马上。”

眼睛还红着，她磨磨叽叽想等恢复了再出去，打开书包把试题和教材拿出来，摸到手机才想起那张还没看完的照片。她拿起手机解了锁，屏幕上自动跳出画面——一群人正迎着镜头的方向走来，被簇拥在中央的是无论身高和气度都出众的江与城，与之前那些照片不同的是，他左手揽着一个女人。

程恩恩的目光顿住。

那个女人气质与江与城很搭，穿一件简约雅致的礼服，正扭头对他说话。而他微微带笑垂眸看她，眉眼间是程恩恩没见过的温柔。

现场很乱，两个人之间有着她想象中的那种默契。

但程恩恩手有点抖，屏着呼吸将照片放大。屏幕上的人侧着脸，她看不清五官，但这个侧脸——像极了她。

程恩恩打开房门，听到江小粲的喊声从餐厅传过来：“小恩恩，今天有你爱吃的菠萝排骨哦。”

阿姨已经将饭摆好，她走过去时，江小粲正在往她的碟子里夹排骨，撒娇道：“周末你给我做红烧肉好不好，我想吃你做的红烧肉了。”

“我不会做啊。”程恩恩坐下来。

江小粲停了一下，很快又说：“我会，我教你。”

程恩恩点头：“好。”

江与城一直看着她，忽然问：“不舒服？”

程恩恩垂着眼皮说：“没有。”

她藏不住事儿，虽然和江小粲的对话很正常，神色却很恍惚。江与城的手探过来，在她额头上试了一下温度，不烫。

程恩恩乖乖坐着，也不抗拒，等他撤回手说“吃饭吧”，才拿起筷子。

她闷头吃米饭，估计连桌子上有几道菜都没看清。江与城没说什么，不时夹一些菜搁到她碗里，她都吃了。

慢慢地，就连江小粲也看出她的心不在焉了。写作业时他趴在桌子上看着她，长长睫毛下的眼睛里写满关心：“小恩恩，你不开心吗？”

程恩恩也趴下来，和他面对着面，四目相望。

“是不是因为那天我爸欺负你了？”江小粲小手放到她头顶上，摸了摸，老成地叹口气，“唉，这个老光棍又给我丢人了。你要是生气就骂他，打他也可以，他肯定不会还手的。”

那天的事，其实程恩恩一点都没有生气，虽然江叔叔强吻她还掀她衣服，确实很过分，但是她……她是个没有原则的人。

她不是不开心，只是很茫然。

今天江小粲发挥正常的速度写作业，很快搞定，让她回去休息。程恩恩没有回房间，她觉得心里有点闷，走到厨房，忽然想喝酒。

江与城喜欢喝红酒，她知道家里有藏酒，但是在厨房毫无头绪地转了一圈，没找到。

江小粲跟过来问：“你找什么呀？”

“我想喝酒。”程恩恩声音很低。

江小粲瞪了一下眼睛，然后胡扯道：“酒被我爸喝完了。”指了指一旁的AD钙奶，“只有这个。来吧，我陪你，喝奶浇愁也一样的。”

程恩恩无精打采地说：“好吧。”

两个人把一整件AD钙奶搬到客厅，各自拆开一瓶。江小粲举起奶瓶说：“干杯。”

“干杯。”

程恩恩碰了碰他的瓶子，然后两个人同时含住吸管，一口气干了一整瓶。

一堆邮件没看，江与城思绪有些乱，站在窗边点了支烟。

他看得出程恩恩情绪不佳，在车上还正常，那么大度地说出那一番话，回来之后反而低落了。

事情的发展偏离了预期，他太自信，自信即便重来一次仍然能抓住她，可车上她问的那个问题，他无法作答。

不爱？怎么可能不爱。

可若是爱，无疑是在他和程恩恩之间划下一道鸿沟。毕竟如今的她把"江太太"当作另外一个人了。

这个小东西啊，也不知到底是在折磨自己，还是在折磨他。

烟在指间默然无声地燃烧掉半截，望着窗外出神半晌的江与城才收回视线，低头将半截烟摁灭在烟灰缸里。

然后，他拿出手机，给张医生拨了一通电话。

说明用意后，彼端张医生立刻道："老江，你考虑清楚，贸贸然把真相全部告诉她，万一她又直接晕倒呢？咱们又不是没试过，别忘了当时你怎么发飙的。"

其实程恩恩在自己认为的"醒来"之前，就已经苏醒过一次，当时她的记忆已经出了问题，说自己十七岁，要去上学。都以为她撞到头撞傻了，一帮人围在她跟前说：你现在已经二十七岁了，都结婚了，你老公是江与城，我现在打电话叫他过来。

坚持认为自己还是个少女的程恩恩不肯相信，被逼得发了一阵疯，当时就昏倒了。

她发完疯后，是江与城大发雷霆，张医生作为他多年朋友都差点被算账，医院花痴他许久的小护士更是吓得从此见他绕路走。

江与城沉默片刻，问："若她一直不恢复呢？"

张医生叹了口气，说："那也没办法。谁都不能保证她再受到刺激的结果是恢复记忆，还是世界观崩塌彻底疯掉。"

说句不好听的，程恩恩已经没有其他亲人，父母各自有家庭，相依为命的哥哥去世多年，尽管她还清醒时铁了心要与江与城离婚，但这个世界上在意她疯不疯的，也只剩他一个而已。

这个风险，江与城一丝都不愿意冒，否则他也不会大费周折砸下那么大一笔钱，为她建造一个虚构的世界。

"这么久了，你想出来的办法呢？"江与城语气不善。

张医生被气笑了："她的情况太复杂，一般心因性失忆，催眠疗法最好，但对她无效啊。"说到这个他就来气，"谁让你闲得没事净教她些有的没的！我好不容易才把人哄骗过去看心理医生，结果这家伙，盯着人家医生半个小时都不带眨一下眼的。你自己干的好事，还怪上我了？有你这样的吗？”

江与城按了按太阳穴，说：“你最好尽快想出办法，否则这个年你别过了。”

“嘿，你还威胁我？”张医生不高兴了，“老婆失忆不认人的又不是我，两边讨不着好的又不是我，天天守着老婆干上火的又不是我，咱们看看到底谁不好过！”

江与城的嗓音凉飕飕的：“你看好戏很开心？”

“哎，得了得了，我不招惹你了。”张医生认怂，“我这几天在B市呢，约了几名这方面的权威专家讨论这个案例，有结果了通知你。你放心吧，恩恩的事我一直放在心上呢。”

“谢了。”江与城说。

挂断电话，他听到客厅里隐隐约约的说话声。江小粲正苦口婆心地劝：“你不能喝了，你已经喝了好几瓶了……不开心也不能这么喝呀，喝多了伤身……”

江与城眉头轻轻一皱，打开书房门，见俩人坐在客厅地上，茶几上七零八落一堆娃哈哈瓶子，程恩恩枕着胳膊趴着，肩膀时不时抽一下，伴随着吸鼻子的声音。他走过去瞧了眼，程恩恩脸颊上挂着一道泪痕，趴着正难过，没注意到他。

“怎么了？”江与城问。

江小粲看看他，又看看程恩恩，深沉地道：“醉奶了。”

程恩恩已经听到了江与城的声音，从桌子上起来，低头飞快地蹭了蹭脸。

江与城居高临下地看着她，眸光难测，片刻后对江小粲抬了抬下巴，说：“你先回去睡觉。”

江小粲轻轻拍了拍程恩恩的脑袋，安慰道：“小恩恩不哭了，我回房间了哦。”

程恩恩点头，用微带沙哑的声音说：“晚安。”

江小粲麻溜地回避，给两人腾出空间。程恩恩把脸擦干，站起来说：“江叔叔，我想和你说两句话。”

江与城在家里穿得一向薄，身上就一件针织衫，站在原地看着她：“想说什么？”

程恩恩站在离他几步远的位置，捏了捏手指，安静了半晌才开口：

"我能看看小粲妈妈的照片吗？"

江与城微顿，说："怎么想起问这个。"

"我是不是长得像她？"程恩恩抬起头，"你对我这么好，是因为我长得像她吗？"她很想知道这个答案，执着地望着江与城的眼睛，却见他的脸色猛然沉下来。

"是谁和你说了什么？"江与城的声音冷得慑人。

家里关于她的东西都收了起来，网上的消息也撤得干干净净，学校里没人知道内情，她身边能接触到的，每一个都是他的人。

程恩恩愣了一下，虽然他没有回答，但从这个反应中她已经能得出答案了。眼泪没出息地涌出来，她立刻用手背蹭了蹭，说："我没有别的意思，我很……荣幸。"

她应该感谢才对，她享受到的这一切，都是沾了江太太的光。但是，心里还是会难过。江叔叔对她的好，小粲粲对她的亲近，甚至于薇薇姐对她的关心，都不是属于她的，只是因为，她与江太太那几分相似。

这个世界上，果然没有人真的爱她。

她不想哭，她觉得哭很丢人，可是一点都控制不住。她拼命地擦，眼泪拼命地流，手背上浸湿一片。

她正要用袖子擦眼睛，手却被握住。江与城攥着她的手腕，另一只手捧着她的脸，拇指轻轻拭去她眼角和脸颊上的湿润。

浸淫商场这么多年，再难的事都没让他皱过一次眉头，偏偏在这么一件小事上束手无策。他该怎么说？他能怎么说？自己吃自己的醋，因为长得像自己哭成这样，也就她独一份儿了，还硬撑着说荣幸……

江与城无奈，帮她擦着眼泪，幽幽地道："哭吧，等你以后想起今天，就会笑了。"

他的掌心很舒服，程恩恩贪恋这个温度，乖乖的没有躲避。闻言，她抬起泪汪汪的眼睛，抽泣着问："嗯？"

江与城牵着她到沙发坐下，拿起一方帕子要给她擦脸，程恩恩接了过来自己擦。

眼泪跟流不完似的，她一边擦一边哭，肩膀直抽抽，声音也哑了，抽抽搭搭地说："我……我已经在这儿待了很长时间了，等你……等你把小粲妈妈找回来，我就走。"

她觉得自己鸠占鹊巢，占了原本属于江太太的东西。也觉得喜欢江叔叔的自己是笑话，她根本没有资格。可是她不能这么没交代地走掉，她会继续按照约定照顾好小粲粲，等到他的妈妈回来，就离开。

“好，等到她回来。”江与城语调沉稳，含着若有若无的宠溺，掌心在她头发上一下一下安抚地顺着。

不过，等程恩恩平复一些，他的下一句便是：“现在告诉我，你从哪儿知道的？”

“我自己查到的。”

听他的语气似乎不大好，程恩恩没敢提段薇。她只是给自己提了个醒而已，而且她已经离职了，总不能因为这个再害她被找麻烦。

江与城目光深沉，当时没说话，隔天诚礼的公关部就遭了殃。

姚主管办事牢靠治下严厉，公关部在她的带领下极少出差错，但她主要负责营销公关，程恩恩这件事当初是交给段薇一手操办，借用了公关部的人手和关系抹消痕迹，算是无妄之灾。但说到底是办事不力，被老板点了名，姚主管将当时负责的几个员工狠狠申斥了一番。

虽然只是一张侧脸，镜头也远，但熟悉程恩恩的人不可能认不出，她自己更不可能认不出。万幸只是一张侧脸，让她误会是相似，倘若真叫她看清了五官，后果就不是这么简单了。

段薇被召回诚礼，上楼时正碰到一个女员工哭着从姚主管办公室出来，一见到她便说：“段秘书，那条微博我们当时问过你的，是你说没问题啊。”多少有点抱怨的意思。

她们工作兢兢业业，一丝一毫痕迹都没放过，只是发那条微博的职员已经离职音讯全无，也不值当为了这么一张无伤大雅的侧脸照再付一大笔费用。拍板决定的是领导，出了事挨骂的永远都是他们这些小喽啰。

段薇拍了拍她的肩，微笑着说：“没关系，这事是我的责任，不会连累你们。”

其实原本也连累不上，姚主管处理事情干净利落，该骂的骂，该罚的罚，谁的过失也理得一清二白，早汇报到江与城那儿去了。段薇正是清楚这一点，收到消息便已然猜到所为何事。

不过她主动往自己身上揽，反而在女员工面前落了好印象，方才的抱怨立刻变成好意提醒：“江总好像挺生气的，你小心点。”

有段日子没回到这个办公室，段薇进门，正在复印文件的小秘书欣喜地叫道：“薇姐，你回来啦。”

段薇笑了笑，问：“江总在吗？”

“在呢，不过……”小秘书话未说完，被打断。

“不过没工夫见你。”陶姜从格子间站起来，拿着一张白纸黑字的纸，趾高气扬地走过来，往段薇眼前甩了甩，“你的处分，自己看吧。”

“什么处分，只是一个通知而已。”小秘书抱不平。

段薇接过来扫了眼：停职通知，眼神微微一变。

小秘书有些担忧地看了她一眼，安慰道：“没事的，只是停一个月而已。江总正在气头上，等他气消了就会让你回来了，咱们办公室没了你可不行啊。”

“有什么不行的，她不在这两个月我看挺好的啊！”陶姜抱着手臂，下巴都快抬到天上去了，“别太把自己当回事，你师父当初不也是以为这里离了自己不行？结果呢，休个产假就被你顶替了，回来也只能到人事部养老去……”

“说什么呢你！”小秘书气得咋咋呼呼，“你还真以为你能顶替薇姐啊？”

“别吵了。”

段薇往里间办公室的方向看了一眼。不过两秒钟，办公室的门便从里面打开，江与城与一名主管一前一后走出来，江与城一边系扣子，一边回头嘱咐什么。他一路与主管谈着事，视线未曾分给立刻恭敬地站成一排的三个秘书，大步走向电梯间。

段薇将手中的停职通知塞到小秘书怀里，追上去：“江总！”

电梯门正要关闭，因她的阻挡重新开启，江与城淡淡一眼投去，情绪不明，倒是那名主管笑呵呵地道：“段秘书啊，好久不见。”

段薇笑着问候一句，随即看向江与城：“对不起江总，是我失职，没把事情处理好。这一个月我会好好反思，不过程姐那边，我还是继续……”

“我已经安排其他人过去了。”江与城没有表情时脸色显得很冷淡，声音也沉，毫无起伏，听着叫人发怵。

闻言，段薇收了声，松开按着电梯门的手退出去，向二人微微鞠躬。

晚上是一场推不掉的饭局，江与城尽可能提前结束，回到家刚刚九点。

进门后玄关的感应灯亮起，察觉到不同寻常的安静，江与城脚步微顿。他将大衣挂到衣架上，慢慢走进去，客厅没人，房间门也是紧闭的。这似曾相识的可怕的寂静，让他心头沉了沉。

他推开程恩恩的房门，看到椅子上那个粉灰拼色的书包，绷起的神经才松了松。她的课本和试卷还在书桌上放着，叠得整整齐齐。

江与城关上门，拿出手机拨电话。

第一个无人接听，第二个很快接通，江小粲欢快的声音伴随着风声从听筒传来：“哈喽爸比。”

听起来有些喘，应该是在跑步。果然，下一秒，不等江与城询问，江小粲便自己交代了：“我和小恩恩在跑步呢，你回家了？”

“嗯。”江与城转身重新走向玄关，“你们怎么不等我？”

这句听起来怎么这么可怜啊？江小粲咧着嘴笑，没敢发出声音，看了眼身后始终跟不上他的程恩恩，捂着话筒小声说：“小恩恩说以后都不带你来了。”

江与城取外套的手停了一瞬，大衣搭在手臂上迈进电梯。

江小粲在那边添油加醋火上浇油落井下石：“今天有个大帅哥给我们送饮料呢，还说一会儿带我们去吃夜宵哦。我和小恩恩吃完夜宵再回去，你自己洗洗睡吧，乖。”

“等着。”

江与城轻飘飘的两个字透过电流掀起一阵凉意。江小粲觉得背后刮阴风，还没来得及见风使舵，电话就被掐断了。

饮料是真的，他们口渴，自己在商店买的。夜宵也是真的，看到有学生打包烧烤回学校，顺嘴一问，小卖部老板给他们指了指西南门外的夜宵街。

帅哥是假的，有个屁帅哥！就一个四眼仔过来搭了句讪，张口就是学妹，程恩恩还没说话，江小粲就一句话把人吓跑了：“学什么妹学妹，叫老师。”

程恩恩：“……”

江小粲明明英勇地守卫了他妈，回去报告一下说不定还能讨个好处，结果一个玩笑把自己搞成了“带领老妈叛变”，他顿觉失策。好懊恼！

程恩恩不等江与城也没别的意思，就是想和他保持距离。

她以前懵懵懂懂，被动地接受着他对自己的好，现在看清楚了自己那点不能宣之于口的小心思，就不敢再靠近他。离得远一些，她才能控制好自己的心。

不过她没想到，跑完一个小时，正要离开体育场，迎面便见江与城身披夜色，大步走来。

前一秒还在她旁边蹦蹦跳跳的江小粲立刻敏捷地一个闪身躲到了她背后，从她胳膊肘下方挤出脑袋偷瞄。

江与城懒得理江小粲，走过来的同时，搜寻情敌般的精锐视线已经扫过四周。没发现可疑目标，但是在程恩恩手中看到了可疑的半瓶饮料，直接抽走，往不远处的垃圾桶一抛，精准投入。

程恩恩一脸蒙：“江叔叔……你为什么扔掉我的饮料？”

“不健康。”江与城十分淡定地将手中的黑色保温杯递过去，“喝这个。”

“哦……”程恩恩还有点蒙，乖乖地接过去。

江小粲讨好地把自己的半瓶饮料也伸过来，不过他爹区别对待，跟没看见似的，不搭理，又低声问程恩恩：“想吃夜宵？”

程恩恩立刻想起之前那几个人拎的烧烤，好香，当时把她的馋虫都勾得爬出来为所欲为了。但她摇头说：“不吃。”没注意到自己说话之前先吞了下口水。

江与城怎么会看不出她在想什么，说：“那陪我吃点？”

他不会工作到现在还没吃饭吧？程恩恩立刻就改口：“好。”

学校附近的吃食从来是最丰富的，平平常常的街边小店也会给你惊喜。生意最火爆的那家烧烤店座无虚席，打包的队伍都已经排到了马路上。程恩恩跟江小粲往烧烤架前一站就走不动了，江与城点好菜，把俩人领进店里。

已经没有空桌了，只有一对小情侣的桌子还剩两个位置，程恩恩跑过去问，对方爽快地同意了。

加了张小板凳，三个人一起坐下，小情侣里的姑娘很大胆，瞅了瞅他们，便笑嘻嘻地对着江与城说：“大叔你好帅啊。”

其余三双眼睛立刻齐刷刷地向他望过来，江与城很有风度地颔首说了声谢谢。

姑娘的目光扫过江小粲，最后停在学生打扮的程恩恩身上，似乎是没看懂三个人的关系，问：“你们是？”

没等其他人反应，程恩恩生怕被人误会什么似的，抢着回答：“我是保姆。”

“……”江家父子都有点没反应过来。

两秒钟后，她反应过来，恨不得咬掉自己的舌头，惊慌改口：“不是不是！我是家教。”说完立刻小心翼翼地觑了江与城一眼。脸都红了，也不知道是急的还是臊的。

一桌子的人唯有江与城面不改色，拧开保温杯放在她手边，一个字没说，却让原本就尴尬的气氛陡然暧昧起来。

“哦。”姑娘露出一个意味深长的笑容，“懂了。”

江小粲看热闹不嫌事大，对着姑娘眨了一下右眼，说：“你猜得是对的哟。”

管她到底是保姆还是家教的，反正就是被雇主看上了呗。虽然带着一孩子，但架不住帅啊，就冲这颜值、这气质，做后妈也不亏。

程恩恩没听懂两人的对话，茫然道：“猜的什么？”什么就懂了？

姑娘笑了，心说敢情是个单纯迟钝的小白兔啊，原来大佬喜欢这款的。怪不得她没有这种艳遇，女人太聪明了也不行！唉。

心里明白，说出来就没意思了，姑娘岔开话题问：“你在这儿上学吗？大几啊？”

程恩恩摇摇头说：“高三。”

姑娘的眼睛无声瞪大了一圈，眼珠滴溜溜一转，再次飘过江与城时变得更耐人寻味了。离异单亲爸爸和高中生？看不出来这大叔人模狗样儿的，还挺会玩。

“刺激啊。”她感慨道。

程恩恩想了想，很认真地说：“不是很刺激，主要是累，每天做题都要做到一点。”

“做什么做到一点？”姑娘大概脑子里装了什么有颜色的东西，听岔了。

程恩恩看着她说：“题呀。”

“哈哈哈哈。”姑娘笑着端起自己的可乐喝了一口。

她男朋友也笑了，说了句：“别乱开车，还有小朋友呢。”

程恩恩一脸莫名其妙，都不知道他们在笑什么。她抬眼看江与城，他嘴角也轻轻勾着，不知什么时候把江小粲的脑袋摁在了腿上，一只手捂着他的耳朵。

小朋友一阵挣扎，江与城一边把他按得死死的，一边从容不迫地喝着茶水，直到老板将烧烤端上来才松手。

两份同时上来，各自开吃，少儿不宜的话题便打住了。

烧烤这玩意儿，跟泡面一个道理，闻着比吃着香。在外头闻着味儿口水都快流成河了，真上了桌，热腾腾的肉吃了几串，程恩恩就觉得有点咸了。

保温杯里的水烫，吃着辣的喝热水，无异于火上浇油。她看着旁边姑娘的冰可乐非常眼馋。

江与城侧头对江小粲说了什么，小家伙立刻兴高采烈地蹦起来去跑腿，很快拿了两瓶可乐和一瓶啤酒过来。

啤酒是冰的，可乐却是常温的。

江与城开了一罐可乐，放在程恩恩手边，然后将保温杯里的热水倒出一杯，搁到一旁凉着。这事儿他做得顺手又寻常，落在旁人眼里，却是不寻常的宠溺和照顾。

程恩恩说：“谢谢江叔叔。”

旁边的姑娘正瞧着他们，闻言凑过来问：“你叫他叔叔啊？”

“对啊。”程恩恩回答。

姑娘看向自己男朋友说：“从今天开始我叫你叔叔吧，我也想要一个叔叔这么宠着我。”

男朋友啃着羊肉串，两眼亮晶晶的，说：“我也想。”

小情侣说话一点不顾忌，程恩恩反倒被说得不好意思了，偷偷瞄了一眼对面的江与城。

江叔叔对她是真的很好。“宠”这个字眼，让她心里情不自禁甜丝丝的，又因为觉得不应该而羞愧，这些“宠”本不是属于她的。

江与城如墨的眸子正盯着她，眼神撞上，程恩恩下意识地想躲，却见他忽然弯了弯唇，难得一见地笑了。

程恩恩被这个笑容电得差点呛到，低头猛喝可乐，心虚的目光无处安放。

烧烤搭配可乐，是人生一大享受。程恩恩吃得挺开心的，不过烧烤还没吃完，可乐先喝光了。她的胃盛不下第二罐了，但又吃了两串鸡翅之后，渴了。

对面的江与城正往杯子里倒啤酒，金黄色的液体中小泡泡飞速翻腾，泡沫在顶层破灭的声响沁人心脾。

程恩恩不自觉地盯着看。

江与城慢条斯理地倒满一杯，放下酒瓶，接着端起那杯在闷热烧烤店里冒着凉意的啤酒，慢慢地递到程恩恩嘴边。

程恩恩愣了一秒才反应过来，抬头眨了眨眼睛。嘈杂的背景噪声中，江与城低沉清冽的声音清晰入耳，带着几丝蛊惑：“尝尝？”

程恩恩有点犹豫，她还没成年，喝酒不好。

江与城又道：“你看了我半天了，不是想喝？”

被看到了啊。程恩恩为了掩饰心虚，心一横，低头抿了一口，咽下去后发现比想象中好喝。她还想再来一口时，江与城却已经将手收回，拿起另一杯已经凉掉的白开水放过来，说：“喝吧，不烫了。”

程恩恩端起水来喝的时候，听到旁边姑娘又在怼她男朋友：“你看看人家，你再看看你！不行了，我明天就找个叔叔谈恋爱去，现在的叔叔怎么这么可爱！”

男朋友急了：“那我呢？”

“你也去找个叔叔呗。”

可爱？程恩恩捧着杯子慢吞吞地看向江与城。她哪只眼睛看出来他可爱的？

深夜吃烧烤的后果是上火睡不着，程恩恩在床上翻来覆去，大脑很活跃。她胡思乱想之后有些丧气，她今天好像更喜欢江叔叔了，怎么办？！

这个发现让她第二天醒来时也无精打采。

例假也来了，不晓得是不是因为昨晚那一顿烧烤，提前了几天，肚子有点痛，她脸上看起来没多少血色。

江与城从房间出来，看到她这样便皱了下眉。但是程恩恩不好意思讲，扭扭捏捏地不肯说。

江与城隐约猜到了，叫阿姨煮了锅红糖姜茶。程恩恩赧然，又有些感动，喝了一大碗。

其实自从来到这里，每次例假期间阿姨都刚好煮补气血的东西，有时是紫米红枣粥，有时是山楂桂圆汤。今天趁着阿姨在，她道谢，阿姨笑了笑说：“你气血不足，没事多吃点红枣。”

出门前程恩恩抓了一大把红枣放在书包里，到学校时，发现除了红枣，里面还多了一盒痛经药。她都不知道是谁塞的，但小粲粲不懂这些，阿姨也不会擅自动她的东西，那就只有一个可能……

她心头是热的，又有点酸涩，说不清什么滋味。

又到了月考的时间，这次刚好赶上例假，生理痛，程恩恩的状态有点差。上午考完语文，她没力气，对正等她一起去食堂的叶欣和陶佳文说：“你们去吃饭吧，我不饿，想睡会儿。”

叶欣便道：“那你好好休息。”

反而是陶佳文过来劝：“不饿也要吃饭呀，下午还要考数学呢。走吧，我扶着你走，多少吃一点。”

叶欣把陶佳文给拉走：“她不舒服，让她休息吧。”

程恩恩趴着睡觉，虽然穿得挺厚的，半睡半醒间还是觉得冷。教室人少，她抱着手臂蜷缩在位置上，不知过了多久，耳边听到倒水的声音，很近。她睁开眼睛，瞧见樊祁拿起一只长柄勺，在冒着热气的杯子里搅拌，有药的味道飘出来。

程恩恩还想着他是不是感冒了，迷迷糊糊的，过了一阵，听到樊祁叫她：“把这个喝了。”

她愣了愣，才从混沌中恢复清明，坐起来。樊祁将杯子放到她桌子上，就若无其事地继续玩手机了。她看着那杯药，顿了顿，视线飘过去，瞄见他桌子上一个药盒——×××牌痛经颗粒。

程恩恩的目光忍不住又瞥向樊祁。他眼睛盯着手机，耳朵却隐隐有一点可疑的红色，被程恩恩看了几秒钟，强撑镇定地说："别看了，我第一次买这玩意儿。"

"谢谢你。不过……我已经吃过药了。"程恩恩真心诚意地说。

樊祁沉默了长长的十秒钟，放下手机，头转过来，脸上的表情非常地高深莫测。

程恩恩被他看得一紧张，以为他生气了："对……对不起。"辜负别人心里挺过意不去的，但是这种药不能多吃，若是其他的食物，她吃双份也没关系。

樊祁叹了口气，挺郁闷的。这不都是剧本写好的吗？你自己吃药是几个意思？我这个男主不要面子的吗？

他端起药打算去打掉，一转身碰上他的"小弟"。

"怎么喝药呢？你生病了？"

没等樊祁说话，有人眼尖地发现了他桌子的药盒，"哟"了一声："痛经颗粒！祁哥你还喝这种东西？保胎吗？"

"痛经跟保胎有什么关系，呆子。"另一个人说，"祁哥是来月经了。"

樊祁怒道："滚！"

快一点时，叶欣才气喘吁吁地跑回教室，手里拎着打包盒，说："恩恩，我给你买了粥，喝点热的吧。"

学校食堂中午是不卖粥的，这些只能到校外去买。

打开饭盒，热气将程恩恩的眼眶都熏热了，她对叶欣说谢谢，叶欣笑了笑说："你跟我还客气什么。"

那份粥的分量还挺足的，程恩恩都喝完了，胃里暖和了，确实舒服不少。不过趴着睡觉时体温降低，仍然会冷。她刚刚换了个姿势，忽然有什么东西兜头掉下来，将她整个人都罩住了。

是一件校服外套。她把衣服从头上扒下来，回头。

樊祁正拿着手机，跟后面几个男生一起玩游戏。几个人玩得很投入，仿佛其他事都与他们无关。不时有人压低声音说："哎哎哎有人过来了，我先躲起来，快来个人救我！"

程恩恩有点纳闷，正要收回视线，一直低着头的樊祁忽然抬眼，对她勾唇一笑。

程恩恩小声道了谢。

今天她说了好多次“谢谢”，代表着她收到的好多份关心，很暖心。她没推辞，披着那件外套趴下继续睡。

午休结束后，程恩恩和叶欣一块儿去卫生间，走廊上人不少，叽叽喳喳地在讨论马上要开始的数学考试。

忽然间，有一刹那的寂静，紧接着便是一阵惊呼和更热烈的喧哗。

“谁的车这么厉害，就这么直接开进来？”

“能不厉害吗，宾利啊，我还是第一次见！”

对热闹无动于衷的程恩恩被“宾利”二字吊起了精神。她人生中见过的宾利屈指可数，准确来说，也就江与城那一辆，所以她不可避免地产生了联想。

她踮起脚，好不容易才从趴在栏杆的一排人墙中找到一个空隙，往楼下瞄了眼。

宾利的这个车速在校园中堪称蛮横，在楼前强势刹车，紧接着后座车门开启，一条长腿迈出，江与城下车，视线一抬，精准地落在程恩恩的方向，然后招了一下手。

他的表情与平常无异，但程恩恩在他眼中读到了一丝凝重，立刻跑下去。

不知道是什么急事，让他连三个小时后的放学都等不及，特地跑过来这一趟。

她一口气跑到江与城跟前问：“江叔叔，什么事啊？”

两人站在众人围观的视线中央，周围窃窃私语的声音此起彼伏。

江与城无声而沉稳地立在那里，气场很能镇得住场，只是开口的声线低沉：“跟我去个地方。”

“现在吗？”程恩恩很为难，“可是下午还有考试……”

“回来让学校安排补考。”江与城道。

他显然已经帮她拿了主意，这个不容置喙的态度几乎是强硬了。程恩恩自然是不会违抗的，但这么急迫，她难免想多，担忧是不是小粲出了什么事，往车边走的脚步便也急促起来。

江与城这才注意到她身上明显过大的校服，大了不止一个码数。程恩恩睡醒忘了这茬，直接穿着下来了。

江与城伸手把外套摘下，根本不用判断，直接抛给不远处手揣着兜站在人群前头的樊祁。樊祁把手从口袋拿出来，接住，和他对视着。

江与城一言不发，脱下身上的大衣，往程恩恩肩上披。

她躲了一下，说："我不冷。"只是睡觉的时候冷而已，反正车上暖和用不着。而且……而且她不想穿江叔叔的衣服。

不过躲开后发现江与城的脸似乎黑了一些，她赶紧快步走开，打开车门自己坐进去。

江与城的眸光沉着，看不出情绪浓淡。他很自然地将大衣搭上手臂，上车前再次扫了樊祁一眼。

后者耸了耸肩，把"不关我事"四个大字写在脸上。

车上气氛沉闷，程恩恩的心便一直提着，忍了半路，终于忍不住问："江叔叔，我们到底去哪里啊？"

江与城的视线从窗外收回，回答："参加一个葬礼。"

程恩恩愣了愣，问："是什么人啊？"

江与城沉默着，望着她的目光很深。

程恩恩便又问："很重要的人吗？"

静默片刻后，江与城抬手缓缓抚了抚她的头发，说："重要。"

虽然程恩恩不明白为什么江与城要带她去参加这个葬礼，但既然是对他来说重要的人，她去吊唁一下也没什么。她低头看了看自己的衣服，幸好今天穿的是黑色的外套，不算失礼。

到了地方，她跟着江与城下车，才发现是一个很简单的葬礼，没想象中那么隆重。人很少，甚至可以说是冷清，灵堂上连亲属都只有一个，是一个胖乎乎的男人，看起来有五十岁了，外貌气质都很普通。

胖男人见到他们似乎很惊讶，但也并不热络，只远远地朝江与城点了点头。目光落在程恩恩身上时，反而欲言又止地停留了片刻。

但程恩恩的心思不在他身上，她望着灵堂中央，那张被白色菊花包围着的黑白照片，愣神。

照片上应该是那男人的妻子，五十多岁的女人，已经老了，但五官依稀能看出残存的风韵。她年轻时应该也是个美人，只是面相看起来有几分刻薄。

程恩恩不认识这个人，但不知怎么，从心底漫上来一种很微弱的不明不白的感觉。她自己都分辨不清，只是觉得沉重。大约是受到了葬礼哀伤气氛的影响，还有一丝丝难以察觉的伤感。她站在那里，不知道该做什么。

恍惚间感觉江与城握住了她的手，干燥宽厚的掌心，熟悉的温度，让她浮萍一般飘着的心仿佛踩到了实处。江与城牵着她向遗像走过去时，她突然有些抗拒，挣扎了一下。但也只有一下，江与城侧眸看过来时，她已经乖顺下来。

江与城领她到遗像面前三鞠躬，然后对那个胖男人慰问了几句。整个过程中程恩恩都跟掉线了似的，连他们在说什么都没有听见。一直到江与城带着她走出灵堂，鼻腔吸入室外冰凉的空气，她才猛然清醒过来。

她回头看了一眼，灵堂设在殡仪馆，灰扑扑的建筑沉闷地矗立着，多少年来见证着一个又一个生命的逝去。

刚才那阵莫名其妙的恍惚和哀痛让程恩恩有些后怕，她把脖子往衣服里缩了缩，紧跟江与城。接着，她便意识到自己的手还被他握着，赶紧抽了出来。

前方恰好有一辆车开过来，停在路边，一个五十多岁的男人下车，高高瘦瘦，看起来有点斯文的样子。

是程绍钧，真正的程绍钧。

见到江与城跟程恩恩，他径直走过来，打招呼挺亲热的："与城啊。"

相较之下，江与城的态度就显得冷淡了，淡淡点了下头。程绍钧又看向程恩恩，正要开口，被江与城截断："借一步说话。"

程绍钧虽不明就里，但很配合地往一侧走去。

江与城把车钥匙递过来，低头嘱咐程恩恩："你先上车等我。"

程恩恩乖乖接了，看着他和那个高瘦男人走到十几米远的地方停下来。江与城身材挺拔，又有着杀伐果决的气场，对方虽然年长许多，站在江与城面前，无论身高和气势却都矮了一截。

两人不知在聊什么，高瘦男人向程恩恩这边看了一眼。不晓得是不是这个地方太邪门，程恩恩看到他时，也有点怪怪的感觉。

她转身往车的方向走，冷不丁有个老头走到她跟前，手里拿着支烟，莫名其妙地叹了口气说："你妈死了，你……"

程恩恩本来心情就不好，没听他说完便生气了："你这个人怎么这样？太坏了！"

那老头懵了下，夹烟的手指着她说："你……我干啥了？我不就说一句你妈死了，你……"

"你还说！"程恩恩最接受不了别人上升到家人，尤其是这么恶毒的诅咒，气得眼睛都红了，"我又不认识你，你怎么上来就骂人呀？"

"哎，你这丫头……"

老头的话未说完，江与城已经大步走过来，把程恩恩往背后一挡，用冷冷的目光扫了那人一眼。

程绍钧也过来了，拉了那老头一把："老李，你干吗呢？"

江与城多一个眼神都没有再给两人，径直带着程恩恩上车。

两人走远了，那老李还在说："你女儿咋回事啊，我就想跟她说句话，多久没见了，你看她什么态度！"

"得了吧，她都不跟我说话，还跟你说话。"

程恩恩又气又难过，上了车还抿着嘴鼓着腮帮子，气愤地说："太没礼貌了，那么大年纪，怎么能说这么恶毒的话？可恶！"

方才出来见她红着眼睛，江与城还以为她是不是想起了什么，不过看这样子，显然是自己想多了。

程恩恩忽然又说："我想回家。"江与城一顿，她声音低低地接着道，"明天放学，我想回家看看我妈。"

江与城沉默地看着她，半晌后答了声："好。"

第九章

她已经想起了些东西

隔天是周五，下午的英语考试结束，这一次的月考便画上了句点。江与城来接她，亲自开车把她送回程家。

葬礼之后她一切如常，反倒比江与城还平静。到了楼下，她说了声“谢谢江叔叔”，抱着书包正要下车，江与城忽然说：“去给我买瓶水。”

程恩恩也没怀疑，往窗户那边瞄了眼，没听见麻将的声音，便邀请他说：“江叔叔，你进去坐坐吧，我给你泡茶。”

“不用。”江与城说，“去买吧。”

程恩恩“哦”了声，把书包背到背上，往路口的商店跑过去。

江与城看着她的身影从后视镜中消失，拿出手机，拨了通电话。不到半分钟，筒子楼里一个女人跑出来，正是这些日子扮演“方曼容”的演员。

江与城降下车窗，“方曼容”没敢靠太近，弯着腰恭敬地道：“江总，您有什么事，要不进去坐着说？”

“她马上就回来，我长话短话。”江与城留意着后视镜，嗓音低沉，“今天不用演，好好陪她吃顿饭。”

“方曼容”一怔，接着露出为难之色，“她最近回来得少，好多戏拖着都没演，下面马上就是关键的部分了，今天不演时间有点赶不上……”

江与城的口吻不容置疑：“不论什么，下次再说。”

气势迫人，“方曼容”不敢再多言，说：“好，我明白。”

程恩恩买了一瓶最贵的矿物质水，跑回来将窗户开着，直接递给他，有点不好意思地说："我忘记问你想喝什么了，随便买的。"

江与城接过，轻轻一抬下巴："进去吧。"

"那我回去了，路上小心。"她挥挥手，转身跑进楼道。

车迟迟没有启动，江与城隔着玻璃看着一楼，老旧的房子，窗户脏兮兮的，看不清里面的光景。

程恩恩跟父母之间没什么情分，即便程礼扬去世之后她只剩这两个亲人，也从不往来。

方曼容常年抽烟熬夜，身体早就垮了，几年前便生过大病。程恩恩从不肯去探望，每次到医院楼下转一圈就走，只有带着江小粲去看望时才会踏入那间病房。程恩恩在孩子面前，从来不传递负面的东西。但方曼容离婚之后虽然换过几任对象，却没有生育过子女，手术费负担不起，是程恩恩二话没说拿的钱。

江与城知道她心里的矛盾，也知道她心里多少还是念着他们的。

程恩恩进门时，方曼容正在客厅嗑着瓜子看电视，瞥了她一眼说："回来也不提前说一声，家里一根菜毛都没有。"然后把手里剩下的瓜子丢回去，站起来，语气挺不耐烦似的，"想吃什么？我去买菜。"

程恩恩觉得自己大概是有病，被方曼容这么数落一句心里反而踏实了，说："什么都行。"

方曼容穿上外套出门去了，程恩恩背着书包回房间，掏出来一个相当厚实的牛皮纸袋拿在手里。

她很少进方曼容和程绍钧的卧室，程绍钧常年不在家，房间里他的东西很少，床头柜上摆着一个打开的皮质卡包，几张卡拿出来忘记放回去，就那么零零散散地搁着，落了层灰，看样子已经有段时间没回来了。

他的东西再乱，方曼容都不会帮忙收拾，因为东西一旦找不到就会变成她的过错，吃力不讨好，便干脆撒手不管。夫妻俩各过各的这种状态已经持续很多年了。

这个家就是个空壳子，但程恩恩仍然希望它能长久地维持下去，她不想变成一个没人要的"孤儿"。

但假如真的走到离婚那一步，方曼容没有工作，也没有积蓄，就靠着家里一套老房子出租过活，那点微薄的租金还不够她一晚上在麻将桌上挥霍。

程恩恩也就最近发了一笔横财，她眼中的"巨款"在成年人的世界里什么都不算。她还要为自己的大学学费打算，拿出了一半给方曼容，这已经是她作为女儿能给的全部了。

她把牛皮纸袋塞到方曼容的枕头下面，走出卧室正好撞见开门进来的“程绍钧”，把她吓了一跳。

所幸“程绍钧”并未在意她进主卧这件事，程恩恩叫了声“爸”，他应了一声，放下公文包坐到沙发上，还破天荒地问：“最近怎么样？”

“都挺好的。”程恩恩说。

以前发愁的也就钱不够花这一件事，捉襟见肘的日子在她遇到江叔叔之后，就已经成为过去式了。

“这周考试了？”程绍钧又问。

程恩恩以为他想问成绩，答道：“今天才考完，下周才出成绩。”

“嗯，学习也别太辛苦，不要影响休息。”

这是他第一次主动地对她表示关心，程恩恩反倒不习惯这样的爸爸，觉得怪异。

方曼容很快买菜回来，她做饭的时候程恩恩想去帮忙，被以碍事为由赶了出来，于是坐在客厅里和程绍钧一起看着新闻。

饭菜做好，方曼容摆上桌才叫他们来吃。她今天做了拿手绝活——红烧肉，色泽红润，卖相让人非常有食欲。她给程恩恩夹了一块，嘴上却不饶人：“多吃点肉，看你瘦的，出去人家还以为我不让你吃饭怎么的。”

气氛是少有的和睦。程恩恩甚至有一种受宠若惊之感，吃了一口，却觉得味道不对。

方曼容看她咬了一口便停在那儿，问道：“不好吃？”

程恩恩摇头，把剩下那块放进嘴巴里。味道是好吃的，但是和记忆中有点不一样。她又吃了几块，忽然低着头说：“肉煮熟后用铁锅生煸，将猪油煸出来，再炒糖色。”

莫名其妙的一句话让另外两人顿住，对视一眼，方曼容说：“你从哪儿学的做法，我下回试试。”

“不是你教我的吗？”程恩恩抬头看了她一眼，戳了戳碗里的米饭。

方曼容彻底愣住。虽说没有摄像机拍摄，没有导演把关，但剧本她琢磨得很透彻，来来回回看了几遍，里头只提过一句“她”的拿手菜是红烧肉，但没细说做法，更没提到曾教过这个女儿。

虽然有点纳闷，但她反应很快：“生煸容易糊锅，我懒得弄。”

程恩恩没说话。她觉得很怪，爸妈怪，她也怪，好像突然之间周围什么都怪。

吃完饭回到房间她便开始看书做题，不让自己的脑子空闲，因为一空下来，她就觉得不踏实和慌乱。

其实这种状态从那天的葬礼之后就开始了，她不知道原因，只是本能地让自己不要去想，用其他的事物来转移注意力。

小粲粲古灵精怪的，平时看着很独立的一个小孩，黏程恩恩却黏得很紧，程恩恩又在家里待了一天，周日便过去陪他。

这次月考程恩恩又进步了，数学终于超过了三位数，一百一十九分，比上次进步了二十多分。进步本身就是一件越来越难的事情，只要不断地在前进，她就满足了。

各个科目评讲试卷、订正错题就用了两三天，空闲时间她全部用来拼命地做数学练习题，然后对照答案纠错，实在搞不定的再请教樊祁或者数学老师。

她把时间排得满满当当，不给那些不安的念头作祟的机会。

程恩恩没再让江与城给她补课，夜跑也坚持自己去，虽然每次她的小胳膊都拧不过江与城的大腿。

转眼间冬至过了，气温越降越低，还下了场雪加雹，夜跑计划随之中断。

圣诞节是高中生最热衷的节日之一，不少人都会带平安果和礼物互相赠送。程恩恩脑子被题目装得太满，忘记了这个节日，但平安夜那天早晨出门时，江与城给了她一个袋子，里面全是包装得漂漂亮亮的平安果，又大又红。

江与城没给江小粲准备，平安果这东西本就是中国人自己发明的，但在学生之间非常盛行。别人都有的，他的恩恩当然也要有。

不过江小粲又借机撒泼，下楼时整个人缠在他的腿上，哇哇地喊：“你不爱我！你什么都不给我准备！没有平安果我今天不平安了！”

江与城理都不带理的，一旁程恩恩立刻“呸呸呸”了几声，然后严肃地道：“不能说这种话，快呸掉。”

江小粲乖乖跟着“呸呸呸”三声。程恩恩拿出一个平安果给他：“今天平平安安。”

江小粲这才从江与城腿上下来，气哼哼道：“还是小恩恩对我好。”他气不过，上车时还在骂，“江与城你这个没良心的！我要曝光你！”然后转头对程恩恩说，“小恩恩，我跟你讲，今天晚上你……唔唔唔！”

江与城把他的嘴捂得严严实实，吩咐司机：“开车。”

江小粲拼死挣扎了一会儿，老实了。

下车时，程恩恩又拿出一颗苹果递给江与城。但他只是看着她，迟迟没动作。

本来就是借花献佛，还是人家佛自己买的花，她有点不好意思，小声说：“祝江叔叔新的一年也平平安安。”

江与城这才伸手接过，嘴角噙着浅淡的笑意。

程恩恩到学校时，课桌上已经意外地收到了好几颗平安果。有叶欣的，陶佳文的，还有的没放小卡片，不知名。她把自己带来的平安果分给大家，给樊祁也留了一颗，放在他的桌子上。

这个吊儿郎当的校霸同学又迟到了，喊了声报告，大摇大摆走进来，瞧见那颗苹果，拿起来，问程恩恩：“你送的？”

老秦正在讲课呢，教室里很安静，程恩恩飞快地“嗯”了一声。樊祁似乎心情很好，苹果一直拿在手里，玩了一会儿放到嘴边，咔嚓一口。

整个教室都寂静了，讲台上老秦也看过来。

程恩恩比樊祁还紧张，偷偷瞄他，这人却淡定得很，顶着老秦的注视把苹果放下，慢吞吞嚼了会儿，咽下。

一整天学校里的气氛都喜气洋洋，下午自习课，程恩恩正在做英语题，樊祁丢过来一张纸条。

——明天有安排吗？

程恩恩扭头，他桌子上摊着英语课本，课本里夹着漫画书，面色认真地看着，好像那张纸条不是他传的。

——没有。

程恩恩把纸条丢回去，隔了会儿纸条又回来。

——那把我安排上。

——安排什么？

樊祁看着那四个字，几乎能想象出她无辜的疑惑表情。对付这种性格迟钝的人，就只能单刀直入了。

——晚上跟我吃饭。

——你有事吗？

——有。

程恩恩不想一张纸传来传去的，太麻烦了，虽然她不喜欢上课讲话，但感觉樊祁好像有事找她，便把脑袋凑过去，小声问：“什么事呀？”

樊祁便也把脑袋往她那边挨了挨，说：“吃饭。”

怎么又绕回去了？程恩恩正要再问，后头高鹏忽然也伸着脑袋加入了，对程恩恩说：“他想约你过圣诞节。”

俩人同时回头看了他一眼，高鹏坐回去，说：“看你俩太费劲了，帮你们一把，不用谢。”

程恩恩也不知道好端端的樊祁为什么要约自己吃饭，不过圣诞节好像大多是小情侣一起过的。

樊祁见她犹豫，又补充一句：“别多想，有件事请你帮忙。”

程恩恩松了口气，答应了。

早上出来时家里还一切正常，傍晚放学回去，已经整个变成圣诞节的现场——蜡烛、松子、麋鹿、金色铃铛、红色缎带……各种圣诞元素和红绿色调的小物件将每一个角落都装点上，灯光也调暗了，点燃的蜡烛将气氛烘托得恰到好处。

客厅角落还有一棵足有两米高的圣诞树，装饰着纽扣、彩灯和星星，还有巨大的“Merry Christmas”的发光字幕，漂亮极了！

江小粲最喜欢过各种节日了，虽然每年家里都会装扮配合节日气氛，他已经不意外，但他还是很激动，嗷嗷叫着冲进去。

圣诞树旁还有两堆礼物。之所以用堆来形容，是因为太多了，一眼望去根本目测不出有多少个。一堆高一些，一堆稍小一些，江小粲兴奋地把自己砸进了小的礼物堆，翻滚两圈。

程恩恩也惊奇地瞪大了眼睛，瞧着江小粲开心的样子自己也跟着开心，瞅了瞅大的那堆，回头看江与城。

他刚刚脱下西装外套，正单手解领带，对上她努力克制惊喜的、亮晶晶的目光，嘴角轻轻一勾：“是你的。”

程恩恩最后的矜持让她没有像江小粲一样不顾形象地扑进去，但跑过去时背上一晃一晃的书包泄露了她的欢快。

试问谁看到这样堆成山的礼物还能保持冷静？

她围着礼物山转了一圈，都没想起先把书包摘下来，小心翼翼地拿起放在最上面的那个小盒子，放在手心里。

江小粲对自己在他爹心中的地位很有自知之明，没有贪心觊觎那一堆高的。但他打滚的时候脚丫子不小心把程恩恩那堆撞倒了一些。

程恩恩惊呼一声，慌忙伸手去抱，想要护住她的“小山”。江小粲玩劲儿上来，化身一台推土机，直接用自己的身体撞上去。

整座山被推翻，礼物哗啦哗啦往下掉，程恩恩“啊啊”叫着拼命去抢救，手忙脚乱也没救到几个，自己还被绊倒，一屁股坐进满地礼物里。

东西掉落在地上就混成了一片，分不清是谁的，江小粲“嘎嘎嘎嘎”大笑着，趁机疯狂往自己怀里搂。程恩恩便去“营救”，俩人又笑又闹玩成一片。

阿姨已经准备好晚餐，见状也情不自禁面带微笑，走上前在江与城身后道：“先生，饭好了，要不要叫太太和小粲少爷过来吃饭？”

那边两人盘腿坐在地上，已经兴致勃勃地开始拆礼物。江与城倚在桌子上看着，轻轻摆了下手。

程恩恩拆礼物的时候，表情认真而虔诚，轻轻拉开丝带，然后顺着包装纸折叠的痕迹一层层展开。对比身旁江小爷直接上手撕的暴力方式，可以说是非常温柔了。

礼物五花八门琳琅满目。圣诞主题的棒棒糖，卡通雪人和圣诞老人形状的巧克力，内雕麋鹿、月球和星空的水晶球音乐盒，小鹿雪花手链，表盘是月球表面的创意皮质手表，还有淡粉色的垂耳兔公仔……

程恩恩从来没有收到过这么多的礼物，这一刻大概只能两个字来形容——幸福！

江小爷其实什么也不缺，但就是喜欢收礼物的感觉，尤其是这种很多礼物一起拆，有一种抽卡的快感。他拆开一个玩一会儿就丢开，接着拆下一个。

当撕开包装纸看到一个巴掌大的首饰盒时，他就知道这是给程恩恩的东西了。打开看，是一个精巧的小兔子发卡，铂金材质，镶嵌着几十颗水晶，还挺好看。

他伸手揪住一缕头毛，捏着小发卡，在脑袋顶上摸索着弄了一会儿，才成功夹好。然后，他戳戳一旁全神贯注的程恩恩，在她看过来时一歪脑袋，手指在脸蛋旁边比着V：“呀比！”

程恩恩“扑哧”一声，笑喷了。

“你戴反啦。”她帮江小粲取下来，重新戴好，全程都咧着嘴在笑。

江小粲又拆出来一个拍立得相机。他前段日子想要，但是被没收的小金库至今还被无良老爹扣押着，他撒娇耍泼喊了很久，江与城都不为所动。现在看来他心里还是记着自己的，太感人了！

这东西他会玩，他妈之前有一个，挺多年的了，后来坏了也一直没拿去修。

江小粲拿了一顶红色白边的圣诞帽戴到程恩恩头上，然后举高相机拍了一张，镜头里两个人笑着的模样十分相似。

江与城也加入了，走到两人身后，盘腿而坐，手肘随意地撑在膝盖上，随手捡起一个礼盒拆。

江小粲爬起来，往江与城脑袋上也放了一顶圣诞帽，说：“我给你们拍！”

江与城竟然没有反抗，配合地抬起头，看向镜头。

相纸吐出来后慢慢显色，江与城伸手，江小粲乖乖递给他，继续拍下一张。

照片上程恩恩笑得比之前收敛许多，抿着嘴角，眼睛弯弯地坐在他身旁。

江与城在这张照片上看到了多年以前同样的画面——

那年的圣诞节，程礼扬出差未归，那两天他恰好也忙着，当天还有饭局。程恩恩跟他申请要和同学出去吃饭，江与城一问，是那个叫高致的居心不良的小崽子，他没有批准。程礼扬不在的期间，他算是半个监护人。

她嘟嘟囔囔，最后还是老实地待在家里。

程礼扬跨洋寄回来的圣诞礼物准时送达，她收到之后，给江与城发了一条气哼哼的短信说：还是亲哥哥好，有些人都不记得给我准备礼物。

江与城应酬中抽空给她回复：你有我家钥匙，自己去拿。

程礼扬说她最喜欢收礼物，而且一定是要包装好的礼物，她喜欢拆礼物的仪式感。所以他准备了很多，让她一次拆个够。

但他低估了小毛丫头对于拆礼物这件事的热情。那晚饭局结束他回到公寓时，已是深夜，她还没睡，坐在地上正拆得热火朝天，每一个礼物都要在手里把玩半天，玩够了才会进行下一个。

江与城那天喝了不少酒，有着闭上眼就能昏死过去的疲倦，但难得有兴致，坐在地上陪她一起拆到最后一个。

那是一个星空投影灯，各种各样的礼物里她最喜欢的一个，她兴致勃勃地关掉所有的灯，一片漆黑里拉着他躺在地板上“看星星”。

江与城支着头躺在她身后，眼前是静谧的星空周转，鼻翼间是她身上清新柔软的少女馨香。他扛着罪恶感撑过了漫长的一年时间，最终还是在那一晚功亏一篑。

他吻了她。

那是她的初吻，笨拙得连呼吸都不会，憋得脸通红，被他放开时张着嘴巴大口呼吸。江与城没忍住笑了声，她恼羞成怒对他一通拳打脚踢，然后把自己的脸埋进抱枕里，趴在那里装死。

江与城轻轻拨她的耳垂，她拿脚蹬他，然后抱着抱枕跟虫子似的往远处蠕动。他手一捞，把人拖回来，她便又把脸闷进他怀里，发烫的脸颊灼烧着他胸口。江与城低下头来吻她，然后再次重复以上过程。

如此反复三次，程恩恩坐起来，顶着绯红的一张脸瞪他：“你……你这样，要对我负责的！”

“求之不得。”江与城笑着说。

礼物里有一台拍立得，是她偶然提过想要的。江与城送她的那台是粉色，拍下的第一张照片便是他们两人戴着圣诞帽坐在一起。她说这是“证据”，他要是一觉醒来想反悔赖账，她就跟哥哥告状去。

手中的照片忽然被抽走，江与城抬眸，程恩恩低头看着相纸，眼睛被藏在灯光的阴影下。

心脏跳得很快，扑通扑通的声响鼓噪着耳膜，程恩恩再次被那种诡异感笼罩，为什么她觉得这一幕似曾相识？

不，不是似曾相识，这个画面太真实了，一定在哪里发生过，她甚至记得自己亲手给他戴上圣诞帽时他纵容浅笑的样子，眼尾的纹路都一清二楚。可是怎么可能？不可能的……

她有些慌乱地把照片塞回江与城手里，拿起剪刀去拆最大的那个一米多长的盒子。

里面装着一棵樱花渐变色的圣诞树，清新可爱，她抱起盒子起身说：“我把它放到房间里。”

江与城的眸色深邃不明，低低地“嗯”了一声。

程恩恩的脚步有几分仓皇，像是在躲避什么，江与城注视着她的背影。她进了房间，很久之后才出来，脸色已经看不出任何异样了。

翌日圣诞节，程恩恩没能去赴樊祁的约。

早晨上学路上，她告诉江与城晚上和朋友约好了一起吃饭，放学不用来接她。江与城眉眼不动，问她：“是那个叫樊祁的男同学？”

程恩恩再次被他的预测能力折服，问：“你怎么猜到的呀？”

还用猜吗。江与城面无表情地否决：“不许去。”

“为什么？”

“因为他居心不良，影响你学习。”

“不是居心不良，”程恩恩辩解，“他说有事需要我帮忙，他帮了我很多，我也想帮帮他。”

说再多她也不明白，江与城更不想帮那个小崽子戳破窗户纸，面不改色、毫无心理压力地说：“有什么需要帮忙的让他来找我。”

程恩恩一想也是，虽然不知道樊祁遇到了什么事，但是她什么都不会，江叔叔说不定能帮得上他的忙，江叔叔比她厉害多了，于是她乖乖点头下了车。

程恩恩在教室边看书边等樊祁来学校。不过樊祁依然迟到，上课了十分钟才来，程恩恩认真上完一节课，下课时很高兴地递给他一张小纸条。

樊祁看着那串电话号码，一挑眉问：“什么意思？”

“今天晚上你不用请我吃饭了，”程恩恩说，“请我江叔叔吃吧，他说有什么需要帮忙的可以找他。这是他的电话。”

樊祁万分无语：“……”投资商加戏加得过分了啊！

放学时樊祁就坐在位置上，左手搭在桌沿，手指一边“哒哒哒”一下一下地敲着，一边看着身旁的人快速而有条理地收拾书包。程恩恩拉上拉链，站起来，见他一动不动，开口说：“樊祁，借过一下。”声音轻轻柔柔的，特别有礼貌。

樊祁意味不明地看了她几秒钟，起身，让出通道。

程恩恩背着书包走出去，又停下，问：“我江叔叔就在外面，你要不要和我一起去见他？”

她大概没意识到自己一口一个“我江叔叔”，樊祁作为一个被抢戏、改戏，还没人通知的男主，心情不可谓不复杂。

这部戏本身就挺特别，他碰上的这个女主角也特别，自己一个人学习得非常起劲，学霸人设立得稳稳当当，偏偏就是不配合他演出。不过，以前她最多也就是怎么撩都不接招，现在好了，干脆连原剧本中意义重大的“圣诞节约会”都擅自取消了。

是他误会了吗？难道这本其实不是青春校园言情小说，而是励志人生纪录片？

不过郁闷归郁闷，他去见投资商干吗？当面被通知“不好意思本大佬突然想自己演，现在你已经不是男主了”吗？

但程恩恩的目光太真诚了，真诚得樊祁都不忍心拒绝：“好啊。”

程恩恩抓着两边书包带，还挺高兴的，说：“走吧。”

樊祁把一本书也没装只放了一包湿巾、半瓶水的书包往肩上一甩，跟在她身后下楼，他一路上都在想他可能脑子有问题。这个想法在他从拉开的车门对上男人深沉内敛的目光时，更加深刻了。

江与城波澜不惊地与他对视片刻，移开眼，看向程恩恩。

程恩恩站在樊祁旁边，像个拉皮条的先向江与城介绍：“江叔叔，这个就是樊祁。”然后语重心长地对樊祁说，“你有什么事都可以告诉江叔叔，他会帮你的。”

两个男人倒是一个比一个淡定，樊祁年少轻狂，不卑不亢地打量着“投资商”；江与城城府深一些，不动声色地做足场面：“樊同学，上车吧，顺路送你一程。”

“车我就不上了。”樊祁手揣着兜。

江与城一点都不多客气：“有什么需要帮忙的，不妨说说。”

“其实也没什么。”樊祁身上有股子劲儿，跟高致确实如出一辙，吊儿郎当的，但暗藏锋芒，“就是最近挺多事走向不对，也不知道是为什么。”

江与城的表情连一丝波动都没有，说：“也许是原本就该如此。”

高手过招，无影无形。程恩恩一脸迷茫，不仅没听懂樊祁的问题，还没听懂江与城的答案。

樊祁的视线微微偏转，瞥了眼男人身旁抱着手臂昂着下巴一脸严肃的小不点。这不是刚开学时特地跑到教室里威胁他的小朋友吗？

樊祁了然地笑了一声。得，这男主自己是甭想做了。

“行了。”他看了眼程恩恩，“我问完了，你上车吧。”

“这就……完了？”程恩恩惊愕，才一句话而已。

樊祁笑而不语，摆了摆手转身走了。

程恩恩上了车，还在纳闷：“他不是有事要帮忙吗？怎么只说了一句话就走了，好奇怪。”

不择手段的投资商江某“嗯”了一声，提醒道：“所以，离他远一点。”

圣诞之后大家便开始期待元旦，程恩恩决定这个假期回家过。她最近在家的时间太少了，心中又有一种这个家即将分崩离析的预感。

江与城没有反对，江小粲从前就黏程恩恩，他知道她现在那个“家”根本就不是真的家，所以每次都不想让她回去。但他到底是个懂事的小朋友，稍微表达了一下自己的不开心，程恩恩一哄他就好了。

放假前陶佳文就约程恩恩出来玩，陶佳文的生日是假期的第一天。程恩恩当然没有拒绝，她其实很喜欢和同学朋友一起玩耍的感觉。

陶佳文很有兴致，在学校那两天就天天在计划，今天想吃烤肉，明天想吃火锅，一会儿一个想法。最后一天中午她才总算下定决心，一起从食堂回教室的路上，挽着程恩恩的手说：“算了，我们还是去吃海鲜自助吧，滨江路有家商场新开业，全场五折。”

程恩恩不知第多少次回答道：“可以的。”

正说着，瞧见前方走来的人，程恩恩立刻惊喜叫了声：“薇薇姐。”

段薇走上前，笑着问：“你们商量着去哪儿玩呢？”

“明天佳文生日，我们一起去吃饭。”程恩恩毫不隐瞒，“薇薇姐，这几天你怎么都没在学校啊，我给你准备的圣诞礼物还没给你呢。”

“最近有点事。”段薇一带而过。

程恩恩也没多问，说：“那你能不能等我一下，我现在上去拿。”

段薇依然笑着说：“好啊，我等你。”

程恩恩准备的也不是多么贵重的东西，一支口红，在商场专柜买的，色号是她看了半天，选的和段薇常用的最相近的。据说是新出的色号，爆款，最后一支了，程恩恩也不清楚是不是导购小姐哄她的。

她知道段薇其实不缺这种东西，送出去的时候还挺不好意思：“我自己选的，不知道合适不合适，你看看喜不喜欢。”

段薇已经有一支一模一样的，但表现得很惊喜：“这个颜色我很喜欢，谢谢。”

程恩恩就很高兴，上楼的时候脚步都是轻快的。

陶佳文悄悄问：“她是谁啊？”

“我们的生活老师啊。”程恩恩奇怪地看陶佳文一眼。

剧本里并没有这么一个漂亮的生活老师啊，而且她每天住在学校，怎么都没怎么见过。陶佳文觉得不简单，就像她一开始就看出程恩恩背景不简单一样。

“你不觉得奇怪吗？她看起来都能在外企做白领了，怎么会来我们学校做生活老师？”

这个问题程恩恩刚好能回答：“她以前就是白领，可能想换一种工作吧。”

“好吧。”陶佳文耸耸肩，反正跟她没什么关系。

放假当天，尽管程恩恩再三强调不用送她，江与城还是亲自来了。他把她送到程家楼下，下车时叮嘱她：“出门小心点，有事打我电话。”

那个“陶佳文”他已经让人仔仔细细提点过了，原本就是演员自己在剧本之外擅自提出的邀约，但程恩恩想去，他不能总拘着她。

以前这样的交代会让程恩恩觉得像长辈，自从动了心思，他一点点的关心，就会让她心跳加快。尤其是这几天脑子里多了一点莫名其妙的画面，都是关于他的，她不知道自己怎么会臆想出这些东西，心中觉得羞耻，面对他时便忍不住躲闪。她含糊地应了一声，飞快地转身跑进筒子楼。

隔天，程恩恩和陶佳文约的上午十点，程恩恩出门时，家门外已经停着熟悉的宾利。小王下车跑过来打开车门，殷勤地笑着说：“老板让我来接您。”

有无奈也有被人记挂的暖心。程恩恩上了车，小王又去接上陶佳文，再将两人送到滨江路的商场。

“您回去的时候知会我一声，我还来接您。”

程恩恩连声说不用。

她和陶佳文一起吃了自助，看了场电影，还给她买了个小钱包作为生日礼物。晚上一块吃了晚饭，两人准备回家，陶佳文问：“现在给司机打电话吗？”

“我们坐地铁回去吧。”程恩恩不想麻烦人家。

两家刚好顺路，假期人多，地铁上略显拥挤。她们站在某节车厢中央，陶佳文是个话多的，从明星八卦聊到政治时事热点。

程恩恩和她说着话，忽然听到另一节车厢里有人喊了一个名字。

列车刚好到站，广播与乘客的说话声混杂在一起，那声喊便似乎只是错觉，甚至没人注意到，程恩恩却猛地回头望过去。

有人下车，有人上车，人流中根本分辨不出声音的来源。她看到一个背影从那节车厢下车，突然间像魔怔了一般，一声招呼都没打就急匆匆地往外跑。

陶佳文一愣，一边高声喊着“恩恩”，一边赶在列车门关闭前追了出去。

换乘车站，下车的人流不少，有的搭乘扶梯上楼，有的继续往前。程恩恩追着那道一闪而逝的背影，从站满了人的扶梯，一路小声说着“借过”快速跑上去。上一层的空间更大，地形也更为复杂，不同方向来来往往的人互相交错。

嘈杂的环境中程恩恩只能听到自己急促的呼吸，她想叫什么，却像失去声音，怎么都叫不出来。

迷茫间，她再次看到了那个背影，正从某个出站口离开，她立刻拔腿向前跑。在闸机口被阻挡，她慌慌张张地从口袋翻出车票。等她沿着扶梯跑到地面，站在原地茫然四顾，那道身影却彻底消失在喧嚣的夜晚里，再也没有踪迹。

她急得眼泪汹涌而出，仓皇地在马路上向前奔跑，可是找不到，怎么都找不到……

街边霓虹闪烁，马路上车辆驰啸而过。她迷失在八九点钟的夜幕里，毫无预兆地蹲下身，号啕大哭起来。

黑色奔驰一个急刹靠边停下，江与城下车，疾步向蹲在路边的两个人走去。

陶佳文正陪在程恩恩身边，关切地问：“恩恩，你到底怎么了？你看到什么了？别哭了，我们先回家好不好？”余光瞧见高大的身影走来，她站起身，有些拘谨地道，“江总。”

江与城眉心拧着，看着把脸埋在膝盖上的程恩恩，声音比夜色更沉：“怎么回事？”

“我也不知道……我们在地铁上，本来好端端的，她突然就冲出来了，跑得很快，我追过来就见她蹲在这里哭，什么也不说。”

江与城弯下腰，双手扶起程恩恩的肩膀，强迫她抬起头。她哭得上气不接下气，满脸的泪水。

江与城的心拧成疙瘩，隐约听到程恩恩哽咽抽噎的哭声中，夹杂着含混不清的字音。

陶佳文蹲这儿半天一直没听清，但只是一下，江与城便分辨出来，心沉了一沉。她不清不楚，不停地叫着的是：“哥……”

陶佳文一直觉得这个“女主角”很有风格，都不能用入戏深来形容了，分明就是全身心地投入，把自己当作了角色本人，二十四小时在线。所以，今天程恩恩这一场声嘶力竭、失去理智的崩溃大哭，让陶佳文根本无法分辨究竟是以什么身份，是为了什么样的缘由。但她哭得太难过了，仿佛下一秒就会昏死过去，让人看着都触动。

陶佳文看到江与城似乎想要扶起程恩恩，但她哭得几乎断气，整个人一丝力气都使不上来，于是伸手想要帮忙。但江与城俯身直接将人抱了起来，完全是抱小孩的姿势，单手托着臀部，让程恩恩的腿挂在他身体两侧。

陶佳文便缩回伸到一半的手。

江与城就那样抱着程恩恩大步走到车边，司机已经很有眼色地为他打开车门，他左手护在程恩恩脑后，抱着她坐进去，自始至终不曾注意过还有一个人的存在。

陶佳文跟过去，这个司机比小王年长，说话很客气：“稍后小王会过来送您回家，外面冷，您先找个咖啡厅坐着等吧。”

“哦，好。”陶佳文应了声，又望向车窗。黑色玻璃将车厢里的情景悉数隐藏。

车里，江与城将程恩恩放在腿上，面对面将她抱在怀里。

这个姿势若换作还清醒的程恩恩，绝对要被吓得惊慌失措，但此刻她伏在江与城肩膀上，两只手紧紧攥着他的西装领口，已经哭得神志不清了。

轿车平稳地穿行在夜色中，静谧幽暗的车厢中，江与城一直在低声诱哄，低低的嗓音带着安抚的力量——

“没事了，没事了……”

“我在这里……”

“不哭了，宝贝儿……”

外界的声音仿佛都被屏蔽掉了，程恩恩什么都听不见，什么都感受不到。无论江与城怎么安抚，她始终沉浸在那阵巨大的将她彻彻底底笼罩的悲伤中，抽离不出。

她哭得直抽抽，甚至发不出两个连续的音来，但口中不停地、越来越清晰地叫着：“哥……哥……”

江与城的手臂环着她，感觉到她的身体在轻微地发抖。

这种状况不是第一回了。

当年她从学校回到家，得知程礼扬的死讯，最初几分钟的不肯相信和发狂的状态之后，便是这样绝望的哭泣。

怎么能不难过？怎么能接受得了？

程绍钧和方曼容生下她的时候已经貌合神离，几乎没怎么管过，从小都是程礼扬在照顾她，她十一岁离开父母之后，更是程礼扬亲手养大。他不只是哥哥，是又当爹又当妈，超越了一切存在的唯一的亲人。程礼扬的离开，于她而言无异于天塌了。

那段日子她哭干了眼泪，再之后便是不吃不喝，绝食，无论怎么哄劝，都不肯进食。江与城比任何人都清楚，那时候，她是真的存了轻生的念头。

什么方法都试过，小丫头平时柔软胆小，犟起来江与城也束手无策。他甚至找来了那对不负责任的父母，威逼也好，利诱也罢，只希望能用他们的“关心”将程恩恩从那个绝望的世界里拽出来。

失败是意料之中的。他还记得程恩恩当时指着那两人恨得双手发抖的样子，她说：“为什么死的不是你们？为什么你们不去死！”

眼睁睁看着她原本还有婴儿肥的脸颊一日日清减，瘦到脸颊都凹陷下去，江与城是真的动了怒。那是他第一次对她发火，她被吓到委屈掉眼泪，才怯生生地在他的逼迫下喝了半碗稀粥。

最后真正让她好转起来的方法，是在她生日那天江与城带她去种下了一棵树，一棵杨树。

那次之后，这么多年，再没有什么事能让她哭成这个样子。

江与城一直耐心地低声哄着，轻轻抚摸她的背，亲吻她的额头和眼睛。程恩恩一直没能平复下来，但她哭得太累，最终趴在他怀里睡着了。

江与城担心惊醒她，到了公寓也没下车，让司机先行离开，就那么抱着她，一动不动地坐在车里。

车在停车场停了许久，直到十一点半，一直在家撑着没睡等待他们的江小粲心急如焚，给江与城打了十几通电话，都没人接，便打给司机。五分钟之后，他就从楼上跑了下来。他跑得急，脚上拖鞋都没顾上换，打开车门气喘吁吁地看着他们，摸着胸口压低声音说："吓死我了！"

江与城垂眸往肩膀上看了一眼。他的外套早就被眼泪浸透了，程恩恩睡得不安稳，不时有眼泪从眼角滑落下来，隐入黑色西装。

凉意侵入，程恩恩微微打了个哆嗦，满脸的泪痕，鼻头还红着。江与城用同样的姿势抱着她下车，动作轻缓到极致，当年他抱刚出生的江小粲，都没这般小心过。

江小粲轻手轻脚关上车门，跟过来，跑到前面去帮忙摁开电梯。

江与城直接将人抱进他的卧室，放到床上，脱掉她脚上的靴子，身上的羽绒服，然后盖进被子里。江小粲安静而勤快地接过雪地靴，跑着拿出去，回来时还贴心地倒了一杯热水，放在床头。江小粲趴在床边，屏着呼吸看了一眼，轻声问："妈妈怎么了？"

无人知晓她为何突然记起程礼扬。

江与城眉间一片深沉，沉默片刻后冷漠地道："回你房间。"

江小粲拧着小眉头看着熟睡的程恩恩："我想陪着她。"

敏感也好，母子连心也好，江小粲知道妈妈现在肯定很难过。心情也跟着沮丧起来的江小粲伸出小手想去勾程恩恩的手指，还没碰到，整个人就被揪着睡衣后领拎了起来。江与城把他提回房间丢到床上，便转身离开带上了门。

江与城没回卧室，他穿着一件单薄的衬衣走到阳台，在冷风里点了支烟，拨通张医生的电话。

来由不清楚，张医生也很难下判断，两人语气皆带着几分凝重。讨论片刻，最后张医生道："你明天带她过来吧，再做个详细的检查。最好能去涂医生那儿一趟，心理这方面她是专业的。"

江与城应下。

抽完一支烟，身上也被冬夜的风吹得冷透了，突然进入温暖的室内，四面八方包裹而来的温度反而愈发衬托出他心底的冰凉。他走到卧室门口，打开房门看了一眼，程恩恩还保持着方才的姿势没动过。

无声地站了片刻，他缓缓合上门，到隔壁客房冲澡，洗去一身的凉意和烟味，才重新回来。然后，他上了床，侧躺在程恩恩身旁，轻轻将人带到怀里。

这一刻，竟好像已暌违多年。

江与城阖眼，短暂地休息了一阵，未曾睡熟。浅眠中察觉到怀里异常的热度，他立刻睁开眼。

程恩恩的脸埋在他胸口，睡得很沉。江与城用掌心试了试她额头的温度，有些烫手，起身拿了体温计对着她额头测了一下，三十九度。

他放下体温计，拿了条薄毯过来将程恩恩裹上，然后打横抱起。穿过客厅时，江小粲大约也没睡熟，被惊动了，光着脚就跑了出来："怎么了怎么了？"

"发烧，我送她去医院。"江与城脚步不停，大步迈进入户电梯。

"我也去！"

江小粲跟着便要进来，江与城皱眉道："你在家待着，叫范彪过来。别添乱。"

这种时候江小粲可不想在家干着急，但紧急关头他很明事理，乖乖留下来，没闹，免得耽误时间。

江与城开车，到达医院抱着程恩恩进急诊大楼时，半夜被叫起来的张医生也匆匆赶到了，一瞧见江与城便瞪大了惊愕的眼。他迅速而有条不紊地指挥着把病人安排进病房，吊上针，一切忙完松下劲儿来才指了指江与城说："你就这么来的？也不怕明天上头条？"

江与城微微一顿。他当然知道自己现在是什么样子，太着急睡袍都没换。他并未低头看，绷着脸撑住了最后一丝体面，想拿出手机打电话叫人送衣服过来，一摸……

然后，他神色自如地把手伸向张医生："手机借我。"

张医生刚拿出手机正准备拍张照留念呢，顺手放到他手心里："咱俩也算是认识十几年了，几时见过你这样？"他啧了一声，感慨万千，"你说你，早知今日，何必当初。"

江与城打完电话，将手机还回去。两人并肩站在走廊，长久的沉默后，他才语气不明地问了句："你也觉得我做错了？"

张医生顿了顿，叹气："对不对错不错的谁又能下定论？你自然有你的立场，可你的对面是恩恩啊，她哥在她心里的位置你又不是不知道，这事儿随便换个人，谁都能理解你，唯独她不能。"

江与城默然望着窗外，暮色如水，万千灯火。

程恩恩一夜高烧不退，第二天也一直昏睡。那个“陶佳文”还特地来探望过，江与城没让见，但遣了司机专程送她回去。

江小粲老老实实在家待了一晚，一早趁范彪不注意，自己偷溜出门跑到了医院来。江与城由着他待了一阵，到了上课时间便强行让人带走了。

他一直守在医院，没有离开过半步，公司许多事全都压着，一整天电话没断过。

心病难医，程恩恩这一烧，到了第三天才退热，人也醒了。

那会儿江与城刚好在外头接电话，匆匆交代完转身打开门，瞧见她已经坐起来了，苍白的小脸上尽是茫然。江与城的手握在门把上，迟迟没有拿开。

他站在那里不动，也不说话，程恩恩看了他一会儿，开口问：“江叔叔，你怎么了？”

那一刻，说不出心里究竟是失望，还是庆幸。

江与城松开手，朝她走过去。她身体大约还是不舒服的，坐在床上有些没精神，脸色也憔悴，无聊地拨弄着手背上的胶带。她神色间看不出丝毫异样，但也并不追问自己为什么在医院里。

江与城观察片刻，不动声色地问：“还记得是怎么生病的吗？”

程恩恩脸上显现出几分困惑，然后摇头：“不记得了。我不是和佳文一起去玩了吗？我们吃了自助餐，还看电影了，晚上那家云南菜很好吃。”

“然后呢？”江与城盯着她的脸。

“然后，然后回家啊……”程恩恩垂着眼睛，继续抠手背上那块胶带，“然后就不记得了。”

江与城太了解她，说谎的样子一眼就能识穿。这次她没有说谎，但小动作分明又透露着不安。沉吟了半晌，他才道：“待会儿我带你去见一个心理医生，也许她会帮你记起来。”

几乎是在他说完“心理医生”四个字的同时，程恩恩就开始摇头了，一直摇头：“我不去，我不想去，我害怕……”她的尾音带颤。

江与城走到病床前，弯下腰，摸着她的脸颊问：“你相信我吗？”程恩恩咬着嘴唇，犹豫了很久，才轻轻点头。

心理医生意外的漂亮，五官和着装都很柔和，诊疗室安静舒服，一切的细节都让人感到放松。但潜意识中的抗拒让程恩恩每一根汗毛都保持着戒备。

其实车祸刚刚醒来的时候，张医生就曾经带她去过一个类似的房间，不过那次是在医院。他说是例行检查，但检查的过程很奇怪，那名医生一直想要催眠她。

此刻程恩恩明白了，那不是检查，那就是催眠。

涂医生笑得很温柔，但程恩恩仿佛避洪水猛兽似的躲在江与城身后，还用手指捏住他的袖子。那次在医院的检查她毫无压力，天真而坦然，今天却很不安。

江与城反手将那只微微发冷的手握在掌心，程恩恩不仅没有躲开，还将另一只手也放上来，紧张地抓着他。

这份依赖在多年之后的今日，竟显得弥足珍贵。但江与城毕竟不能跟进诊疗室，牵着她直到门口，他俯首低声道："不要怕，我就在外面。"

尽管他再三哄劝安抚，程恩恩还是感到不安，刚进入诊疗室便本能地回头寻找他的身影。但门已经关上，静谧的空间仿若与世隔绝。

江与城面对着紧闭的门，站了半晌没挪脚。张医生过去在他肩上拍了拍，说："别在这儿站着了，得个把小时呢。下去喝杯咖啡。"

"不去了。"江与城直接在等候区的单人沙发上坐了下来，抬腕看了眼时间。

"得，我自己去吧。美式？"

江与城心不在焉，没回答。

诊疗室的门在一个小时后重新开启，江与城面前的那杯咖啡只尝了一口便再没动过，已经在漫长的等待中凉掉了。

张医生正跟一个小助手聊天，专业上的东西他一说起来总是忘乎所以。瞧见涂医生出来，正说到兴头的他立刻停了，迎上去问："怎么样？"

"还不错。"涂医生道，"效果比预想中好。"

江与城微不可察地放松下来，起身走来时张医生正笑着调侃："那看来你专业比你师兄强啊，青出于蓝，上次他可是忙活半天都没催眠成功。"

涂医生也笑："她的意志力确实很厉害，我也没成功。"

"哎？"张医生一愣，随即斜瞥了江与城一眼，手指别有深意地朝他点了点。

他就没见过第二个男人像江与城这么闲，没事儿教自己老婆怎么抵抗催眠。听说还教过飞镖、摩斯密码、听诊器开保险箱……都什么玩意儿，不知道的还以为培养特工呢。

江与城倒是一点没有该有的愧疚之色，向诊疗室望了一眼，问：“她呢？”

“她现在睡着了。”涂医生没再继续跟张医生闲聊，转向他正色道，“江总，愿意和我聊两句吗？”

江与城微微颔首，随她进入另一间封闭的房间。

关上门，涂医生说：“她的抵触心理很强烈，所以受到刺激之后会自行开启自我保护机制，选择性删除记忆。”

江与城跷着腿坐在沙发里，双手交握搁在膝盖上，气场淡定沉着。这些他差不多也能猜到，没出声，示意对方继续说下去。

“不过好消息是，她自己已经意识到这个问题了。”

涂医生顿了一下，问：“江总，她最近一段时间精神状态不太稳定，焦虑，不安，有时候会梦到一些不属于自己记忆的片段，您知道吗？”

江与城眸色深沉，缓缓摇头。她的表现一直很正常，偶尔出现一点异样，很快就会消失，在他面前从未提起过任何一个梦。

“相似的场景和事物能够刺激她记起一些相关的记忆片段，再加上周围环境与她的认知出现了偏差。她有提到，最近觉得很多事情不对劲，但又说不出哪里不对劲。这种矛盾是造成她焦虑的主要因素。”

涂医生说：“你可以继续通过这种方法，给她一些心理暗示，或者刺激她的大脑，这是目前帮助她恢复记忆的唯一方法。不过切记，循序渐进，不要操之过急，太强烈的刺激很有可能导致她情绪崩溃，比如这次的事件。”

江与城的双手微微一动，问：“你的意思是，她也许已经恢复了一部分记忆？”

涂医生摇头：“只是少数片段的复苏，她从潜意识里抗拒接受，不承认那些是自己的记忆。所以目前为止，在心理上，她认同并相信的还是现在的这个身份。”

她还是不想面对现实。江与城沉默着。

“不用悲观。”涂医生笑道，“你对她的训练很有用，她的意志力比普通人要强很多，所以受到伤害之后给自己铸造的堡垒也更坚固。她只是需要比其他人更多一点的时间，多给她些耐心吧，她需要你的引导。”

其实从某种层面上来说，江与城是最不希望她恢复记忆的那个人。如果可以，他多想她能永远活在这个小小的理想化的世界里，按照她希望的方式生活下去。

可这个玻璃房再美好，终究是虚假的。也终将有破碎的那一日。

程恩恩从诊疗室出来时已经不是来时瑟瑟发抖的样子了，挺平和的，跟涂医生说多谢，然后乖顺地跟在江与城身后下楼。

电梯里，张医生瞅她好几次，说："还有没有哪儿不舒服，要不回医院再观察两天？"

"不用。"程恩恩摇头，"我都好了，明天要开学了。"得，还惦记着上学呢。

张医生也不废话，说："那待会儿再去量个体温，没什么事儿就叫你江叔叔给你办出院手续吧。"

"谢谢张医生。"程恩恩很有礼貌地说，"今天辛苦你了，特地陪我来这里。"

"知道就行，好好记在心里。"张医生捋了捋自己头顶的稀有毛发，"以后想骂我的时候，先翻出来回忆一下。"

程恩恩摸不着头脑地说："为什么这么说？我不会骂你呀。"

张医生微微一笑，不语。

现在是不会，以后醒了谁知道呢，万一到时候认为江与城搞这么大一出是有预谋的欺骗，可不得连带着怨上他这个"同伙"？

人家夫妻俩打打闹闹，说不定最后还能和好，毕竟他一个外人都能看出江与城用情之深。但他这个外人下场可就不好说了。别看小程同志无依无靠，偏偏没人惹得起。张医生毫不怀疑，等江与城这个狗贼哄回了老婆，为了哄老婆开心，说不定还要回头倒打他这个战友一耙！

到停车场，张医生便自行先走了，江与城带程恩恩上了车，两人都没有说话。

忍耐了一阵，江与城才不经意地问："最近梦到什么了？"

程恩恩蒙了一下才明白过来，他大概从医生那里听说了。

那些片段断断续续，很凌乱，都是自己记忆中没有过的事情，所以她把那些当作是梦，不去在意画面里仿佛真真切切发生过的感觉。

那些莫名其妙的片段里，出现最多的就是江与城。有时是他们躺在一起看星空，奇怪的是星空特别近，仿佛躺在宇宙里，伸手就能触碰到。他在那片星空下吻她，还嘲笑她吻技不好……有时是一起做饭，她笨手笨脚划了一道口子，很轻，冒了几颗血珠子就没了，但是夸张地撒娇喊痛，然后他将她流血的手指放在嘴里……

程恩恩更愿意相信这些是自己臭不要脸做梦臆想出来的。她哪敢说呀，摇摇头说记不清了，心虚的目光望向窗外，耳朵却慢腾腾红起来了。

江与城并不逼她，只是说："有事不要藏在心里，都告诉我，记住了吗？”

程恩恩点头的动作很迟缓，因为她说谎了，有点内疚。

办理出院手续时，恰巧陶佳文又来探望，见程恩恩醒着便惊喜道：“你没事吧？好点了吗？”

“好多了。”程恩恩正吊着腿坐在病床上等江与城，重新打开已经整理好的包，拿出一盒点心给陶佳文。点心是回来的路上江与城给她买的，“你吃吧。”她选择性地忘记了关键的部分，但隐约记得那天陶佳文一直陪着自己，心里还是感激的。

陶佳文也没客气，坐在她旁边边吃边问：“那天到底怎么回事啊，你是看到……”

想问的问题没问完，办好手续的江与城走了进来，她立刻从床上下去问好。江与城淡淡地点头，提起程恩恩的包。陶佳文在他面前挺拘束的，没怎么说话，默默跟在后面。

下楼时，程恩恩说：“江叔叔，我想回我自己家。”

江与城心里默算了一下时间，程绍钧和方曼容闹离婚，差不多就是这个时候了。

其实十八岁父母离婚，是程礼扬的经历，那个时候程恩恩才十一岁。以前她常说，她们兄妹俩可能命中注定十八岁有一劫，失去至亲的劫。程礼扬在十八岁失去父母，她在十八岁失去了程礼扬。

《蜜恋之夏》这部小说女主角的原型就是程恩恩自己，只是有些细节做了更改。比如她十七岁时早已经各自重新组建了家庭的父母。比如一塌糊涂的数学成绩。

有段时间，江与城以为这只是一个虚构的故事，离婚的时候太恨他，所以才写出这样一个故事，在一切开始之前将他从人生中剔除。意难平也好，故意气他也罢。他一直不解的是，为什么她的父母都在，却独独没有了最重要的程礼扬。

那天高致在诚礼说的话，虽然一刀一刀都戳在他的心上，但之后让他醍醐灌顶。

故事是真的，十七岁的她是真的，一切的同学、老师，甚至包括“樊祁”，都是真的。只是没有了他，也没有了程礼扬。她的人生中唯二依赖过的两个人，一个在她十八岁成年前夕抛下了她，一个欺骗了她十年。也许不是恨，只是她后悔了，想从人生转折的地方再来一遍，走一条不一样的路。

可人生从来没有重来的机会，所以她将一切寄托在这个故事里，让十七岁的程恩恩自己去过好这一生。

安静持续到电梯门开启，江与城一直没有说话，程恩恩便有点忐忑，觑了眼他的神色。

“江叔叔……”

陶佳文跟着说：“江总，你放心吧，我可以陪着恩恩，不会再让她有事的。”

江与城回神，看了她一眼，这才道：“我送你回去。”

江与城将两人送到程家楼下，陶佳文跟着也下了车，主动说今晚留下来陪程恩恩，她没有拒绝。

程家的“戏”已经到了不得不上演的时候。

程恩恩和陶佳文手挽手走进楼道，与此同时，一楼那间破旧的房子里，争吵爆发。

江与城坐在车里看着，没有再插手。

既然她想经历，就让她经历吧。

程恩恩在门外已经听到屋内方曼容的叫骂，夹杂着许多脏话。

“我早猜到你在外头有人了，天天忙忙忙，国家总理都没你忙，去公司比谁都积极，出差也抢着去，我说呢，原来是跟你上司勾搭上了！那个老女人也亏你下得去嘴！”

“够了！”程绍钧怒喝，“你把嘴巴放干净点，我在外面有人也是因为你，我早就受够了！”

“你干那不要脸的事儿的时候自己不觉得丢人，现在还不让说了？干就干了，还说是因为我，我把刀架你脖子上逼你找的？”

“满嘴脏话没素质，我真是一句话都不想跟你说，准备离婚吧！”

门霍然从内侧拉开，正欲夺门而出的程绍钧看到门外的两人，脚步凝滞一瞬。更像是意外看到人的停顿，并不含什么感情色彩，只短短一秒钟，接着他一句话都没说，从程恩恩身旁越过，头也不回地走了。

屋子里，方曼容狠狠啐了一声：“呸！想让我给那个贱蹄子腾地方，做梦吧！”

陶佳文是专门去看过原著小说的，这一段也有印象，但动态实景显然比文字的冲击力要强得多，尤其是亲身经历。她扭头看程恩恩，担心地问道：“你没事吧？”

程恩恩的脸色异常平静，她并没有自己想象中的难过，心里竟有一种“终于到了这一步”的释然。她害怕变成孤孤单单一个人，但不愿意面对的这个结局，终于到来。

“没事。”说完她领着陶佳文进门，方曼容对两人视若无睹，踢了踢地上的玻璃碎片，嘴里仍在骂骂咧咧的。

“妈妈，我今天想留同学在家里住。”程恩恩站在门口。

“随便，爱咋咋地。”

方曼容是一向懒得在做饭上花时间的，程恩恩原本想今天的晚饭估计会很凑合，没想到还有两荤两素四个菜。

他们吃到一半，程绍钧回来了。方曼容摆着脸色当他是透明人，锅里还有饭，他自己去盛了一碗坐下来吃。

餐桌上没人说话，程恩恩安安静静的一个字都不问。只是等她吃完，放下筷子时，程绍钧也跟着放下了。开门见山，毫不委婉地问：“我跟你妈打算离婚，你想跟谁？”

“谁同意离婚了？”方曼容立刻喊起来，“我同意了吗？你说离就离啊？”

“这房子给你。”

房价逐年走高，这套房子虽然老旧，还是值些钱的。方曼容哼了一声，没再说什么。

这两个对一切都很草率的人，离婚也以这样草率的方式商定了。

程绍钧见程恩恩不说话，拿出早有准备的说辞：“我工作太忙，三天两头要出差，没时间照顾你，你从小跟你妈亲，就继续跟着你妈吧。”

“凭什么？”方曼容又有意见了，“她不是你女儿？你工作忙，我还忙呢！她这还有半年就高中毕业了，大学肯定要出省，到时候半年不一定回来一趟，需要你什么照顾，你不就是不想出四年的学费吗！我不管，她跟你。”

程恩恩忽然站起来，打断了两人因为不想要抚养权而爆发的第二轮争吵，说：“我谁都不跟。”

“说什么傻话呢，你谁都不跟，那你去外面露宿街头，喝西北风去啊？”方曼容没好气。

程恩恩垂着头，耷拉着的肩膀在灯光下显得瘦弱可怜，她说：“我自己租房子住。我还有两个月就成年了，谢谢你们把我养到这么大，学费我会自己想办法，你们不用担心。妈妈，我找到房子就搬出去，以后不会回来打扰你。”

学校附近有方便学生走读的廉租房，她手里还有一点点钱，能支撑自己活下去。说完，没等两人回答，她转身回了房间。

难过归难过，程恩恩看得开。所有的人都会离开，没有人会永远陪着你，人生那么长，路只能自己走。

陶佳文跟着进房间，见程恩恩已经坐下来在看书了。

戏毕竟是戏，她并不认为程恩恩会真的难过，不过既然她也在戏里，还是上前去表示安慰。

有陶佳文一直在身旁说话，程恩恩的注意力被转移，确实没那么难受了。

隔天早晨，两人提前出发，先回陶佳文家取她的书包和衣物，再结伴去学校。

七中历年都有举办元旦晚会的传统，高一高二的学弟学妹们一个月前就已经开始排演节目，高三年级没有硬性要求，但依然有不少同学主动报名，学业繁重，就当是解压了。

程恩恩提前给江与城发了信息，说晚会结束才回去。

叶欣报了一个舞蹈表演，忙着排练，傍晚程恩恩跟陶佳文一块儿在食堂吃过晚饭，进入会场时发现好座位已经全部被占满。她们在倒数第二排找到了两个位置，一起坐下来。

晚会还没开始，程恩恩拿出口袋里的单词书开始背单词。

“你也太拼了吧。”陶佳文咂舌。怪不得人家能演女主角，同样是学霸人设，自己却遗漏了这些细节。

“还有两周就期末考试了。”程恩恩说。

以她的成绩想上北大还不够稳，数学越是进步到后期，提分就越困难，她必须保证其他几科也做到最好。

热闹的现场总是很嘈杂，想静心学习是一件高难度的事情，又吵又闹是一方面，更防不胜防的是身旁冷不丁伸来的手。

单词背了半页，忽然被抽走。程恩恩回头，才发现左手边一排坐着樊祁和他的小弟们。

“你干吗抢我的书？”她伸手想拿回，樊祁直接把口袋大小的书揣进裤兜里，“这么暗还看书，不怕眼睛瞎了。”

“我看得见。”程恩恩说，“你还给我。”

樊祁把腿一抻：“那你来拿。”

程恩恩不好下手，他的无赖样子又很气人，鼓了鼓腮帮子，郁闷地转回去。

没了书，程恩恩只好专心看表演。巧合的是正好轮到叶欣上场，她换了芭蕾服，和同伴一起跳了一段《天鹅湖》，平时不吭不响性格低调，在台上却是发光的。

程恩恩鼓掌鼓得格外卖力，心里很羡慕。她从小没上过任何兴趣班，绘画、跳舞、乐器、演奏，别的女孩子总有一项擅长的，只有她什么都不会。

不对，她擅长扔飞镖。程恩恩安慰自己，也算是有个特长了。

看到一半，程恩恩弓着腰从前面的通道走出去，去洗手间。

陶佳文本来想陪她去，余光瞧见那边樊祁也跟着站起来，恍然想起今晚好像有“重要戏份”，便没跟着去打岔。

樊祁走出去时，男生们笑着起哄：“祁哥，今晚不成功便成仁！”

陶佳文忽然想起那个江总来。

这人挺让人看不透的，不是他们戏里的人物，疑似程恩恩的“金主”，但就陶佳文见过的几次来说，他实在不像个普通的金主。毕竟，哪个金主不是藏在幕后，谁会三番五次招摇过市，还恨不得到戏里插一脚的？

她还记得他第一次露面，在班会上“破坏”樊祁向程恩恩道歉顺便撩了一把的戏码。那个占有欲，呼之欲出。

不知道他对今天的吻戏会是什么反应呢？

学生和老师们都在看晚会，洗手间聚集了一些小太妹，趁着没人查纪律，非常放肆地吞云吐雾。

好巧不巧，里面有几个正是戴瑶从前的小姐妹。

程恩恩走近了才认出，发现几个人看她的目光都挺怪。她贴着墙根进去，又贴着墙根出来，几个小姐妹一路目送。

拐了弯，躲开她们的视线，程恩恩才悄悄舒了口气。一口气没吐完，眼前突然一黑——

下一秒，整个人被往后拖了一步。她吓一跳，正要尖叫，听到背后樊祁压低的声音：“别叫，是我。”

程恩恩一口气卡在那儿，咳嗽了一声，同时去扒捂在她眼睛上的那只手，没扒动。

樊祁拖着她往一个方向走。程恩恩一边继续挣扎一边警惕地问：“你干吗呀？你要带我去哪儿？”

“放心吧，不会吃了你。”樊祁的声音听起来似乎还挺无语。

能不无语吗，不知道作者的脑袋到底是什么结构，告白就告白，为什么非要捂着眼睛把人往小树林里拖？怎么看都像个不法分子意图不轨。关键是他的女主角一向不大配合，挣扎得这么厉害，更像作案现场了！

樊祁走得很快，程恩恩整个人是被拖着走的，两只脚捣得仓促又慌乱，没有挣扎的空间。

她心里觉得樊祁不是坏蛋，这人有时候很可气，但帮过她很多，挺热心的呢。不过她还是有点怕，一直在紧张地絮叨："你到底要干什么呀？有话好好说，你不要冲动，冲动是魔鬼。"

樊祁无语："……"这都是哪来的台词？

程恩恩被拖行长达两分钟，好不容易停下，蒙在眼前的手也拿开了。她睁开眼，入目一片黑漆漆，慢慢地才显现出眼前树干的轮廓。

她察觉到人在身后，正想转身，樊祁按住她的肩膀说："别动。"接着，把一个东西塞到了她手里。

程恩恩低头一瞧，是一个四四方方的盒子，看起来像是首饰盒，很小，这种尺寸一般都是用来装戒指。

等等，戒指？

"打开看。"樊祁在她背后说。

程恩恩蒙了，很听话地打开。果然是戒指，准确来说是尾戒，一个很简单的圈，什么装饰都没有。

"我自己打的，里面刻有你的名字。"樊祁的声音靠近了些，也更低沉了，"我也有一只，和这个是一对。"

"这是……"程恩恩反应不过来。

"定情信物。"樊祁说。

程恩恩立刻跟被烫到似的，着急地转身想要把盒子还回去，然而一回头，眼前又是一黑。

樊祁忽然靠近。

吻戏还是罢了，亲一下额头意思意思算了。不过快亲到时，他忽然又顿住，最后只用手指在程恩恩额头上碰了一下，说出后半句台词："以后你就是我的人了。"

"你乱说什么！"程恩恩又气又急，"我我……我才没有跟你定情！我不是你的人！"

她没看到樊祁在那一刻无声地叹气。

其实剧本中，这个时候两人之间已经发展出感情，深夜小树林告白，接吻，然后顺理成章地在一起。

男主角说：以后你就是我的人了。

女主角应该说：那你也是我的人了。

结果呢，他的女主角……唉，令人头大。

樊祁没接那戒指，其实是没来得及接。

江与城黑着脸出现将程恩恩扯到身后，盯着樊祁的目光堪称冰冷。

瞪我也白搭，剧本写的。樊祁把手揣进口袋里，瞥了眼被江与城藏在身后的程恩恩，说："我走了。"

程恩恩忙从江与城背后往外钻，想把戒指还给他，但被江与城蛮横地强力镇压。

他的脸色用难看已经不足以形容，拧眉看了一眼程恩恩的额头，抬手拿拇指按在刚刚被碰过的地方，非常用力地擦了一下。

他的力气有些重，程恩恩脑袋都被弄疼了，本能地瑟缩了一下。

江与城脸上的阴郁这才缓缓散去，放轻力度轻轻蹭了蹭，才收回手。

下午公司出了点紧急情况，他亲自去了一趟工厂，回来又连着开了两个会议。结束之后他一刻钟都没耽搁便直接赶过来，到底是迟了一步。

方麦冬隐晦地提醒过他多次，这个故事有它自己既定的走向，而这个走向是深埋在程恩恩心中的，干预会造成什么结果无法预料。

来时的车上，方麦冬还说："既然已经给她建造了这样的世界，您又何必……"

江与城明白他的意思，但他还是一而再地插手了。

从一开始，他就高估了自己。

幸好程恩恩自己拒绝了，否则……目光落在程恩恩手里的戒指盒，他拿了去，单手一拨，打开盒子的动作随意又帅气。

戒指精致漂亮，看得出手工的痕迹，亲手做的东西总是意义不凡。拇指从戒指内侧拂过，CEE这三个字母他一摸便知。

他明明没有任何要扔的动作，甚至是预兆，程恩恩也不知怎么觉得他会扔掉，小心翼翼地想要回来："江叔叔，这个……"毕竟是别人亲手做的礼物，不能糟践别人的心意。

江与城面色淡然地将盒子扣上，递过去，说："明天还给人家。"还非常贴心地叮嘱她，"不想要也不能扔掉。"

也就程恩恩这样的直脑筋听不出他的弦外之音，乖乖点头说："知道了。"

第十章 等你和我一起白头

两人沿着小路往校园的方向走去，晚会还没结束，会场璀璨变幻的灯光将夜空也映照明亮。

气氛是安静的，却不会觉得尴尬。风很冷，程恩恩心底却很平静。她低头便能看到地上的影子，被路灯拉长，并肩而行。

她看得正入神，忽然听到身旁的人问："为什么拒绝他？"

她下意识地抬眼，对上一双漆黑的眸子。程恩恩没明白他为什么问这个问题，无辜地回答："你不让我早恋呀。"

"哦？"江与城意味不明地哼笑一声，"我要是不反对，你就早恋了？"

程恩恩摇头说："我想专心学习。"

她是想好好学习不假，但这句话在他面前不知为何说得很没底气。大约是因为自己已经"犯了戒"，六根不清净吧。

走到会场时，舒缓轻柔的曲子传出来，有点古风韵味，是前段时间大热的某部电视剧的插曲。里面不知名的同学正用低沉而有质感的嗓音唱着："我慢慢地听，雪落下的声音，闭着眼睛幻想它不会停，你没办法靠近，决不是太薄情，只是贪恋窗外好风景……"

程恩恩忽然惊喜地喊了一声："下雪了！"

江与城停下，抬头，这才发现黑色夜幕下有白色的雪花轻轻扬扬飘落。

只是雪还太小，零零散散的，落在肩上便消失不见踪影。程恩恩伸手去接，掌心只留下一丁点水迹。

程恩恩很喜欢下雪，尤其是初雪，这两个字在女孩子心中是很有意义的。不过今年的初雪来得很迟。

她回头看江与城，见他也正望向自己。这一刻她很想说：希望明年也可以陪你一起看初雪。但她只是笑了笑，转开头去接下一片雪。

会有其他人陪他看初雪的。

这是他们一起看的第一场初雪，也会是最后一场。等明年……不，是今年，等她考上大学，离开这个城市，就不会再回来了。

江与城的目光一直停留在她身上，未曾移开。

他看到了那个笑，这是自从车祸之后，他第一次在程恩恩脸上看到意味复杂的笑容。仿佛藏了许多话，欲语还休。

那年的初雪，差不多也是在这个时节降临。

她不知从哪里听到的说法，说初雪的时候如果两个人在一起，就能一直到白头。

那时圣诞节刚刚过去不久，程礼扬回国，她不敢让哥哥知道，只肯和他发展地下恋情，背着程礼扬偷偷摸摸来和他见面。他们住在同一个小区，邻栋的距离，下楼再上楼，用不了五分钟时间。但每次江与城都来接她。

当天突发状况，她正要悄悄溜出门时，程礼扬醒了，于是一耽搁，江与城站在楼下等了一个小时。她下楼时，他身上已经落了一层雪。

看到初雪的惊喜全被担心替代，她胡乱在他肩膀上拍打，又伸手把他头顶的雪拨下来，气恼地骂："你是不是傻了呀，不会进大堂去吗，干吗在这里傻乎乎地站着？"

江与城捉住她被雪染凉的手，笑着贴在嘴唇上，说："等你来和我一起白头啊。"

算上她十六岁，懵懂无知地跟在程礼扬身后第一次见他，怯生生叫他"哥哥"的那一年，这是他们一起见证的第十一场初雪。可她已经忘记了和他的约定。

回家的路上，雪势渐渐大起来，地上很快积起一层白霜。

程恩恩看着越来越绵密的雪花，心里高兴——再下两天，她就可以和小粲粲一起堆雪人了。

车开进津平街公寓，刚入小区大门，江与城忽然喊了停车。

老张跟了他许多年，知晓这小两口每逢初雪那天一定要一起雪中漫步的小爱好，缓缓将车靠边停下，脸上挂着慈祥的微笑。

平时都是直接开进停车场的，程恩恩疑惑地回头，只看到江与城下车的背影。他绕到这边，打开车门，看着她说：“下来走走？”

疑问句，但分明是命令的口气，不给你拒绝的余地。

刚好程恩恩也喜欢雪，乖乖地下车，然后将羽绒服的帽子戴上。

江与城关上车门，一回头抬手把她的帽子揪下来，在她惊愕茫然的目光中若无其事地迈腿向前走去，说：“走吧。”

程恩恩小媳妇似的跟上。

大门到他们那栋楼有段距离，两人慢悠悠地散着步，地上积雪很薄，踩上咯吱咯吱的声音轻微，但也挺快乐了。

程恩恩走在最右边，那里的雪地还未被破坏，她低头走得专注，努力让每一个脚印都印得完整，并保持在一条直线上。

江与城不时看一眼她的头顶，只可惜雪仍然不够大，走到楼下时，她头发上也只落了薄薄一层。

从前他们总要来回走个几圈，走一走，玩一玩，她的手不禁冻，摸几下雪就冰冷通红，但仍然乐不思蜀。等到冷得受不了了，她便“啊啊”叫着扔下雪，要他帮她暖。

现在再冷她都自己忍着。她鼻尖都红了，不时把手放到嘴边哈一口气，自己搓一搓。

江与城把人揽过来，轻轻将她头顶的落雪拨下去。程恩恩在他怀里保持着僵硬，等到他弄完，立刻跳出去，佯装镇定地说：“谢谢江叔叔。”然后转身快步走向电梯。

隔天，程恩恩把戒指还给樊祁，郑重地说：“对不起，这个我不能收。”

都被拒绝了，也不多这一个戒指，樊祁拿回来，盒子捏在手里转了转。其实挺想问个究竟，话到了嘴边又咽回去。

“樊祁”很对得起当初刘校长对他的评价：业务能力强。即便感情线被女主角硬改了，他仍然尽职尽责，按照自己的剧本往下演。他随后将盒子搁进抽屉里，问程恩恩：“你在找房子？”

程恩恩惊讶地问：“你怎么知道？”

樊祁拿出一串钥匙，放到她的桌子上，说：“廉租房不安全，我朋友有一套房子空着，离学校挺近的，你先住着。”

程恩恩把钥匙推回去，一本正经地说：“樊祁，谢谢你，不过你已经帮了我很多了，我不能再麻烦你了。”尤其是昨晚的“尴尬小树林”之后，她心里过意不去。

这倒是符合剧本的走向，毕竟到时还有一场英雄救美的戏呢。

樊祁张了张嘴，但还没来得及出声，程恩恩接着道：“我现在住在我叔叔家里，等到期末考试结束我再搬出去。”到时候廉租房那边大家应该都回家过年了，就不会不安全了。

已经逐渐接受自己沦为男配这一事实的樊祁拿回钥匙，怀疑自己“英雄救美”的戏份是否还有机会上演。

这一整天学校都很热闹。刚刚结束的元旦晚会，校园里越来越厚的积雪，都让临近期末考试、疯狂复习中的大家跟打了鸡血似的，课间总能听到楼下打闹的笑声。

不过，中午学校就安排了人打扫，一个午饭的时间，“游乐场”便被清理干净了。

程恩恩昨晚上就跟江小粲约好了一起堆雪人，不知道小区里的积雪会不会被清理，又期待又焦灼，一下课就迫不及待地背着书包下楼。

她朝停在路边的宾利跑过去，车门早早便打开了。江与城也在，江小粲扒着车门站着，半个身子探出来，既兴奋又咬牙切齿地说：“我想好了，这次我要堆一串糖葫芦！”因为刚才过来的路上他看到路边卖糖葫芦的小摊贩，吵着要吃，被江与城以“有蛀牙”为由残忍地拒绝了。

程恩恩坐上车，暖气扑面而来，浑身都舒坦了。

“好呀。”她知道江小粲长蛀牙了，昨天去看的牙医，回来一晚上都无精打采，托着半边脸装深沉，看样子八成是被糖葫芦给“刺激”了，于是很配合地问，“你要核桃馅的还是水果馅的？”

江小粲想了想说：“要草莓！”

“草莓的十块。”

“这么便宜，我给你十五。”江小粲财大气粗地拿出手机。

“不行，我是良心卖家。”程恩恩说。

目睹整个过程的江与城颇为无奈。儿子到底随谁，真是昭然若揭。

十秒钟后，江小粲懊恼地一拍大腿，小金库被没收了，现在他一分钱都没有。他跟江与城赌气赌了一路，这时候厚着脸皮伸出手说：“爸比，给我钱。”

江与城放下文件，从口袋掏出钱包，抽了张崭新的粉色人民币递过去说：“不用找了。”

“要找的。”

程恩恩打开自己的零钱包，她的钱整理得很整齐，从整到零，头像都朝着同一个方向。她一张一张数了九十块，递给江与城。

江与城看了她一眼，伸出手。程恩恩把钱放到他掌心，然后拉上零钱包的拉链，轻轻拍了一下。

物业的管理人员大约也童心未泯，只清理出了车道，其他地方不影响行走的积雪都完好保留着，大门口还堆起了一个漂亮的雪人，围着围巾，戴着帽子，胸口的牌子上写着：欢迎回家。

一下车，江小粲便迫不及待地朝着已经有脚踝深的雪地奔过去。程恩恩正要跟着跑，江与城把人叫住，拿出一双羊皮手套说："戴上。"

"谢谢江叔叔！"程恩恩拿起来边走边戴。

她跑到一半下意识地回头，便见江与城一身黑色大衣也大步走来。

"看招！"江小粲忽然大喝一声。

程恩恩头都没来得及回，就见一颗雪球从背后飞出来，正冲着江与城的脸砸去。

江与城脚步不停，抬手轻轻松松地接住了那颗球。

不愧是"黑社会"大哥啊。

江小粲立刻大叫起来："啊啊啊，妈妈，救命！"

程恩恩刚想笑，却忽然一阵恍惚。她甚至没有意识到江小粲那一声自然而本能的"妈妈"，只是觉得这一幕仿佛在哪里见过。

回过神时，江与城已经走到她跟前，深邃的目光凝视着她。她若无其事地一笑，刚抬脚想走开，听到他开口，声线低沉，洞穿一切："想起什么了？"

程恩恩心里咯噔一跳。

她以为自己掩饰得足够好。被看穿了就不好说谎了，她低头抿着嘴唇，犹豫片刻才抬起头问："我是不是你太太……"

刹那间，江与城心头一动，但尚未来得及思考，便听她迟疑的语调慢吞吞地说出下半句："失散多年的妹妹？"

雪还在下，六芒星悠悠坠落。

"为什么这么想？"江与城竟然保持住了镇定。

"我不是长得像她吗……"程恩恩说了半句就说不下去了。

还失散多年的妹妹，拍电视剧呢？她就是觉得这画面似曾相识的感觉太真实，仿佛见过。而她又和他太太的样貌相似。但什么妹妹啊，妹妹怎么会不记得他们呢？她虽然车祸之后好多人都认不出来，但记忆并没有断层。这些天脑海中偶尔冒出来的些微片段都莫名其妙，是最近压力太大了吗？

“我脑抽了，你不要管我。”她没看江与城，低头朝江小粲跑。

江与城的视线随之转过去。

江小爷在远处又团了颗雪球准备偷袭呢，被逮个正着，非常迅猛地转身假装一切都是误会。

程恩恩刚跑出两步，听到江与城情绪不明的声音追过来：“别乱给自己安身份，我不想做你姐夫。”

程恩恩忽然反应过来，要真的是失散的妹妹，那她暗恋自己姐夫算怎么回事？

她简直没脸见人，只当没听到，跑过去和江小粲一起开始推雪球。装了一会儿镇定了，她回头瞄，冷不防就和江与城对上眼神。

他站在不远处点了支烟，夹在指间抽了一口，微眯着眼睛从烟雾后盯着她。

虽然程恩恩厌恶烟味，但不得不承认他抽烟的样子很酷，有点带感。不过下一秒，眼前飘过“姐夫”两个字……她咻的一下把脑袋转回来，你在想什么呀程恩恩同学？

堆草莓的难度太高，他们将雪球推到直径二十厘米的大小，再一颗一颗摞起来。

想将雪球堆成一条垂直的直线是一件几乎不可能的事情，但不巧这两个都是强迫症患者，要求很高，忙活了两个多小时，天色擦黑还没收工。

江与城第二次从楼上下来时，程恩恩正抱着江小粲让他伸着手往上放第九颗雪球。

八岁的小朋友很重了，程恩恩又瘦，抱得有点艰难。

“马上马上。”江小粲小心翼翼又快速地把雪球举起来。

“不要急，我可以的。”程恩恩咬着牙说。

江小粲刚找准位置，正要放上去，身体忽然腾空。他“哎”了一声，举着雪球落到了江与城怀里。

江与城已经换了身衣服，单手抱着江小粲，瞥了眼一旁立刻大喘一口气正甩着胳膊缓解酸痛的程恩恩。

他抱得高，也更稳，江小粲轻松不少，也不着急了，精细地找好方位，喊道：“小恩恩，快看看正吗？”

程恩恩立刻跑到对面看了看，又跑到侧面看了看，说：“正。”

“OK！”江小粲这才将雪球慢慢放下，然后拍拍他爹的手臂。

江与城将他放下地，他跑过去抱起第十颗雪球，再跑回来，江与城一言不发但配合默契地将他再次抱起。

最后一颗球也在程恩恩的指挥、三个人的通力协作下就位。

江小粲原本想找根“签子”扎进去的，但一则合适的棍子难找，二则雪球一戳容易碎，便放弃了。

但是程恩恩还记得他想吃草莓口味的，从家里拿了十颗草莓，小心地嵌进雪球中央，每一颗的朝向都摆得正正的，刚好成一条笔直的线。

有了草莓的点缀，光秃秃的雪球串忽然就好看多了。

这一串“糖葫芦”终于完工，三个人站在两米之外观赏了片刻，江小粲拉着程恩恩跑过去说：“爸爸，帮我们拍照！”

江与城拿出手机，却并未帮他们拍，而是转身找了一个恰巧经过的清洁工人，随即大步向他们走来。

江小粲原本拉着程恩恩的手站在最右边，立刻跑到中间来，换了只手来牵程恩恩，左手牵住江与城，然后面朝镜头，笑得一脸开心。

程恩恩往江与城的方向望了一眼，不想刚好对上他投来的目光。

江小粲正冲那边的工人喊：“漂亮阿姨，把我拍帅一点哦。”

那名工人已经年过半百了，这小子嘴甜起来睁眼说瞎话。对方被逗得呵呵笑，按下快门时手还在晃，不禁让人怀疑照片会糊到什么程度。

上楼的时候，江小粲拿着江与城的手机捣鼓。

漂亮阿姨抖着手拍的照片，效果意外很不错。天色很暗，反而有一种温柔宁静的基调，三个人手牵手站在“糖葫芦”前，莫名地像一家三口。每一个人都在笑，就连江与城也因江小粲的那句话脸上泛起淡淡的笑意，模样比平时温和太多。

江小粲将那张照片发到自己手机上，顺便发给程恩恩一份。

程恩恩还挺喜欢那个意境的，吃饭时，江小粲发朋友圈的时候，她没忍住，也暗搓搓地发了一条。

江小粲秒给她点赞，还专门拿江与城的手机也赞了一下。

江与城今天的话尤其少，大约是突然变成“姐夫”，冲击太大，见状也没任何反应。

程恩恩看到那个心形后面的“江叔叔”三个字，心里有一丝奇妙的感觉。不过，紧接着又收到一条评论——

樊祁：……

不知道为什么有点心虚呢？她默默把手机收起来，专心吃饭。

方曼容和程绍钧去民政局办好离婚手续已经是两周后了。

程恩恩收到短信时，刚刚陪江小粲写完作业回到房间，瘫倒在床上，对着天花板发了一阵呆，脑子里一片空白。

还是会感到沮丧，天大地大，以后再也没有一个家。

程恩恩努力让自己的心情沉淀下来，不要受到影响。

期末考试临近，学校紧张备考的氛围越来越浓厚。她想在这次期末考拿到一个可以让自己安心的成绩，学习愈发刻苦，每天晚上都做题到两点。

江与城提醒了几次让她注意休息，她倔得很。

小学寒假放得早，考试前几天，江与城把江小粲送回江家老太太那儿，给她空间专心复习。他还是像这段时间以来一样，每天尽早下班回家，但从不打扰她，存在感极低。

程恩恩一心扑在学习上，吃饭的时候都在琢磨数学题，也就没察觉到什么。

考试前一天，为了养好精神，程恩恩十二点就合上书。这个点班级群里还在热火朝天地讨论，她拿着手机边看边打开门出去倒水喝。

家里的灯都暗了，安安静静的，一丝声响都没有，她想着江与城大概已经睡了，动作放得很轻。喝完水她小跑回房间，关了壁灯正要关门，突然想起手机落在吧台了，再次拉开门往外跑。然后咚的一下，她撞到了什么东西。

江与城胸口被她的脑袋结结实实地砸了一下，闷哼一声，反射性地搂住了她的腰，说："你是要把我撞吐血吗？"

这一下真的撞得不轻，程恩恩痛得差点掉眼泪，捂着额头好半晌才回过劲儿，立刻往后退。

江与城的手还扣在她腰上，没松。

"对……对不起，我不知道你在这里。"

她能闻到江与城身上沐浴后的清淡气息，也能隔着睡衣感受到他掌心的温度，无所适从。幸好黑暗里谁也看不清谁，她烧红的脸不会泄露秘密。她不得不抬手在江与城胸口推了一下。

江与城顺势放开她，程恩恩后退一步，却觉得手也开始发烫了。

"准备得怎么样？"江与城问。

话题岔开，程恩恩松了口气，说："还好。"

"有信心吗？"

她摇头。她给自己定的目标太高了，北大是梦想，所以即便成绩可以一搏，也忐忑胆怯，于是每一次考试都倍感压力。

江与城从前并不知道这小丫头还藏着一颗学霸之魂。他记得当年程礼扬是考上了北大，但因为要照顾她而放弃，选择了本地的大学。虽然也是重点本科，但到底与“理想”二字差了距离。想来她对北大的向往，大约也受了程礼扬的影响。

江与城再次伸手将程恩恩揽过去，在她反应过来之前低头在她额头上吻了一下。很轻，但停顿了一下才离开。

程恩恩还蒙着，他已经放开手。

“现在有信心了吗？”

程恩恩的大脑很干脆地当机了，运转不动，她迟钝了几秒钟才呆呆地摇头。

江与城的嗓音里带起笑意，说：“那我再亲一下？”

嗯？程恩恩猛地一下清醒过来，瞪大眼睛，剧烈摇头：“不用了！我有了！”

“嗯。”江与城气定神闲，“那祝你好运。”言罢转身，以从容的步伐走进卧室。

程恩恩在原地傻站了片刻，才拖着发软的脚步回房间。躺到床上时，人还是蒙的。心脏跳得很快，那种纠结、愧疚，又夹杂着一丝喜悦的心情……难以言表。

尽管已经决心要藏起自己的暗恋，她还是无法控制地感到欢喜。她把自己蒙进被子里，闷闷地想，等到考试结束，她就搬出去。

四场考试都很顺利。学校大发慈悲，为了让大家能好好过个年，题出得相对简单，程恩恩的数学试卷只有最后几道大题的三个小问没有答出来，这简直是她车祸之后的巅峰了，出考场时心情都是飞扬的。

江与城亲自来接她，江小粲也吵着闹着跟来了，还非要到学校里面去迎接。父子俩并排招摇地站在教学楼下，比江与城的独自出现更拉风。

程恩恩背着整整一书包的教材教辅，还有每一科加起来近一百套的试卷，跑都跑不动。

江与城抬手，将书包从她背上拎下来。

程恩恩瞅了他一眼，似乎想说什么，最后也没开口。

江与城带他们到外面吃大餐庆祝，程恩恩全程都开开心心的。不过，晚上回到家，她就到书房找江与城告知他自己的打算。

“我已经交了定金，明天就可以搬进去。”程恩恩说，“江叔叔，谢谢你这段时间对我的照顾。”

她以为江与城多少会挽留一下的，没想到他并未有过多反应，只是问：“你一个人住，不害怕？”

“不害怕。”

怎么会不害怕，但总要学会自己面对的。程恩恩说：“房东阿姨人很好的，隔壁是一对母女，楼下有一些年轻人，不过马上就要回家过年了。”

“不愿意留在这里？”江与城又问。

程恩恩说：“不是。但我不能一直赖在这里。”

江与城便道：“既然你想搬出去，就搬出去吧。”顿了一下，又说，“你的房间给你留着，随时可以回来。”

这句话还是很窝心的，程恩恩点头：“江叔叔，谢谢你。”

了却一桩心事，她心底的纠结也松散不少。

不过，她这边离开书房，偷听他们讲话的江小爷便风风火火地闯进来嚷道：“江与城，你是不是脑子坏掉了？怎么能让她一个人搬出去，会被人拐跑的！”

“急什么。”江与城将手中的文件翻了一页，头也不抬，“她会自己回来的。”

程恩恩说走就走，第二天就打包了行李。她的东西不多，主要是衣物和书，两个编织袋就搞定了。

圣诞节江与城送她的那一大堆礼物，好多她还没来得及使用，都留了下来。那棵樱花色的圣诞树她很喜欢，特地小心地包起来一并带着。

平时她周末回个家，江小爷都各种撒娇耍赖不愿意放人，这次为了大局着想，硬生生按捺住了自己小小的不舍。只是送程恩恩下楼时，他一直用泪汪汪的眼睛望着她，给她心理压力。

程恩恩也依依不舍，搂着他说：“我每天都来陪你的呀，只是晚上不在这里了。”

江小粲一副要哭不哭，强忍委屈的样子，巴巴地说：“那你每天要早点来哦，粲宝儿等你。”

虽然跟江小粲接触多了，知道小家伙其实是个小人精，什么样的戏都演得出来，但程恩恩还是心疼，再三保证。

江与城今天有事回不来，范彪被派来跑腿，在旁边拎着两个行李袋，一脸冷静地看着上演悲情离别大戏的母子俩。心里深深为他的大哥唏嘘，工作那么忙，家里还有两个戏精，真是辛苦了！

程恩恩先回了程家一趟取自己的东西。

方曼容不在家，也不知是真舍不下那个麻将摊，连回来送一送女儿的时间都抽不出，还是不想面对。

不在也好，程恩恩其实很害怕告别的场面。

房间里的物件虽然都是属于她的，但没什么想带走的，只拿上了衣物和要紧的东西。她带上门时，就像平时离开家去学校一样，但这一次离开，永远不会回来了。

也许是因为车祸之后在这里住的次数并不多，她没有想象中那般不舍。她将钥匙放在玄关的柜子上，提着箱子走出来，关上那扇墨绿色的防盗门。

范彪在外头等着，大步走来接过她的箱子放到后备厢。“肌肉姐姐”干活利索不废话，将她送到出租小屋，行李也全部帮忙扛上楼。

程恩恩租的房子离学校很近，老式的回形公寓楼。她租的那间还算干净，二楼，空间不大，但她一个人也够用，卫生都打扫好了，不需要她多花什么力气。唯一的不便是厨房和卫生间都是几家公用的，不过房东在屋里安置了煤气灶，还有一整套的碗碟。

送走范彪，她便开始整理这间简陋的小屋。以后这里就是她的落脚处了。

尽管屋子看起来整洁干净，她还是勤快地重新打扫了一遍，扫地拖地，能擦的地方都擦得干干净净。

中间饿了，她锁上门去外面的小饭馆吃了碗面，然后回来继续收拾。

第一次独立在外面生活，有背后无依无靠的心酸，也有着新生活即将开始的期待。

小小的一间屋子，收拾起来竟然是个大工程，等终于忙完，程恩恩看看铺得整整齐齐的床，又看看书架上一字排开的书。她发现她比自己以为的更坚强。

然而，对新生活的一腔热情，在洗澡时被骤然变冷兜头浇下来的冷水毫不留情地浇灭了。

她惊呼一声，飞快后退躲开水流，颤颤巍巍地伸手去拨水龙头，将热水开到最大，然后冲了没两下又差点被烫成虾。她不得不提高戒备，跟忽冷忽热的水打起游击战，一变温就立刻跑开。

一个澡把自己洗得筋疲力尽。

这间公共浴室很干净，超乎想象的干净，使用起来还算舒适。不过房子毕竟老旧了些，硬件不大好，程恩恩刚跟调皮的水温打完一场仗，松懈下来，正擦身体，门突然响了一声。她吓了一跳，忙转头去看。

反锁的门还好好的，大约是被风吹动发出的声响。等了好一会儿，没再有其他的声音，她提起的心才慢慢落回去。然后，她飞快地穿好衣服吹干头发，抱着东西跑回小屋。

白天消耗了太多体力，她一沾到床很快就睡着了，还没来得及对自己人生转折的一天发表感想。

早晨不知是被冻醒还是吵醒的，她睁开眼睛迷茫了一阵，听着街上传来的人声和车声。

楼下有几个大婶一大早就在聊天，十分钟内程恩恩已经听到了——307那家的闺女这么久没回来估计是入传销窝了，她家里也没人说去找找；421的小伙子昨晚带了一个姑娘回来，不是上回那个；六楼那两口子昨晚又打架呢，说是男人出去找小姐了……都是劲爆八卦。

听到“你们看见没，昨天门口停了辆豪车，也不知道哪个小姑娘傍上大款了”这一情节时，她打了个哈欠，从被窝里爬了出来瑟瑟发抖地穿衣服。

如今她才发现，一个城市里也会有两个冬天：温暖舒适的冬天和冷如冰窖的冬天。有钱人的冬天和穷人的冬天。

新生活的第一天，想念江叔叔……家的暖气。

她穿好衣服看了眼时间，才五点半。

洗脸时，她再次被彻骨寒冷的水教做人——你很冷吗？别怕，我还能让你更冷。

她是跑着下楼的，想暖和一些，院儿里那几个大婶的八卦之魂转移到她身上来。

“哟，新来的呀？”一个胖大婶问。

程恩恩放慢脚步，顶着大婶们探照灯一般的目光打了个招呼。

“住二楼？204？”胖大婶向二楼的方向瞥了一眼，“我说呢，前几天那家那么勤快打扫卫生，厕所都刷得跟酒店似的，又租出去了啊。”

程恩恩礼貌地笑笑。

瘦大婶嘀咕道：“老王媳妇儿抠成那样，咋突然转性了，还请了工人把墙都粉刷了一遍，家具都换了，真是闲得慌。”

“前天还见她呢，打了个大金戒指，怕是发财了。”

程恩恩走出公寓楼，心想这次运气蛮好，刚好赶上一间刚重新装修的屋子。

街口就有卖早点的，街上来来往往早起上班或者买菜做饭的人，生活气息很浓郁。

她喝了碗胡辣汤，从胃里暖和起来，慢慢地，冻僵的手脚也有了知觉。

原本和江小粲约的下午，不过刚过九点，程恩恩就收到了他的微信轰炸。

——起了吗起了吗起了吗？

——好寂寞好寂寞好寂寞……

——来看我来看我来看我！

程恩恩已经做完两套英语试卷，把打算今天写完的另外四套试卷装进书包。她出门时给他回复：我来了。

江小粲秒回：我让司机去接你。

——不用了，我自己过来。

坐了快一个小时的公交，到津平街公寓时，刚走到小区门口，翘首等待半天的江小爷就飞扑过来一把抱住她：“想死你了！”

明明才几个小时没见而已啊。但小朋友的依恋太让人感动了，他开心，程恩恩也开心，两个人又搂又抱亲热地往家走。

一个保安瞧见两人，乐呵呵地打招呼：“江太太，早啊。”

仿佛这三个字多烫人似的，程恩恩立刻摆手说：“我不是。”

保安愣了：“啊？不是？”

江小粲眼明手快地拽着程恩恩跑开，免得说多了穿帮。

程恩恩原本以为这时候江与城应该已经去上班了，没想到一上楼，正好看到他边扣西装扣子边从卧室走出来。

“江叔叔。”她叫了一声。

江与城走过来，取下大衣，在她跟前停了一停：“住得还习惯吗？”

不习惯，冻死了。早晨睁开眼，有一瞬间觉得孤零零的。

程恩恩说：“习惯的。”

呵，适应能力真好。江与城屈指在她额头上弹了一下。有点疼，程恩恩“啊”了一声，捂住额头莫名其妙地看他。江与城神色自若地走进电梯。

有撒娇精江小爷在，打算上完家教课就回家的程恩恩硬是被拖到吃完晚饭才走。

彼时江与城还没回，让小王把她送了回去。到了街口程恩恩就让小王停车了，剩下一段路步行回去，免得被大婶们看到，明天她也要成为“傍大款的小姑娘”了。

一连几天都是如此，一整个白天她都和江小粲一起度过，每天都会碰到江与城，有时在清晨，有时在傍晚，日子倒也不显得难熬。

只是，住在出租屋的日子并不太平。

洗脸时的痛苦和洗澡时的紧张仍在延续，两天后干净如酒店的卫生间被搞得脏兮兮的，还多了一项如厕时的恶心。

晚上有时会听到楼上脏字连篇的争吵，楼下动次打次的音乐，以及隔壁看到老鼠穿云裂石的尖叫。

“啊，妈！有老鼠！”

“还有一只！”

“哎呀我去！一窝啊啊啊啊啊！”

那晚程恩恩睡觉时，都觉得自己耳边有老鼠在吱吱吱。

半梦半醒间手里摸到毛茸茸的东西，她瞬间一身冷汗地被吓醒，发出一声穿云裂石的同款尖叫，然后跟装了弹簧似的从床上弹起来蹦到地上。

打开灯一瞧，是她放在床上的玩偶。

她从惊惧中冷静下来，身上冰凉一片，那一刻突然有点委屈。

早上出门时闻到公共厨房的饭香，程恩恩忽然意识到，应该学着自己做饭了。

这几天午饭和晚饭都是在江叔叔那儿蹭的，只需要花个早点钱，便不知柴米油盐贵。但自己不可能一直这样蹭下去的。于是下午，她坚持没吃晚饭，提早离开了。

市场离得不远，她打算做咖喱鸡饭，买了肉和菜，还买了米。不过咖喱找了两家小超市才找到，绕得远，她回去时天已经擦黑。

小街晚上人少，通往出租屋的一段小路虽然不算偏僻，但独自走夜路还是有点吓人。尤其是墙根处蹲着几个新时代的非主流青年正在抽烟，说的话听起来非常社会。

程恩恩贴着路边走得非常安分守己，一眼都没敢多看，但不知哪里惹了注意，余光突然看见有个青年站了起来快步朝她走来。

心一凛，她浑身的汗毛都要爹起来了。

周围除了她再无其他人，那个青年的视线明显是在盯她，程恩恩情不自禁往后退，背后已经是墙。

在静观其变和拔腿逃跑中犹豫了一秒钟，她刚要做选择，那个青年脚步突然一停，以倒带的方式退了回去，蹲下。

程恩恩趁机转身就往前走。

范彪瞧着那道身影走出一段忽然开始小跑，一路跑到楼下，匆匆回头看了一眼才跑进去。

他从黑暗里走出来，冷酷的视线盯着对面，几个小青年扔了烟，略显慌乱地结伴离开。范彪回身，走向停在路边阴影处的黑色轿车，打开车门坐进去。

“这片儿太乱了，怎么还冒出来一群小混混。年关了，都想弄点钱回家过年呢，这要不看着，真不定出什么事儿。”

方麦冬坐在副驾上，向后头望了一眼，问：“江总，要进去吗？”

“现在进去干吗？”范彪说，“反正今天晚上之后程姐就会回来了。城哥进去她不害怕了，不回来咋整？”

江与城没答，隔着玻璃望着那栋已经很有年头的老楼。

过了一阵，他直接推门下车。

楼里各家各户都亮着灯，说话的声音在楼下都能听到。程恩恩一直跑进小屋，平静了一会儿开始准备烧饭。

食谱是网上搜的，她一字不落地记住了。几种食材都切丁，将鸡丁炒一炒，然后将洋葱炒一炒，再和土豆、胡萝卜一起炒一炒，最后加水煮咖喱。

她刚炒完鸡丁盛出来，便听到了笃笃的敲门声。

程恩恩看向门，将手里的盘子放下，那一瞬间四肢紧张，甚至忘记了问一声：是谁。

静默持续片刻，门外传来江与城的声音：“开门，是我。”

程恩恩大松一口气，过去打开门说：“江叔叔，你怎么来了？”

江与城说：“路过。”

“快进来吧。”程恩恩把他让进门。

小屋狭小，她有点不好意思，跑到书桌前搬唯一的那把凳子：“江叔叔，你坐……”一回头，见江与城已经脱下大衣在她的小床上坐了下来。

他倒是不见外。

江与城扫视一圈，这间屋子实在太小，不及家里卧室的一半。不过程礼扬当年带着她离开家，租住的就是这样的房子。

程绍钧与方曼容离婚时，两个孩子是打算各带一个的，才十一岁的程恩恩无疑不如十八岁的程礼扬“省心”，两人争执不下，最后程绍钧放弃房子，两人才勉强达成共识。

但程礼扬清楚，无论程恩恩跟着谁，都得不到应有的照顾，所以毅然决然地提出自己抚养程恩恩。当时他才高三，还在念书，程绍钧和方曼容答应每个月给的生活费，并不总能按时到账。他也不如程恩恩这般“幸运”，有一个大方的雇主给他月薪五千的家教工作。

那时江与城与他尚未结识，没见识过他们当年的窘迫，但程礼扬时常忆苦思甜，曾经的艰难困苦都笑着讲。

江与城听他讲过，出租屋只有一张一米二的小床，他又想办法弄来一张木板，搭了张简易床，小的自己睡，大的程恩恩睡，还给她挂上碎花的小帘子。他说家里再穷，小丫头也得有自己的“闺房”。

也听他讲过，屋子太小，一炒菜全都是油烟味。有一回程恩恩贪睡，一直睡到傍晚，刚好他在炒洋葱，呛得她直流眼泪，眼睛怎么都睁不开，吃饭都是闭着眼，泪流满面。

江与城闻到洋葱味儿时回过神，见程恩恩站在灶台前，正把脸扭到一边，锅铲在锅里盲翻。所幸量少，不至于太呛。

“在做饭？”他问。

程恩恩把脸转过来，眼角悬着泪，应道：“嗯。”

眼前冒出她闭着眼睛泪流满面吃饭的画面，江与城笑了一声。

她做个饭有什么好笑的。程恩恩嘀咕，然后把土豆和胡萝卜一股脑倒进去翻炒。

江与城一直没说要走，摆明了是要在这里蹭饭。刚好程恩恩今天做得有点多，省一省也能盛出两碗饭，浇上煮得黏稠的咖喱汁，端过来放到桌子上。

咖喱大约算是对新手最友好的菜了，步骤简单，连调料都不需要自己加。初次尝试，看起来是成功的。

程恩恩把勺子递给江与城，说：“江叔叔，你尝尝，我第一次做。”

江与城坐在床上，她坐凳子，逼仄的小屋里，就着空气里散不尽的洋葱味，两个人吃起这顿意义非凡的咖喱鸡饭。

“好吃吗？”还没咽下去，程恩恩就迫不及待地问。

江与城“嗯”了一声。

然后……程恩恩嚼了半天，咽下去，迟疑道：“鸡肉是不是太柴了？”

“不柴。”江与城慢条斯理地吃着。

“真的吗？”程恩恩又舀了一块，还是很柴。

“真的。”江与城说。

程恩恩有点感动，他分明就是不想打击她的自信心。

吃完饭，程恩恩去洗了碗，回来时江与城靠在床头，拿了本她的教辅在看，姿势非常闲适，也没个要走的意思。

程恩恩不好赶人，和他独处一室又不知说什么好，绞尽脑汁地没话找话。

“江叔叔，你渴吗？我给你倒水喝。”

“不渴。”

“那你冷不冷？”

“不冷。”

“哦。”

江与城说：“你写作业吧。”

程恩恩瞅他，人家看着高中数学教辅，那叫一个专注。她只好坐下来，把下午没做完的数学卷子拿出来。

做起题来时间过得飞快，她被“砰砰砰”的砸门声吓到时，已经十点多了。程恩恩冷不防吓了一跳，机敏地直起头看了一眼门口，然后本能地回头找江与城。

看到他的刹那，她的心稳了一半。

他还坐在那儿，手里的书不知何时已经放下，抱着手臂倚在床头，似乎是睡了一会儿，被吵醒了。他不慌不忙地对程恩恩说：“没事。”

但紧接着，又是“砰砰砰”三声。外面的人不说话，却一直大力拍着门，那份沉默在夜里让人发怵。

这次程恩恩立刻站了起来，飞快地走到江与城身边，防备地盯着被震动而簌簌落灰的门板。

拍门持续了一阵，外面的人终于失去耐心。

“开门！”一道含混粗鲁、明显是喝多了的男人声音，“我让你开门，别给我装睡！再不开，一会儿我扒了你的皮！”然后更用力地砸门。

程恩恩吓得抖了一下，下意识地往江与城身边挨。

不晓得是醉鬼找错门，还是借醉行凶，她不敢想象，假如今天江叔叔没有来，只有自己在这里……

隔壁那对母女昨天已经去赶火车了，另一侧一直没见过人。事实上这种拍门声楼上楼下有人听得到，但喝醉酒回家的男人太常见，没有一个人理会。就像六楼那对夫妻打架打到走廊上，也未曾有人去劝过。

江与城的手环上她的腰，将她往怀里轻轻带了带。

外头的叫骂和拍门还在继续，一声更比一声高，程恩恩一点都没有抗拒，只紧张地屏着呼吸。

江与城问她：“怕了？”

程恩恩抿着嘴唇点头，鼻子有点酸。

这时候，外头醉鬼的吵闹停了下来，但紧接着，是一声更剧烈的踹门声。程恩恩吓得叫了一声，几乎扑到江与城身上。她眼眶里转瞬间蓄起眼泪，快吓哭了。

她知道有江叔叔在不会有事，她后怕的是，倘若他不在……

江与城起身，把人抱在怀里，在她背上安抚地顺了顺，说：“跟我回去吧。”

程恩恩咬着嘴唇忍着眼泪，她不敢再一个人在这里了。但是她又有些为难地说：“可是房东说，押金不退的……”

都怕成这样了，还惦记着那点押金，以前也不见她这么财迷呢。

江与城无奈地说“我保证让她退给你。”

程恩恩这才点头。然后她发现，外头已经没了动静。她又侧耳听了一会儿，一点声音都没有了。

才搬来没几天，这就要回去了，程恩恩觉得自己很失败。

她准备收拾东西，江与城道：“明天我叫人来收拾，带上你的作业，走吧。”

程恩恩这会儿很是顺从，作业装进书包，背起来，跟在他身后下楼。

车就停在楼下，走到车边时，程恩恩忽然听到小路那边有声音，扭头去看，似乎有人在打架。

隐约听到一个人恶狠狠地说：“你个狗东西活腻歪了！”

这声音似乎有点熟悉，程恩恩张望着说：“那个声音是……”

江与城不动声色地挡住她的视线，打开车门说：“不重要的混混罢了。”

“哦。”程恩恩乖乖上车。

樊祁打到一半就瞧见那边的人和车了，情景与那次在KTV莫名地相似……他就说上回人怎么突然不见了。他有点无语，不打了，往车的方向走，正好听到那句“不重要的混混罢了”。

江与城关上车门，转身时回头瞥了一眼。

樊祁还未完全走出阴影，站在那儿朝他竖了个中指。

方麦冬从前面递来一杯热可可，范彪发动车子，轻声说了句：“回家咯。”

程恩恩抱着热可可，手里心里都暖乎乎的。其实，坐上车的那一刻，她真的有一种回家的感觉。

江小爷留守家中，等得急不可耐。他把家里所有的鲜花都从花瓶里拔出来，残忍地扯下花瓣，连乒乓菊都没放过。

电梯门刚开，程恩恩便被一阵花雨迎面招呼上来。

“Surprise！欢迎小恩恩回家！”

程恩恩顶着一头五颜六色的花瓣，笑了。

真好，回家了。

江与城垂眸，将落在他衣襟上的那片红色玫瑰花瓣拿下来，捏在手里。

程恩恩刚把头上的花瓣扒拉下来，就听到江与城说：“伸手。”

她想都没想就乖乖把手递过去，修长的手指将一片花瓣放在她手心。程恩恩下意识地看着那瓣花。与此同时，低沉的嗓音自头顶落下：“欢迎回家。”

她霎时没出息地想哭，心里特别温暖。

房间还是原来的样子，一点都没变，程恩恩把书包里的书都拿出来，打开台灯，一瞬间像回到了一周之前，仿佛她从未离开过。

江小粲溜进来，站在她背后，把脑袋抵在她肩膀上蹭，哼哼唧唧：“今天我想和你睡。”

数学卷子还有两道题没写完，但程恩恩忽然不想写了，反手摸了摸他毛茸茸的头，说：“好呀。那你去洗澡，我也去洗澡，等会儿见。”

江小粲拔腿就往外蹿，喊着：“谁洗得慢谁是小狗！”

程恩恩腾的一下从椅子上站起来，打开衣柜，找出睡衣，然后飞奔进浴室。

江与城听着两个房间的声音，解下领带。

清静了几天的公寓，随着程恩恩的回来重新热闹起来。

江与城在书房工作时没关门，彼端房间里嘻嘻哈哈的声音没停过。平时这个时间江小粲早该睡了，但他今天亢奋，江与城就随他去了。

家里安静下来已经是一个小时之后了。时钟走过零点，他回复完一封邮件，合上电脑，捏了捏眉心。

他起身离开书房，轻缓无声地走到程恩恩房间门口，打开门。

床上两个人也不知睡前玩了什么，头抵着头，睡成了一个锐角，被子一半在地上，江小粲的一只脚丫子从被子里伸出来吊在床边。

江与城走上前，把他的脚塞回去，又绕到程恩恩那边，将被子拉上来盖好。

屋子里光线暗，她睡得很安稳，嘴角都带笑，手指习惯性地捏着枕头边。

江与城弯腰看了片刻，在她额头上轻轻落下一吻。他直起身时看见另一边江小粲醒了，悄悄睁着一双黑溜溜的眼睛。他冲江与城笑，用很轻的声音说：“爸爸，羡慕我吗？”

江与城给了他一个脑瓜崩儿，说：“睡吧。”

日子回到从前，这一走一回，反而让程恩恩打心底将这里当成了家。

年底了，公司事情多，各种应酬也多，江与城要出趟差，便将两人先送回江家。

程恩恩这几天都很乖顺，以前也乖，这次回来之后尤其乖。

对江与城要她在江家过年的安排她也没违抗，只是在往江家去的路上，她担心太打扰江爷爷和江奶奶。

不过到了江家，进门，许明兰跟江浦渊都在客厅里，老大江予堂夫妇二人也在。许明兰先瞧见他们，放下茶杯，笑着对江浦渊说了句：“原来是恩恩和粲粲回来了。”

十分自然，像她原本就是这个家的一员。

程恩恩差点一个爆哭。

“我的奶奶！”江小粲已经冲许明兰扑了过去，跟狗似的一通蹭，把许明兰逗得呵呵直笑。

江浦渊正跟江予堂聊着什么，打住了，问：“我呢？”

“哦，我的爷爷！”江小粲把脚丫子伸过去，鞋都没脱，直接搁到他腿上。

程恩恩听江小粲说过，他爷爷是从政的，省部级领导，不过已经从一线退下来好多年，如今省里市里的一把手都是老爷子的“得意门生”。老爷子面相虽然严厉，却没架子，在江小粲的小腿上拍了拍，也没管裤子上被他蹭上的一片灰。

程恩恩乖巧地叫人：“爷爷，奶奶好。”然后转向那两个没见过面的，喊道，“伯伯，伯母。”

虽说她的情况家里头的人都知晓，但当面被这么一叫，做大哥大嫂的忽然升了辈分，江予堂跟宋茵华都难免愣了一下。

宋茵华跟程恩恩是很亲近的，笑着说：“过来坐吧。”

她看起来非常和善，程恩恩瞅了江与城一眼，听他说“去吧”，便乖乖坐过去。

“与城说，你在读高三？”宋茵华将刚削好的苹果递给她。

程恩恩接过来，点点头：“嗯。”

宋茵华笑起来。当年她中途辍学的经历也不是什么秘密，病这一场回去继续学业，倒也不是坏事。

“那比小峙大一级，他高二。”

“那小子，”许明兰叹了口气，“成天没个正形，这回考试又是倒数。”

不巧这话刚好被下楼的江峙听到。他穿了件牛仔外套，里头是圆领的黑色针织衫，领子上有小设计，不邋遢也不算讲究，就是很抗冻。

“奶奶，你这么说我，我可就伤心了。我进步了，你都不表扬我？”

“倒数第三和第四有区别吗？”

“有啊，区别就是，我现在已经被踢出前三的组合了。”江峙振振有词。

许明兰嗔他一眼：“你啊，我们家就出过你这么一个学渣。你问问你大伯，你四叔，上学时哪个不是名列前茅？”

“我这不是忙于打架无心学习吗。”江峙低头摆弄着相机，浑不在意地说。

江予堂笑了一声：“你四叔上学时也打架，照样考第一。”

嗯？程恩恩啃着梨，立刻扭头，勾着脑袋越过两个人去看当事人。

江与城跷着腿，坐得气定神闲，视线扫过她写满好奇的脸，说：“吃你的。”

程恩恩缩回来。原来江叔叔小时候也打架啊，怪不得那么像“黑社会”。

江峙从小没了双亲，是二老亲手抚养的，二老对他很是疼爱，但他调皮顽劣，骂，他不听；打，二老又舍不下手，所以但凡惹出祸事，都是他四叔负责揍。

一听这话，江峙立刻竖起大拇指说：“我四叔天赋异禀，不能超越。”

江与城没搭话：“……”

头发因为静电立起几根的江小粲忽然坐起来，斜着眼睛瞟江峙，说：“二哥，小恩恩期末考试也第一名哦。”

“是吗？”江浦渊乐了，“比这个浑小子强。”

话题突然转移到自己身上来，程恩恩立刻坐端正，谦虚地摆手说：“我考得不好，数学才刚刚过一百。”和第二名只有一分之差，她就是仗着其他科目成绩好而已。

“和我也差不多嘛。”江峙厚颜无耻地笑，然后在其他人无语的注视下，勾着带子将相机甩到背上，“我出去一趟。”

“凌晨才回来，又去哪儿？”

江峙头也不回地说：“沈家那个死丫头要被逐出家门了，这种大场面，我当然得去凑个热闹。”

听到沈家二字，二老跟江予堂夫妇均陷入沉默。

方才一直没出声的江与城这时开口，提醒道：“沈家的事，你别掺和。”

“知道，我就是录个视频，留念。”

家里专门给程恩恩另外收拾了一间屋子，因为是客房，离江与城跟江小粲的房间都有些距离。

第二天一早，程恩恩还没睡醒，便被敲门声扰了清梦，忙答应了一声，下床跑去开门。

江与城衣冠楚楚地站在门外，瞧了她凌乱的头发一眼，抬手拨了拨，说：“这几天乖乖待在这里，不许乱跑，有事给我电话。”

程恩恩点头：“知道了。”

江与城收回手说：“我走了。”

程恩恩再次点头，还挥了挥爪子。

“回去睡吧。”他站着没动。

“嗯。”程恩恩慢慢把门推过去，没关严，剩一个缝隙时停住，从里面看他。江与城也隔着一条门缝，盯着她。

也不知道怎么，两人就这样莫名其妙地对视起来了。

一分钟后，江与城忽然又将门推开一些，伸手在她脸蛋上捏了捏。然后，他在程恩恩微微错愕、尚未来得及说话时将门带上，这次严丝合缝。

江与城这一去就是三天，要除夕才回。

程恩恩住在江家，完全没有想象中的拘束，她发现江叔叔的家人都很好，对她也很好。她每天还是照旧写作业、跟江小粲玩，偶尔陪其他人说话，虽然更多的时候是安静地坐在一旁看着大家，但她很喜欢江家的氛围。

这才是一家人啊。

唯一的同龄人，那个江二哥——她第一回见面叫江峙哥哥，现在知道他比自己小一级，就改叫弟弟，但江峙不乐意，非让她叫哥，而且每次都回应得很热烈。

那天他去沈家“凑热闹”，到底是凑出事儿来了。

程恩恩不清楚沈家发生了什么，只隐约听说养了十多年的女儿说赶出去就赶出去了。

那女儿跟江峙同龄，还是同学，从小掐架掐大的，结果……据江少爷自己的口供，沈家人心太狠，事儿做得太绝，大过年的把没成年的小姑娘赶出去，他都看不下去了，便伸张正义替他的死对头说了几句“公道话”。然后……就被人家告状告到家里来了。

这几天他被“禁足”，从早到晚都窝在房间打游戏，和勤奋刻苦的程恩恩形成鲜明对比。

许明兰戳着他的额头数落：“你就不能跟恩恩学学，把你的精力用在学业上吗？”

江峙被念烦了，说：“她还有心思写作业呢？你等着，我保管给你把她带坏。”

晚上程恩恩正在写语文卷子，江峙来找她，胳膊撑在门框上，一脸坏笑：“来，妹妹，二哥和你谈谈心。”

江小粲正趴在程恩恩的床上看故事书，冲他翻了一个巨大的白眼，然后说：“二哥，你以后会后悔的。”等他妈好了，肯定要收拾这个趁机占婶婶便宜的不孝侄子。

江峙大摇大摆地走进来，将江小粲一把扛在肩上。

江小粲立刻一边死命挣扎，一边扯着嗓子喊：“救命啊！二哥杀人啦！爷爷！奶奶！粲宝儿危在旦夕啦！”

“啧。”江峙在江小粲屁股上拍了一巴掌，直接把人扛回房间丢到床上，“你先自己玩会儿，我和你妈有要事相商。”

“我给我爸爸打电话哦。”江小粲威胁。

“你打。”江峙手插着兜，“告诉四叔，我为了帮他早日和小婶婶重修旧好，煞费苦心，殚精竭虑，呕心沥血！你看他多没用，都半年了一点进展都没有，丢我们江家男人的脸。没办法，只好由我出马了。”

“行吧。”江小粲看在他是帮忙的分上，决定相信他一次。

这兄弟俩虽然差了快十岁，但天天吵架斗嘴，有时候还会干一场。程恩恩知道两人感情好，但还是跟了过来。

她刚走到一半，江峙就出来了，双手插着兜晃过来，说：“有没有兴趣来聊聊我四叔？”

他的眼神意味深长，似乎看穿了她的小心思，程恩恩有一丝无所遁形的窘迫。她努力装出镇定的样子，跟着他走进房间。

江峙靠在书桌上，随手拿起她写到一半的卷子，扫了两眼便放下。“你是不是喜欢我四叔？”

程恩恩想到他可能猜出来了，但没想到他这么直接，不由得愣住。

接着，她整张脸连带着耳朵，以肉眼可见的速度红了起来，忙否认：“没……没有。”

江峙乐了，他小婶婶十七岁的时候是这样的啊？挺可爱，怪不得他四叔把持不住呢。

“你这个样子，可没什么说服力啊。”江峙抱着手臂，好整以暇地看着她。

程恩恩咬了咬嘴唇，无地自容地说：“我不能喜欢。”声音闷闷的，不知是害羞还是低落。

“为什么呀？”江峙一挑眉，“我四叔又不是丑八怪，喜欢他很丢脸吗？”

程恩恩抠着手指，安静了一会儿才说：“他心里有人了。”

“有人？谁？”江峙看起来十分惊讶，或者说是兴奋。

程恩恩继续抠手指：“他太太。”顿了下又纠正，“前妻。”

“……”江峙还以为能听到什么惊天大料呢，一时无言以对，“他自己说的？”

“嗯。”

江峙再次陷入沉默。他四叔怕不是个傻的，好端端的，跟她说这个干什么，自找死路。

“也不一定。”他说。

程恩恩抬头。

江峙看着她说：“你喜欢他怎么不告诉他啊？”

程恩恩想了想，摇头。

明知不会有结果何必说出来。自己小心翼翼藏好吧，说出来徒增难堪。江叔叔这么好，她不想失去他。

女孩儿怎么都这么磨叽啊！江峙啧了一声，微微俯身，鼓励道：“大胆点，相信我，他未必不会接受你。”

程恩恩不说话。

停了一下，江峙往前挪了挪：“这么说吧，要是他前妻明天就回来，你就没机会说了，一辈子不会后悔吗？”

程恩恩愣住，张了张嘴，声音很微弱：“明天……就回来了吗？”

“我只是打个比方。”

程恩恩忽然有点慌乱。

她曾经全心全意地盼望江叔叔能将他太太找回来，一家三口继续幸福地生活。但当这一刻真正来临——虽然只是一个比方，她发现自己其实并没有那么坦然。

她会后悔。如果一辈子都再也没有机会说出口，她知道自己一定会后悔。

江峙观察着她的表情，明白自己的话到位了，舒了口气。情感专家真累啊，为了他四叔的幸福，容易吗他。

“你好好想想。”他起身往外走，到了门口又回身，对程恩恩一握拳，“加油。”

门开了又关，房间里安静下来，程恩恩心乱如麻。

很久很久她才从入定的状态中回神。抬头，她忽然发现书桌上的那一摞试卷，写完的以及没写完的，全都不见了。

隔天早晨，程恩恩下楼吃早饭时，从来日夜颠倒三餐随机的江峙难得在上午起床，边玩手机边吃早点。

二老都在客厅，江浦渊戴着老花镜在看报纸，似乎哪里不舒服，许明兰正帮他捏肩膀。

“不行等老四回来去请上次那个中医再扎两针。”

“过两天再说吧。”江浦渊搁下报纸，摘了眼镜，“大过年的，都忙。”

他瞧见程恩恩，向她招手：“恩恩，来，给我捏两下，你奶奶老了，手上没劲儿。”

许明兰嗔道：“恩恩这一回来你就又嫌我了。”她停手，让开位置，“人老了，真是不行，昨晚散步多走了几步，回来就腰疼背疼，一晚上没睡踏实。”

二老都七十多了，年纪一大，身体确实不大利索。

程绍钧和方曼容身体都还不错，两边都没老人，程恩恩没帮别人按摩过，不知道为什么做得还挺顺手，边捏边问：“是这里疼吗？”

“哎，对。”江浦渊闭着眼睛说，“还是恩恩按得好。”

捏了一会儿，程恩恩去餐厅吃饭，正想问江峙要回自己的卷子，还没走到跟前，江峙便搁下碗起身灵活从她身侧绕过，跑着上楼，说：“我回房间写作业。”

这句话就是喊给二老听的，十分响亮。许明兰立刻一个狐疑的眼神瞥过去：“太阳打西边出来了？”

半个小时后许明兰上楼看了一趟，下来时脸上的笑都藏不住：“还真是写作业呢，这小子。我过去瞧了眼，写得可认真了，一张卷子都快做完了。”

程恩恩继续给江爷爷捏背，在后头默默想，他偷走她的卷子，难道是为了自我激励吗？如果是这样，那还可以原谅。不过为什么没写的也要偷呢？

她去找江峙要试卷的时候，这家伙正窝在椅子上打游戏，抬眼一瞧是她，连个样子都懒得装。

她的试卷被大剌剌地摆在桌子上，顶头“高三”的字样刚刚好被文具袋盖住。

原来是借她的卷子装样子。

“你把其他的还给我吧，”程恩恩好脾气地说，“我还没写呢。”

江峙手指飞快地在屏幕上操作，慢悠悠地道：“昨天我跟你说的话，想明白了吗？”

程恩恩摇头。

江峙说：“那就继续想，写什么作业。”

试卷没要回来，反正今天除夕，休息一天也没事。

一整天她都和江小粲腻在一块儿，下午江小粲在电视上调出一部电影，打打杀杀的好莱坞动作片，二老也在，竟也看得津津有味。

傍晚，江峙换了衣服打算出门，被许明兰逮住问：“去哪儿？”

“有点事。”

“你能有什么事儿，成天胡闹，上回把你沈姨气成什么样了。”许明兰说，“老实在家，跟恩恩一块儿看看书。”

“我怎么就胡闹了！”江峙就等着这句呢，一勾嘴角，理直气壮道，“我今天写了一天作业，她一下都没写，你应该让她向我学习了。”

正抱着一碗水果在吃的程恩恩无语了：“……”她总算明白，这家伙偷作业的用意了。可恶。

大家愣怔的片刻，江峙满意地向外走。

“站住。”江浦渊也抱着一小碗水果，声调不轻不重，却很有威慑力。江峙果然停下了脚步。

“在家待着。”

江峙“啧”了一声，老老实实回来，往许明兰身旁一坐，瘫下来。

除夕夜，老大夫妇和江一行都回来了，江与城原定下午的航班，但突发状况，延迟到晚上八点，赶不上团圆饭。

他打来的电话是许明兰接的，程恩恩就坐在一旁，很古典的一部电话机，隐约能听到他的声音。

许明兰和他说了几句，转头问：“恩恩，要跟老四说句话吗？”

程恩恩连忙摇头，飞快地起身走开了。

席上的氛围很舒服，江家人多，但和和乐乐，彼此间好像没有丁点隔阂。最不和谐的就属江峙跟江小粲兄弟俩了，斗嘴从早到晚不停。

跟自己家是完全不同的感觉，程恩恩看着都羡慕。

口袋里手机响起消息提醒声，若是别的，她不会急着看，但，那是江与城专属的铃声。她偷偷摸摸把手机拿出来，放在腿上。

江与城很难得地给她发了没营养的消息：在吃饭？

程恩恩回：嗯。

江与城又问：吃的什么？

坐在她身旁的江小粲勾着脑袋往屏幕上瞅了瞅，嘿嘿直乐。

程恩恩有点不好意思，徒劳地捂住屏幕，往桌子上瞅了瞅，认认真真地打下每一个菜名，一长串发过去。

这次江与城没有回复。

程恩恩开始心不在焉了，一会儿觉得他一个人在外面好可怜，一会儿又情不自禁开始琢磨江峙的话。

江叔叔一定不会接受她的，她知道自己根本比不上他太太。这个想法太自卑，但她又忍不住自卑地这样想。

晚饭后，江一行领着江小粲去后院放烟花。以江峙那个闲不住的性格，竟然不来凑热闹，自己早早回房间不知道在干什么。

程恩恩小时候曾经被那种熊孩子拿炮往身上丢过，挺怕这些东西的。

江小粲这点不随她，胆子很大，点燃了一束仙女棒让她拿着玩儿，便跑去跟江一行一起点烟花筒了。

程恩恩躲在后面远远地看，还挺开心的。

玩到一半，隐约听到车声，她往回跑了几步，从一楼窗户里看到江与城和一个女人一前一后进门。

程恩恩霎时僵住。

角度问题，看不到那个女人的样子，但脑海里飘过昨晚江峙的那句话——要是他前妻明天就回来……

明天就回来……

那女人跟在江与城身后上楼，两人一直在交谈什么。他们的身影在楼梯转角消失，浑身僵硬的程恩恩往后退了一步，离开窗户。

身后烟花炸响，她被惊得抖了一下。心里某个地方好像也突然炸了。

下一秒，她拔腿狂奔进家里，连许明兰和她说话都顾不上回答，穿过客厅跑上二楼，一口气冲到虚掩着门的书房。她跑得太快收势不及，整个人直接撞开门，趔趄着栽了进去。

程恩恩一眼就看到了那个女人，她背对着门站在书桌前，大约被这动静惊到，转过身一脸讶然。

江与城正弯腰从抽屉里取什么东西，动作一顿，抬眼，目光落在猝不及防闯进来的人身上。

程恩恩的大脑已经处于失控的状态，呼哧呼哧喘着气，急切地说：“江叔叔，我有话和你说！”

“待会儿，等我……”

江与城的话没说完，就被程恩恩打断：“先让我说好不好？我先说。”

不能等，等他们说完她就再也不能说了。她急得已经快哭了，江与城无声地看着她，片刻后直起身，对那女人道：“你先出去。”

“好。”对方向程恩恩略一点头，转身走出书房。

江与城从书桌后走到程恩恩跟前，问：“什么话这么着急，一定要现在说？”

程恩恩张了张口：“江叔叔……”

“砰”的一声，窗户被猛烈撞击了一下。程恩恩吓了一跳，和江与城同时转头看去。

只见窗外一个人影，壁虎似的伏在玻璃上，对上两人的视线，手指放在嘴唇上“嘘”了一声。

江与城大步走过去，打开窗户，皱眉盯着用拼接的床单将自己从三楼吊下来的江峙，问：“你在做什么？”

江峙单手绕了几圈抓着床单，一只脚踩在窗沿上，十分悠然自得。“

沈都清那个死丫头在天桥乞讨呢，我得去看看。奶奶不让我走门，只能走窗户了。”

“我看你是皮痒了。”江与城冷冷地道。

“诶诶诶，冷静！”江峙伸着一只手，朝房间里努了努下巴，“我小婶婶是不是跟你告白呢？”

告白？江与城轻轻一挑眉，回头看了眼程恩恩。

她没听见两人在说什么，只是一脸震惊地看着江峙“飞檐走壁”。

江峙说道：“我给你帮了这么大一忙，你不得好好谢谢我吗？”他冲江与城眨了下眼，“知恩图报啊，四叔。”

江与城淡淡地收回视线，说：“下不为例。”

他正要关窗户，江峙又喊：“等等，你那辆玛莎拉蒂借我开开。”

江与城盯了他一眼，最终还是转身取来车钥匙抛过去，面无表情地威胁道：“别惹事，不然我扒了你的皮。”

江峙啧了一声，说：“暴力。”然后脚在窗沿上一蹬，离开墙，顺着床单往下滑了一段，撒手，落到草地上顺势一滚，就贴着墙根跑没影了。

江与城关上窗户，不疾不徐地迈步走回来，站在程恩恩面前：“好了，现在可以说了。”

“我喜欢你。”这一次，程恩恩没有犹豫。她觉得自己一辈子的勇气都用在这一刻了，说完这句，眼泪唰的一下滚滚而落。她忙低头用手背蹭掉。

“嗯。”江与城声线低沉，“还有呢？”

程恩恩下意识地抬头看着他，眼睛里全是意料之中又抑制不住的失望。

为什么是这样的反应？这么平淡，好像早就知道，好像根本不在意。早知说出来也无济于事，但她还是忍不住委屈，眼泪掉得更凶了。她努力忍着，但根本忍不住，声音都变得哽咽：“没有了。”

没有别的了，只是喜欢你而已。

头顶响起轻轻的一声叹气，接着，泪眼模糊中，她被江与城带到怀里。她的脸蹭到他胸口，西装的料子有些凉，但他的胸膛是热的。

程恩恩忽然一把抱住他，手臂紧紧地环住他的腰，“哇”的一声哭起来。

她从未拥抱过他，宣判死刑之前，她想抱一抱他。

她哭得很惨，脸扣在他怀里，汹涌而出的眼泪全被他的衣服吸收进去。江与城却有些好笑，一手揽着她，抓了抓她的头发，说：“你哭什么？叫其他人听见，还以为我欺负你了。”

程恩恩什么都听不见，只是一味伤心地哭。

江与城也不再说话，安静地抱着她，任由她的眼泪一层层浸透衣裳，流入胸口。

程恩恩太难受了，今天于她而言，就像是一个永远的告别，从今往后，她的喜欢只能深埋进心里，一寸寸腐烂，再也没有重见天日的机会。

她哭了好一阵，最后一丝理智警醒着她，他“太太”还在门外，自己应该离开了。她松开江与城，胡乱抹了抹脸上的泪渍，努力克制着不哭，抽噎地说：“我走了。”

转身，脚刚迈出去，被江与城攥着手腕拽回来，他垂眸看着她问：“走去哪儿？”

“回房间。”程恩恩乖乖地答。

“回去干吗？”

“休息。”

江与城用食指勾起她的下巴，神色有些无奈：“你巴巴地跑来非要跟我说话，就说句你喜欢我四个字就完了，就自己回去休息了，嗯？”

程恩恩有点蒙，自己这么贸贸然跑来，是不是让他困扰了？他生气了？她被迫仰着头，但实在没脸看他的眼睛，只好盯着他领口的扣子道歉：“对不起。”

“不许道歉。”江与城有些霸道地说。

程恩恩不知道该说什么了，往后缩了一下，躲开他的手指。

江与城又轻叹一声，低声叫她的名字：“恩恩。”

程恩恩没出息地耳朵发软，接着听到他说：“你为什么不问问我的答案？”

程恩恩愣了愣，仍然低着头说：“什么答案？”

“我答不答应你。”

程恩恩立刻摇头，声音很小：“你不会答应。”

“我答应。”江与城说。

程恩恩愣住，下意识地抬起头，看着他：“你……”

江与城眼底含笑：“嗯？”

“你怎么……你怎么会？”程恩恩几乎惊慌失措，愣然半晌才组织好语言，“你不是，心里还念着你太太……”她手指弱弱地往外指了指，“她……”

江与城将她乱指的手指勾回来，说：“没关系。”他直直望进程恩恩眼睛里，深邃又深刻的目光让她险些招架不住。

“她忘记我了。”

程恩恩一脸错愕。

良久后，她才从一连串一波更比一波强的冲击中回过神，猛地挣脱开江与城的手，后退两步：“我……我需要冷静一下！”说完扭头就跑。

一出书房，便撞见在走廊等候的女人，程恩恩脚步顿了一下，这会儿脑子清醒了，才发觉这人跟当初照片上的江太太一点都不像。

对方向她颔首，很有礼貌，程恩恩也点点头，然后头也不回地跑进房间，关上门，扑进被子里。

世界都安静下来，只剩下“扑通——扑通——”小鹿乱撞的声音。

程恩恩一夜辗转反侧，心情是从未有过的复杂，激动、忧虑、欣喜若狂，以及觉得自己配不上江叔叔的惶恐。

她凌晨三点还未睡着，不到六点就醒了。她睡不着，肚子又咕咕叫，洗漱好便要下楼。不想她打开房门，恰好与经过的江与城打了个照面。

他看起来神清气爽，心情也不错，嘴角微扬，用清冽的嗓音低低地问："冷静好了吗？"

程恩恩的脸唰地就红了，感觉只要看他一眼，心就跳得不能自已了。偏偏他还很有闲情逸致地打趣："还没有？那我过一会儿再来问？"

"……"程恩恩飞快退回去并关上了门。

程恩恩在房间磨叽了一会儿，顺便把收到的群发新年祝福挨个点开回复了一遍。倒也有几个不是群发的，叶欣、陶佳文，还有……樊祁。

——新年快乐啊同桌

标点符号都不带。

程恩恩照旧回复：新年快乐。

陶佳文约她一块儿逛街，她婉拒了，说改天。她还不知道江家今天什么安排，年初一，她喜欢跟家人待在一起。虽然这些并不是她的家人，但亲切得与家人没有分别。

程恩恩收起手机正要下楼，刚好江小粲来敲门，在门外唱起来："小恩恩新年好！新年好呀新年好……"

程恩恩拿上自己偷偷准备的红包，笑着打开房门："小粲粲新年好。给你的，祝你新年平平安安，长高一点。"

"哇，最喜欢小恩恩了！"江小粲搂着程恩恩的脖子送上一枚香吻，然后喜滋滋地把红包揣进口袋。他今天特地穿了一个有大口袋的多功能裤子，专门用来装红包。

在楼梯上已经闻到鱼汤的鲜香了，餐厅里，佣人正在井然有序地摆餐。江与城跟江予堂夫妇、江一行坐在客厅说话。

程恩恩觉得自己还是没冷静好，瞧他一眼就开始脸红。

"大伯、大伯母新年快乐！爸爸新年快乐！大哥新年快乐！"大概是因为过年，江小粲精神头比平日还旺盛，喊得非常卖力。他跑到跟前有模有样地朝几人挨个抱拳弯腰，"祝大伯、大伯母、爸爸还有大哥，年年有余，岁岁平安。"

"哎，乖。"宋茵华和江予堂都笑起来。

"伯伯、伯母新年好，大哥新年好。"程恩恩也学他的动作笑着向三人拜年。最后才转向江与城，声音都小了不少，"江叔叔也新年好。"

江与城仍旧是微微含笑的模样，程恩恩看他这样子都不习惯了。

“新年好。”他说。

宋茵华拿出早早准备好的红包，说：“来，一人一个。新年新气象，祝你们心想事成。”

程绍钧和方曼容是从来不给她压岁钱的，家里也没什么亲近的亲戚。程恩恩惊喜地接过来说：“谢谢伯伯、伯母。”

江小粲直接抱着两人一人亲了一口。

“我这儿也有呢。”江一行递了一个红包给程恩恩。

虽说辈分上从哪边论都没他给婶婶发红包的规矩，但程恩恩原本就比他大不了多少，现在一颗十七岁的心，小孩儿似的，既然叫他一声大哥，给个压岁钱也不过分。

程恩恩一直对他有迷之亲切感，他的温润气质，甚至是他的眼镜。她接过红包，下意识地就说了句：“谢谢哥哥。”

她大哥二哥地叫，其他人都已经习惯，对这声哥哥也没什么特殊反应，唯独后头江与城瞳孔微缩，接着抬手，揽着她的腰，将她带过来。

江一行正拿着另一个红包对江小粲晃：“过来，给我说几句好听的。”江小粲立刻就没节操地凑过去一通狂吹。

江予堂跟宋茵华都笑呵呵看着俩人闹，没人注意他们。程恩恩跌坐在沙发上，身体不可避免地挨到了江与城，脸像按了开关，开始发红。

江与城的手放在她腰上没拿开，很自然地搂着她。家里很暖和，他掌心更热，那块皮肤的温度直线上升。

程恩恩有些紧张地觑了眼对面的三人。

面对江与城是害羞，面对其他人就是彻彻底底的心虚。她总觉得自己好像一个小小年纪不知廉耻勾引大人的坏学生。

“新年快乐。”江与城声线压得很低，拿起搁在一侧小几上的红包，递到她面前。

“谢谢江叔叔。”程恩恩伸手去接，愣了一下。

宋茵华跟江一行给的都很厚，一对比这个薄得像什么都没有，她想也没想地搓了一下，本能的反应。

江与城在她头顶笑了一声。

程恩恩这才反应过来，有点不好意思，装作无事地把这个超薄款红包和另外两个放在一起。

“不打开看看？”江与城问。

红包当面拆好像不礼貌呀。

程恩恩瞅江与城一眼，一对上他的眼睛便飞快地转开，然后原本就微微泛红的脸，慢慢、慢慢地熟透了。

她太紧张了，乖乖地顺着他的话，将红包拆开。

里面是两张电影票，正是贺岁档里她最期待的一部，时间——今天。

她捏着两张票诧异地回头，瞳仁湿润明亮。

江与城在她耳畔问："赏脸吗？"

他的目光仿佛有温度，程恩恩跟掉进火里，浑身烧着了似的。她支支吾吾，羞得不知该怎么作答。

恰在此时，要到红包跑回来的江小粲伸头一看，发现电影票，顿时抗议："为什么只有两张？爸爸不要粲宝儿了，呜呜……"

程恩恩立刻说："那你和……"

不等她说完，江与城便打断，将另外两个红包朝江小粲丢过去："你的卡，和一张电影票，自己选。"

啊！他被没收的小金库啊！江小爷的目光在左边的红包上难分难舍，最后还是一咬牙选了右边的，一把抓起愤愤地道："一家人，最重要的是齐齐整整！"

二老相携下楼，江峙跟在后头打哈欠，手插着兜走得晃晃悠悠。

"爷爷、奶奶新年吉祥！大吉大利！福如东海，寿比南山！年年有今日，岁岁有今朝！"江小粲立刻喊起来。

二老走过来时都在笑。

"好好好，就你嘴甜。"许明兰一边说着，一边拿出早已准备好的红包，"来，给我们粲宝儿压压祟，新年开开心心的。"

江峙晃悠下来也先拜了一圈年，收了仨红包，然后瞧了眼江与城搂着程恩恩的手，挑起眉："哎哟哟，看来今天我就能改口叫四婶婶了？"

程恩恩大惊失色，连连摆手："没有没有，你别瞎说。"

大家都知道程恩恩脸皮薄，从早上下来脸就一直红着没褪过，所以瞧见了也就只当没瞧见，偏他非要一语戳破。

江予堂笑了两声，说："小峙这嘴欠的啊，早晚得有人收拾他。"

"放心吧，一物降一物。"江一行喝着咖啡，镜片后的目光似笑非笑，"有人收拾他。"

江小粲比谁都激动，两眼发亮："谁？"

江一行笑而不语。

"英俊帅气的大哥，"江小粲赖过去撒娇，"你快告诉粲宝儿，粲宝儿想知道嘛。"

江一行趁机捏住江小粲的脸蛋一通揉搓，这小子架子大，脸蛋金贵得很，平时捏一下都不让。他揉够本了才说："你都清姐姐啊。"

"放屁！"江峙跑到餐厅拿了一只鸭腿在啃，闻言十分不屑地嗤了一声，"你是没看见她在我面前小鸟依人……呸，卑躬屈膝的样儿。"

"小鸟依人？"江一行的笑容顿时更意味深长了，"呵呵。"

江峙拿着啃得光秃秃的鸭腿指了江一行半天，喊："奶奶，大伯母，我哥在外头乱搞了。"

二老和江予堂夫妇顿时一脸惊诧地望向江一行。

江一行很淡定地说："别听他瞎说。"

"他的车被人划了，刻了'渣男'俩字，其他的，还用我说吗？你们都看看这个衣冠禽兽，平时在你们面前装得清心寡欲，其实背地里乱搞一气。"江峙报复性地说完，再次用鸭腿隔空朝江一行点了点，"渣，男。"

许明兰瞪他一眼："小峙，别胡说。"

"没关系，他开玩笑的。"江一行十分宽容，放下杯子转向江小粲，"想揍你二哥吗？"

"想！"江小粲立刻热烈响应。

江一行起身道："走。"

江小粲立刻大笑着朝江峙冲过去。

一大早鸡飞狗跳。

程恩恩原本被江峙那一句说得心虚极了，让这三个活宝一打岔，生生把尴尬和紧张都忘了。

许明兰无奈地叹了口气，脸上却是带笑："闹死了。"

几人走向餐厅，落了座，江与城转向那边还在打闹的三个人说："过来吃饭。"

乱成一团的三个人停下，江一行把被江峙捉住按在沙发上挠痒痒、笑得满脸泪的江小粲救出来，抱去洗手。

江小粲洗完，跑回来往程恩恩腿上一趴，开始哭诉："二哥又欺负粲宝儿。"

江峙在对面拉开椅子说："是你技不如人，我给没给你机会投降？"

江小粲哼哼唧唧不服气，程恩恩忽然抬起头说："二哥还偷我作业。"

八个人顿时齐齐向"偷作业贼"看过去。尤其是江与城，视线轻飘飘的，却似有重量。

搁以前程恩恩是绝对不会说的，毕竟寄人篱下，告主人家孩子的状，只会让别人嫌弃自己而已。不过她今天竟然没有什么心理压力，不担心大家会因此和她生出嫌隙，大概是……大概是知道江与城会为她撑腰吧。说完她看江峙吃瘪，还偷乐。

“哇！”江小粲夸张地道，“二哥真的是太过分惹。”

江一行喝着鱼汤，堂堂一个业界知名律师，毫无包袱地跟小朋友学舌：“太过分惹。”

“惹什么惹，你们是惹惹精吗？”江峙“啧”了一声，“小婶婶，你就这样出卖了我们的革命友谊，太让我失望了。”

这个称呼让程恩恩一愣，随之而来的是巨大的羞恼，脸已经红得不能再红，感觉自己热得都快要冒烟了。

连着被叫了两次“婶婶”，她脸皮薄禁不住这种玩笑，又气又恼地瞪了江峙一眼。

许明兰明白过来，无奈地摇摇头：“我说呢，昨天那么用功。得，现在还会骗我了。”

“我还不是为了四叔的幸福着想吗。”江峙摇头叹息，“我为这个家，付出了太多。”

他四叔没搭理他，只是体贴周到地帮闷头喝汤以掩饰脸红的程恩恩夹菜，还旁若无人地用指背在她发烫的脸颊上蹭了蹭。

程恩恩有点羞，却忍不住嘴角向上弯。听着大家的插科打诨，感觉很舒适。

以前程家过年也很热闹，麻将声混杂着大人的说笑，烟味儿弥漫整个客厅，乌烟瘴气的，那种热闹是冷冰冰的。

江家的热闹是暖色调的，弥漫着一种温暖的、名为“家”的烟火气息。

番外

愚人节快乐

开年后，江与城忙于新项目三天两头出差，连续两个月与程恩恩聚少离多，在一起好好吃顿饭都很难得。

三月里江与城终于空闲下来，休假几天，不巧程恩恩忙着给新作收尾，在书房加班到深夜。她回卧室时已经两点，往床上一趴，被子都没盖就睡着了。

江与城睁开眼，将四肢松软的她揽入被窝，小心地捋出她压在肩膀下的头发，才重新闭上眼睛。

翌日周六，江与城准时在七点的生物钟起床，把赖床的江小粲拎出去跑了个步。回到家时阿姨刚好把早餐准备好，蔫不拉几的江小粲循着饭香冲向餐厅。江与城走向卧室，打开门，对上一张满是惊恐的小脸。

程恩恩手心紧紧攥着薄被遮挡身体，大惊失色地问：“你为何会在这里？”

江与城握着金制门把手看着她，反问：“我不应该在这里？”

只见程恩恩用警惕、难以置信的神色盯着他，惊慌道：“这是什么地方？你将本宫掳来这里，究竟有什么意图？”

江与城还未来得及说话，江小粲从他的胳膊下面挤进来一颗好奇的脑袋问：“怎么了？”

“三皇子？”程恩恩惊讶了一瞬，立刻向江小粲伸手，“快到母后身边来。”

江小粲一点消化信息的时间都不需要，立刻跑过去跳上床，在她脑门上亲了一口：“母后早安！”

程恩恩将江小粲抱在怀里，疑惑而担心地问："这究竟是哪里？你怎么会跟他在一起？"

"这是你的房间啊。"江小粲说。

"本宫的寝殿？"程恩恩惊惑交加的目光四下打量，皱眉道，"本宫的寝殿何时变成了这副模样？"

江小粲似乎明白了什么，眨巴眨巴眼睛，把手往江与城一指："他是谁？"

程恩恩抿了抿唇，低声回答："昭王，你四皇叔。"接着偏头，带着薄怒对江与城道，"这里是宓秀宫，不是王爷可以随意踏足的地方，请王爷自重。"

一个小时后，范彪和方麦冬到达。

程恩恩见到两人更震惊了："范统领、方大人，你们竟然和昭王勾结在了一起？"

"我也有戏份？"范彪愣了一下，马上进入角色，挺起胸脯，"识相的就当作没看到，要是今天的事泄露出去，哼哼……别怪我对你不客气。"

"大胆！"江小粲跳出来，"竟敢威胁我母后，小心本皇子砍了你的脑袋。"

范统领立刻认罪："三皇子饶命。"

两人正演得开心，忍无可忍的方大人将范统领推走了。

程恩恩被领去吃东西，客厅里江与城坐在沙发上，用电脑上浏览某文学网站的页面。作为程恩恩每本小说都追的忠实粉丝，范彪对剧情如数家珍。

"昭王是皇帝的弟弟啊，不是亲的，两个人年轻的时候还争皇位呢。不过老皇帝死的时候昭王正领兵打仗呢，没赶上，这不就被皇帝捷足先登了嘛。"

"程姐呢？"方麦冬问。

"程姐，她没说她是谁啊。"

"三皇子的母亲。"方麦冬提醒。

"哦，皇后。怪不得呢！"范彪一拍大腿，"皇后嫁给皇帝之前跟昭王有一腿，昭王这个大反派带兵回来之后，一边想和皇帝抢皇位，一边觊觎自己的皇嫂……"说到一半才发现江与城冷冷的目光，立刻收声，摸了摸脑袋假装看向别处。

电脑上正显示一段昭王如何“觊觎”皇后的情节，江与城盖上屏幕。

范彪说：“不过程姐怎么又发病了？这回还是个宫斗剧本。该不会是上次没好全，留下了后遗症吧？”

江与城没说话，看了眼餐厅的方向。程恩恩正姿态端庄地进食，拿筷子的姿势都和平时不同，慢条斯理、含蓄优雅。似乎察觉到他的视线，程恩恩偏头对他怒视一眼，仿佛在谴责他的偷窥。

“保险起见，还是再做个全面的检查吧。”方麦冬道，“不过张医生这段时间不在国内，我来之前刚刚联系过他，他最早也要到后天才能回来。”

也就是说，这个情况还要维持至少两天。

现代化的房子跟古代宫殿差远了，程恩恩坚持这不是自己的“宓秀宫”，并一口咬定是江与城觊觎她的美貌，把她和儿子强行掳来这里关起来，意图不轨。而她之所以忍辱负重，是为了保住儿子的小命。

江与城跟张医生通电话的时候被她听到了。一听说江与城要带她去看“大夫”，立刻怒斥他狼子野心、不怀好意！

“本宫绝不会跟你去，你休想加害本宫！”

江与城靠近一步，她就会警惕地后退，然后义正词严地斥责：“退下，不许靠近本宫！”

江小粲在一旁看热闹不嫌事大，笑得比谁都欢，他大喊：“皇叔，你怎么可以这个样子！”被江与城冷冷扫了一眼，就闭嘴，不敢乱叫皇叔了。

到底是怕刺激到她，情绪波动太大会让情况更糟，江与城确认她除了意识错乱之外没有其他问题，便拉开距离，离得远远的。他待在客厅拿电脑办公，听着那边两人上演“皇后不小心穿越到现代，什么高科技都没见过”的戏码。

江小粲非常热情地给程恩恩讲解这个是手机，用来玩游戏的。那个是电脑，也是用来玩游戏的。他一口一个母后，比程恩恩入戏还深。

除了每次不小心对上眼神，程恩恩就会谴责地瞪江与城一眼，倒也相安无事了一个上午。

直到程恩恩在小江老师的指导下“学习”累了，去上了趟厕所，出来时发现江与城的视线落在她身上，若有所思。她端着皇后的架子，目不斜视地走过。

江与城忽然叫了一声：“恩恩。”

程恩恩下意识地回头和江与城四目相对，很快露出一个气恼羞愤的表情来："放肆，本宫的闺名不是你能唤的。"

江与城轻轻眯了一下眼睛。

阿姨准备好午饭，程恩恩被江小粲带去吃饭，热情地为她讲解每一道菜的名字。程恩恩看什么都很新奇的样子，活脱脱一个不小心穿越到现代的古代人。

江与城从书房出来，在程恩恩身旁落座，她的笑容立刻一收，沉下脸来，皇后娘娘对昭王的抵触可见一斑。

江与城勾了勾嘴角。

吃饭的过程中，江与城一直拿意味深长的目光看着程恩恩。程恩恩忍耐了片刻，不悦道："王爷为何一直看着本宫？"

"因为你好看。"江与城勾着笑声音低沉地道，"我这么辛苦把你掳来，不好好看看，我岂不是亏了。"

好的，这个王爷也入戏了。

程恩恩斥道："登徒子！"

演了一上午的戏，有点耗神，程恩恩吃完饭有点犯困，忍住打哈欠的欲望，维持着皇后的端庄。回到卧室，她把门一关，反锁上，就扑到床上抱着被子，打了个大大的哈欠。

门外突然响起钥匙转动锁孔的声音，她一惊，立刻爬起来摆好端庄的坐姿，抬头看着门。

江与城开门进来，对上她直勾勾的视线，笑了声："皇后还没睡？"

程皇后皱眉道："出去！"

江与城走到床边，好整以暇地睨着她。程恩恩起身绕过他便要走，被江与城抓住手腕："皇后娘娘这是要去哪儿？"

程恩恩瞪着他的手："放肆，竟敢对本宫动手动脚！"

江小粲听到声音立刻跑进来，见状大喊："大胆！快放开我母后！来人啊，把他给我拿下！"

江与城扫江小粲一眼，说："出去，关门。"

"哇！你这个大坏蛋要对我母后做什么？"江小粲一边大叫，一边乖乖关上门。

"王爷到底想干什么？"程恩恩一脸的忍辱负重。

"你不是说我把你掳来意图不轨，那我只好不轨一下，把罪名坐实了。”江与城说着把人拽到了怀里。

到这儿，程恩恩就知道自己已经穿帮了。她仔细回忆了一遍，也没回忆起来自己哪儿露的馅。但她还坚持着不放弃，立刻大叫：“你这个乱臣贼子！”

江与城失笑，问：“还没玩够？”

程恩恩扭开头：“本宫不知道你在说什么。”

“是吗。”江与城捏着下巴把她的脸转回来，“那我倒是想问问，皇后娘娘怎么这么清楚我们家卫生间的位置？”

嗐！大意了。

江与城在她脑袋上弹了一下说：“我差点被你吓死了。”

程恩恩心里还有点小生气呢，哼了一声，说：“谁让你一直冷落我，这是对你的惩罚。”

他还在忙的时候，她忍着没打扰，好不容易休息了，她可得好好折腾他一下。本来打算多演几天呢，没想到才半天就穿帮了。

江与城低下头，吻了吻她的眼睛，哄道：“乖，这几天我都留在家陪你。”

程恩恩老老实实地让他亲了会儿，气消了，才说：“愚人节快乐。”